Fesselnde Sehnsucht

Ein BDSM-Liebesroman

Tanja Russ

Bibliografische Information der Deutschen Nationalbibliothek
Die Deutsche Nationalbibliothek verzeichnet diese Publikation in der Deutschen Nationalbibliografie; detaillierte bibliografische Daten sind im Internet über die Adresse http://dnb.ddb.de abrufbar.

Der vorliegende Text darf nicht gescannt, kopiert, übersetzt, vervielfältigt, verbreitet oder in anderer Weise ohne Zustimmung des Verlags verwendet werden, auch nicht auszugsweise: weder in gedruckter noch elektronischer Form. Jeder Verstoß verletzt das Urheberrecht und kann strafrechtlich verfolgt werden.

© 2017 Schwarze-Zeilen Verlag
www.schwarze-zeilen.de

Printed in Germany

ISBN   978-3-94596- 743-0

Coverfoto: Visage_deux (Visage-deux.de)
Model: Miss Suzume

Alle Rechte vorbehalten.

Hinweis

Ähnlichkeiten mit lebenden Personen sind nicht beabsichtigt und rein zufällig.

Dieses Buch ist nur für Erwachsene geeignet, bitte achten Sie darauf, dass das Buch Minderjährigen nicht zugänglich gemacht wird.

1

Rebecka liegt still neben dem Typen. Hellwach und ungeduldig wartet sie, bis er schläft. Dann steigt sie vorsichtig aus dem Bett und zieht sich an, bevor sie lautlos wie ein Schatten in der Nacht verschwindet. Eine Gewohnheit, die sie über die Jahre perfektioniert hat.

›Ein gelungener Abend mit nettem Sex‹, denkt sie, während sie über die dunkle Straße zu ihrem Auto läuft. Der Kerl, dessen Name ihr inzwischen schon wieder entfallen ist, hatte sich bemüht, nicht nur seine, sondern auch ihre Bedürfnisse zu befriedigen. Wie sollte er auch ahnen, dass sie nur zum Höhepunkt kommt, wenn sie es sich selbst besorgt?

Becky liebt Sex, solange er nicht mit unschönen Verpflichtungen einhergeht. Dazu zählt sie auch den Kaffee und das inhaltslose: ›war schön mir dir‹ am nächsten Morgen. Einer der Gründe, weshalb sie nie bleibt, bis die Sonne aufgeht.

Grundsätzlich geht sie niemals zweimal mit demselben Mann ins Bett. Das führt nur zu unerwünschten Komplikationen. Doch seit einiger Zeit verursachen diese zwanglosen Abenteuer einen schalen Geschmack in ihrem Mund. Ein Gefühl der Leere sorgt dafür, dass von den vergnüglichen Stunden nur noch ein Kloß in ihrem Hals zurückbleibt.

Sie steigt in den Wagen und fährt los. Höchste Zeit, endlich unter die eigene Decke zu kriechen.

Unwillkürlich stellt sie sich vor, zu IHM zu fahren. Wie gern würde sie jetzt in seine dunkelblauen Augen schauen, die sie an einen rauen, unendlichtiefen Ozean erinnern. Sein Blick, gewöhnlich eine einzige Herausforderung, der sie, je nach Gemütslage entweder zur Weißglut treibt oder ihr ein feuchtes Höschen beschert.

Sie hat ihn schon viel zu lange nicht mehr gesehen, mindestens einen Monat. Wie wird er wohl reagieren, wenn sie mitten in der Nacht unangemeldet bei ihm auftaucht? Ob er sich mit überflüssiger Fragerei aufhalten wird, was sie um diese Uhrzeit bei ihm will? Oder wird er sie einfach gegen den Türrahmen drücken und sie küssen, bis sich ihr Verstand verabschiedet? Wie wäre es wohl, in seine Augen zu schauen, während ihr Körper mit seinem verbunden ist? Ihn zu spüren, zu riechen, zu schmecken und dabei lustvoll unter ihm zu erbeben? Welche Farbnuance nehmen seine Augen an, wenn sinnliche Begierde sie verschleiert?

Seit gut zwei Jahren schleichen sie beide umeinander herum, wie zwei hungrige Raubtiere. Er könnte sie, ohne sich mit langen Vorreden aufzuhalten, gleich im Stehen gegen die Wand gepresst nehmen. Oder würde er sie in sein Bett tragen, fesseln und ...?

Lautes Hupen reißt sie aus ihren Gedanken. Verdammt! Vor lauter Träumerei hat sie doch glatt eine rote Ampel überfahren! Wenn der von rechts kommende Wagen nicht im letzten Moment ausgewichen wäre, hätte es ordentlich gekracht!

›Was ist nur mit mir los? Konzentrier dich gefälligst auf die Straße, Rebecka!

Wenn er doch jetzt mit diesem leicht arroganten, teuflisch dunklen Grinsen im Gesicht neben mir säße.‹

Nur ein kleines Zeichen von ihr und er würde sich auf sie stürzen, das weiß sie. Aber das geht auf keinen Fall. Denn sie ist sicher, er würde die zweite Variante wählen und sie in seinem Schlafzimmer wie ein Paket verschnüren, denn er steht auf Frauen, die sich ihm vollständig ausliefern. Dazu war und ist sie nicht bereit.

Mit einiger Mühe konzentriert sie sich auf den Straßenverkehr. Nicht viel los, mitten in der Nacht. Trotzdem keine gute Idee, auf Autopilot zu schalten.

In ihrer Wohnung angekommen, springt sie als erstes unter die Dusche, um den belanglosen Sex mit dem nichtssagenden Kerl von sich abzuwaschen. Doch das miese Gefühl bleibt. Sie fühlt sich schmutzig und weiß, dass es albern ist. Nachdem sie sich abgetrocknet hat, kriecht sie endlich in ihr eigenes, vertrautes, kuscheliges Bett.

Langsam wandert die Hand über ihre Haut, streichelt ihre Brüste, den Bauch, streicht voller Vorfreude durch ihre Löckchen.

Sie schließt die Augen und beschwört sein Bild herauf. Schon glaubt sie, seine Nähe zu spüren. Kaffeebraunes Haar, im Nacken kurz geschnitten, fällt ihm vorn lässig in die Stirn. Klare Linien, markante Wangenknochen, energisches Kinn.

Alec.

Eine Stimme, die einen Geschmack von Espresso und Schokolade auf ihre Zunge zaubert und ein unruhiges Flattern in ihrem Magen verursacht. Dunkel und kräftig, angenehm ruhig. Eine Stimme mit Suchtfaktor, zumindest für sie.

Schmunzelnd erinnert sie sich, an ihr erstes Treffen.

Sie hält inne.

Damals ist sie mit ihrer Freundin im ›Joker‹, einem angesagten Club in der Stadt gewesen.

Lea, war zu dem Zeitpunkt längst die Sklavin von Alecs bestem Kumpel Lukas, besaß jedoch die Frechheit, Rebecka diese Tatsache zu verschweigen.

In dem Lokal trafen sie rein zufällig auf die beiden Männer. Lea täuschte vor, die Zwei nicht zu kennen, und warf sich Lukas regelrecht an den Hals. Becky traute ihren Augen kaum, denn es entsprach nicht Leas Art, so massiv auf Männer loszugehen. Alec schaute sich das Schauspiel von der Bar aus an und amüsierte sich, genau wie Lea und Lukas, köstlich auf ihre Kosten. Und alles nur, weil sie Lea beim Betreten der Bar hatte überreden wollen, sich von einem der männlichen Gäste abschleppen zu lassen. Schließlich glaubte sie damals, die Freundin sei schon Ewigkeiten nicht mehr flachgelegt worden.

Schon als sie Alec zum ersten Mal wahrnahm, fand sie ihn heiß, wie er da lässig am Tresen lehnte. Groß, breitschultrig und mit diesem leichten Schmunzeln in den Mundwinkeln. Auf den ersten Blick sah es aus, als schaue er gedankenverloren in sein Bierglas. Doch der Eindruck täuschte. Aufmerksam maß er seine Umgebung. Und für einen kurzen Moment, in dem die Welt aufhörte, sich zu drehen, trafen sich ihre Blicke, hielten einander fest. Auf seinem Kinn hatten sich über den Tag dunkle Bartstoppeln gebildet, die ihm etwas Verwegenes gaben. Rebecka stellte sich damals unwillkürlich vor, wie herrlich die an ihrer Wange kratzen würden ... oder an anderen Stellen. Während sie ihn musterte, geriet ihr Herz kurzzeitig aus dem Takt. Verlegen schlug sie als Erste die Augen nieder. Aber dann wurde sie abgelenkt durch Leas Baggerattacke und beschäftigte sich nicht weiter mit ihm. Als Alec den Mund aufmachte, um sich mit ihrer Freundin zu unterhalten, kroch ihr eine Gänsehaut über den Rücken. Diese Stimme ... er sprach nicht laut und was er sagte, war so belanglos, dass sie sich nicht mehr an den Wortlaut erinnerte. Doch der Klang seiner Stimme streichelte ihre Nerven, rieselte über ihre Nippel, die sofort steinhart wurden, ließ sie gleichzeitig ruhig und nervös werden.

Er und Lukas verabschiedeten sich früh an diesem Abend und sie rechnete nicht damit, ihn wiederzusehen. Obwohl sie sich über Leas Heimlichtuerei aufregte, bekam sie Alec nicht aus dem Kopf. Sie bedauerte, ihn nicht näher kennengelernt zu haben. Damals ahnte sie noch nicht, wie oft sich ihre Wege zukünftig kreuzen würden. Denn Lea und Lukas bildeten, nach ein paar Anfangsschwierigkeiten, eine unerschütterliche Einheit. Jetzt, zwei Jahre später, planen sie ihre Hochzeit, und haben Alec und sie gebeten, ihre Trauzeugen zu sein.

Im Laufe der Zeit kam es öfter vor, dass man zu viert ausging, oder einen gemütlichen Abend bei einem Glas Wein in Lukas' urigen Farmhaus verbrachte. Lea war schon nach weniger als einem Jahr Beziehung dort eingezogen. Die Beiden sind glücklich miteinander, das sieht man ihnen an.

Rebecka lächelt. Alec ist aus ihrem Leben nicht mehr wegzudenken und die ständig wachsende sexuelle Spannung zwischen ihnen nicht zu verleugnen.

Doch sie ist fest entschlossen, sich nicht anmerken zu lassen, wie verrückt sie nach ihm ist. Denn Alec steht, genau wie sein Freund Lukas, auf harten Sex. Mit Männern, die BDSM praktizieren, möchte sie nichts zu tun haben. Es fröstelt sie und mit starrem Blick verharrt sie einen Moment.

Als Lea vor einigen Jahren zum ersten Mal mit ihr über ihre Neigungen geredet hat, konnte Becky es kaum glauben. Ihre Freundin wirkte doch vollkommen normal. Eine Frau, die mit beiden Beinen im

Leben steht. Und trotzdem gefällt es ihr, sich von einem Kerl den Arsch versohlen zu lassen? Ein bizarres Vergnügen.

Anfangs konnte Becky Lukas nicht ausstehen, denn sie sorgte sich um ihre Freundin. Die Vorstellung, dass er Lea schlug und dominierte, war für Rebecka nur schwer zu ertragen. Sie beobachtete die beiden mit Argusaugen, fand jedoch an der Art, wie sie miteinander umgingen, nichts auszusetzen. Sie behandelten einander liebevoll und respektvoll. Die Nähe und Vertrautheit zwischen ihnen konnte einen fast schon neidisch werden lassen.

Becky gibt sich seitdem Mühe, sich besser in das Thema BDSM hineinzudenken, denn sie will ihre beste Freundin verstehen. Oft löchert sie Lea mit Fragen, denn irgendetwas fasziniert sie daran, auch wenn sie bis heute nicht dahintergekommen ist, was.

Einmal zog Lea mit funkelnden Augen ihr Oberteil aus, um ihr die Striemen auf ihrem Körper zu zeigen. Die roten Male, die ihre Freundin offensichtlich mit Stolz trug, entsetzten Rebecka. Sie verstand das einfach nicht.

»Das muss doch wehgetan haben. Was zum Teufel ist denn bitteschön toll an Schmerzen?«, hatte sie Lea erschüttert gefragt.

»Es gibt einen feinen, aber entscheidenden Unterschied zwischen Schmerz und Lustschmerz«, hatte Lea bedächtig geantwortet. »Probier es aus!«

»Ganz bestimmt nicht!«, hatte Becky entrüstet erwidert. Lea hatte nur gelächelt.

Sie zieht die Decke etwas höher. Lustschmerz ... das klingt absurd. Ausgeschlossen, dass ihr das gefallen würde!

Es liegt auch nicht an der Erinnerung an dieses Gespräch, dass es gerade aufs Neue in ihrem Schoß kribbelt, sondern nur an Alec. Wie geil müsste es sein, mit ihm die Nacht zu verbringen. Sie seufzt leise.

›Ach was, es wäre nicht anders, als mit jedem x-beliebigen Kerl. Wenn ich tatsächlich mit ihm schlafen würde, wäre es vorbei, sobald er eingeschlummert ist. Da ist es besser so, wie es jetzt ist. So kann ich wenigstens von ihm träumen.‹

›Lass dich fallen,‹ raunt er ihr mit diesem unverschämten Grinsen im Gesicht zu.

›Das wird niemals geschehen, ich kann es nicht‹, flüstert sie in Gedanken zurück. ›Aber jetzt und hier, in der Stille der Nacht, wo es niemand weiß, noch nicht einmal du, da gehör' ich dir.‹

Aufs Neue sucht ihre Hand den Weg an ihrem Körper entlang. Sanft teilt ihr Zeigefinger feuchtes Fleisch. Mit kreisenden Bewegungen massiert sie ihre Perle, glaubt, seinen gierigen Blick auf ihrer Haut zu fühlen, während sie das Ziehen in ihrem Schoß genießt.

Durch die dichten Brauen erscheinen seine dunkelblauen Augen noch strahlender. Sein Blick wirkt auf sie so intensiv, fast schon hypnotisch, dass ihr der Atem stockt. Oft hat sie sich aber auch darin gefangen gefühlt. Ein Empfinden, das sie ängstigt und verärgert. Wieder fröstelt sie leicht und ihre Handbewegung kommt kurz aus dem Takt.

Sie erinnert sich, wie böse sein Blick oft war, wenn er sie anschaute, seine markanten Gesichtszüge wirkten dann düster. Er schaffte es mit Leichtigkeit, ihr einen Schauer über den Rücken zu jagen, der jedes Mal als sanftes Kribbeln in ihrem Unterleib ausklang. Wenn er mit Lea und Lukas scherzte, veränderte sich das ganze Gesicht auf wunderbare Weise. Dann strahlten seine Augen warm und auf seinen Wangen bildeten sich zwei süße Grübchen. Wenn er lachte, flog ihr Herz ihm zu und dann bemühte sie sich krampfhaft um eine neutrale Miene, damit er es nicht bemerkte.

Der Anblick seiner vollen, sinnlichen Lippen brachte ihren Magen ein ums andere Mal zum Flattern. Doch in ihrer Gegenwart kniff er sie oft zu einem dünnen Strich zusammen, weil er sich über sie ärgerte. Er hasste es zum Beispiel, wenn sie sich früher aus der Runde verabschiedete, um sich mit irgendeinem namenlosen Kerl zu einer belanglosen Vögelei zu treffen. Hin und wieder legte sie ihre One-Night-Stands absichtlich so, dass er es mitbekam. Natürlich sorgte sie dann durch entsprechende Andeutungen dafür, dass er verstand, was sie für die Nacht noch geplant hatte. Seine Reaktion darauf, die mühsam unterdrückte Wut, löste jedes Mal Euphorie bei ihr aus und bewirkte, dass sie sich lebendig fühlte.

Wie sich sein Mund auf ihrem wohl anfühlen würde? Sie leckt sich über die Lippen und meint seine feuchten Küsse zu spüren. Leise stöhnend erhöht sie den Druck auf ihre Klit, aber das reicht ihr heute einfach nicht. Keuchend greift sie in die Nachttischschublade und zieht ihren Vibrator heraus.

»Fick mich, Alec«, flüstert sie in die Dunkelheit ihres Schlafzimmers und führt den Freudenspender tief in sich ein. Langsam und genüsslich stößt sie ihn in ihr nasses Geschlecht, gibt sich ganz und gar ihrer Fantasie hin. Bis das erlösende Beben ihren Körper erfasst, ihre Muskeln sich entspannen und alle Gedanken fortgewischt werden, sodass sie endlich schlafen kann.

2

Feierabend und drei Wochen Urlaub! Sich von seinem Schreibtisch zu lösen, fällt Alec nicht leicht. Aber sein bester Freund und Geschäftspartner Lukas hat in der Firma alles im Griff, darauf kann er sich verlassen. Alec hat schon immer viel und gern gearbeitet, doch allmählich gelangt er an seine Grenzen. Gewöhnlich schaufelt er sich alle paar Monate mal eine oder zwei Wochen frei, um seine Heimat Schottland zu besuchen. Doch seit seinem letzten Trip ist jetzt fast ein Jahr vergangen. Höchste Zeit für ein wenig Erholung. Übermorgen, lange bevor die Sonne aufgeht, wird das kleine Charterflugzeug abheben, das ihn nach Hause bringt.

Er fährt mit dem Fahrstuhl in sein Penthouse im elften Stock. Der Aufzug entlässt ihn direkt in sein riesiges Wohnzimmer. Die Wohnung bietet jede Menge Platz, kühle Eleganz und Luxus pur, doch wohlgefühlt hat er sich hier noch nie. Er seufzt. Das Penthouse und seine Ehe. Seine zwei größten Fehler der letzten zehn Jahre, an die er täglich erinnert wird, wenn er den Luxusschuppen betritt. Er durchquert den mit feinem weißen italienischen Marmor ausgelegten Wohnbereich. Schwarze Hochglanzmöbel, die Chillout-Area mit der pompösen Sitzlandschaft aus schwarzem Leder, alles Marys Werk. Den überdimensionalen hochmodernen Flatscreen schaltet er seit ihrem Auszug vor vier Jahren kaum noch ein. Er liest lieber ein gutes Buch oder genießt die traumhafte Aussicht über die Stadt und die Felder, Wiesen und Wälder dahinter. Das Panorama und die Tatsache, dass sich Heim und Firma im gleichen Haus befinden, stellen die einzigen Pluspunkte dieser Bude dar. Daran trägt er selbst Schuld, denn er hatte ihr freie Hand und seine Kreditkarte gelassen und von beidem machte sie reichlich Gebrauch. Damals beging er den Fehler, Unterwürfigkeit mit Bescheidenheit gleichzusetzen. Eine Dummheit, wie sich herausstellte. Mary war für ihn in jeder Hinsicht zuviel gewesen. Zu devot, zu süchtig nach Qualen und zu verliebt in Luxus. Aber diese Erkenntnis kam ihm erst nach der Hochzeit. Ihrer beider Vorstellungen von gutem Sex und erfüllendem BDSM deckte sich nur für eine relativ kurze Zeit. Mary wollte mehr, immer mehr. Erheblich mehr als er zu geben bereit war. Ihre Ergebenheit grenzte an Selbstaufgabe. Sie bot keinen Gegenpol mehr, an dem er sich reiben konnte und langweilte ihn schon wenige Monate nach der Eheschließung. Ihre Lust am Schmerz nahm Ausmaße an, die er eher als beängstigend, denn als lustbringend empfand. Dennoch zögerte er lange, sie freizugeben, einfach weil er Angst um sie hatte. Er befürchtete, sie könnte sich blindlings in eine Beziehung stürzen, in der sie gesundheitlichen oder seelischen Schaden nehmen könnte, wenn er nicht mehr auf sie aufpasste. Es dauerte eine ganze Weile und brauchte viele lange Gespräche mit seinem besten Freund Lukas. Doch schließlich verstand er, dass diese Ehe nicht nur ihn, sondern auch sie ins Unglück stürzte. Mary wäre zwar nie aus eigenem Antrieb gegangen, aber auch für sie war die Trennung eine Erleichterung.

Er schaut sich um. Sein Blick fällt auf den schon fast vollen Koffer. ›Endlich nach Hause,‹ freut er sich und verstaut noch zwei Lieblingsbücher im Gepäck.

Schnell springt er unter die Dusche. Das prickelnde Wasser macht ihn wieder munter. Zurück aus dem Bad zieht er sein Handy hervor, scrollt kurz durch die Kontaktliste und ruft Sandra an. Eine süße Maus, mit einem anbetungswürdigen Körper, dazu stets begierig, seine Wünsche zu erfüllen. Selbst wenn er sie, wie heute, kurzfristig davon in Kenntnis setzt, dass er Lust verspürt, sie zu besuchen.

Sandra ist nicht die einzige Sub, mit der er sich vergnügt. Seit seiner Scheidung ist er keine feste Beziehung mehr eingegangen. Er spielt mit offenen Karten. Seine Mädels wissen voneinander, kennen sich teilweise sogar. Keine bildet sich ein, Exklusivrechte auf ihn zu haben, und alle kommen wunderbar damit klar.

Eine halbe Stunde später steht er mit seiner Spielzeugtasche, die für spontane Dates immer im Kofferraum seines Wagens lagert, vor Sandras Tür. Sie empfängt ihn in einem Outfit, das ihm für einen Moment den Atem verschlägt. Ihre endlos langen Beine stecken in Netzstrümpfen, die von dunkelblauen Strapsen gehalten werden. An ihre Scham schmiegt sich ein dunkelblauer Tanga und ihre Brüste drohen den BH zu sprengen. Der blaue, mit hauchzarter Spitze verzierte Stoff so durchsichtig, dass er mehr preisgibt, als er verbirgt. Ihre Hände und Knöchel zieren bereits Manschetten und ihren Hals schmückt ein breites Lederband mit einer Öse vorn, an dem locker eine Leine baumelt. Ihre Füße stecken in schwarzen High Heels, wodurch ihre Wahnsinnsbeine noch länger wirken. Dunkel lächelt er sie an. Sie kennt ihn gut und weiß, worauf er steht, keine Frage.

»Guten Abend, Herr«, flüstert sie und schlägt die Augen nieder. Statt einer Antwort greift er nach der Leine.

»Auf die Knie!«

Sie führt seinen Befehl widerspruchslos aus, hält den Blick auf den Boden gerichtet. Er schließt die Eingangstür, geht an ihr vorbei und steuert mit langsamen Schritten das Wohnzimmer an. Sie folgt ihm auf allen vieren.

»Möchtest du ein Bier?«, fragt sie, ohne ihn anzusehen.

»Ja, danke. Du darfst aufstehen, wenn du in die Küche gehst. Aber beeile dich, ich will dich zu meinen Füßen sehen.«

»Ja, Herr.« Sie steht auf und kehrt zügig mit einer Flasche Bier und einem Glas Rotwein zurück. Zwischenzeitlich hatte er in einem Sessel platzgenommen. Mit gesenktem Kopf reicht sie ihm sein Getränk und kniet sich vor ihn auf den Boden. Er betrachtet sie einen Moment lang.

Sie ist schön. Kurzes hellbraunes Haar, zu einem Pagenkopf frisiert, große himmelblaue Augen, süßer Schmollmund, einen Körper zum Niederknien, tabulos und masochistisch veranlagt.

Eigentlich wollte er sich ein wenig mit ihr unterhalten. Doch trotz ihrer reichlichen Vorzüge geht ihre Unterwürfigkeit ihm heute auf die Nerven.

»Vierfüßlerstand, quer vor mich«, befiehlt er mit einem leichten Anflug schlechter Laune.

Nachdem sie die gewünschte Position eingenommen hat, stellt er die Flasche Bier auf ihrem Rücken ab und beobachtet ihre Reaktion. Die Augen starr auf den Boden geheftet, traut sie sich offenbar nicht, auch nur einen Muskel zu rühren, aus Angst, die Flasche könnte ins Wanken geraten und fallen. Sein missbilligendes Kopfschütteln bekommt sie deshalb gar nicht erst mit. Er schlüpft aus seinen Schuhen, nimmt die Bierflasche kurz an sich, legt seine Beine quer über ihren Rücken und stellt die Flasche neben seine Füße. Erwartungsvoll lehnt er sich im Sessel zurück, ohne sie aus den Augen zu lassen. Minuten dehnen sich. Das Schweigen empfindet er als unangenehm, doch er wartet gespannt, wie sie reagiert. ... Vergebens ... es passiert nichts.

›Vielleicht hätte ich die Schuhe anbehalten sollen,‹ denkt er ironisch. ›Aber vermutlich hätte das auch nichts geändert.‹ Im Übrigen weiß er sich zu benehmen. Sicher, es gibt genug BDSMler, die auf diese Art der Erniedrigung stehen, jedoch nicht Alec. Er merkt, dass er gerade eine Menge Respekt vor ihr verliert und schimpft sich selbst einen Idioten. Er ist sechsunddreißig Jahre alt und geht schon fast sein halbes Leben mit Submissiven um. Er steht auf diesen Typ Frau, also kann er sich nicht beschweren, wenn sie sich ihm unterordnen und seine Wünsche erfüllen. Selbstverständlich besteht er darauf, dass sie ihm gehorchen, aber manchmal wünscht er sich, einfach mal an eine Grenze zu stoßen. Nicht an ihre Schmerzgrenze während einer Session. Er verfügt über eine gute Beobachtungsgabe und ein sicheres Gespür für seine Partnerinnen. Dass er über die Stränge schlägt, passiert ihm äußerst selten. Nein, er sucht nach der Grenze dessen, was sich eine Sub von ihm gefallen lässt, gerade außerhalb einer Session, wenn man, wie jetzt beisammen ist.

Unwillkürlich denkt er an Leas Freundin Rebecka. In seinen Füßen zuckt es leicht, doch er widersteht dem Impuls, die Beine herunterzunehmen. Wäre dies hier nicht Sandra, sondern die freche kleine Hexe mit den grünen Augen und den rotblonden Dreadlocks, würde er nicht so ruhig hier sitzen. Bestimmt würde sie sich wutschnaubend auf ihn stürzen, wenn er es wagte, sie als Fußbank zu benutzen.

Seitdem Lukas und Lea zusammengekommen sind, treffen sie sich öfter mal zu viert auf ein Bier oder zum Essen.

Becky besitzt ein spezielles Talent, ihn zu reizen. Mit ihren flotten Sprüchen, mit denen sie ihn verbal attackiert, mit ihren grünen Hexenaugen und ihren engen Shirts, die ihre Titten so schön in Szene setzen. Und damit, dass sie zwar scharf auf ihn ist, sich aber dennoch seit nunmehr zwei Jahren ziert. Nicht schwer, ihr am Gesicht abzulesen, dass sie ihn genauso sehr will, wie er sie. Das bildet er sich nicht nur ein. Die Art, wie sie ihn ansieht, die Röte auf ihren Wangen. Ihre

Nervosität, wenn er sie mit seinen Blicken fixiert oder absichtlich näher an sie herantritt, als es unter Freunden üblich ist. Sie sendet Signale, so deutlich wie Leuchtfeuer bei Nacht. Gleichzeitig hält sie ihn auf Abstand, behauptet, mit einem dominanten Mann wie ihm und vor allem mit BDSM, nichts zu tun haben zu wollen.

Dabei gibt es so viele geile Dinge, die er gern mit ihr anstellen würde. Er malt sich aus, wie sie sich in seinen Fesseln windet und ihn anfleht, sie zu vögeln. Er versucht, sich vorzustellen, wie ihre Lustschreie klingen, aber es gelingt ihm nicht. Ob sie überhaupt laut ist beim Sex? Oder ob sie lediglich etwas heftiger atmen würde, wenn er sie nähme? Nein, in ihr schlummert eine Menge Temperament. Er ist sicher, die Frau wäre ein Vulkan im Bett.

Missbilligend schüttelt er den Kopf. Er denkt öfter an sie, als ihm lieb ist. Er ruft sich selbst zur Ordnung, reißt seine Gedanken von der kleinen Hexe los und richtet seine Konzentration wieder auf Sandra.

Ihr Glas Wein steht vor ihr auf dem Boden. Ihm fällt auf, dass sie es anstarrt. Sie würde gern einen Schluck trinken, wird ihm klar. Aber sie traut sich nicht, sich zu bewegen, aus Sorge, ihre Körperspannung zu verlieren und die Bierflasche auf ihrem Rücken umzukippen. Herrgottnochmal! Wenn sie etwas trinken möchte, wieso bittet sie ihn nicht einfach, die dämliche Flasche festzuhalten? Er ist doch kein Unmensch und er ist sicher, dass sie keine Angst vor ihm hat. Schön, wenn sie nicht darum bitten kann oder will, muss sie eben auf ihr Getränk verzichten. Er unterdrückt einen Seufzer. Am liebsten würde er aufstehen und gehen. Doch er weiß, dass sie sich dann die nächsten drei Wochen fragen würde, was sie falsch gemacht hat und das will er nicht. Wahrscheinlich ist es noch nicht einmal ihr Fehler, sondern seiner. Vielleicht stößt *er* ja an seine Grenze. Womöglich waren fünfzehn Jahre BDSM genug und er sollte sich mal nach einem anderen Typ Frau umschauen. Aber Blümchensex? ... Nein, keine Option.

Er schiebt die wirren Gedanken entschlossen von sich, zieht ihren Slip zur Seite und streicht mit einem Finger durch ihre Spalte. Die Situation scheint ihr wesentlich besser zu gefallen, als ihm, denn sie ist klitschnass. Sie steht drauf, gedemütigt zu werden.

Einmal, als sie im Vierfüßlerstand auf ihrem Bett kniete, hatte er ihr Klemmen mit kleinen, gemeinen Gewichten an die Nippel gehängt. Dann schlug er zweimal kräftig auf ihre Backen, öffnete seine Hose und nahm sie, ohne sich mit langen Spielchen aufzuhalten. Er trieb sie bis kurz vor einen Höhepunkt, ergoss sich in ihr, ohne ihr die Chance zu geben, zu kommen, richtete seine Kleidung und ging, ohne ein Wort. Wer ihm mangelnde Raffinesse unterstellen wollte, der irrte. An dem Tag war es ihm nicht um kunstvolle Fesselung oder einfallsreiche Spiele gegangen, sondern ausschließlich um Demütigung. Und dieses Ziel hatte er erreicht, wie sie ihm bestätigte, als er sie ein paar Tage später nach allen Regeln der Kunst bespielte und ihr einige berauschende Orgasmen bescherte.

Er zwickt kurz in ihre Klit. Sie zuckt heftig und die Bierflasche wäre heruntergefallen, wenn er sie nicht im letzten Moment festgehalten hätte.

»Du schaffst es also nicht einmal, eine halbe Stunde stillzuhalten?« Sein strenger Ton lässt nichts von seiner unschlüssigen Stimmung erahnen. »Das bringt dir fünfundzwanzig Hiebe mit der Gerte ein. Sei froh, dass ich heute großzügig bin und dich nicht härter bestrafe.«

Ein Keuchen ist die einzige Antwort.

Er holt eine biegsame Gerte aus seiner Tasche.

»Du wirst still für dich mitzählen und nur die letzten beiden Hiebe laut ansagen.«

»Ja He ... ah!«

Er wartet ihre Entgegnung gar nicht erst ab, sondern zeichnet eine dunkelrote Strieme auf ihre rechte Backe.

›Das wird zu viel für sie,‹ wird ihm sofort klar.

Der Schlag war fest und schmerzhaft gewesen und ihr Schrei viel zu qualvoll für den ersten Hieb.

Er hat sich hinreißen lassen und seine negative Energie in den Schwung gelegt. Verdammt! So etwas passiert ihm selten und es ärgert ihn maßlos. Er drosselt seine Kraft. Der zweite Schlag bereitet ihr weniger Pein und eine hübsche hellrote Linie erscheint auf ihrer Haut. ›Besser, viel besser.‹

Alec liebt es, eine Frau an ihre Grenzen zu treiben. Das gilt für ihre Schmerzgrenze genauso wie für ihre Lust. Er steht darauf, sie zu beobachten, wie sie sich verliert und in ihrer absoluten Hilflosigkeit neu erfindet. Es macht ihn glücklich, wenn sie für ihn erträgt, was er ihr zumutet. Und natürlich muss eine Strafe härter ausfallen, als ein lustvolles Spanking. Doch er achtet genau auf seine Gespielin. Wenn er ihr mehr gibt, als sie ertragen kann, fühlt sich das für ihn wie eine persönliche Niederlage an. Er schenkt immer nur so viel Schmerz, dass er auch ihre Lust steigert.

»Rühr dich nicht«, befiehlt er und holt aus dem angrenzenden Schlafzimmer einen Spiegel, den er so platziert, dass er ihr Gesicht sehen kann, wenn er hinter ihr steht. Dann züchtigt er sie.

Die Gleichmäßigkeit seiner Hiebe, das Zischen der Gerte, wenn sie durch die Luft saust und das Klatschen, wenn sie trifft, beruhigen ihn. Er beobachtet auch die kleinste Regung in ihrem Gesicht, jeden Ausdruck in ihren Augen. Alles andere tritt in den Hintergrund.

Seine Partnerinnen wissen um seine Umsicht und geben sich gern in seine Hände. Daher mangelt es ihm nie an willigen Subs.

Ihr Arsch nimmt nach und nach die Farbe von reifen Tomaten an. Er sieht den feuchten Glanz auf ihren Schamlippen. Es wird eng in seiner Hose. Die Hingabe einer Frau war und ist ein Geschenk. Eines, das nicht nur seinen Schwanz strammstehen lässt, sondern ihn auch mit Ehrfurcht erfüllt. Und trotzdem ist es nicht perfekt. Es fehlt etwas. Doch daran hat er sich inzwischen gewöhnt und damit abgefunden. Das Leben ist nun einmal nicht vollkommen, aber es ist gut und wert ausgekostet zu werden.

Er genießt ihre Schreie, bis sie mühsam »vierundzwanzig« zwischen den Zähnen hervorpresst. Der letzte Hieb zischt auf die andere Backe. »Fünfundzwanzig.«

»Okay, es ist alles gut, du hast es geschafft«, flüstert er ihr ins Ohr, während er ihre Schamlippen streichelt. Zitternd vor Gier kniet sie vor ihm und wartet auf seinen nächsten Befehl.

Er gönnt ihr eine Minute, schaut auf sie herab, berauscht sich an ihrer Hilflosigkeit und an ihrer Hingabe. Langsam entledigt er sich seiner Kleidung, registriert zufrieden, dass sie gebannt in den Spiegel starrt und jede seiner Bewegungen verfolgt. Nachdem er sich ausgezogen hat, kniet er sich hinter sie und taucht seinen Schaft tief in heißes, nasses Fleisch. Genussvoll stößt er in sie, mit gedrosseltem Tempo, dafür sehr intensiv. Eine Hand krallt er in ihre Haare, entlockt ihr kleine spitze Schreie, während er immer wieder zustößt. Ganz allmählich wird er schneller, rammt sich härter in sie. Ihre Lautstärke steigert sich, ihre inneren Muskeln beginnen zu zucken, krampfen sich um seinen Schwanz zusammen, während ihre Laute zu einem lang gezogenen Jaulen anschwellen. Mit einem tiefen Stöhnen kommt auch er und entlädt sich tief in ihr.

Vielleicht ist es nicht perfekt, aber es ist trotz allem verdammt geil.

3

Nerviges Klingeln reißt sie aus dem Tiefschlaf. Rebecka zieht das Kissen über den Kopf. Doch jetzt lauscht sie geradezu angestrengt und wird dadurch erst richtig wach. Da, schon wieder das lästige Geräusch. Es hört nicht auf! Leise vor sich hin schimpfend schwingt sie die Beine aus dem Bett. Dem störenden Klang folgend, findet sie schließlich ihr Festnetztelefon unter einigen Zeitschriften auf dem Couchtisch im Wohnzimmer.

»Ja?«, knurrt sie gereizt.

»Guten Morgen, Süße. Sag bloß nicht, du hast noch geschlafen, es ist fast Mittag«, klingt die fröhliche Stimme ihrer besten Freundin an ihr Ohr.

»War spät gestern«, murmelt Becky schon etwas versöhnlicher. Lea verzeiht sie großzügig die Störung ihrer wohlverdienten, auf den Tag ausgedehnten, Nachtruhe.

»Ah, dann hattest du wohl eine ereignisreiche Nacht, was? Erzähl, wie war es? Geiler Typ? Hammermäßiger Sex?«

»Nett, aber nicht der Rede wert«, erwidert Rebecka knapp. Nicht, dass sie ihrer besten Freundin die delikaten Details verweigern würde, aber es gibt wirklich nichts Aufregendes zu berichten.

Die Freundinnen kennen sich schon seit ihrer Schulzeit, also gute fünfzehn Jahre. Lea ist die einzige Person auf der Welt, der Becky von ganzem Herzen vertraut.

Von Anfang an schätzte sie Leas unbeschwerte Fröhlichkeit sehr. Genau wie ihr Auge für die kleinen Dinge, die den Alltag so lebenswert machen. Ihren Enthusiasmus, mit dem sie sich mit allem, was sie zu geben hat, in Lebenslagen stürzt, die ihr wichtig erscheinen. Und wie sie sich für die Menschen einsetzt, die sie liebt. Außerdem bewundert sie die Freundin für ihren Mut sich fallenzulassen. Wäre Lea an ihrer Stelle, sie würde nicht zögern, sich in Alecs Hände zu gegeben. Hin und wieder beneidet Rebecka sie um ihre Risikobereitschaft und manchmal ist sie überzeugt davon, dass Lea komplett verrückt ist.

Einen Moment bleibt es still in der Leitung.

»Schade, hätte ja mal ein Hauptgewinn sein können«, sagt Lea dann bedauernd.

»Eher ein Trostpreis, obwohl eigentlich bin ich ungerecht. Er war nicht übel, wirklich. Es lohnt sich nur einfach nicht, groß darüber zu reden. War nett und Punkt. Aber nun erzähl, warum du mich aus dem Bett geholt hast.«

»Okay, also Lukas, Alec und ich gehen heute Abend in diese süße kleine Weinstube, die wir neulich entdeckt haben. Alec fliegt heute Nacht für drei Wochen nach Schottland und da wollen wir uns vorher noch mal treffen, ein bisschen quatschen, ein oder zwei Weinchen schlürfen. Fände schön, wenn du mitkommst. Hast du Lust?«

Alec ... schon wieder. Reicht völlig, dass er ständig durch ihre Gedanken und Fantasien geistert, da muss sie ihn wirklich nicht auch noch sehen. Gut, dass er wegfährt! Das bedeutet mindestens weitere drei Wochen, die er sie nicht mit seinen dunkelblauen Augen und seiner Stimme, die ihr durch Mark und Bein geht, durcheinanderbringt.

»Ja, warum nicht. Klingt nett, da komme ich gerne mit«, hört sie sich sagen. ›Moment mal, bin ich verrückt? Ich hatte doch ablehnen wollen.‹ Aber das hieße, ihn insgesamt wenigstens zwei Monate nicht zu sehen. Sie könnte sich einreden, dass es ihr nur darum geht, Lea zu treffen, aber sie weiß, dass sie sich damit selbst belügt. Seufzend ergibt sie sich in ihr Schicksal, als Lea fröhlich weiter plappert:

»Lukas und ich holen dich um sieben Uhr ab und bringen dich später auch wieder nach Hause. Dann kannst du was trinken. Das wird bestimmt ein toller Abend!«

Sie beenden das Gespräch und Becky schwankt zwischen Freude und Ärger. Warum zum Teufel hat sie zugesagt? Und wieso kribbelt die Vorfreude in ihrem Magen? Und mal ganz ehrlich, warum zieht sich der Tag wie ein Kaugummi?

Als Lea endlich klingelt, ist Rebecka schon seit einer gefühlten Ewigkeit fertig und unruhig durch ihre kleine Wohnung getigert.

Die Weinstube ist gut besucht und sämtliche Tische sind besetzt. Alec hockt bereits an einem, doch jetzt steht er auf, um die Neuankömmlinge zu begrüßen. Nachdem sie ihn freundschaftlich gedrückt haben, setzen sich Lea und Lukas nebeneinander auf die beiden Stühle. Damit ist der einzig noch freie Platz der neben Alec auf der engen Bank. Er umarmt auch sie zur Begrüßung kurz. Nicht mehr als eine kameradschaftliche Geste, doch sein Duft, eine würzige Mischung aus frischem Laub und Waldboden steigt ihr in die Nase und vernebelt ihre Sinne.

Er sitzt viel zu nah neben ihr und nachdem der Kellner die erste Runde eines vorzüglichen, süßfruchtigen Rotweins serviert hat, leert sie ihr Glas viel zu schnell. Immerhin gibt ihr der Alkohol die nötige Gelassenheit und sie beginnt seine Gesellschaft und ihre Viererrunde zu genießen. Anstatt so weit wie möglich von ihm abzurücken, rutscht sie so nah an ihn heran, dass sie seine Körperwärme spüren kann. Der durchdringende Blick, den er ihr daraufhin zuwirft, geht ihr durch Mark und Bein. Doch, statt etwas mehr Abstand zu gewinnen, trinkt sie ihr zweites Glas in einem Zuge aus.

»Wow, du legst ein mächtiges Tempo vor«, leicht irritiert fixiert Lukas ihr schon wieder leeres Glas. »Sei vorsichtig, das Zeug hat es in sich.«

»Ach lass sie nur, wenn sie Lust darauf hat, soll sie ruhig mal über die Stränge schlagen«, meint Alec grinsend und bestellt ein weiteres Glas Wein für sie. Bildet sie sich das nur ein, oder ist *er* jetzt noch ein Stückchen näher herangerückt? Zumindest pressen sich ihre Schenkel aneinander. Genießerisch, und wie sie hofft unauffällig, kuschelt sie sich an ihn. Warum Lea und Lukas sich so verschwörerisch angrinsen, bleibt ihr ein Rätsel. Was weiß sie schon, was für stumme Zwiegespräche die beiden führen. Ist ihr aber auch egal.

Alec erzählt ihnen von der zerklüfteten Landschaft der Highlands, den grünen Hügeln und den Bergen mit den vielen kleinen klaren

Bergseen. Besser gesagt, er schwärmt davon. Sie wagt kaum, ihren Kopf zu drehen, um ihn anzuschauen. Seine Augen glitzern wie das Meer, wenn die Sonne darauf scheint. Man hört deutlich heraus, wie sehr er seine Heimat liebt.

Becky erhebt sich.

›Huch, entweder ich bin zu flott aufgestanden oder ich habe doch ein bisschen zu schnell getrunken‹, denkt sie und hält sich einen Moment am Tisch fest.

»Die Natur ruft«, kichert sie und steuert mit leicht unsicheren Schritten die Toiletten an. Beim Händewaschen lächelt sie ihrem Spiegelbild zu. ›Ist doch gar nicht so übel, warum will er mich nicht?‹ Sie zieht einen Schmollmund. ›Nein, tatsächlich ist es wohl eher so, dass ich auf die Bremse trete. Wieso eigentlich? Bin ich bescheuert? Ach ja, seine komischen Vorlieben beim Sex ...‹ Sie streckt der Frau im Spiegel die Zunge raus. »Ich habe Lust auf ein Abenteuer!« Damit dreht sie sich um und macht sich, leicht wankend auf den Weg, zurück zu ihren Freunden.

Dort lässt sie sich wieder neben Alec auf die Bank plumpsen und entdeckt ein neues Glas Wein auf dem Tisch vor ihrem Platz.

So nahe wie nur möglich rutscht sie an ihn heran. Ob er das bemerkt oder nicht, ist ihr mittlerweile egal. Selig nippt sie an ihrem Wein und hört Alec zu, der seinen Bericht Gott sei dank noch nicht beendet hat.

Becky staunt nicht schlecht, als das Glas kurze Zeit später schon wieder leer ist. Sie fühlt sich berauscht, doch daran ist eher der Klang seiner Stimme schuld. Mit offenen Augen träumt sie vor sich hin. Sie und Alec in Schottland. Kennenlernen, woran sein Herz so sehr hängt, dass es dieses Strahlen auf sein Gesicht zaubert. Erleben, was ihn begeistert.

›Wie gerne würde ich ihn küssen. Einmal nur spüren, wie sich das anfühlt. Es wird mindestens einen Monat dauern, bis ich ihn wiedersehe. Seine Stimme wieder höre. Eine Ewigkeit. Warum eigentlich? Wieso soll ich so lange auf seine Gesellschaft verzichten?‹ Ihr wird etwas schwindelig.

»Bitte nimm mich mit. Lass mich nicht alleine hier«, lallt sie mühsam, erstaunt wie schwer ihr das Sprechen fällt.

Drei Augenpaare richten sich abrupt auf sie, doch das macht ihr gar nichts aus. Gut gelaunt schlürft sie ihren Wein, stolz auf sich, weil sie auf diese wunderbare Idee gekommen ist.

Diese wunderschönen dunkelblauen Augen scheinen bis auf den Grund ihrer Seele blicken zu wollen. Selbst wenn sie es wollte, wäre sie nicht in der Lage wegzuschauen.

»Sei vorsichtig mit dem, was du dir wünschst, kleine Hexe. Manchmal gehen Wünsche in Erfüllung«, sagt er sehr ernst.

Hexe? Wünsche? Der Sinn seiner Worte bleibt ihr verborgen, aber das ist nicht weiter schlimm, solange sie nur dem Klang seiner Stimme lauschen darf.

»Mit dir gehe ich bis ans Ende der Welt«, nuschelt sie, mühsam, aber enthusiastisch. Sie fühlt sich so leicht und frei und immer noch ein bisschen schwindelig. Warum soll sie ihm nicht zeigen, dass sie gerade sehr glücklich an seiner Seite ist? »Aber ich gehe immer einen halben Schritt vor dir her«, setzt sie augenzwinkernd hinzu. »Weil ich mich nämlich nicht vor dir führen lasse, so!«

Er lacht und kommt ihr so nahe, dass sie die Bewegung seiner Lippen an ihrem Ohr spürt. So leise, dass nur sie ihn versteht, flüstert er: »Ob du vor oder hinter mir gehst, ist mir egal, mo shitheag. Irgendwann wirst du vor mir knien und wir beide werden es genießen.«

Sie bemüht sich, den Sinn seiner Worte zu erfassen, doch es gelingt ihr nicht. Auch dem Tischgespräch kann sie nicht mehr folgen. Ihre Augen werden schwer. Unerheblich. Sie schmiegt ihren Kopf an Alecs Schulter und schläft tief und fest ein.

4

Rebecka erwacht aus einem tiefen, traumlosen Schlaf. Sie fühlt sich ein bisschen benommen. Nur langsam findet sie in die Realität zurück. Irgendetwas erscheint ihr merkwürdig.

›Das ist doch nicht mein Bett, oder?‹, grübelt sie. ›Nein, wohl nicht. Oh verdammt, bin ich etwa gestern bei dem Kerl eingeschlafen? Gar nicht gut! Bin ich mit neunundzwanzig tatsächlich schon zu alt für diesen Mist?‹

Offenbar hat sie lange geschlafen, denn Tageslicht flutet das Zimmer. Sie weiß nicht, wo sie ist, wie sie hierher kam, oder auch nur welcher Tag heute ist. Irritiert setzt sie sich in einem großen Doppelbett mit grau-rot-weiß kariertem Bettzeug auf. Ein Fehler, wie sich herausstellt, denn augenblicklich glaubt sie, jemand habe ihr mit einem Hammer auf den Kopf geschlagen. Stöhnend kneift sie die Augen zu und lässt sich zurück in das weiche Kissen sinken. Ihr Mund ist staubtrocken. Was um Himmels willen ist geschehen?

Als sie letzte Nacht mit dem Typen auf seiner Matratze landete, war es stockfinster gewesen. Dennoch beschleicht sie das Gefühl, in einem ganz anderen Raum aufgewacht zu sein. Moment mal, jetzt erinnert sie sich. Sie ist nach Hause gefahren und hat dabei um ein Haar einen Unfall verursacht! Das hat sie doch nicht geträumt, oder?

Mühsam öffnet sie die Lider erneut und sieht sich blinzelnd um. Das Schlafzimmer wirkt gemütlich, aber ungewohnt rustikal. Dafür sorgen der dicke dunkelrote Teppich, und das Karomuster, das sich sogar in den Vorhängen vor den Fenstern wiederfindet. Ihr Blick wandert durch das Zimmer und bleibt an einem großen Glas Wasser und einer Packung Alka Seltzer auf dem Nachttisch hängen. Wer auch immer die Umsicht besessen hat, das an ihr Bett zu stellen, sie ist unendlich dankbar dafür. Sie drückt gleich zwei Tabletten aus der Verpackung und leert das Wasserglas in einem Zug. Alles in ihr drängt danach, aus dem Bett zu springen, das ihr nicht gehört, um herauszufinden, wo zum Teufel sie sich befindet. Doch die rasenden Kopfschmerzen zwingen sie, ruhig liegen zu bleiben. Ihr Hirn dagegen arbeitet auf Hochtouren.

Sie hält sich nicht mehr in der Wohnung ihres One-Night-Stands auf. Sie war nach Hause gefahren … Dunkel erinnert sie sich daran, ein paar Lebensmittel eingekauft und ihre Wäsche gewaschen und aufgehangen zu haben. Demnach hat sie sich nicht gestern, sondern vorgestern mit dem Typen vergnügt? Aber was hat sie gestern gemacht? War sie nicht mit Lea, Lukas und Alec verabredet gewesen? Natürlich! Das kleine Weinlokal, der süffige Rotwein … ›Verdammt ja, der Alkohol ist sicher schuld an diesem furchtbaren Hämmern in meinem Kopf.‹

Sie hatte neben Alec gesessen, so nah, dass sie ihn riechen konnte. In ihrem aufgestauten Gefühlschaos war das entschieden zuviel Intimität gewesen. Warum hatte sie es nicht fertig gebracht, Abstand zu halten oder einfach früh zu gehen?

Langsam kehrt die Erinnerung zurück, wenn auch verschwommen, unwirklich und vollkommen grotesk. Vage kommen ihr verworrene, im Rausch entwickelte Ansichten in den Sinn, doch an konkrete Inhalte kann sie sich beim besten Willen nicht erinnern.

»Bitte nimm mich mit! Lass mich nicht alleine hier.«

Nein … das hatte sie nicht zu ihm gesagt … es nicht laut ausgesprochen, sodass er es gehört hatte … oder doch?

Aber wenn er es nicht mitbekommen hätte, dann hätte er sie nicht so überrascht angeschaut. Dann hätten seine dunkelblauen Augen, die jedes Mal ihren Verstand ausschalten und ihr das Gefühl geben, im Meer zu treiben, ihr nicht den Boden unter den Füßen weggerissen.

Oh Gott, wie zum Teufel hatte das passieren können? Sie erinnert sich dunkel, immer wieder ein neues volles Glas Wein vor sich gehabt zu haben.

›Verdammt! Der Mistkerl hat mich abgefüllt!‹ Ihr schwant Böses. Sie schwingt die Beine aus dem Bett. Benommen schaut sie an sich herab, als ihre nackten Füße in den weichen Teppich sinken. Sie trägt nichts am Leib außer ihrem Slip. ›Wer hat mich ausgezogen? Alec etwa?‹.

Gehetzt blickt sie sich um und erspäht erleichtert ihre Kleidung, die zusammen mit ihrer Handtasche ordentlich über einem Stuhl hängt. Heilfroh fischt sie ihr Handy heraus. Das Gerät ist aus, der Akku leer. Wie gut, dass sie gewöhnlich ein Ladekabel mit sich herumschleppt. Sie angelt es aus ihrer Tasche, doch als sie es einzustecken versucht, stutzt sie. Die Steckdosen in diesem Zimmer sehen merkwürdig aus. Ihr Netzstecker passt nicht hinein. ›Das darf doch nicht wahr sein! Wo zum Teufel bin ich?‹

Wortfetzen wabern durch ihr Hirn.

»Mit dir gehe ich bis ans Ende der Welt.«

Nein ... nein unmöglich! Das hatte sie *nicht* gesagt! So etwas Peinliches und vollkommen Dämliches würde sie niemals von sich geben! ... Schottland ... das Ziel seiner Reise war Schottland! Und damit in diesem Fall wohl auch das ›Ende der Welt‹. Nein, das wagt der Mistkerl nicht! Ausgeschlossen, dass er sie zuerst abgefüllt und dann verschleppt haben könnte!

 So schnell ihre Kopfschmerzen es zulassen, zieht sie sich an und stolpert aus dem Raum, über einen Flur mit holzverkleideten Wänden und knarzenden Dielen und eine Treppe mit ausgetretenen Stufen. Unten angekommen stürzt sie aus der Haustür und erstarrt.

Die Steckdose ... die Erinnerungsfetzen ... Ihre Umgebung bestätigt ihre schlimmsten Befürchtungen. Kein Zweifel, sie ist nicht mehr in Deutschland.

Das Wetter, grau, trüb und empfindlich kühl, passt gut zu ihrer Stimmung. Leichter Nebel liegt über grünen Wiesen. Linker Hand, ein gutes Stück tiefer erblickt sie Wasser, so weit das Auge reicht. Ein großer See? Ein Ozean? Keine Ahnung. Immerhin ist die frische Luft eine Wohltat für ihren brummenden Schädel. Ganz bewusst atmet sie die würzige Seeluft ein, während sie auf wackeligen Beinen über feuchtes Gras, auf felsiges Gestein zu rennt. Sie ist noch nicht einmal außer Atem, als sie nicht mehr weiter kommt. Eine Klippe. Das Meer, tief unter ihr, wirft schäumende Wellen gegen das Gestein. Faszination und Entsetzen kämpfen in ihr. Entmutigt setzt sie sich auf einen Felsen und blickt aufgewühlt in die raue Brandung.

›Was habe ich mir da eingebrockt? Wie komme ich wieder nach Hause? Ich will hier weg! Vielleicht ist das ja nur ein Albtraum und ich wache jeden Moment in meinem eigenen Bett auf.‹ Fröstelnd und ratlos schlingt sie die Arme um ihren Körper. ›Wie bin ich bloß hier her gekommen?‹

5

Alec hört, wie sie aus seinem Schlafzimmer hastet, denn die alten Holzdielen ächzen und knarren. Nicht immer ein Vorteil, aber heute kommen ihm die Geräusche gelegen. Er steht unten in der Küche, gönnt ihr ein paar Minuten allein. Sie kennt sich hier nicht aus und ist nicht so dumm, blindlings davonzulaufen. Am Fenster stehend beobachtet er, wie sie auf die Klippe zusteuert und sich auf einen der großen Steine setzt. Sie wendet ihm den Rücken zu, trotzdem wirkt sie so verloren, dass sich etwas in seiner Brust zusammenzieht. Eine Schnapsidee, sie hierher gebracht zu haben.

Er wusste, dass er ihre im Rausch gelallte Bitte, sie mitzunehmen, nicht als Einwilligung zu dieser Reise werten durfte. Dennoch hatte er die Chance beim Schopf gepackt.

Ihre lange rotblonde Filzmähne leuchtet gegen das trübe schottische Wetter an. Warum läuft eine Frau, die auf die Dreißig zugeht, mit Dreadlocks herum? Zugegeben, die Frisur schmeichelt ihrem hübschen Gesicht, lässt ihre Züge noch zarter wirken und betont ihre grünen Hexenaugen. Er malt sich aus, wie sie vor ihm kniet. Die Beine mithilfe einer Spreizstange weit geöffnet. Die Arme auf dem Rücken gefesselt und mit einem zweiten Seil mit der Stange verbunden, wodurch sie ins Hohlkreuz gezwungen würde. Lebhaft stellt er sich vor, wie ihr Busen sich ihm entgegenstreckt. Gestern, als er sie auszog, hatte er sich kaum beherrschen können, ihre Brüste zu umfassen, nur um zu testen, wie sie sich unter seinen Händen anfühlen. Aber er riss sich zusammen, um dieses Vergnügen mit ihr gemeinsam zu genießen. Eine große Männerhand voll reizvoller runder Kugeln schätzte er. Abgebunden und mit Nippelklemmen verziert würden sie noch verführerischer aussehen. Ihre vollen roten Lippen wirkten im Schlaf so weich und einladend. Höchste Zeit, sie endlich zu kosten.

Wie gewöhnlich trägt sie ein enges Shirt in einer kräftigen Farbe. Diese Stofffähnchen bringen ihre scharfen Titten immer so gut zur Geltung, dass er sich zwingen muss, nicht ständig dorthin zu starren. Besonders wenn ihre Knospen sich so vorwitzig gegen den Stoff pressen, als wollten sie ihn durchbohren.

Schon öfter hatte er bemerkt, wie ihre Nippel hart wurden, wenn sie sich unbeobachtet glaubte und ihn anschmachtete. Bestimmt träumte sie dann von süßem zahmen Blümchensex mit ihm. Er wusste immer noch nicht genau, ob er amüsiert oder eher pikiert sein sollte. Schmeichelhaft, der Gegenstand ihrer schmutzigen kleinen Fantasien zu sein. Doch bei der Vorstellung von langweiligem, spießigen Verkehr im Dunkeln unter der Bettdecke, wollte sich beim besten Willen nichts in seiner Hose regen.

Überhaupt, die Frau ist unmöglich! Frech, vorlaut und mit einem merkwürdigen Sinn für Stil ausgestattet. Ihre üppigen Kurven versucht sie mit weiten, bunten Hosen oder Röcken aus fließenden Stoffen zu kaschieren. Vermutlich glaubt sie, ihr draller Arsch würde dadurch weniger ins Auge stechen, dabei ist eher das Gegenteil der Fall. Die Textilien scheinen ihren Hintern zu streicheln.

Er hatte schon mehr als einmal um Beherrschung gerungen, nicht nach ihren Backen zu greifen, um herzhaft hineinzukneifen. Himmel, wie peinlich wäre das denn? Immerhin ist er ein erwachsener Mann und kein pickliger Teenager!

Ihre Augen sind bestimmt sehr ausdrucksstark, wenn sie vor Leidenschaft glühen. Er findet sie sogar faszinierend, wenn sie vor Wut funkeln. Doch meistens sieht er bedauerlicherweise überhaupt kein Licht in ihren Hexenaugen.

Vielleicht war das einer der Gründe, warum er gestern spontan beschloss, sie mitzunehmen. Der Mensch, der sich hinter der Fassade verschanzte, interessierte ihn. Es kam vor, dass sie so laut und überdreht war, dass sie seine Nerven strapazierte. Dann wieder war sie still und in sich gekehrt und er glaubte, eine tiefe Traurigkeit in ihr zu spüren. Dann musste er sich zurückhalten, um sie nicht einfach in den Arm zu nehmen.

»Was ist nur mit dieser Frau los? Erklär mir das bitte mal. Ich würde es gerne verstehen«, hatte er Lea erst vor ein paar Wochen gefragt.

Die hatte ihn lange angesehen, jedoch bedauernd den Kopf geschüttelt. »Du weißt, ich liebe dich wie einen Bruder, Alec. Und ich sehe, dass sie dich fasziniert. Deshalb wäre es sinnvoll, wenn du einige Dinge über sie wüsstest. Aber ich bin die falsche Person, dir davon zu erzählen. Ich kann sie unmöglich so hintergehen. Wenn du ihr Vertrauen gewinnst, wird sie dir deine Fragen selbst beantworten, wenn du sie darum bittest. Schaffst du das nicht, gehen dich ihre Geheimnisse auch nichts an. Tut mir leid.«

Damit hatte sie vermutlich recht, und jetzt ist die Zeit gekommen, sich um Rebeckas Vertrauen zu bemühen.

Zugegeben, die Situation, in die er Becky gebracht hat, indem er sie aus ihrer gewohnten Umgebung herausriss, muss sie belasten. Bestimmt ist sie stocksauer auf ihn. Eine Frau wie sie lässt sich nicht gern fremdbestimmen. Doch er ist stur genug und entschlossen, sie zu lehren, sich auf ihn zu verlassen, egal wie prekär die Rahmenbedingungen erscheinen mögen. Und er bekommt meistens, was er will. Was für ein Zufall, dass sie ausgerechnet gestern beschloss, sich derartig vollaufen zu lassen, dass sie nicht mehr wusste, was sie sagte oder tat. Natürlich war es nicht in Ordnung, ihren Zustand auszunutzen, um sie hierher zu bringen, aber er hatte nicht widerstehen können. ›Betrunkene und kleine Kinder sagen immer die Wahrheit‹, so lautet ein Sprichwort. Alec ist überzeugt davon, dass ein Teil von ihr, sich genau das wünscht. Einen Mann, der sich nimmt, was er will, ohne lange, um Erlaubnis zu bitten. Allerdings handelt es sich dabei um einen Bereich ihrer Persönlichkeit, den sie selbst noch nicht kennt und den er in den nächsten Tagen hervorkitzeln wird. Das ist der Plan.

Gestern Nacht war alles plötzlich so einfach gewesen. Sie war noch nicht einmal aufgewacht, als er sie auf den Rücksitz von Lukas' Wagen gelegt und ihren Kopf auf seinem Schoß gebettet hatte. Auf dem Weg zu Rebeckas Wohnung hatte er seine Freunde um Hilfe gebeten, um die Reise mit Rebecka so kurzfristig durchführen zu können.

Lea hatte sich zu ihm umgedreht und ungläubig gefragt:

»Du willst sie wirklich mitnehmen? Ist das dein Ernst?« Er schaute auf die Schlafende herab und nickte nur.

»Du weißt, dass Becky nicht auf BDSM steht, nicht wahr? Was auch immer zwischen euch läuft, darauf wirst du verzichten müssen.«

Er hatte leise gelacht. »Das glaube ich nicht. Wenn sie wach wäre, würde sie dir zwar zustimmen, dennoch bin ich ziemlich sicher, dass sie es genießen wird, mit mir zu spielen.«

»Was sagst du dazu, mein Freund?«, bezog er Lukas dann in das Gespräch ein.

Der nickte zustimmend. »Ich sehe das genauso«, äußerte Lukas voller Überzeugung und streichelte beruhigend über Leas Knie, bevor er in den nächsthöheren Gang schaltete. »Mach dir keine Sorgen, Kleines. Die Zwei werden eine Menge Spaß miteinander haben. Hätte ich auch nur den geringsten Zweifel daran, würde ich darauf bestehen, dass er seinen verrückten Plan vergisst und allein nach Schottland fliegt.«

»Das glaubt ihr nicht wirklich, oder? Sie hasst schon allein die Vorstellung!« Die Fassungslosigkeit war ihr deutlich anzumerken.

»Es gibt Dinge, die weiß man als erfahrener Dom. Es wird mir ein Vergnügen sein, Rebecka das Thema näherzubringen.« Alec zwinkerte ihr zu.

Lea blieb stumm, überlegte. »Nun«, meinte sie schließlich zögernd, »die Sache gefällt mir nicht. Aber ich schaue mir seit Jahren an, wie sie durchs Leben treibt. Manchmal kommt es mir vor, als steckt sie in einer Endlosschleife fest. Vielleicht sind drastische Maßnahmen nötig, um sie da herauszuholen. Und möglicherweise bist du genau der richtige Mann dafür. Ich helfe dir, auch wenn die reelle Möglichkeit besteht, dass sie mir dafür die Freundschaft kündigt. Ich hoffe für euch Beide, dass es kein Fehler ist.«

Lukas räusperte sich. Ohne den Blick von der Straße zu wenden sagte er: »Eigentlich würde ich dir diese irrsinnige Idee lieber ausreden. Aber ich erlebe in all den Jahren, die wir uns kennen zum ersten Mal, dass du so einen Aufwand für eine Frau auf dich nimmst. Also muss es dir wichtig sein. Du kannst auf mich zählen, Ehrensache. Ich hoffe nur, du weißt, was du tust.«

Während Lukas seiner Verlobten half, einen Koffer für Rebecka zu packen, blieb Alec im Auto sitzen und konnte einfach nicht aufhören, die schlafende Frau auf seinem Schoß anzusehen. Er wusste, er verlangte viel von seinen Freunden und war dankbar für ihre Hilfe. Kurze Zeit später ging die Fahrt weiter zu Alecs Penthouse, wo sie den schon gepackten Koffer aus seiner Wohnung holten. Auf dem Weg zum Flughafen nahm Lea das Gespräch wieder auf.

»Ich kann dir nicht viel über sie erzählen, du kennst meine Einstellung in diesem Punkt. Doch es gibt es zwei Dinge, die du wissen solltest, wenn du das durchziehst«, sagte sie ernst. »Kümmere dich darum, dass sie nie der Dunkelheit ausgesetzt ist. Sorge dafür, dass nachts immer eine Lampe an ihrem Bett brennt und verbinde ihr niemals, wirklich niemals die Augen! Das ist das Eine. Die andere Sache ist: Sie bleibt nie bis zum nächsten Morgen, wenn sie mit einem Kerl mitgeht. Sie wartet bis er schläft, dann schnappt sie sich ihre Sachen und haut ab. Immer! Sie geht keine Beziehungen ein, und gibt ihren One-Night-Stands grundsätzlich nicht die Möglichkeit, sich am nächsten Morgen mit fadenscheinigen Ausreden zu verdünnisieren.«

Alec runzelte die Stirn und bedankte sich für den Hinweis. Dass mit der Frau etwas nicht stimmt, war ihm schon länger klar. Nun bekam er die Gelegenheit herauszufinden, was mit ihr los ist.

Die ganze Zeit über hatte er befürchtet, Becky würde jeden Moment aufwachen und ihm die Hölle heißmachen, sobald sie bemerkte, was vor sich ging. Doch sie schlief tief und fest. Unschuldig wie ein Engel sah sie im Schlaf aus. Hin und wieder brabbelte sie unverständliche Laute und brachte ihn damit zum Lachen. Sie wachte noch nicht einmal auf, als sie angekommen waren und er sie auszog und ins Bett legte.

Aber das Schwierigste liegt noch vor ihm. Rebecka zu besänftigen und davon zu überzeugen, sich auf den unfreiwilligen Urlaub mit ihm einzulassen, wird eine harte Nuss werden. Ein bisschen mulmig ist ihm schon, denn er ist kein Mann der vielen Worte und er hasst Dramen. Hoffentlich veranstaltet sie nicht zu viel Theater.

Er atmet tief durch und verlässt das Haus, um auf die Klippen zuzusteuern. Dabei hofft er inständig, dass es ihm gelingt, ruhig bleiben. Die Frau besitzt ein spezielles Talent dafür, ihn auf die Palme zu bringen, und dann wird es ihn eine Menge Selbstbeherrschung kosten, seine Wut halbwegs unter Kontrolle zu halten.

6

»Hey da bist du ja.«

Der Klang seiner Stimme streichelt sanft ihre überreizten Nerven und für einen kurzen Augenblick siegt die Freude, ihn zu sehen, über ihre Verzweiflung.

Behutsam legt er ihr eine warme Jacke um die Schultern und setzt sich neben sie, ohne sie zu berühren.

Der Moment geht schnell vorbei und ihre Panik kehrt mit aller Macht zurück.

»Alec! War mir klar, dass du hinter all dem steckst! Wo zum Teufel sind wir? Und vor allem warum? Wie bin ich hier her gekommen? Wie lange habe ich geschlafen? Wir müssen bald aufbrechen, ich muss nach Hause, ich ...«

Sie muss abbrechen, weil ihre Stimme sich überschlagen hat. Trotz des kalten Windes steht ihr der Schweiß auf der Stirn. Gierig ringt sie nach Sauerstoff, weil sie vergessen hat, Luft zu holen, während sie ihn mit ihren Fragen bombardierte. Alec räuspert sich.

»Beruhige dich, Rebecka. Niemand tut dir hier etwas. Du bist schon in der Weinstube eingeschlafen und noch nicht einmal aufgewacht, als ich dich ins Flugzeug getragen habe. Du hast den kompletten Flug und die Fahrt hier her verschlafen. Wir sind bei mir zu Hause.« Er hält inne und mustert sie für einige Augenblicke besorgt. Die roten Flecken auf ihren Wangen rühren sicher nicht von der Kälte. So aufgewühlt hat er sie noch nie erlebt. »Keine Sorge, es ist nicht das Ende der Welt, es sind nur die Highlands«, setzt er dann mit einem Grinsen hinzu, in der Hoffnung, die Stimmung zu lockern.

Fassungslos starrt sie ihn an, ihre größten Befürchtungen werden zur Gewissheit und sie ist vollkommen überfordert damit.

»Highlands? Wir sind wirklich in Schottland? Das ist nicht dein Ernst! Du verarschst mich! Du hast mich abgefüllt und um die halbe Welt verschleppt? Das ist ...«

»Halt Moment! Ich habe dich *nicht* abgefüllt! Du hast den Wein gekippt, als wäre es Traubensaft, niemand hat dich dazu gezwungen. Im Übrigen scheinen deine Geografiekenntnisse ausbaufähig zu sein. Daran sollten wir arbeiten.«

Am liebsten würde sie auf ihn losgehen, doch sie hält sich zurück. Sie muss sich beherrschen, sonst erreicht sie gar nichts bei ihm. Zumal es stimmt, was er sagt. Keiner hatte sie genötigt, so viel zu trinken. Sogar Lukas' Frage, ob sie nicht langsam genug habe, hatte sie mit einer schroffen Antwort abgefertigt.

Mit zitternden Fingern streicht sie einige Dreads zurück, die der Wind ihr ins Gesicht geweht hat.

Es ist ihre eigene Entscheidung gewesen. Nur sie allein trägt die Verantwortung für dieses Desaster.

»Warum hast du mich nicht zurückgehalten ...«, murmelt sie. Jedoch klingt das eher kleinlaut als vorwurfsvoll.

»Ich bin nicht dein Kindermädchen«, erwidert er entschieden und natürlich hat er recht damit.

»Trotzdem, du hast die Situation ausgenutzt. Ich wäre nie mit dir hierher gefahren, das wusstest du genau!«

»Richtig. Umso mehr freue ich mich darüber, dass du jetzt hier bist.«

»Warte mal, du hast mich ausgezogen ...?«

Er nickt.

Sie schluckt mühsam, kämpft mit sich, denn sie schämt sich, diese Frage stellen zu müssen, doch sie braucht Gewissheit.

»Hast du ... ich meine haben wir ...« Hilflos bricht sie ab.

Alec schmunzelt, während er bedächtig den Kopf schüttelt.

»Du weißt, ich mag es, wenn eine Frau wehrlos ist. Aber ich habe es gern, wenn sie bei Bewusstsein ist.«

Rebecka springt auf, stemmt die Fäuste in die Hüften und starrt wütend auf ihn herab.

»Du Mistkerl! Erst verschleppst du mich und dann machst du dich auch noch über mich lustig?«

Bevor sie auf ihn losgehen kann, steht er blitzschnell auf, packt ihre Hände und zieht sie an sich.

»Schluss mit dem Unsinn! Wenn du dich mit mir balgen willst, findet sich dazu noch genug Gelegenheit. Aber nur ein paar Schritte neben uns geht es gute dreißig Meter in die Tiefe. Das ist nicht der richtige Ort für eine Rangelei.«

Der Schreck dämpft ihre Entrüstung ein wenig. Schließlich liegt es nicht in ihrer Absicht, ihn oder sich selbst zu gefährden. Er lässt ihre Arme los, hebt sie hoch und trägt sie ein Stück von der Klippe weg, bevor er sie auf die Füße stellt. Doch er lässt sie nicht los. Sein Körper strahlt Hitze ab und sein Duft benebelt ihre Sinne. Wieder mal zieht er sie in seinen Bann, einfach nur durch seine Nähe.

»Ich gestehe, mir kam dein Vollrausch nicht ungelegen. Ich glaube nicht, dass du meiner Einladung gefolgt wärst, wenn du nüchtern gewesen wärst. Vermutlich wäre ich noch nicht einmal auf den Gedanken gekommen, eine solche Einladung auszusprechen. Aber ich fand deine Idee, mich nach Schottland zu begleiten, sehr reizvoll.«

Seine Stimme klingt rau und erzeugt einen wohligen Schauer auf ihrer Haut. Sein Atem streicht über ihre Lippen, während er redet. Das Herz schlägt ihr bis zum Hals. ›Warum nur hat der unverschämte Mistkerl diese Wirkung auf mich?‹

Sie befeuchtet ihre plötzlich trockenen Lippen. »Ich kann nicht hierbleiben, Alec. Ich muss arbeiten. Bring mich nach Hause.« Sie ist selbst überrascht, wie wenig überzeugt das klang. Hätte sie nicht noch vor fünf Minuten Himmel und Hölle in Bewegung gesetzt, nur um von hier wegzukommen? Zurück zu ihrem Job, zu ihrem geregelten Alltag.

»Das geht leider nicht, der Pilot erledigt andere Aufträge und wird frühestens in einer Woche wieder hier sein. Die Fluglotsen streiken, deshalb gibt es im Moment auch keinen Linienflug nach Deutschland. Wir beide sitzen mindestens eine Woche hier fest.«

Langsam sickert die Ungeheuerlichkeit in ihr Hirn. Sie kommt hier nicht weg. Er hat sie mitten aus ihrem geordneten Leben gerissen, sich Kontrolle über sie angeeignet, die sie ihm von sich aus niemals zugestanden hätte. Die Faszination weicht. Wut und Empörung gewinnen erneut die Oberhand.

»Das ist nicht dein Ernst! Du spinnst doch! Ich muss arbeiten!«

Sie stürzt sich auf ihn und trommelt mit ganzer Kraft mit den Fäusten gegen seine breite Brust. Alec lässt sie gewähren, ohne auch nur mit der Wimper zu zucken.

»Keine Sorge, Lea hat deinen Chef angerufen und ihm erzählt, dass wir einen Überraschungsurlaub für dich planen. Er fand die Idee großartig und hat dir drei Wochen frei gegeben.«

»Drei Wochen?« Panik steigt in ihr auf. Seit zwei Jahren widersteht sie diesem Kerl, weil er gefährlich ist. Weil sie Angst davor hat, die Kontrolle einzubüßen, die sie so dringend braucht. Dominant, wie er nun einmal ist, wird er sie vereinnahmen, wenn sie nicht aufpasst. Allein die Tatsache, dass sie ihm hier gegenübersteht, beweist, dass ihre Furcht begründet ist. Und Lea hat bei diesem abgekarteten Spiel auch noch mitgemacht! Ihre beste Freundin hat sie verraten. Ihre ganze Wut und Enttäuschung entlädt sich auf ihn, er trägt schließlich die Schuld an diesem Dilemma.

»Du Vollidiot! Du glaubst doch nicht ernsthaft, dass ich so lange mit dir an diesem gottverlassenen Ort bleibe!« Ihre Stimme überschlägt sich. Sie hört nicht auf, mit ihren Fäusten kleine Hammerschläge auf seinen Oberkörper zu platzieren.

»Bring mich zurück! Sofort! Wie du das anstellst, ist mir egal! BRING MICH NACH HAUSE!«

Er verzieht das Gesicht, vermutlich, weil sie in einer Tonlage kreischt, die ihm in den Ohren wehtun muss. Er greift nach ihren Oberarmen und schüttelt sie leicht.

»Hey, jetzt beruhige dich erst mal. Es gibt wirklich schlimmere Tragödien im Leben, als eine Woche Urlaub mit mir zu verbringen.«

Wut und Panik überrollen sie. Sie weiß nicht mehr, was sie sagt oder tut. Sie schreit ihn an, beleidigt ihn mit unflätigen Ausdrücken, die sie normalerweise niemals laut aussprechen würde. Wild zappelnd versucht sie, ihre Arme freizubekommen. Niemand nimmt ihr die Kontrolle über ihr wohlgeordnetes Leben! Niemand bestimmt über sie! Niemand verschleppt sie so einfach! Er wird schon einsehen, dass er das nicht mit ihr machen kann! In ihren Ohren rauscht es und sie kann nicht aufhören hysterisch zu schreien und zu kreischen.

Kurzerhand packt er sie, wirft sie wie ein Sack Kartoffeln über seine Schulter und setzt sich in Bewegung.

»Verdammt! Wohin bringst du mich? Was hast du mit mir vor?« Sie zappelt und wehrt sich, schlägt mit den Fäusten auf seinen Rücken ein. Das muss ihm doch wehtun! Warum lässt er sie nicht endlich runter? Wo will er mit ihr hin? Wieso bleibt er völlig unbeeindruckt von ihren Schlägen? Weshalb erreicht sie absolut nichts, trotz aller Bemühungen?

In diesem Moment wirft er sie von seiner Schulter und in einer Schrecksekunde erwartet sie einen harten Aufprall. Doch sie landet weich. Verdutzt schaut sie sich um. Er hat sie in das Schlafzimmer zurückgebracht, in dem sie aufgewacht war. In ihrer Raserei hat sie noch nicht einmal bemerkt, dass er sie ins Haus getragen hat.

›Wow, das Bett hält was aus, wenn es nach dem Aufschlag noch steht.‹ Was für ein völlig irrationaler Gedanke! Was schert es sie, ob das Möbelstück zusammenbricht oder nicht! Wenn er sie nicht ziehen lässt, geht hier sowieso noch einiges zu Bruch!

»Ich komme wieder, sobald du dich beruhigt hast.«

Er dreht sich um und verschwindet. Und ehe sie sich von ihrer Überraschung erholt hat, zieht er die Tür von außen zu. Das Geräusch eines Schlüssels im Schloss lässt sie vom Bett springen und hinter ihm herstürzen. Zu spät, die Tür ist verriegelt. Das kann er doch nicht machen! Sie rüttelt und trommelt gegen das massive Holz, bis ihre Kräfte nachlassen. Wie lange will er sie hier einsperren? Die ganze Woche vielleicht? Resigniert setzt sie sich wieder auf die Matratze und starrt den alten roten Teppich an.

Nach einer Weile dringt ein köstlicher Duft in ihre Nase. Ihr Magen beginnt laut und vernehmlich zu knurren. Wann hat sie eigentlich das Letzte gegessen? Gestern Mittag? Der Hunger, den sie plötzlich verspürt, dämpft ihre Wut und lässt ihre Verzweiflung wachsen.

Die Tür öffnet sich erneut, er packt sie, hebt sie hoch und trägt sie die Treppe hinunter, dem verführerischen Geruch entgegen. Rebecka fühlt sich ausgelaugt und nicht imstande, sich abermals gegen ihn zu wehren.

In der rustikal wirkenden Küche, setzt er sie auf einen Stuhl vor den massiven Holztisch. Dann hockt er sich neben sie und fesselt mit geübten Fingern ihre Knöchel an die vorderen Beine des Küchenstuhls. Langsam wird es wirklich albern, doch für den Moment interessiert sie sich mehr für den köstlich riechenden Eintopf, den er vor sie hinstellt. Er nimmt ihr gegenüber Platz.

»Iss!«, brummt er.

Einen Augenblick überlegt sie ernsthaft, ihm den Inhalt ihres Tellers ins Gesicht zu schütten. So argwöhnisch, wie er sie betrachtet, während er den Löffel zum Mund führt, scheint er sogar darauf gefasst zu sein. Plötzlich schämt sie sich. Das ist kindisch und dumm. Sie probiert die Suppe. Sie schmeckt noch besser, als sie riecht. Unterschiedliche Gemüsesorten, Kartoffeln und Hühnchenstücke, wirklich lecker. Schweigend essen sie, während Rebecka die Fesseln an ihren Fußknöcheln überdeutlich spürt.

»Das ist also BDSM, ja?«, fragt sie resigniert, als der Teller leer und sie satt ist.

Überrascht blickt er auf, schüttelt langsam den Kopf.

»Das hier? Nein, ist es nicht«, er klingt ein bisschen perplex, doch er fängt sich schnell wieder.

»Mal ganz davon abgesehen, dass ich an einem normalen Essen nichts Erotisches finden kann, ist BDSM eine einvernehmliche Sache.«

Er fixiert sie mit seinem ozeanblauen Blick.

»Wenn es SM wäre, würdest du deine Arme hinter der Rückenlehne deines Stuhls kreuzen. Und ich würde deine stumme Bitte verstehen und sie dort fixieren.«

Seine leisen Worte gleiten wie ein Streicheln über ihre Haut, als er weiter redet:

»Dann würde ich dich lange und sehr zärtlich küssen. Wenn es SM wäre, würde ich unter dein Shirt greifen und deine Brüste aus dem BH und dem Tanktop heben. Danach würdest du auf meinen Befehl deinen Hintern ein wenig anheben, damit ich Hose und Slip bis zu deinen gefesselten Knöcheln herunterziehen kann.«

Becky wagt kaum, zu atmen. Sie fühlt sich tatsächlich gefangen. Weniger durch die Seile um ihre Beine, als durch seine Worte und seinen Blick, der ihren nicht loslässt.

»Wenn es SM wäre, würde ich kurz rausgehen und mit einer Gerte und einer Flasche Massageöl zurückkehren. Ich würde beides auf den Tisch legen und dich darüber rätseln lassen, ob dir eine entspannende Massage oder ein Spanking bevorsteht. Dann würde ich dir den Rücken zudrehen und Kaffee kochen, während du entblößt und bewegungsunfähig dort sitzen und über den Verlauf der nächsten Stunden grübeln würdest. Vielleicht würde ich den Raum noch mal verlassen, während der Kaffee durchläuft. Dann würde ich mir eine Tasse eingießen, mich wieder auf meinen Platz setzen und dich genüsslich betrachten in deiner Wehrlosigkeit.«

Er senkt den Blick etwas und starrt ungeniert auf ihre Brüste. In ihrem Schoß prickelt es heftig.

»Wenn es SM wäre, würde ich aufstehen, sobald mein Becher leer ist und leicht in deine steinharten Nippel kneifen, die sich jetzt gerade so vorwitzig gegen dein Shirt drücken.«

Er hebt den Blick, sieht ihr fest in die Augen.

»Dann würde mein Mund meine Finger ersetzen. Ich würde an den harten kleinen Knospen saugen. Mal sanft und zärtlich, mal sehr fest.«

Er atmet tief und genießerisch durch die Nase ein, hält die Luft einen Moment und atmet dann langsam durch den Mund wieder aus.

»Wenn es SM wäre, könnte ich deine Lust riechen, weil du zu diesem Zeitpunkt bereits so nass wärst, dass dein Saft deine Lippen benetzt.«

Wieder atmet er tief durch die Nase ein und durch den Mund wieder aus.

›Was? Sabbere ich etwa schon? Nein, die Lippen meint er nicht, verdammt. Oh Gott er kann mich nicht wirklich riechen, oder? Immerhin habe ich Hose und Slip noch an, auch wenn Letzterer klitschnass ist. Dieser Mistkerl! Er weiß genau, was er mit mir macht!‹

Er steht auf und schiebt den Esstisch ein wenig nach hinten. Rebecka stockt der Atem. Er kommt näher, geht vor ihr in die Hocke und schaut mit diesem höllisch heißen Blick zu ihr auf. Dann löst er die Fesseln um ihre Knöchel und fragt mit einem schelmischen Grinsen: »Kaffee?«

Fassungslos schüttelt sie den Kopf und presst die Schenkel zusammen. Er erhebt sich und hält ihr seine Hand hin, die sie nach einigem Zögern ergreift. Er zieht sie hoch und bleibt einen halben Schritt vor ihr stehen.

»Das hier ist kein BDSM«, wiederholt er. »Nur ein Mann, eine Frau und eine starke Anziehungskraft und ich weiß, du spürst das auch.«

Weil sie ihn nur stumm anstarrt, überbrückt er die kleine Distanz, die noch zwischen ihnen liegt, nimmt sie in seine Arme und presst seine Lippen auf ihre. Als sie Luft zu holen versucht, schiebt er seine Zunge in ihren Mund. Sie hebt die Hände und wehrt sich halbherzig, doch das scheint ihn nicht im Geringsten zu beeindrucken. Beharrlich erforscht er ihren Mund. Er lässt sie einen Augenblick los, um seinen Arm um ihre Taille zu schlingen. Zieht sie dann noch näher und greift mit der anderen Hand in ihre Haare.

›Wow, so fühlen seine Lippen sich also an, viel besser, als in meinen wilden Fantasien‹, denkt sie seufzend. Ihre ohnehin schon lahme

Gegenwehr wird schwächer, je mehr es in ihrem Schoß prickelt. Ohne es bewusst zu steuern, legt sie ihre Arme um seinen Hals, drängt sich noch enger an ihn. So eng, dass ihre Brüste gegen seinen Oberkörper drücken, der sich hart wie Stahl und trotzdem großartig an ihrem anfühlt. Himmel, der Mann küsst einfach göttlich. Unmöglich, ihr leises Stöhnen zu unterdrücken.

Mit dem linken Arm hebt er ihr Bein in der Kniekehle an und geht ein wenig in die Knie. Presst seinen harten Schaft gegen ihre Scham. Wild tanzt seine Zunge mit ihrer. Der Kuss wird fordernder, nasser. Ihr Körper fühlt sich geil an seinem an. Kurvig, weich, nachgiebig, einfach herrlich. Schwer atmend löst er sich von ihr.

»Stopp«, keucht er. »Wir müssen nichts überstürzen, wir haben Zeit.«

Mit verhangenen Augen schaut sie zu ihm auf. Die Wangen leicht gerötet, die Lippen vom Küssen geschwollen. Hinreißend sieht sie aus. Alles in ihm lechzt danach, sie zu nehmen. Würde er sie nur vögeln wollen, könnte er das tun. Jetzt, hier auf dem Küchentisch, sofort und auf der Stelle. Doch damit würde er ihnen beiden die Chance auf mehr verbauen.

Er will ihr Vertrauen, ihre ganze Hingabe. Er wünscht sich, dass sie sich ihm unterwirft, dass sie ihm ihren süßen, runden Arsch entgegenstreckt und ihn darum bittet, ihn mit einer Gerte zu bearbeiten, bis er rot leuchtet. Es ist an der Zeit, dass sie in sich entdeckt, was er schon längst über sie weiß. Und er will, dass sie endlich versteht, dass Strenge nichts mit kaltherziger Gewalt gemein hat und sie sich vor BDSM nicht zu fürchten braucht. Der Zeitpunkt, ihre und seine Lust zu befriedigen, ist noch nicht gekommen.

Rebecka versteift sich und ehe er reagieren kann, verpasst sie ihm eine schallende Ohrfeige.

»Was fällt dir ein«, zischt sie. »Glaubst du, ich lasse mich von dir verschleppen und gefügig machen?«

Alec grinst. »Allzu viel Überredungskunst war nicht nötig, damit du dich fügst.«

Wieder holt sie aus, um ihn zu schlagen, doch dieses Mal ist er vorbereitet und fängt ihre Hand ab.

»Hey, ich verstehe deine Wut. Aber bitte, lass uns miteinander umgehen wie zivilisierte Menschen. Wir sitzen hier mindestens eine Woche gemeinsam fest. Es wäre schade, wenn wir uns die ganze Zeit über angiften.«

»Wie zivilisierte Menschen? Das sagst DU mir? Irre ich mich, oder hast du meine Hilflosigkeit ausgenutzt und mich in deine Höhle geschleppt wie ein Neandertaler?«. Empört blitzt sie ihn an.

Gegen seinen Willen muss er lachen, obwohl es ihm fernliegt, sie noch mehr zu reizen.

»In deiner Wut siehst du noch schöner aus als sonst, mo shìtheag. Deine grünen Augen blitzen, als wollten sie jeden Moment Funken sprühen und mich in ein Häufchen Asche verwandeln. Deine Wangen sind hochrot vor Empörung, deine Lippen zittern, ich weiß nicht genau, ob aus Zorn oder aus Leidenschaft. Und deine rotgoldene Filzmähne sieht aus, als würden Flammen über deinen Körper lecken.«

Ihr stockt der Atem. Männer, die vögeln wollen, geizen nicht mit Komplimenten, daran ist sie gewöhnt. Abgedroschene, inhaltsleere Phrasen. Aber nicht bei ihm. Sein Ton und der anerkennende Blick aus dunkelblauen Tiefen lassen keinen Zweifel daran, dass er jedes Wort ehrlich meint. Ihr Pulsschlag beschleunigt sich. Sie ist nicht in der Lage, ihre Augen von seinen zu lösen.

»Gerade wird mir klar, was du hier bezweckst. Aber warum sagst du denn nicht einfach, dass du mich ficken willst? Dafür brauchst du mich doch nicht sonst wohin zu verschleppen. So viele Umstände für fünf Minuten Spaß sind total unverhältnismäßig!«

Sie greift nach dem Saum ihres engen gelben Shirts, um es sich über den Kopf zu ziehen. Schnell packt er ihre Taille wieder und verhindert es, bevor sie ihre vollen Brüste entblößt. Er zieht sie erneut an sich.

»Geduld!«, flüstert er ihr und sich selbst zu. »Wir haben jede Menge Zeit. Keine Sorge, ich werde dich schon noch vögeln, aber es gibt keinen Grund, die Dinge zu überstürzen.«

Sie wirft ihm einen wilden Blick zu, doch bevor sie zu einer Erwiderung ansetzen kann, redet er weiter.

»Bitte«, sagt er leise und beschwörend. »Bitte gib uns diese Chance. Sieh es als ein Abenteuer. Lass dich auf Schottland ein und auf mich. Versuch es wenigstens. Das würde mir wirklich viel bedeuten.«

Seine eindringliche Bitte nimmt ihr den Wind aus den Segeln, das sieht er in ihren Augen. Schnell redet er weiter.

»Du bist doch bestimmt neugierig, wo wir sind oder? Lass uns raus gehen, damit du dich umschauen kannst. Ich wette, du hattest noch keinen Blick für deine Umgebung übrig.«

Becky ringt mit sich. Er fasziniert sie schon viel zu lange. So sehr es sie ärgert, es schmeichelt ihr auch, dass sie ihm offenbar so sehr im Kopf herumging, dass er nicht davor zurückgeschreckt ist, sie praktisch zu entführen. Und Lea hat ihm sogar noch dabei geholfen. Jetzt, wo ihre Wut sich ein wenig gelegt hat, erkennt sie, dass ihre Freundin ihr niemals wissentlich schaden würde. Wenn Lea bei diesem Wahnsinnsplan ihre Finger im Spiel hat, dann nur aus der tiefen Überzeugung heraus, richtig zu handeln. Lea vertraut Alec, vielleicht sollte auch sie das zumindest ansatzweise versuchen. Noch zaghaft, aber voller Neugier nickt sie. »Okay, zeig mir, wo wir sind.«

Sichtlich erleichtert hält er ihr die Hand hin. »Dann komm.«

Ohne darüber nachzudenken schiebt sie ihre Hand in seine und sie laufen nach draußen.

Jetzt, wo sie sich ganz bewusst umschaut, stockt ihr der Atem, so unfassbar schön ist die Landschaft. Raue, mit saftigen Wiesen bewachsene Hügel, auf denen hier und da ein paar Schafe grasen. Vereinzelt entdeckt sie in den Nebelschwaden kleine, ein- oder auch zweistöckige Häuser, die wahllos angeordnet zu sein scheinen. So, als hätte eine höhere Macht sie aus einem Würfelbecher geschüttelt. Zwischendurch ragt graues Gestein aus grünem Gras. Nicht weit entfernt erspäht sie einen Weg, der hinunter zu einem kleinen Strand führt, wo das Meer sanfte Wellen auf den Sand spült. Zehn Minuten, schätzt sie, länger bräuchte sie nicht, um das Wasser zu erreichen. Am Horizont erheben sich Berge, die aussehen als wären sie direkt aus dem Meer gewachsen. Sie sehen nicht besonders hoch aus. Noch nicht einmal Schnee liegt auf den Spitzen. Doch sie wirken majestätisch und atemberaubend malerisch.

Becky ist stehen geblieben und atmet tief ein und aus, überwältigt von der Schönheit der Umgebung.

Alec tritt hinter sie und schlingt einen Arm um ihre Taille. Seine Hand ruht warm auf ihrem Bauch. Er scheint ihre Ergriffenheit zu spüren und lässt ihr Zeit, alles in sich aufzunehmen.

Langsam dreht sie sich zu ihm um. Er ist einen ganzen Kopf größer als sie, doch sie stellt überrascht fest, dass es sich gut anfühlt, zu ihm aufzuschauen.

»Wunderschön, aber ich … ich weiß nicht, ob ich das hier kann. Du und ich … hier zusammen … weit weg von allem, was ich kenne. Das ist beängstigend für mich. Warum hast du mich hergebracht?«, fragt sie heiser.

Er lächelt und küsst sanft ihre Lippen. »Es gibt gleich mehrere Gründe: Weil die Gelegenheit günstig war. Weil ich gern Zeit mit dir verbringe. Und weil ich dir meine Heimat zeigen möchte.«

Sie schluckt trocken. »Bis gestern wusste ich noch nicht einmal, dass du Schotte bist. Ich habe noch nie den kleinsten Akzent heraus gehört, wenn du sprichst.«

Er nickt. »Ich bin Halbschotte, aber hier geboren und aufgewachsen und fühle mich sehr verbunden mit Schottland. Meine Mutter war Deutsche, deshalb wuchs ich zweisprachig auf. Mom verliebte sich in einen Highlander und zögerte nicht, als er sie bat, hier bei ihm zu bleiben. Das Haus ist mein Elternhaus. Wir haben hier gelebt, bis ich dreizehn war. Als mein Vater starb, ging meine Mutter zurück nach Deutschland. Das Leben hier ist zu hart für eine Frau und einen pubertären Jungen allein. Meine Mom folgte ihm nur zwei Jahre später. Die Ärzte diagnostizierten Herzversagen, aber ich glaube, sie starb an ihrem gebrochenen Herzen. Sie kam nie über seinen Tod hinweg und vermisste die raue Westküste Schottlands zu sehr. Ich behielt das Haus und komme her, so oft es die Firma zulässt. Es hätte eine Modernisierung nötig, aber ich bringe es nicht übers Herz, allzu viel zu verändern. So wie es ist, erinnert mich hier so viel an meine Kindheit und meine Eltern.«

»Wer hat sich um dich gekümmert, nachdem deine Mutter gestorben ist? Immerhin warst du erst fünfzehn.«

Er seufzt. »Meine Tante, die Schwester meiner Mom. Keine angenehme Zeit in meinem Leben. Wie dem auch sei, ich möchte, dass du mich kennenlernst. Mich und meine Wurzeln. Lass uns versuchen, diese eine Woche zu genießen. Wenn du darauf bestehst, sorge ich dafür, dass du dann zurück nach Hause kommst. Oder du bleibst noch ein bisschen länger hier bei mir. Die Entscheidung überlasse ich dir. Aber ich bitte dich darum, sie erst am Ende der Woche zu treffen. Tu mir den Gefallen und lass dich auf das Abenteuer ein.«

Aufmerksam schaut sie ihn an. »Warum ist dir das so wichtig? Ich meine, ich steh ebenfalls auf dich. Du hättest mich auch zu Hause rumgekriegt, ohne dich großartig anzustrengen.«

»Frag mich das am Ende der Woche noch mal. Vielleicht habe ich dann eine Antwort darauf.«

Sie schmiegt sich an ihn. »Nun, dann danke ich dir für eine Woche Urlaub. Ich ... ich habe immer noch ein ziemlich mulmiges Gefühl bei der Sache, aber ich will auch nicht die ganze Woche wütend auf dich sein. Obwohl das berechtigt wäre, wenn man die Art und Weise betrachtet, wie du mich hergebracht hast. Aber es ist viel zu schön hier, um in irgendeiner Ecke zu sitzen und zu schmollen.«

Er schenkt ihr ein Lächeln und in ihrem Magen beginnt es zu flattern. »Du bist verdammt heiß, weißt du das eigentlich?«

Alec lacht. »Sagst du immer, was du denkst, mo shìtheag?«

»Na ja, meistens schon. Ich mag mich nicht zurückhalten. Warum soll ich meine Meinung nicht vertreten, hm?«

Schmunzelnd schüttelt er den Kopf.

»Was bedeutet das überhaupt, was du vorhin zu mir gesagt hast? Das hast du schon öfter gesagt.«

»Mo shìtheag? Das ist gälisch. Man kann es ungefähr mit kleine Hexe übersetzen. Genaugenommen heißt es eher Fee. Der Begriff Hexe ist im gälischen Kulturkreis nicht so geläufig.«

Rebecka kichert. »Also eine Fee hat mich noch niemand genannt. Das gefällt mir.«

Er nimmt ihre Hand wieder und führt sie einen schmalen Weg entlang.

»Hast du Lust auf ein Dessert? Unten in der Nähe vom Strand gibt es eine kleine Bar, die hat den besten Cranachan der ganzen Region. Das ist ein typisch schottischer Nachtisch mit Himbeeren und einer Creme aus Sahne, Honig und Whisky.«

»Hui, das klingt nach einer Menge Kalorien. Gut, dass ich satt bin. Kein Nachtisch für mich, bitte.«

Er wirft ihr einen verlangenden Blick von der Seite zu. »Die Kalorien kannst du dir locker leisten.«

Ihre Wangen färben sich rosig. »Danke für das Kompliment, auch wenn ich weiß, dass ich hier und da ein Pfündchen zu viel habe. Was hältst du davon, wenn wir es einfach hinter uns bringen, sobald wir zurück im Haus sind?«

Irritiert schaut er auf. »Es hinter uns bringen? Wie meinst du das?«

»Ich bin dafür, wir gehen zusammen unter die Dusche und lassen den Dingen ihren Lauf.« Sie zwinkert ihm zu.

»Duschen klingt prima«, sagt er nur, bemüht, nicht allzu deutlich zu zeigen, wie eigenartig er ihre Äußerung findet. Sieht aus, als wäre Sex eine Angelegenheit für sie, die nun einmal erledigt werden muss. Viel Leidenschaft zeigt sie nicht gerade. Nicht, dass er strengen Moralvorstellungen folgen würde, im Gegenteil! Er hat nichts dagegen, wenn eine Frau zielsicher zur Sache kommt. Trotzdem ist er nicht unbedingt erpicht darauf, sich in die lange Liste ihrer belanglosen One-Night-Stands einzureihen. Ihr Verschleiß an Männern scheint größer zu sein, als seiner an Frauen und das, obwohl sie fast sieben Jahre jünger, und er wahrhaftig kein Heiliger ist. Was hatten ihre Erfahrungen ihr gegeben oder viel mehr nicht gegeben, dass sie es einfach nur hinter sich bringen will? Oder liegt es an ihm? Will sie ihn hinter sich bringen? Irgendwie glaubt er das nicht. Entschlossener denn je schwört er sich, ihren reichhaltigen Erfahrungsschatz um einige Spiele zu erweitern, die sie nie vergessen wird.

7

Im Bad zieht sie sich ohne jegliche Scham, aber auch gänzlich ohne Raffinesse, aus. Alec seufzt unhörbar. Er hatte sie gestern Abend schon fast nackt gesehen und sich auf ein bisschen Sex-Appeal gefreut, aber das scheint nicht ihr Ding zu sein. Immerhin besitzt sie einige anbetungswürdige Kurven. Sie ist keins dieser Magermodels. Griffig, aber nicht zu dick für seinen Geschmack. Er nimmt sich vor, ihr beizubringen, wie sie ihren Körper in Szene setzen kann, um ihn anzuheizen.

Die langen rotblonden Dreadlocks fallen schwer über ihren Rücken. Wieder bewundert er ihre Brüste. Sie werden sich wunderbar in seine Hände schmiegen. Er kann es kaum erwarten, mit ihnen zu spielen. Hungrig gleitet sein Blick über ihre Taille, ihren Bauch mit dem niedlichen kleinen Pölsterchen. Ihr Hintern ist vielleicht ein bisschen zu füllig, aber trotzdem rattenscharf. Eine herrliche Spielfläche, die nur darauf wartet, dass er sein Vergnügen daran auslässt. Ihm läuft das Wasser im Mund zusammen. Allerdings sieht er auch etwas, das ihn ganz und gar nicht entzückt.

»So ein großes Badezimmer habe ich in diesem Haus gar nicht vermutet. In der Dusche kann man ja eine Orgie feiern«, unterbricht sie seine Gedanken und kichert albern.

Süß, wie nervös sie plötzlich ist. Das hätte er von ihr nicht erwartet. Wo sie doch sonst immer so tough ist. Er verkneift sich ein Grinsen und beschließt, ihr Plappern zu ignorieren, denn ihn interessiert gerade ein anderes Thema viel mehr, als die Badezimmereinrichtung.

»Sei mir nicht böse, mo shìtheag, aber Intimbehaarung ist nicht mein Fall. Ich wäre dankbar, wenn du sie entfernst.« Er zwinkert ihr zu. »Ich bin dir dabei gern behilflich.« Sie errötet und schaut ihn betroffen an. »Du meinst, ich soll ... äh ...«

»Na klar, genau das meine ich. Wenn du Wert darauf legst, kannst du sie ja später wieder wachsen lassen, aber ich mag keine Haare im Mund, wenn ich dich lecke.«

Die Röte auf ihren Wangen vertieft sich und Alec fragt sich ein weiteres Mal, was mit dieser Frau nicht stimmt. Vorhin hat sie ihm ohne jegliche Scham erklärt ›es hinter sich bringen zu wollen‹. Sie stieg ohne die geringste Scheu aus ihren Klamotten, reagiert aber wie ein Schulmädchen, wenn er sagt, dass er keine Haare im Mund mag? Das passt nicht zusammen.

Er dreht die Dusche auf und schiebt sie sanft unter den Wasserstrahl. Während er sich wäscht, genießt er den Anblick, wie sie ihre Kurven einseift und sich danach wohlig unter dem heißen Strahl rekelt. Der weiße Schaum des Duschgels rinnt an ihr herab und wird schließlich fortgespült.

Becky lässt ihre Augen wohlwollend über seinen durchtrainierten Körper wandern. Über breite Schultern, seinen flachen Bauch und ... nein, sie zwingt sich krampfhaft, den Blick oben zu halten. Sie will auf keinen Fall, dass er mitbekommt, wenn sie äh ... hinschaut. ›Eigenartig‹, denkt sie. ›Das hier ist wahrhaftig nicht der erste nackte Mann, den ich zu sehen bekomme. Warum fühle ich mich bei ihm so befangen?‹ Tapfer den Blick auf seinen Oberkörper heftend, bewundert sie ein kunstvolles Tattoo auf der linken Brust über seinem Herzen. Sie erkennt eine stachelige Blume, eine Distel, wie es aussieht. ›Was es damit wohl auf sich hat?‹ Sie nimmt sich vor, ihn danach zu fragen, aber nicht jetzt. Sie lenkt ihre Augen nach unten auf seine langen muskulösen Beine. Doch darüber ... fasziniert betrachtet sie sein Geschlecht. Im Schambereich entdeckt sie kein einziges Haar. Unter ihrem Blick reckt sein bester Freund sich ein wenig in die Höhe. Mist! Jetzt hat er sie doch dabei erwischt, wie sie seinen Schwanz anstarrt. Noch nie hat Rebecka einen Kerl gesehen, der an dieser Stelle rasiert ist. Sie muss zugeben, dass es sehr ästhetisch aussieht. Sie schluckt trocken, reißt sich mühsam von dem Anblick los und tritt mit flammendheißen Wangen näher an ihn heran. Vorsichtig streichelt sie seine Brust, malt die Distel über seinem Herzen nach und hofft, dass er das leichte Zittern ihrer Finger nicht bemerkt. Langsam gleiten ihre Hände hinunter zu seinem Bauch und wieder zurück nach oben.

»Es ist schön, dich zu berühren«, flüstert sie und schaut zu ihm auf.

Alec umfasst ihr Gesicht mit beiden Händen, beugt sich hinab und küsst sie sanft. Er dreht den Wasserhahn zu. »Bleib bitte einen Moment hier stehen.«

Er trocknet sich notdürftig ab und schlüpft nackt aus dem Bad. Gleich darauf kommt er mit einem Hocker zurück, den er in der Dusche abstellt. Dann dreht er sich zum Spiegelschrank, was ihr Gelegenheit gibt, einen kurzen Blick auf seinen knackigen Hintern zu erhaschen. Er kommt mit einem Nassrasierer und Rasierschaum zurück.

»Setz dich und spreiz die Beine«, sagt er leise.

Nervös, aber widerspruchslos kommt sie seiner Aufforderung nach. Er kniet sich vor sie und trägt Rasierschaum auf, den er mit dem Daumen auf ihrer Scham verteilt. Dabei übt er einen sanften Druck auf ihre hochsensibelen Lippen aus. Der Sauerstoff im Bad scheint knapp zu werden, denn das Atmen fällt ihr plötzlich schwer. Nässe sammelt sich zwischen ihren Schenkeln. Am liebsten würde sie den Kopf zurückwerfen und sich lüstern seinem Daumen entgegendrängen. Doch sie fühlt sich gerade seltsam gehemmt und ist gleichzeitig unendlich erregt. So von ihm berührt zu werden ... ein wahrgewordener Traum ... Obwohl in ihren feuchten Träumen niemals ein Nassrasierer vorkam, den er jetzt sachte über ihre empfindliche Haut kratzen lässt. Akribisch befreit er sie von jeglicher Behaarung.

Ihr Herz rast wie ein Hochgeschwindigkeitszug, während sie ihn beobachtet. Sein konzentrierter Blick auf ihren Venushügel verursacht ein ungestümes Ziehen in ihrem Schoß. Sie unterdrückt ein gieriges Wimmern.

Er hält inne, schaut zu ihr auf. Sie sieht die Lust in seinen dunkelblauen Augen flackern und weiß, dass auch er ihr Verlangen sehen kann. Mit der freien Hand streichelt er ihren Schenkel und dann seitlich über ihre Hüften, ihren Bauch. Ihr Bewusstsein scheint sich für ihn zu weiten. Überall dort, wo er sie berührt, beginnt ihre Haut sanft zu glühen. Die Nässe zwischen ihren Schenkeln mehrt sich, genau wie das Pochen in ihrem Unterleib. Ihr Saft tropft auf den Hocker.

Mit seinem Blick fixiert er erneut ihre Scham. Behutsam lässt er den Rasierer über ihre empfindlichen Lippen gleiten, bis er mit dem Ergebnis zufrieden ist und die sinnliche Rasur beendet. Dann richtet er den Duschkopf auf ihre Pussy und spült sorgfältig ab. Der lauwarme, prasselnde Wasserstrahl entlockt ihr ein kehliges Stöhnen. Sie spreizt die Beine noch weiter und biegt den Rücken durch.

›Geht doch‹, denkt er und unterdrückt ein Grinsen. Das Talent bringt sie mit, ihr fehlt nur etwas Übung.

Er beugt den Kopf hinab und fährt mit der Zunge über ihre nun nackte übersensible Haut. Becky holt scharf Luft. Mit der Zungenspitze dringt er in ihre Spalte vor, kostet die cremige Feuchtigkeit. Sie wimmert, beobachtet, wie sich sein Mund zu einem Lächeln verzieht. Ihr Herz schlägt so heftig, dass er das Pochen in ihren Schamlippen bestimmt auf der Zunge spüren kann. Sanft schiebt er zwei Finger in sie. Sie seufzt wohlig, greift mit beiden Händen in seine braunen Haare. Er saugt an einer ihrer Lippen, während seine Finger tief in sie eintauchen.

Seine Neugier verleitet ihn dazu, einmal kurz aber fest mit den Zähnen in ihr frisch rasiertes Fleisch zu zwicken. Sie zuckt zusammen, stöhnt lustvoll und drängt sich ihm entgegen.

Alec grinst zufrieden, was ihr verborgen bleibt, da er sein Gesicht in ihrem Schoß vergräbt. ›Wusste ich es doch, sie mag es gern etwas härter. Sie will es bloß nicht wahrhaben. Aber ich werde sie dazu bringen, zu dem zu stehen, was sie ist.‹ Er inhaliert ihren Duft, bläst seinen heißen Atem auf ihr Geschlecht, bemerkt mit Genugtuung, wie sie erschaudert. Als er den Blick hebt, stellt er fest, dass sie ihn mit glasigen Augen beobachtet.

»Na? Willst du es immer noch hinter dich bringen?«, neckt er sie und schmunzelt über ihren verständnislosen Blick. Alec steht auf, zieht sie vom Stuhl, umfasst ihren Nacken und presst seine Lippen auf ihre.

Als seine Zunge ihren Mund erobert, schmeckt sie sich selbst. Sie klammert sich an ihn, drängt ihr Becken sehnsüchtig gegen seines. Das Ziehen in ihrem Unterleib entlockt ihr ein Wimmern. »Alec!«

»Was möchtest du, Rebecka?«

»Ich will mit dir schlafen.«

Er verzieht keine Mine, als er seine Lippen von ihrem Mund löst, doch steht da nicht ein vergnügtes Funkeln in seinen Augen?

»Zuerst solltest du dich vernünftig abtrocknen. Dann überlegen wir, was wir heute noch unternehmen«, erklärt er munter, wirft ihr ein Badetuch zu und schiebt sich an ihr vorbei ins Schlafzimmer.

Sie glaubt, sich verhört zu haben, stolpert ungläubig hinter ihm her. Während sie sich im Laufen trocken rubbelt, registriert sie, dass er tatsächlich beginnt, sich anzuziehen.

»Ich habe mir erlaubt, deinen Koffer auszupacken, während du geschlafen hast, du findest deine Sachen hier in diesem Schrank«, sagt er im Plauderton.

»Komisch, ich erinnere mich nicht daran, einen Koffer gepackt zu haben«, grummelt sie mit beißend ironischem Unterton.

Alec lächelt sie strahlend an. »Das hat Lea für dich erledigt.«

»Meine beste Freundin ist eine Verräterin! Mit der habe ich ein Hühnchen zu rupfen, sobald ich nach Hause komme!«

»Hey«, er dreht sie zu sich, »das Ganze hier ist zunächst einmal deine Idee gewesen. Dich in deinem Zustand beim Wort zu nehmen war meine Entscheidung. Ich habe Lukas und Lea um Hilfe gebeten, weil deine Reise sehr spontan war und ich das Organisatorische in der kurzen Zeit nicht allein geschafft hätte. Aber sie haben nur ein bisschen geholfen und das auch nur, weil ich sie davon überzeugen konnte, dass ich alles tun werde, damit du diesen Urlaub genießt.«

Sie hebt den Kopf und schaut ihm in die Augen, doch sie erkennt nichts als Aufrichtigkeit darin und seine Lust auf sie.

»Willst du dich wirklich schon anziehen«, fragt sie leise.

»Nein, eigentlich nicht.« Er zieht sie an sich, küsst sie, bis sie wohlig seufzt, haucht kleine Knabberküsse auf ihre Wange, ihr Kinn, ihren Hals.

Sie erschaudert, presst ihren Busen gegen seinen Oberkörper, spürt die harte Erektion an ihrem Bauch.

»Nimm mich endlich, Alec. Ich muss dich in mir spüren.«

»Wozu die Eile?« Langsam leckt er über ihren Hals, kostet ihre Haut. Als er leicht hineinbeißt, schreit sie lustvoll auf. Er umfasst ihre Brüste und schließt kurz die Augen. Endlich. Weiche, samtige Kugeln, die sich in seine Handflächen schmiegen, als hätte eine höhere Macht sie genau für ihn modelliert. Garniert mit dunkelroten, steinharten Nippeln, die sich wunderbar zwischen den Fingern zwirbeln lassen. Er massiert sie mit sanftem Druck, streichelt mit dem Daumen über die kleinen runden Knospen. Wie oft hat er verlangend auf ihre geilen Titten gestarrt und sich gewünscht, sie anzufassen, zu kneten, zu kneifen. Jetzt weiß er, wie sie sich anfühlen.

Mit geschlossenen Augen biegt sie den Kopf zurück, um ihm einen besseren Zugang zu ermöglichen.

Alec beobachtet sie fasziniert. Er hat noch nicht einmal angefangen und sie schmilzt schon unter seinen Händen dahin. Es wird herrlich sein, mit ihr zu spielen. Er zwickt etwas fester in ihre Brustwarze und entlockt ihr einen kleinen heiseren Schrei.

›Sie reagiert heftig, immer wenn er sie ein bisschen härter anfasst. Woher nur kommt diese Abneigung gegen SM-Spiele?‹

Er zieht kräftig an ihrem linken Nippel, während er den Rechten sanft neckt und dabei an ihrem Hals saugt.

»Alec! Fick mich endlich! Worauf wartest du so lange?«

Er schüttelt den Kopf. »Noch nicht, mo shìtheag. Noch lange nicht!«

Sie krallt ihre Fingernägel in seinen Rücken. Obwohl er nicht unbedingt auf Schmerzen steht, turnt ihre Leidenschaft ihn an. Er kneift erneut in ihre Knospe, wieder in die Linke, entlockt ihr noch einen dieser kleinen geilen Schreie. Als er bemerkt, wie sehr ihre Knie zittern, hebt er sie hoch und legt sie aufs Bett. Wie von selbst öffnen sich ihre Schenkel. Doch plötzlich versteift sie sich. Schaut mit weit aufgerissenen Augen ängstlich zu ihm herauf. »Bitte, nicht fesseln und nicht schlagen! Bitte nimm mich einfach!«

Er seufzt unhörbar. Ihr scheint nicht einmal bewusst zu sein, wie heftig sie auf lustvollen Schmerz reagiert. Es gefällt ihr, trotzdem hat sie Angst davor. Er wird sie vorsichtig leiten müssen. Gewöhnlich spielt er mit erfahrenen Sklavinnen, doch er stellt überrascht fest, dass seine Hoden sich wollüstig zusammenziehen, so groß ist die Vorfreude auf diese Aufgabe. Sie hatte schon mit so vielen Männern geschlafen, aber keiner hatte ihre wahren Neigungen erkannt. Niemand hatte je ihre Hingabe eingefordert, keiner ihre Unterwerfung verlangt. Mit Vergnügen wird er sie führen und ihr dabei helfen, sich selbst zu entdecken. Eine unbändige Freude erfüllt ihn bei dem Gedanken. Sein Vorhaben wird Geduld und Fingerspitzengefühl erfordern, aber das ist es wert!

»Ich werde dich nicht fesseln und auch nicht schlagen, es sei denn, du bittest mich darum. Aber ein kleines bisschen musst du mir schon entgegenkommen, damit es für uns beide eine lustvolle Erfahrung wird. Ich möchte, dass du dich mit den Händen an den Gitterstangen des Bettkopfteils festhältst und sie auf gar keinen Fall wieder loslässt.«

Unsicherheit und Zweifel sorgen dafür, dass ihre lustverhangenen grünen Hexenaugen ein wenig klarer werden.

Er umfasst sachte ihren Knöchel, streicht an der Innenseite ihres Beins nach oben. Dabei spricht er leise und mit diesem dunkeln, hypnotischen Klang in der Stimme, der seine Wirkung auf Frauen nie verfehlt. »Ich bitte dich nicht um viel, nur um dieses winzige Entgegenkommen. Wenn dir irgendetwas nicht gefällt, schiebst du mich einfach weg, du hast die volle Kontrolle. Gönn mir den kleinen Kick deiner fixierten Hände.«

Sie atmet einmal tief durch, nickt dann aber. Zögernd greift sie nach dem Gitter hinter ihrem Kopf. ›Solange er mich nicht fesselt, kann ich tatsächlich beeinflussen, was geschieht, warum also sollte ich ihm diese kleine Freude nicht gewähren?‹

»Danke.« Alec küsst sie. Seine langsame Zärtlichkeit entlockt ihr ein Seufzen. Doch dann presst er seine Lippen fordernder auf ihre. Sie spürt, wie seine Hände über ihre empfindsame Haut gleiten. Die Berührung ist federleicht und nimmt ihre Sinne gefangen. Sein Mund verlässt ihre Lippen und zieht eine feuchte Spur über ihren Körper. Heißer Atem versenkt ihre Nerven. Er saugt so kräftig an ihren Brüsten, dass bestimmt ein paar Knutschflecke bleiben werden, bevor er sich gierig über eine der harten Knospen hermacht.

Rebecka stößt kehlige Laute aus. Noch nie hat ein Mann so hungrig ihren Körper erkundet. Krampfhaft umklammert sie das Gitter am Kopfende. Wenn er ihr solche Wonnen schenkt, während er sie zur Untätigkeit verdammt, will sie ihm zumindest diesen Wunsch erfüllen. Ein scharfer Schmerz lässt sie nach Luft schnappen, als er fest in ihre empfindliche Brustwarze beißt. Eigentlich müsste die Pein sie doch abturnen, aber nein, das tut sie ganz und gar nicht. Es ist quälend und köstlich zugleich, schickt heiße Blitze direkt zwischen ihre Schenkel und erfüllt sie mit einem ungewohnten Gefühl von Ergebenheit. Sie windet sich, schreit laut seinen Namen.

Rücksichtslos saugt und zieht er an ihren Nippeln, zwickt in die zarte Haut ihrer Brüste. Zwischendurch leckt er sanft über die harten Knöpfe, pustet kühle Luft auf die gereizten Spitzen. Schließlich hebt er den Kopf, um sie anzusehen.

»Davon habe ich seit Monaten geträumt. Deinen bebenden Körper vor mir zu sehen, hilflos vor Geilheit. Genauso habe ich mir dein Gesicht vorgestellt, kurz bevor der Höhepunkt dich überwältigt. Komm für mich, mo shìtheag«, knurrt er heiser, stößt zwei Finger tief in ihre tropfnasse Pussy und drückt gleichzeitig seinen Daumen fest auf ihre geschwollene Perle.

Rebecka beginnt unkontrolliert zu zucken, als der Orgasmus sie in einer Intensität überrollt, auf die sie nicht vorbereitet ist. Laut stöhnend reitet sie auf der Welle, wild zuckt ihr Becken seinen Fingern entgegen, bevor sie vom Rausch ihrer Empfindungen fortgespült wird.

Alec schaut ihr zu. Betrachtet ihre vor Überraschung weit aufgerissenen grünen Hexenaugen. Das verschwitzte Gesicht, ihren bebenden

Körper. Einfach köstlich! Viel hat er nicht tun müssen, um sie an diesen Punkt zu bringen. Bis diese Woche sich ihrem Ende neigt, würde sie noch eine Menge zu erdulden haben. Sie ahnt nicht einmal ansatzweise, was er ihr noch abzuverlangen gedenkt. Sie ist für das Spiel geboren und für die nächsten sieben Tage gehört sie ihm allein, aber das weiß sie noch nicht.

Nur langsam beruhigt sie sich, doch er gestattet ihr keine Pause. Wortlos hält er seine nassen Finger an ihren Mund und sie öffnet gehorsam die Lippen und leckt ihre Lust von seiner Hand.

Er küsst ihre Mundwinkel. »Nicht loslassen«, wispert er und drückt seine Lippen sanft auf die empfindliche Stelle hinter ihrem Ohr. Er kostet den Schweiß zwischen ihren Brüsten, inhaliert ihren verführerischen Duft, zieht mit der Zunge eine feuchte Spur abwärts, über ihren Bauch, immer tiefer.

Rebecka schnappt hörbar nach Luft. »Das kannst du nicht ... ich kann nicht mehr ...«, bringt sie mühsam hervor und presst die Schenkel reflexartig zusammen.

Er hebt den Kopf, schaut unnachgibig in weit aufgerissene grüne Augen und registriert mit Genugtuung, dass sie für einen Moment zu atmen vergisst.

»Ich bin noch nicht fertig mit dir. Festhalten und Beine spreizen!«

Der strenge Befehl schickt einen Schauer über ihren erhitzten Körper, wie er zufrieden feststellt. Doch er lässt sich sein Vergnügen nicht anmerken, hält ihren Blick unerbittlich fest, bis sie seinem Wunsch zögernd nachkommt. Er positioniert sich zwischen ihre Schenkel und haucht sanfte Küsse auf ihre überreizte Scham. Unruhig windet sie sich, scheint sich nicht darüber im Klaren zu sein, ob sie zurückweichen oder ihm ihren Schoß entgegenrecken will.

»Winkel die Beine an und stell deine Füße auf die Matratze«, befiehlt er und muss sich ein Lächeln verkneifen, als sie umgehend gehorcht. Oh ja, sie verspricht sich zu einer perfekten kleinen Sklavin zu entwickeln. Er wird sie lehren, was Gehorsam und Demut bedeuten und viel Freude bei ihrer Erziehung haben. Er umfasst ihre Knie, drückt die Beine noch weiter auseinander. Schränkt ihre Bewegungsfreiheit ein, ohne sie zu fesseln.

Sie unternimmt einen halbherzigen Versuch, die Schenkel zu schließen. Nicht, um sich ihm zu entziehen. Einfach nur, um auszuprobieren, ob das geht. Keine Chance, denn er lockert seinen Griff nicht. Sie stöhnt auf, die Einschränkung heizt sie zusätzlich an. Doch jetzt ist definitiv der falsche Zeitpunkt sich darüber zu wundern, denn er senkt den Kopf und schleckt mit der Zunge über ihre rasierten Lippen. Ein Schauer lässt ihren Körper erbeben, sie wimmert.

Er leckt über ihren Venushügel, zwickt sie mit den Zähnen, was ihm kleine Schreie, irgendwo zwischen jammen und jauchzen einbringt. Er hält kurz inne. Starrt gierig auf ihre vor Nässe glänzende Pussy. Stellt sicher, dass sein Atem auf die geschwollene Klit trifft. Unruhig bewegt sie die Hüften. Er packt fester zu, hält sie mit Armen und Händen ruhig. Kurz hebt er den Blick. Einfach göttlich ihr Gesichtsausdruck. Bei ihrem Anblick zuckt sein Schwanz sehnsüchtig. Die reine, pure Geilheit. Wie gern würde er seinen vor Gier schmerzenden Schaft in ihren üppigen Körper rammen und sie besinnungslos vögeln. Aber er hofft, dass er stark genug bleibt, sich dieses Vergnügen zu versagen. Ihre Erziehung hat bereits begonnen, auch wenn sie noch nichts davon ahnt. Die Dinge zu überstürzen, gefährden das Ziel, folglich entspricht das nicht seinem Plan. Seine Zunge flattert hauchzart um ihre geschwollene Perle. Er dringt mit der Zunge soweit wie möglich in sie ein, kostet ihren süßlich-herben Saft. Unkontrolliert beginnt sie zu zucken. Er zieht ihre Perle in seinen Mund, saugt so fest, dass er ihr nicht nur Lust, sondern auch eine wohldosierte Prise Schmerz bereitet. Sie schreit so laut, dass er befürchtet, seine nächsten Nachbarn, die doch einige Kilometer entfernt wohnen, könnten sie hören. Dennoch lässt er nicht von ihr ab. Er beobachtet, wie sie minutenlang zuckt und bebt. Erst als ihre Anspannung sich fast vollständig gelöst hat, verlässt er seinen Platz. Sanft befiehlt er ihr, das Gitter loszulassen, das sie noch immer krampfhaft umklammert, legt sich neben sie und zieht sie in seine Arme. Zitternd klammert sie sich an ihn, presst ihre Brüste gegen seine Rippen. Sein stahlharter Schwanz drückt gegen ihren Bauch. Mit geschlossenen Augen schmiegt sie ihren Kopf an seine Schulter. Sie stößt einen wohligen Seufzer aus, als er ihren Rücken streichelt und zärtlich ihre Backen knetet, bis das Zittern aufhört. Sie schaut ihn mit dem Ausdruck ungläubigen Staunens an.

»Was ist?«, fragt er leise und streicht über ihre Wange.

»Ich ...«, setzt sie an, schüttelt dann aber den Kopf. »Ich hatte mein Vergnügen, jetzt kümmern wir uns um deins. Möchtest du mich ficken oder soll ich es dir lieber mit dem Mund besorgen?«

Wieder einmal wundert er sich über ihre grobe Ausdrucksweise. Er schüttelt den Kopf. »Weder noch. Heute ging es nur um dich. Aber ich glaube, ich muss mal kurz kalt duschen. Ruh dich noch einen Moment aus, ich beeile mich.«

Er haucht einen sanften Kuss auf ihre Nase, steht auf und läuft ins Bad. Er reguliert die Temperatur auf eine angenehme Wärme und stellt sich unter den Strahl. Seinen harten Schaft nimmt er fest in die rechte Hand, während er mit der Linken seine Hoden umschließt. Mit geschlossenen Augen konzentriert er sich auf ihren Geschmack in seinem Mund und beginnt seinen besten Freund mit festen Strichen zu bearbeiten. Dabei drückt er mit der Linken seine Eier gerade so fest, wie er es mag. Es dauert nicht lange, bis sich seine Lust in Schüben auf dem nassen Fliesenboden entlädt. Erst als der weiße Saft im Ausguss verschwunden ist, dreht er das Wasser ab, trocknet sich ab und geht ins Schlafzimmer zurück.

Becky liegt noch genauso da, wie er sie verlassen hat. Befriedigt, aber offenbar nicht vollkommen zufrieden starrt sie an die Decke.

Ihm ist klar, was sie beschäftigt, deshalb fragt er nicht nach, sondern sagt leichthin: »Was hältst du davon, wenn wir einen Spaziergang zum Strand unternehmen?«

Sie wendet ihm ihr Gesicht zu und betrachtet ihn einen Moment lang überrascht und enttäuscht. »Ja, warum nicht, ich gehe mich nur kurz etwas frisch machen«, erwidert sie mit mäßigem Enthusiasmus und steht auf, um ins Bad zu verschwinden.

8

Der Spaziergang durch die klare Luft ist traumhaft. Ohne Eile schlendern sie in Richtung Meer. Der Nebel hat sich inzwischen gelichtet. Becky bleibt immer wieder stehen, dreht sich langsam um die eigene Achse und saugt den Anblick der rauen, wunderschönen Landschaft in sich auf. Beobachtet die Schafe, die gemächlich über die grünen Hügel trotten und kleine Büschel Gras zupfen. Alec wird nicht recht schlau aus seiner Begleiterin. Er findet ihre Stimmung eigenartig, aber er schweigt, um ihr ein wenig Ruhe zu gönnen, da sie ganz offensichtlich über etwas nachdenkt. Am Strand angekommen ziehen sie ihre Schuhe aus, lassen das Wasser ihre Fußknöchel umspielen und laufen händchenhaltend am Ufer entlang. Nach einer ausgiebigen Wanderung setzen sie sich nebeneinander auf einen großen Stein und schauen aufs Meer. Alec legt einen Arm um ihre Schultern. Nach kurzem Zögern schmiegt sie sich an ihn.

»Was geht dir im Kopf herum, Becky?«

»Hm ... einiges ... ich weiß nicht recht, was ich dir erzählen soll.«

Er wartet ab, denn es klingt so, als wüsste sie genau, worüber sie reden möchte, ihr scheinen nur die richtigen Worte zu fehlen.

Rebecka schaut in die Ferne.

»Was hat es mit der Distel auf deiner Brust auf sich? Ich finde sie schön. Aber so ein Tattoo hat doch sicher eine tiefere Bedeutung? Du hast sie dir nicht stechen lassen, weil sie hübsch ist, oder?«

Er runzelt die Stirn. Darüber hat sie bestimmt nicht die ganze Zeit nachgegrübelt. Trotzdem beantwortet er ihre Frage.

»Sie ist das Wahrzeichen Schottlands. Ich lebe gern in Limburg. Aber mein Herz ist hier zu Hause.«

»Das klingt nach einer Notlösung. Warum lebst du nicht hier, wenn du so sehr an deiner Heimat hängst? Es ist so ruhig und friedlich und die Landschaft ist atemberaubend.«

»Ich fühle mich auch in Deutschland heimisch. Ich mag Limburg, da sind meine Freunde, meine Arbeit. Ich habe die Firma mit Lukas zusammen aufgebaut und sie läuft gut.« Er schippt mit den Zehen ein kleines Sandhäufchen auf. »Geld und Luxus sind mir nicht wichtig. Trotzdem wäre ich mit dem Leben hier nicht mehr zufrieden. Der berufliche Erfolg gibt mir einen Kick, den Schottland mir nicht bieten kann. Ich liebe meinen Job und bin stolz auf das, was Lukas und ich geschaffen haben. Das würde ich freiwillig niemals aufgeben.«

Sie nickt und schaut auf den Sand, den er mit seinen Zehen angehäuft hat. Nur das Rauschen der Wellen und die Schreie der Möwen sind zu hören. Sie genießt für einige lange Augenblicke die Ruhe und das Gefühl, mit ihm schweigen zu können, ohne das die Stille unangenehm wird.

Doch schließlich sagt sie zögernd: »Ich hätte nie gedacht, dass es so einen Unterschied macht, ob ein Mann mir einen Orgasmus verschafft oder ob ich es mir selbst besorge. Niemals hätte ich geglaubt, dass es so viel schöner ist, wenn es jemand anderes tut. Es ist ungefähr so, als würde man ein laues Lüftchen mit einem Orkan vergleichen.«

Er dreht sie zu sich. »Willst du damit sagen, du hattest noch nie einen Höhepunkt, wenn du mit einem Mann geschlafen hast?«
Stumm schüttelt sie den Kopf.

»Du hattest wahrscheinlich schon mehr One-Night-Stands, als du selbst zählen kannst. Und kein einziger der Kerle hat es dir richtig besorgt?«

Wieder ein Kopfschütteln.

»Das kann ich einfach nicht glauben«, erklärt er, regelrecht erschüttert.

»Na ja, wir haben ja auch nicht miteinander geschlafen. Dabei komme ich nun mal nicht. Da bin ich sicherlich nicht die einzige Frau, der es so geht.«

»Das kann nicht dein Ernst sein! Ich frage mich, was für Typen du bisher abgeschleppt hast. Du scheinst ein Faible für egoistische Arschlöcher zu haben.«

»Na ja, ich schätze, es liegt eher an mir, als an den Männern.«

»Das werden wir noch herausfinden«, murmelt er.

»Warum wolltest du nicht mit mir schlafen, Alec? Ich fühle mich wie eine selbstsüchtige Schlampe. Du hast mir eine ganz neue Erfahrung geschenkt und das gleich zwei Mal. Aber ich durfte dich noch nicht einmal anfassen. Ich musste dieses blöde Kopfteil festhalten und war zu völliger Defensive verdammt. Das ist ein ganz mieses Gefühl.« Sie blickt zu Boden.

Alec schluckt krampfhaft. »Dass du dich schlecht fühlst, habe ich nie gewollt. Für mich ist Sex nicht einfach nur ficken. Sex ist Erotik, Leidenschaft, Hingabe, Sinnlichkeit, Lust, Erfüllung. Für dich ist es offenbar etwas, was du hinter dich bringen willst.« Er hebt ihr Kinn an und schaut ihr tief in die Augen. »Ich wollte, dass du eintauchst in diesen Rausch und genießt, während ich dich verwöhne und deinen Körper zum Summen bringe. Schlechter Sex ist verschwendete Zeit.« Er lässt sie los und streichelt sanft über ihre Wange. »Aber langsam wird mir klar, dass du so denkst, weil du es nicht besser weißt.«

Rebecka fällt darauf keine Antwort ein, also schweigt sie und schaut aufs Meer. Lange spricht niemand ein Wort.

»Lass uns ein Abkommen schließen«, sagt er schließlich.

»Wovon redest du?«

»Ich schlage dir eine Art Wette vor. Ich garantiere dir, du wirst jedes Mal kommen, wenn wir zusammen sind. Ich werde dich mit meinen Händen, meiner Zunge und mit meinem Schwanz zum Orgasmus bringen.«

Becky lacht laut. »Na klar! Du glaubst nicht, wie oft ich solche Phrasen schon von Kerlen gehört habe. Ihr haltet euch alle für tolle Hechte.« Ihre frechen grünen Augen blicken ihn herausfordernd an.

»Wie gesagt, ich biete dir eine Wette an: Ich sage, du kommst jedes einzelne Mal zum Höhepunkt, auch wenn wir miteinander schlafen, ganz besonders dann. Du behauptest, du kommst nicht. Wir probieren das aus, heute noch. Habe ich recht, wirst du bis zum Ende der Woche beim Sex nach meiner Pfeife tanzen. Liegst du richtig, tue ich, was du willst. In beiden Fällen verbringen wir nicht die ganze Woche im Bett.« Nach einer kurzen Weile fügt er hinzu: »Mir liegt wirklich daran, dass du meine Heimat kennenlernst. Wir werden Ausflüge unternehmen. Ich zeige dir die Umgebung, ein paar Burgen und Schlösser, atemberaubende Landschaften, Seehunde, Delfine. Was auch immer dich interessiert. Aber wenn wir abends wieder zu Hause sind, wirst du im Bett tun, was ich verlange. Oder ich mache, was du sagst.«

Rebecka legt den Kopf schief. »Mit anderen Worten, wenn ich verliere, muss ich deine perversen Spielchen mitmachen?«

»Mit anderen Worten, wenn du verlierst, gewinnen wir beide, mo shìtheag. Der Wetteinsatz ist, dass du dich auf mich einlässt und mir zumindest ein bisschen Vertrauen schenkst.«

Er schaut sie erwartungsvoll an und fügt dann hinzu: »Für den Anfang gebe ich mich damit zufrieden. Ich verspreche dir, ich werde nichts tun, was dir nicht gefällt. Und wenn du etwas wirklich nicht willst, sagst du einfach CHAN EADH. Das ist der gälische Ausdruck für NEIN. Wenn du CHAN EADH sagst, höre ich sofort auf, egal womit, und das Spiel ist vorbei.«

Becky zögert nur kurz. Sie würde gewinnen, da hegt sie keinerlei Zweifel. Die meisten Männer sind überzeugt davon, ein Glockenspiel in der Hose zu haben, da bildet er keine Ausnahme. Soll er sich ruhig für einen Sexgott halten, sie freut sich darauf, ihm zu beweisen, dass er nicht so toll ist, wie er glaubt. Das geschieht ihm nur recht! Ihr Blick schweift wieder über das Meer. ›Und wenn ich doch verliere?‹, überlegt sie bang. Immerhin hat er bereits zwei Mal geschafft, was eigentlich unmöglich ist. ›Ach was, Alec ist auch nur ein Mann.‹ Außerdem ist sie kein Feigling. Kneifen kommt nicht in Frage.

Sie blickt ihm gerade in seine tiefblauen Augen. »In Ordnung, ich lasse mich auf deine Wette ein. Aber ich fürchte, du wirst es sein, der für den Rest der Woche gehorchen muss.« Sie grinst spitzbübisch. »Das wird ein Spaß, ich freue mich schon darauf.«

9

Bevor sie den Rückweg antreten, kehren sie in die kleine Dorfkneipe ein, wo sie jeder eine Portion *fish and chips* bestellen. Die Einheimischen begrüßen Alec herzlich. Es ist deutlich spürbar, dass er hierher gehört, auch wenn er selten da ist. Da Becky kein Gälisch spricht, wechseln alle ins Englische. Sie fühlt sich sofort heimisch bei diesen einfachen Menschen. Man behandelt sie, als gehöre sie schon immer dazu. Auf dem Weg zum Haus plappert sie munter drauf los, schwärmt von der unkomplizierten Art der Leute. »Ich habe noch nie erlebt, dass mir jemand so offen begegnet, der mich gar nicht kennt. Die Freundlichkeit der die Menschen fühlt sich so ehrlich und ungekünstelt an. So etwas kenne ich nicht. Ich finde es großartig.«

Alec lächelt. »So sind die Schotten. Sie behandeln dich wie eine der ihren, solange du hier bist. Aber sie veranstalten auch kein Trara, wenn du wieder gehst. Sie rennen dir nicht hinterher, reden dir kein schlechtes Gewissen ein, aber wenn du zurückkommst, gehörst du ganz selbstverständlich wieder dazu. Ich mag ihre Herzlichkeit. Das ist einer der Gründe, warum ich mich hier so wohl fühle.«

Je näher sie dem Haus kommen, desto nervöser wird Rebecka. Nicht weil sie fürchtet, die Wette zu verlieren, sondern weil sie nicht weiß, wie sie sich verhalten soll. Seitdem sie erkannt hat, wie negativ ihr ›bringen wir es hinter uns‹ bei ihm angekommen ist, fühlt sie sich verunsichert. Bei ihrem Gespräch am Strand hat sie realisiert, dass er durchaus ein Ästhet ist, wenn es um Sex geht. Eine Eigenschaft, die sie bei Männern im Allgemeinen nicht unbedingt erwartet, schon gar nicht bei einem Kerl mit so bizarren Vorlieben. Sie ist ein wenig bestürzt, denn erst jetzt wird ihr bewusst, wie ihre Äußerungen und Handlungen auf ihn gewirkt haben müssen. Nicht nur die von heute Morgen, sondern ihr Benehmen während der letzten zwei Jahre, die sie sich bereits kennen. Beschämt schlägt sie die Augen nieder.

Alec ist ihre Unsicherheit nicht entgangen. Doch erst als sie in seinem Schlafzimmer ankommen, dreht er sie zu sich, fasst sanft aber bestimmt ihr Kinn und zwingt sie, ihn anzusehen. Sein Gesichtsausdruck ist ernst und sein Blick so tief, dass sie sich vollkommen darin verliert. Als er stumm den Kopf schüttelt, erkennt sie, dass er erraten hat, was sie beschäftigt. Er streichelt zärtlich ihre Wange, seine Zunge erkundet langsam und gründlich ihren Mund, bevor er sich, für ihren Geschmack viel zu schnell, wieder von ihr löst.

»Kein Bedauern, Rebecka, niemals!«, flüstert er liebevoll.

Ihr Herz setzt einen Schlag aus, und beginnt dann zu galoppieren. Sie will besser nicht ergründen, was sie da gerade fühlt. ›Wo soll das hinführen? Was wir hier machen, ist Wahnsinn! Denk nicht drüber nach, konzentrierte dich lieber auf das Hier und Jetzt! Du hast so lange davon geträumt.‹

Sie atmet tief durch, legt ihre Handflächen auf sein T-Shirt und liebkost seine Brust. Er fasst ihr Tanktop am Saum und zieht es ihr über den Kopf. Mit beiden Händen streicht er zart über ihren Rücken, löst dabei den Verschluss des BH's und streift ihr das Wäschestück vom Körper. Sie schiebt sein Shirt hoch und er beugt sich ein wenig herunter, damit sie es ihm ausziehen kann. Als sie näher herantritt, um ihren Oberkörper an seinen zu schmiegen, hält sie den Kopf erhoben. Sein hungriger Blick hält sie gefangen, der lustvolle Ausdruck in seinem Gesicht bringt sie zum Erbeben. Während er sie zärtlich küsst, schließt keiner von ihnen die Lider. Die Wette ist für den Moment vergessen. Mit seinen großen, sanften Händen streichelt er ihren Rücken, wandert hinunter zu ihrem Hintern, knetet ihre Backen. Ganz bewusst spürt Becky seine warme, glatte Haut unter ihrer Handfläche, als sie über seinen muskulösen Oberkörper, hinunter bis zu seinem festen Bauch streicht. Sie lässt ihre Finger über seine Jeans gleiten, liebkost die harte Beule durch den Stoff, was ihm ein leises Seufzen entlockt. Seine Augen werden eine Spur dunkler, als sie Knopf und Reißverschluss öffnet und sie ihm samt Slip über die Hüften schiebt. Auch er schält sie aus ihrer Hose, endlich stehen sie nackt voreinander.

Er packt ihre Taille, drängt sie sachte gegen die Wand und hebt sie ein Stückchen hoch. Sie schlingt ihre Beine um seine Hüften und ihre Arme um seinen Hals. Mit einem sanften aber gezielten Stoß dringt er in sie ein, füllt sie aus. Sie stöhnt wohlig. Himmel, wie lange schon und wie sehr hat sie sich das gewünscht. Seit Monaten hat sie es sich selbst besorgt, während sie sich ausmalte, wie es sich anfühlt, so eng mit ihm verbunden zu sein. Doch keine ihrer Fantasien wird der Realität gerecht. Er presst sein Becken gegen ihres und hält sie mit seinem Körper ruhig. Mit einer Hand fasst er in ihren Nacken und erobert erneut ihren Mund mit seinem. Mit der Anderen streichelt er ihre Brust.

Hat sie jemals einen Mann so intensiv erlebt? Sie spürt ihn in sich, um sich herum, seine Augen lassen ihre nicht los. Der Duft seiner Haut mischt sich mit dem Geruch ihrer Lust. Sie ertrinkt in dem Gefühl von Nähe. In ihren kühnsten Träumen hätte sie sich nicht ausmalen können, wie überwältigend es wirklich sein würde. Einige Minuten verharrten sie so, fühlen einander ganz bewusst, mit all ihren Sinnen. Dann tritt er zurück und gleitet wieder aus ihr heraus. Sie gibt einen knurrenden Protestlaut von sich, doch seine Augen befehlen ihr, sich zu fügen.

Er nimmt sie in den Arm und geht langsam vorwärts, sodass sie gezwungenermaßen rückwärts läuft. Ohne zu zögern, lässt sie sich auf ihn ein, löst ihren Blick keine einzige Sekunde von seinem.

Als sie vor dem breiten Doppelbett stehen, stoppt er und legt sie auf die Matratze. Streng schaut er auf sie herab und sie folgt seiner wortlosen Aufforderung, mit den Händen das Gitter am Kopfende zu ergreifen und festzuhalten.

Wieder kostet er ihre Lippen, ihre Wangen, ihren Hals, ihr Schlüsselbein, bis er zu ihren Brüsten gelangt. Er saugt ihre Knospe in seinen Mund, schlägt mit der Zunge gegen den harten Nippel, während er mit geschickten Fingern die andere Brust knetet. Als er fest in ihre Brustwarze kneift, rast eine Welle der Lust durch ihren Körper. Vage sickert der Gedanke durch ihren benebelten Geist, dass sie den köstlichen Schmerz auch heute Mittag schon willkommen geheißen hatte. Sein Mund wechselt zum anderen Nippel, umkreist ihn zärtlich mit der Zunge, während er mit Daumen und Zeigefinger nach der ersten noch feuchten Brustwarze greift und daran zupft. Sie jammert lustvoll, er zieht weiter, steigert den Schmerz gerade so weit, bis er beginnt unangenehm zu werden. Dann dringt er mit zwei Fingern in sie ein. Sie stöhnt und er zieht ihre Knospe noch ein bisschen länger.

Wogen der Lust rauschen durch ihre Adern. Als sie, sich wild windend, seinen Namen schreit, lässt er von ihr ab. Er kniet sich zwischen ihre gespreizten Schenkel und zieht sie an den Waden näher zu sich heran. Dann hebt er ihren Hintern ein wenig an und versenkt seinen Schwanz mit einem einzigen Stoß tief in ihren nassen Schoß. Er taucht in sie ein, dehnt sie, füllt sie so vollständig aus, dass sie glaubt, in seiner Nähe zu ertrinken.

Für einen Augenblick hält er inne, schließt die Augen. Fast zwei Jahre hat er sich das schon gewünscht, jetzt endlich hat er sie und es fühlt sich großartig an. Er öffnet die Augen, schaut sie an. In ihrem Gesicht kann er lesen, dass sie ähnlich empfindet. Er streckt die Hand aus, streichelt sanft ihre Wange. Gemeinsam kosten sie diesen stillen Moment der Übereinstimmung aus, bevor er ihn mit einem tiefen Stoß beendet. Kompromisslos nimmt er ihren Körper in Besitz, rammt sich in sie, jagt elektrische Impulse durch ihr bebendes Fleisch. Er legt ihre Beine auf seine Schultern, dringt noch tiefer vor. Seine pralle Eichel bahnt den Weg vorneweg, taucht ein in die glitschige Enge. Tief und gründlich nimmt er sie.

Rebecka brüllt ihre Lust heraus. Noch nie hat sie so etwas Hartes, Ursprüngliches, Wunderbares erlebt. Schon immer hatte sie das Gefühl von Nähe beim Sex geliebt, doch das hier katapultiert sie in eine andere Dimension. Sie verliert sich, hält sich an den Gitterstangen fest und immer wieder stößt er zu. Seine Präsenz dringt durch jede Pore, nimmt jeden Millimeter von ihr in Besitz. Augen, die vor Lust so dunkel geworden sind, dass sie schwarz wirken, starren auf sie nieder. Wild, glühend, so wahnsinnig leidenschaftlich, dass ihr die Luft wegbleibt. Dabei zupft er an ihren Nippeln, kneift, zieht, dreht die kleinen Knöpfe unerbittlich zwischen Daumen und Zeigefinger. Er tut ihr weh, stachelt sie dadurch aber seltsamerweise weiter an. Noch nie hat sie Lust so intensiv erlebt. Krampfhaft hält sie das Kopfgitter umklammert, und der Gedanke, dass sie damit seinem Befehl nachkommt, turnt sie nur noch mehr an. Unendlich tief rammt er sich immer und immer wieder in sie, bis er plötzlich abrupt innehält und bewegungslos in ihr verharrt. Als sie ihm sehnsüchtig die Hüften entgegen reckt, hält er sie mit den Händen ruhig.

»Alec, bitte, hör nicht auf!«, keucht sie flehend.

Doch er rührt sich keinen Millimeter, hält ihren Blick gefangen, starrt sie so gebieterisch an, dass sie erschaudert.

Leise aber mit einem unglaublich ernsten, herrischen Unterton sagt er: »Für den Rest der Woche gehörst du mir, mit Haut und Haaren! Du wirst tun, was ich von dir erwarte! Du wirst lernen, mir zu gehorchen! Du wirst dienen! Ich entziehe dir das Recht, dich selbst zu befriedigen! Wenn ich dir sage, du sollst vor mir knien, wirst du knien. Wenn ich dir befehle, meinen Schwanz zu lutschen, wirst du jeden Tropfen schlucken, den ich dir schenke! Wenn ich dir untersage zu kommen, wirst du dich beherrschen! Du wirst lernen, demütig zu ertragen, was ich dir abverlange! Und du wirst jede einzelne Sekunde genießen! Und jetzt komm für mich, mo leannain. Schenk deinem Herrn deine Lust!«

Er verändert den Winkel nur ein kleines Bisschen. Jetzt stößt er langsam, aber mit feuriger Leidenschaft in ihren zitternden Leib. Einmal, zweimal, dreimal. Beim vierten Stoß bricht ein Gewitter über ihren Körper herein. Blitze zucken durch ihren Schoß, ein Orkan der Ekstase reißt sie fort, doch er hört nicht auf. Unerbittlich treibt er seinen Schwanz in ihren bebenden Körper. Hilflos, mit weit aufgerissenen Augen hält sie seinem erbarmungslosen Blick stand. Nichts hat sie auf das hier vorbereitet. Wogen der Lust branden durch sie hindurch und sie muss ganz einfach darauf vertrauen, dass er sie auffängt.

Alec schaut auf sie nieder. Beobachtet was in ihr vorgeht. Ein Genuss zu sehen, wie sie sich in ihrer Begierde verliert. So viele Kerle haben vor ihm diesen Körper genommen. Doch das unschuldige Staunen, die unbändige Geilheit und die totale Machtlosigkeit machen diesen Ritt zu ihrem ersten Mal, das wirklich zählt. Mit einem heiseren Schrei entlädt er sich in ihr, markiert sie als seinen Besitz. Maßlose Genugtuung erfüllt ihn. Jetzt endlich hat er sie genau da, wo er sie schon seit zwei Jahren haben wollte. Sie gehört ihm und das wird sie ab sofort zu spüren bekommen!

Sanft nimmt er sie in die Arme, hält sie fest und wartet darauf, dass sie aufhört zu zittern. Sie kuschelt sich eng an ihn. Er merkt, wie sehr sie seine Wärme und Geborgenheit braucht, und gibt ihr beides gerne. Auf der Seite liegend, streichelt er hauchzart ihren Rücken.

Sie hebt den Kopf und schaut ihn an. In ihrem Blick liegen so viele unterschiedliche Gefühle: Befriedigung, Staunen, Glück, aber auch Scheu, Angst und tiefe Selbstzweifel.

»Was geht in dir vor, mo shìtheag«, fragt er leise.

»Jetzt hast du mich in der Hand«, flüstert sie.

Alec verspürt einen Stich der Enttäuschung. Das ist also das Erste, was ihr in den Sinn kommt. Die Unsicherheit, die Angst vor ihm und vor dem Unbekannten scheinen doch zu überwiegen. Sogar nach dieser Naturgewalt, die sie soeben miteinander erlebt haben.

»Rebecka«, sagt er liebevoll aber bestimmt. »Bitte vertrau mir. Versuch es zumindest. Ich schwöre dir, ich werde deine tatsächlich vorhandenen Grenzen achten und dir nichts abverlangen, was du wirklich nicht willst. Wir testen gemeinsam aus, wo deine Grenzen in Wahrheit liegen. Das Einzige was du ab sofort ablegen musst, sind deine Vorurteile. Ich möchte, dass du dich mir anvertraust. Lass dich fallen. Scheiß auf deine Moralvorstellungen! Nichts ist falsch, alles ist erlaubt. Es gibt keine Tabus außer denen, die wir zusammen entdecken.«

»Du wirst mich schlagen, nicht wahr?«, bang schaut sie ihn an.

Er seufzt unhörbar. »Nein. Wenn das tatsächlich eine Grenze für dich ist, werden wir sie nicht übertreten, solange du das nicht willst. Ich tue nur, was dir Lust bereitet. Wenn du möchtest, dass ich dir den Hintern versohle, wirst du mich darum bitten müssen, und ich garantiere dir, das wirst du!«

Energisch schüttelt sie den Kopf. »Ich begreife einfach nicht, was schön daran sein soll, Schmerzen zu erleiden. Ich verstehe nicht, warum es dich anturnt, mir wehzutun. Wie kann dich das geil machen?«

»Schmerzen sind nicht gleich Schmerzen. Es hat dir wehgetan, was ich mit deinen Nippeln angestellt habe. Und trotzdem bist du dabei abgegangen.«

Betroffen schlägt sie die Augen nieder. »Das stimmt. Du hast recht, es liegt an mir. Ich habe mich so sehr um Normalität bemüht, aber ich bin verkorkst.«

»Nein, das bist du nicht! Rede dir nicht so einen Schwachsinn ein! Es gibt eine Menge Menschen, denen Schmerz, bis zu einer gewissen Grenze, Lust bereitet. Du bist genauso normal wie ich und wie jeder andere, den du kennst.«

»Es fällt mir schwer, das ...«, verunsichert bricht sie ab.

»Es gibt überhaupt keinen Grund, sich zu schämen. Nicht vor mir und schon gar nicht vor dir selbst.« Er rückt näher an sie heran und flüstert: »Wir befinden uns hier vollkommen außerhalb deiner Welt. Wir sind in den Highlands. Niemand hier kennt dich, außer mir. Niemand urteilt über dich, auch ich nicht. Probier es aus. Wenn es nichts für dich ist, fliegst du am Ende der Woche zurück nach Hause und bist um eine Erfahrung im Leben reicher.«

»Hm, so wie du es beschreibst, klingt es gar nicht so schlimm«, erwidert sie zweifelnd.

Ihre Gedanken rasen. ›So einfach ist es nicht! Ich kann das nicht! Aber Sex mit ihm ist der Wahnsinn! Ich will mehr davon! Ich habe sowieso keine andere Wahl, schließlich muss ich meine Wettschuld einlösen, sonst stehe ich wie ein jämmerlicher Feigling da.‹

»Ich kann dich stoppen mit CHAN EADH, nicht wahr?«

Unsicherheit flackert in ihrem Blick und das wurmt ihn nach dieser glühenden, rückhaltlosen Leidenschaft, die sie eben noch geteilt haben.

So sehr Alec die Zweifel in ihren Augen auch stören. Dieser Urlaub verspricht, nicht nur ihr neue Impulse zu bringen. Spannung liegt in der Luft, Abenteuer, Eskapaden. Wie weit wird sie gehen? Wie weit kann er sie führen? Er will nicht weniger als einhundert Prozent von ihr. Hingabe, Vertrauen, Sinnlichkeit. Alles, was sie zu geben hat und dann noch ein Quäntchen mehr. Die grünäugige kleine Hexe da auf dem Laken stellt eine Herausforderung dar, die eine pure Lust auf Leben durch seine Adern pumpt.

Seit zwei Jahren fordert sie ihn heraus, einfach nur durch ihre bloße Anwesenheit. Die Leere, die er schon so oft in ihren Augen gesehen hat, erscheint ihm wie ein Spiegel seiner eigenen inneren Einöde. Ihre Frechheit reizt ihn genauso sehr, wie ihre üppigen Kurven. Die Tatsache, dass sie sich ihm verweigerte, hatte sie in den letzten Monaten immer interessanter für ihn werden lassen.

Im Übrigen ist der Sex mit ihr gigantisch gewesen und das, obwohl sie einfach nur miteinander geschlafen haben. Er hat sie ein paar Mal ein bisschen härter angefasst und sie in ihrer Bewegungsfreiheit eingeschränkt. Dennoch verbucht er das Erlebnis eher unter Blümchensex. Eine Session kann man das wirklich nicht nennen. Wie geil wird es erst sein, harten Sex mit ihr zu genießen?

Er weiß, dass sie mit BDSM nichts zu tun haben will, doch er spürt mit der Empathie eines erfahrenen Doms, dass sie dafür geboren ist. Die Vorstellung, sie behutsam in diese Welt zu führen, vor der sie offenbar so viel unbegründete Angst hegt, bringt sein Blut in Wallung. Er möchte mit ihr gemeinsam erleben, wie sie sich fallen lässt. Ihr dabei zuschauen, wie sie lernt, sich auf ihn zu verlassen.

Plötzlich wird ihm bewusst, dass sie einander seit geraumer Zeit stumm anstarren. Sie wartet auf eine Antwort und wenn er den Eindruck erweckt, dass er lange überlegen muss, wirkt das wenig vertraueneinflößend.

»Jederzeit. Ich gebe dir mein Ehrenwort, ich werde sofort aufhören, sobald du CHAN EADH sagst, ohne Diskussion.«

»Okay, ich vertraue dir in diesem Punkt. Ansonsten ...« Sie hebt die Hand und streichelt sein Gesicht. »Das war, gigantisch. Ich hätte niemals in meinen kühnsten Träumen geglaubt, dass ich so intensiv fühlen kann. Es war unglaublich, unbeschreiblich und wunderschön. Ich bin immer noch vollkommen geflasht.«

Ein Lächeln huscht über ihr Gesicht, das sein Herz galoppieren lässt.

»Ja, es war schön, auch für mich«, erwidert er rau und bemerkt den leichten Schauer, der bei seinen Worten über ihre Haut rieselt.

»Ist es immer so?«, fragt sie treuherzig und sieht ihn dabei mit so strahlenden, großen, naiven Augen an, dass ihm für einen Moment der Atem stockt.

Er schluckt und streicht ihr übers Haar. »Das kann ich dir nicht beantworten. Aber wir finden es in den nächsten Tagen gemeinsam heraus.«

10

Rebecka erwacht mitten in der Nacht mit einem wunderbaren Gefühl von Nähe und Geborgenheit. Eine kleine Lampe taucht das Schlafzimmer in sanftes Licht. Sie lächelt. Von ihrer Angst bei Dunkelheit kann er nur von Lea erfahren haben. Heilfroh, dass ihre Freundin ihm ihr spezielles Problem offenbar verraten hatte, fragt sie sich andererseits beklommen, was er noch alles durch Lea über sie weiß. Doch darüber will sie jetzt nicht nachdenken. Sie konzentriert sich lieber auf die Wärme seiner Haut, seinen Geruch, der ihr schon vertraut erscheint, seine Arme, die sie halten. Tränen treten ihr in die Augen. Nichts hat sich je so gut angefühlt. Vorhin, als sie nach dem gigantischsten Sex ihres Lebens noch eng beieinanderlagen, kam irgendwann Unruhe in ihr auf. Sie hatte ihm erklärt, so viel Nähe nicht gewohnt zu sein und ihn gebeten, ihr zum Schlafen ein eigenes Zimmer zur Verfügung zu stellen. Aber davon hatte er nichts wissen wollen. Er brummte nur, sie sei genau da, wo er sie haben wollte und dann hatte er sie in seine Arme genommen und genauso war sie tatsächlich eingeschlafen.

Sie betrachtet sein Gesicht. Seine Züge wirken so weich, so jung, so verletzlich, wenn er schläft. Dieser Moment in der Stille der Nacht fühlt sich vollkommen an, wie so viele Augenblicke, seitdem sie gestern hier in seinem Bett aufgewacht war. ›Wie es wohl wäre, jeden Morgen neben ihm aufzuwachen?‹, denkt sie verträumt. ›Das glaubst du doch selbst nicht. Er benutzt dich zu seinem Vergnügen und dann wirft er dich weg‹, dröhnt die Stimme in ihrem Kopf. Die Stimme des Kindes, das nichts anderes erlebt hat als Zurückweisung und Einsamkeit. Sie liebt und hasst das Kind gleichermaßen. Es ist ihr innerster Kern, den sie tief in sich eingeschlossen und beschützt hat, solange sie denken kann. Niemand weiß, dass es immer noch da ist. Trotz allem oder vielleicht gerade wegen all der Dinge, die sie in ihrem Leben schon durchgemacht hat. Wenn sie ihr inneres Kind jemals verliert, wird sie sich selbst verlieren. Gewöhnlich verhält es sich ängstlich und misstrauisch, aber es sorgt sich immer um ihr Wohlergehen, bewahrt sie vor Fehlern, so gut es vermag.

›Er wird dich ausrangieren wie ein kaputtes Spielzeug, sagt es gerade im weinerlichen Ton. Er wird rasch merken, dass du genau das bist. Kaputt, unvollständig, zerbrochen, Müll. Er kann mit Müll nichts anfangen, er liebt Schönheit und Perfektion. Eigenschaften, die du niemals erreichen wirst. Du bist nicht gut genug für ihn! Geh! Schnell! Hau ab, ganz egal wohin, bevor er es tut!‹

»Nein«, flüstert sie und kuschelt sich enger an ihn. Sie fängt an zu zittern. Tränen laufen über ihr Gesicht.

›Lass ihn los! Du bist nicht gut genug!‹

›Nein, nein, nein bitte nicht.‹

›Er wird dich wegschmeißen! Du bist Müll!‹

Sie beginnt zu hyperventilieren.

Alec regt sich. »Was ist los, mo leannain? Schlaf weiter«, murmelt er, ohne wirklich aufzuwachen, und schlingt seine Arme fester um sie.

Panisch windet sie sich mit aller Kraft. Sie ist nassgeschwitzt. »Lass mich los ... kann nicht atmen ...«, keucht sie.

Schlagartig ist er wach und lässt sie erschrocken los. »Was ist mit dir?«

Kopflos springt sie aus dem Bett und rennt aus dem Raum.

Alec folgt ihr. Doch als er durchs Fenster sieht, wie sie draußen auf der Wiese auf die Knie fällt, greift er noch schnell nach einer Wolldecke. Fürsorglich legt er ihr die Decke um die bebenden Schultern.

»Rebecka«, spricht er sie in einem ruhigen, aber bestimmten Ton an. »Du hast eine Panikattacke. Beruhige dich, es ist alles in Ordnung. Niemand tut dir etwas.«

Er setzt sich neben sie und redet besänftigend auf sie ein, ohne sie zu berühren. Nach und nach hört das Zittern auf und sie wirft sich weinend in seine Arme.

»Es tut mir leid, Alec, ich kann das nicht. Es liegt nicht an dir, aber ich kann mit Nähe nicht umgehen. Ich bin verkorkst. Gib dich nicht mit mir ab. Lass mich gehen. Ich suche mir ein Hotel für die eine Woche.«

»Nein!«, sagt er barsch. Er weiß instinktiv, wenn er jetzt nachgibt, verliert er sie. Die Vorstellung missfällt ihm.

»Du hast eine Wette verloren und bist mir bis zum Ende der Woche verpflichtet. Ich bestehe darauf, dass du deine Wettschuld einlöst!«

Sie zuckt bei seinen kühlen Worten zusammen, als hätte er sie geschlagen. »Bitte, verlange das nicht von mir. Es geht nicht, das siehst du doch.«

Schweigend mustert er sie. Unter dem prüfenden Blick aus dunkelblauen Augen fühlt sie sich noch unbehaglicher und verletzlicher.

»Was ich sehe, ist eine Frau, die vor ihren Dämonen davonläuft, anstatt sich ihnen zu stellen. Merkwürdig, ich wäre nie auf die Idee gekommen, dass du ein Feigling bist.«

Ihr Kopf ruckt nach oben, wütend blitzt sie ihn an. »Du hast keine Ahnung, wovon du redest!«

Kurzerhand steht er auf, zieht sie vorsichtig hoch und führt sie zurück ins Haus. »Ich koche uns einen Tee und dann möchte ich, dass du mir erzählst, wie es zu der Panikattacke kam und ob so etwas öfter vorkommt.«

Als Alec mit zwei dampfenden Bechern zurückkommt, sitzt sie wie ein Häufchen Elend auf dem Sofa. Ihre ganze Körpersprache drückt Resignation aus. Es tut weh, sie so zu sehen. Wo ist ihre Sturheit geblieben, die manchmal schon an Arroganz grenzt? Wo der Kampfgeist? Die flotten Sprüche, mit denen sie ihn so oft zur Weißglut getrieben hat? Der heiße Tee beruhigt, das Schweigen zieht sich in die Länge.

Erst nachdem sie die leere Tasse auf den Tisch gestellt hat, schaut sie ihn wieder an. Sie wirkt verloren, doch ihre Stimme klingt fest. »Ich will nicht reden, Alec. Ich löse meine Wettschuld ein, wenn du darauf bestehst, aber verlange bitte keinen Seelenstriptease von mir. Ich muss mich meinen Dämonen allein stellen und ich komme damit klar. Das hier hat nichts mit dir zu tun. Panikattacken bekomme ich fast nie, weil ich Situationen, in denen sie auftreten, gewöhnlich vermeide.«

Lange schweigt er, wiegt seine Optionen ab. Er möchte wissen, was mit ihr nicht stimmt, unbedingt. Aber sie vertraut ihm nicht, nicht genug für das hier zumindest. Im Moment ist sie so verletzlich, dass er ihr ihre Geheimnisse mit Leichtigkeit entreißen könnte. Ihre sonst so starken Schutzschilde wirken so dünn, dass ein Wimpernschlag ausreichen würde, um sie zu sprengen. Aber soll er wirklich mit roher Gewalt die schützende Mauer eintreten, die sie offenbar so dringend braucht? Unmöglich, den Schaden, den er damit anrichten könnte, abzuschätzen. Seine Intuition, auf die er sich grundsätzlich verlässt, rät ihm, es nicht zu tun. Besser, sich in Geduld zu üben, bis sie von sich aus zu ihm kommt, um sich ihm anzuvertrauen.

Kann er verantworten, mit ihr zu spielen, wenn ihm wichtige Informationen über das Gefühlsleben seiner Spielgefährtin fehlen? Er kann, beschließt er nach einigem Zögern. Es ist ein Risiko, das er kalkulieren muss. Er wird sie eben noch genauer im Auge behalten, als er es gewöhnlich mit seinen Subs tut. Ein erfahrener Dom wie er bemerkt früh genug, wenn es zu viel für sie wird. Er wird seine ursprüngliche Taktik ändern müssen, aber er hat schon eine Idee, wie er vorgeht. Ist sie überhaupt der Mühe wert? Auf jeden Fall!

»Okay«, sagt er entschlossen. »Du verstehst sicher, dass mir das nicht gefällt. Ich wünschte, du würdest mir genug vertrauen, um mir zu erzählen, was dich so sehr quält. Aber ich akzeptiere deine Entscheidung und hoffe, dass du deine Meinung irgendwann einmal ändern wirst. Ich bin jederzeit für dich da. Aber ich bestehe weiterhin darauf, dass du deine Wettschuld einlöst.«

Die unendliche Erleichterung in ihrem Gesicht bestätigt ihm, dass er richtig gehandelt hat.

»Danke«, sagt sie nur.

Er nickt und schaut ihr dabei zu, wie sie sich fasst und ihre Mauern Stück für Stück wieder hochzieht. Überrascht stellt er fest, wie leicht er sie lesen kann, wenn er genau hinschaut, anstatt sich von seiner

Wut auf sie mitreißen zu lassen. Das verschafft ihm einen Vorteil, der seine Wissenslücke hoffentlich ein wenig kompensieren wird.

11

Am Morgen weckt Alec sie mit einem sanften Kuss. Wundervoll, so müsste man jeden Morgen aufwachen, denkt sie, während sie die Arme streckt und sich mit geschlossenen Augen rekelt. Seine Nähe lässt sie wohlig erbeben. Sie hat das Gefühl, ihn mit jeder Faser ihres Körpers spüren zu können, obwohl es lediglich seine Lippen sind, die ihre sinnlich berühren. Mit einem strahlenden Lächeln schlägt sie die Augen auf, um ihn darum zu bitten, sie ab jetzt immer so zu wecken. Doch unter seinem glühenden Blick stockt ihr der Atem, und ihr Herz fängt an zu rasen. Düster, streng und so unglaublich sexy, dass es in ihrem Unterleib heftig zu ziehen beginnt.

»Wir haben eine Menge vor heute. Ich habe einen Ausflug nach Dunrobin Castle geplant und am Nachmittag zeige ich dir noch eine andere Burg. Bereite dich darauf vor, dass wir spielen werden, mo shìtheag.«

»Aber ich ...«

»Ich weiß, du glaubst, du stehst nicht auf Spiele, aber davon werde ich mir selbst einen Eindruck verschaffen.«

Während er redet, gleitet seine Hand an der Innenseite ihres Schenkels nach oben. Unentwegt starrt er sie mit diesem herrischen sexy Blick an. Sanft teilt er ihr Fleisch, das allein durch seinen Gesichtsausdruck schon feucht geworden ist, und entlockt ihr ein heiseres Keuchen, als er mit zwei Fingern in sie eindringt.

»Siehst du? Du bist nass und bereit für mich, wann immer ich es will«, murmelt er zufrieden. »Wir führen heute ein interessantes Experiment durch, aber zunächst stellen wir sicher, dass du den Beginn des Versuchs genauso sehr herbeisehnst, wie ich.«

Mit diesen Worten schiebt er etwas in ihre Pussy. Erschrocken schaut sie herab und stellt fest, dass er mehrere mit einer stabilen Schnur verbundene Kugeln in sie einführt. Sie weiß nicht, was sie davon halten soll, aber es fühlt sich nicht unangenehm an, darum lässt sie ihn gewähren.

»Du hast zwanzig Minuten, um zu duschen und dir etwas Bequemes anzuziehen. Wir fahren mit dem Auto zum Castle. Die Kugeln bleiben genau da, wo sie sind! Du wirst die Schnur nicht berühren und vergiss nicht, dass es dir streng verboten ist, an dir herumzuspielen!«

»Aha, das ist also dein Plan für diese Woche. Du machst mich heiß, damit ich dir blind gehorche. So eine Art sinnliche Gehirnwäsche?«

Er stößt einen übertriebenen Seufzer aus und rollt mit den Augen.

»Und dein Plan für diese Woche sieht vor, jede meiner Anordnungen zu kommentieren, oder infrage zu stellen, befürchte ich.«

»Hast du ein Problem damit?«

»Nein, wenn es mir zu viel wird, denke ich mir eine angemessene Strafe aus. Oder ich schiebe dir einfach einen Knebelball in den Mund. Du wirst dich daran gewöhnen, dass ich die nächsten sieben Tage das Sagen habe. Ich habe meine Gründe dafür, dir heute keine Verschnaufpause zu gönnen. Und jetzt raus aus den Federn, die ersten zwei Minuten hast du schon durch dein Lammentieren vertrödelt.«

»Ja Alec«, schleudert sie ihm in bissigem Ton entgegen, steigt aber gehorsam aus dem Bett. Die Kugeln in ihrem Schoß entwickeln ein seltsames Eigenleben und sorgen dafür, dass ihre Wut sogleich wieder verraucht. Der verflixte Highlander schmunzelt amüsiert, als ihr ein ersticktes Stöhnen entweicht und ihr auf dem Weg ins Bad ein paar unterdrückte Flüche entkommen. Die teuflischen Dinger bringen ihren Unterleib bereits nach kurzer Zeit zum Kochen. Wie nur soll sie das den ganzen Tag aushalten?

Nach dem Frühstück, bei dem er ihr nervöses Herumrutschen auf dem Stuhl einfach zu ignorieren scheint, geht es los. Sie genießt die Fahrt im offenen Geländewagen, auch wenn sie sich anfangs wegen der engen Straßen sorgt, auf denen oft keine zwei Autos aneinander vorbei passen. Doch schnell merkt sie, dass nicht nur Alec, sondern auch die anderen Autofahrer hier umsichtig fahren. Sie beginnt sich zu entspannen und den Ausflug zu genießen.

Ungefähr eine Stunde später parkt er den Wagen auf dem Parkplatz vor Dunrobin Castle. Rebecka steigt aus und betrachtet das Märchenschloss ehrfürchtig.

»Hierher muss Aschenbrödel gelaufen sein, nachdem sie die Linsen sortiert hatte, um auf dem Ball mit ihrem Prinzen zu tanzen«, flüstert sie.

Alec lacht. »Es fehlt die weitläufige Außentreppe, auf der sie um Mitternacht ihren Schuh verloren hat. Aber du hast recht: Das Schloss mit seinen filigranen Türmchen und Zinnen sieht aus wie einem Märchen entsprungen.«

Während sie in den herrschaftlichen Gemäuern umherwandern, sich die Räume mit dem Mobiliar aus dem frühen 19. Jahrhundert anschauen und die Gemälde der Schlossherren und ihrer Ladys aus längst vergangenen Zeiten bewundern, erzeugen die Liebeskugeln kleine Stromstöße in ihrem Schoß. Klitschnass und lüstern wünscht sie sich nichts sehnlicher, als dass ihr Begleiter sie auf einem der wertvollen antiken Möbelstücke vögelt. Die Tatsache, dass Alec auffallend oft auf ihre steinharten Nippel starrt, die sich überdeutlich unter ihrem engen grünen T-Shirt abzeichnen, trägt auch nicht unbedingt zu mehr Selbstbeherrschung bei.

»Dieses Oberteil hat die gleiche Farbe, wie deine Augen«, murmelt er gerade leise.

»Oh, ich habe gar nicht bemerkt, dass du mir heute schon mal in die Augen geschaut hast. Mir scheint, du bist etwas abgelenkt und hast es noch nicht einmal bis zu meinem Kinn geschafft«, meint sie trocken.

»Nun, wenn die Aussicht auch so appetitlich ist«, grinst er ohne jegliche Verlegenheit. »Was wärst du lieber gewesen, mo shìtheag, die Schlossherrin, die die Dienerschaft herumkommandiert oder lieber die ganz spezielle Dienerin des Schlossherrn?«, raunt er mit einem höllisch sexy Unterton in der Stimme.

In diesem Moment erreichen sie einen Salon mit filigranen Sitzgelegenheiten und Tischchen.

»Was meinst du? Würdest du hier sitzen wollen, mit einem hauchzarten Porzellantässchen Tee, etwas Gebäck und einer Handvoll schnatternder Damen, die über jeden lästern, der nicht anwesend ist?«

Sie wandern durch den Saal, schauen sich alles an und schlendern dann weiter in den nächsten Raum, einem Arbeitszimmer mit einem wuchtigen, ebenholzfarbenen Sekretär.

»Oder würdest du lieber neben diesem Schreibtisch knien. Geduldig wartend, bis dein Herr seine Arbeit beendet und dir gebietet, dich über die Schreibtischplatte zu beugen und die Röcke zu heben, damit er dich hart von hinten nehmen kann?«

Becky erschaudert und atmet schneller.

Sie entdecken einen Erker mit einer gepolsterten Sitzgelegenheit auf der breiten Fensterbank.

»Wer möchtest du sein, mo leannain? Das Burgfräulein, das mit einem Stickrahmen hier sitzt und kaum die wunderschöne Aussicht zu genießen weiß, weil sie konzentriert ihre Handarbeit erledigt, wie es die Pflicht befiehlt? Oder wärst du lieber die Liebessklavin, die von ihrem Herrn gegen die Fenstergitter gedrückt wird, während er dich in einen Rausch der Ekstase vögelt?«

»Alec! Hör sofort auf damit, oder ich schwöre ich falle gleich hier mitten in diesem hochherrschaftlichen Schloss über dich her«, keucht sie.

Er schaut sich rasch um und da sich gerade niemand in der Nähe aufhält, kneift er einmal kurz aber kräftig in ihren Nippel. Becky stöhnt auf. Inzwischen schmerzt ihr gesamter Körper vor unerfüllter Begierde.

Sie betreten den wunderschön angelegten Park mit den ordentlich gemähten Rasenflächen, den formvollendet gestutzten Buchsbäumchen und Hecken und den malerischen Blumenbeeten.

»Wer möchtest du sein, mo shìtheag, die Schlossherrin, die mit einem Sonnenschirmchen in der Hand und kerzengeradem Rücken durch den Garten lustwandelt? Oder doch lieber die kleine Schlampe, die auf der Wiese hinter einem dichten Busch kniet und ihren Herrn voller Inbrunst mit dem Mund verwöhnt?«

»Alec, bitte hör auf damit! Mein ganzer Körper steht in Flammen. Diese verdammten Kugeln bringen mich um den Verstand! Und dein Gequatsche macht mich nur noch wilder!«

Er grinst süffisant und kneift ihr beim Laufen kräftig in den Hintern. »Wir werden herausfinden, wer du bist, spätestens morgen Nacht werden wir es wissen.«

Ein Schauer kriecht ihr über den Rücken, aber sie fragt nicht nach, was er damit meint. Sie weiß, sie wird es bald genug erfahren.

12

Alec lenkt den Wagen umsichtig über die engen Straßen, während seine Beifahrerin unruhig in ihrem Sitz herumrutscht. Vorfreude und Beklemmung streiten in ihr um die Vorherrschaft. Würden die Kugeln sie nicht den ganzen Tag schon in den Wahnsinn treiben, sie hätte ihn vielleicht gebeten, zurück zu seinem Haus zu fahren. Doch das Pochen in ihrem Schoß lässt keinen Widerspruch zu und so sind sie in die entgegengesetzte Richtung unterwegs. Ihr Magen zieht sich zusammen, als sie schließlich über eine Zugbrücke in den Innenhof einer kleinen Burg gelangen.

»Das ist hübsch, wo sind wir hier?«, sie klingt nervös, fast atemlos vor Aufregung, doch falls ihm das auffällt, lässt er es sich nicht anmerken.

»Das hier ist Paddycraigh Castle. Die Burg ist nicht mit Dunrobin Castle vergleichbar, wie du schon von außen siehst. Sie ist nicht nur erheblich kleiner, es gibt noch andere entscheidende Abweichungen.«

Während Alec zu einem geschichtlichen Exkurs ansetzt, um ihr die Unterschiede zwischen den beiden Gemäuern zu verdeutlichen, weicht Rebeckas Nervosität. Sie liebt den Klang seiner Stimme. Trotz ihrer Neugier auf ihre Umgebung schließt sie die Augen und lehnt sich in ihrem Sitz zurück, um sich ganz auf das Hören und Fühlen zu konzentrieren. Es wird sich bestimmt noch genug Gelegenheit ergeben, die Gegend zu bestaunen.

»Rede bitte weiter, ich höre dir so gerne zu«, sagt sie leise.

Alec schaut kurz rüber und wundert sich über ihre geschlossenen Lieder. Nun vielleicht stellt sie sich gerade vor, wie das Leben hier früher ausgesehen hatte.

»Es gibt keine Aufzeichnungen darüber, wie es drinnen aussah, als die Burg circa im dreizehnten Jahrhundert erbaut wurde ...«, nimmt er den Faden wieder auf und fährt mit seinen Erläuterungen fort.

Inzwischen hat er den Wagen im Innenhof geparkt und den Motor abgestellt. Irritiert hält er mit seiner Erklärung inne, als er bemerkt, dass sie immer noch mit geschlossenen Augen und einem Lächeln auf dem Gesicht dasitzt.

»Bitte rede weiter«, bittet sie ihn erneut und er schmunzelt, als er endlich versteht. Er beugt sich zu ihr rüber, so nah, dass seine Lippen fast ihre Haut berühren, um ihr weitere geschichtliche Einzelheiten ins Ohr zu raunen.

Alec umfasst eine Brust, streichelt sie über dem Stoff ihres Shirts, streicht mit dem Daumen über den harten Nippel. Als sie leise keucht, fährt er fort. »Es gab kein Glas vor den Fenstern und selbstverständlich auch kein elektrisches Licht ...« Inzwischen ist ihm klar, dass die kleine Hexe ihm gar nicht richtig zuhört. Trotzdem redet er weiter, bis er seinen Bericht beendet hat, denn es amüsiert ihn und schmeichelt ihm, dass sie den Klang seiner Stimme so sehr zu genießen scheint. Doch dann kneift er fest in ihre Brustwarze, um ihre Aufmerksamkeit zu erlangen. Erschrocken quietscht sie und reißt die Augen auf.

»Der Burgherr vermietet das Castle zu verschiedenen Gelegenheiten. Wir haben Glück, es war für die nächsten beiden Nächte noch frei, also habe ich es kurzfristig gebucht. Und jetzt lass uns aussteigen, bevor ich hier im Auto auf dumme Gedanken komme. Sieh dir die Burg an, sie ist toll.«

Alec nimmt sie bei der Hand und öffnet die schwere Holztür. Sie gelangen in eine riesige Halle, in der es nicht viel mehr gibt, als einen wuchtigen Kamin an der Wand und ein paar sehr lange Tische und Bänke. Gegenüber dem Eingang befindet sich ein Podest, auf dem in der Mitte ein aus dunklem Holz gearbeiteter Thron steht. Drei Treppenstufen führen zu dem herrschaftlichen Sitzmöbel hinauf. Rechts und links daneben entdeckt Rebecka zwei Tische, an denen in grauer Vorzeit vermutlich der Hausherr, seine Familie und geschätzte Gäste gespeist haben. Der Saal ist nicht nur riesengroß, sondern auch so hoch, dass man einen Kran benötigen würde, um die Decke zu streichen. Becky fühlt sich winzig und ein bisschen eingeschüchtert.

»Dieser Teil der Burg gehört uns für die Zeit, die wir hier sind, ganz allein. Durch die linke Tür gelangt man in den Küchentrakt. Die Privaträume des Burgherrn liegen hinter dem Küchenbereich im rechten Flügel. Auf der gegenüberliegenden Seite findest du die Stallungen und eine große Reithalle.«

Er zieht sie an sich und küsst sie, streichelt ihre Zunge mit seiner, während er ihre Backen mit beiden Händen knetet. Sie wimmert leise in seinen Mund. Nach einer kleinen Ewigkeit beendet er den Kuss, knabbert zärtlich an ihrem Hals, saugt dann sanft an ihrem Ohrläppchen. Hitze peitscht durch Rebeckas Körper. Den ganzen Tag hat er ihre Lust auf einem fast schon unerträglich hohen Level gehalten. Es braucht nicht viel, ihre Knie zum Zittern zu bringen. Hilflos hält sie sich an seinen Schultern fest.

»Soll ich weiterreden?«, flüstert er rau.

»Ja«, haucht sie atemlos.

Er behält ihr Ohr im Mund und wispert: »Der Eigentümer betreibt hier ein Gestüt. Er besitzt eine wunderbare Pferdezucht ...«

Sie stöhnt auf, presst sich an ihn und reibt sich an ihm, während er seinen Bericht besonders ausführlich fortsetzt. Doch schließlich beißt er ihr ins Ohrläppchen, um sicherzustellen, dass sie seine Frage auch mitbekommt: »Wenn du magst, fahren wir morgen mit einer Kutsche spazieren und sehen uns die Gegend an.«

»Oh ja!« Ihre Antwort erscheint ihm eher wie ein Flehen nach mehr. Sie schluckt und er fährt mit einem Finger sachte an ihrer Kehle entlang. »Sehr gerne, das klingt fantastisch!«, versucht sie es erneut und dieses Mal hört er ein bisschen mehr Begeisterung heraus. Er dreht sie herum, stellt sich hinter sie und reibt sein Becken an ihrem Po. Gemeinsam schauen sie sich die kunstvoll bestickten Wandteppiche an, die Teile des unverputzten Mauerwerks bedecken. Sie zeigen Jagdszenen, blutige Schlachten und glorreiche Siege aus vergangenen Jahrhunderten.

»Wow«, haucht Rebecka. »Wahnsinn!«

»Warum nur werde ich das Gefühl nicht los, dass dein Enthusiasmus mehr meinem Körper gilt, als unserer Umgebung?«

»Nein wirklich, ich finde das total aufregend. Ich fühle mich in das Zeitalter der Ritter zurückversetzt.«

Alec lacht leise. »Und wer bist du, mo leannain? Bist du Lady Rebecka oder Becky, die Lustsklavin?«

Der Unterton, mit dem er diese Frage stellt, verstärkt das Pochen zwischen ihren Schenkeln, das sich ohnehin schon den ganzen Tag über stetig gesteigert hat.

»Alec«, stöhnt sie gequält. »Du und deine dämlichen Kugeln sind schuld daran, dass allein das Wort Lustsklavin aus deinem Mund mich unglaublich geil macht. So sehr, dass ich mich vor dir auf den Boden schmeißen und dich anflehen möchte, es mir zu besorgen. Egal wie, solange du mich nur von diesen Qualen erlöst! Ganz ehrlich? Ich kann nicht mehr denken, nichts entscheiden und ich bin wahrscheinlich weder Lady noch Sklavin. Bitte erlöse mich einfach nur!«

Sein Gesicht bleibt vollkommen ausdruckslos. Sie fragt sich, wie zum Teufel der Mistkerl es schafft, sich so gut im Griff zu haben, während sie vor Gier tropft. Vielleicht sollte sie ihm die verdammten Kugeln dorthin schieben, wo die Sonne niemals scheint. Ob er dann immer noch so cool bleibt?

Es ist nicht schwer, ihr die Gedanken vom Gesicht abzulesen, doch Alec verkneift sich sein Grinsen. »Ich erkläre dir, wie das hier abläuft«, sagt er ruhig aber bestimmt. »Du wirst in den nächsten zwei Nächten beide Rollen kennenlernen. Es ist ein Spiel und ich bitte dich, lass dich darauf ein. Die Treppen rechts und links neben dem Podest führen auf die Galerie. Dort findest du das Ankleidezimmer, das Bad und das Schlafzimmer. Im Ankleideraum hängen zwei Kleider für dich. Je nachdem, welches du gleich anziehst, wirst du heute entweder die Rolle der Herrin oder die der Sklavin spielen. Wenn du das Kleid der Lady wählst, lass es hinten offen. Ich werde dir dann mit der Schnürung behilflich sein. Morgen Abend wirst du das andere Outfit tragen und damit auch die Rolle wechseln. Wenn etwas unerträglich für dich ist, kannst du die Session mit dem Safewort beenden. Brichst du das erste Spiel ab, wirst du dich umziehen und wir beginnen mit dem Zweiten. Wenn du auch das stoppst, verbringen wir die restliche Zeit hier mit Spaziergängen und den Pferden. Aber du würdest mich sehr glücklich machen, wenn du nicht feige kneifst, sondern bis zum Ende mitspielst, es sei denn, es geht wirklich nicht. Hast du noch Fragen?«

»Ja.«

»Frag.«

»Küsst du mich bitte noch mal, bevor wir anfangen?«

Mit funkelnden Augen beugt er sich vor und berührt ihre Lippen mit seinen. Seine Zunge nimmt ihren Mund in Besitz und sie stöhnt wohlig. Doch als sie die Hände erneut hebt, um ihn zu berühren, tritt er einen Schritt zurück.

»Geh die Treppe hoch ins Ankleidezimmer. Das Spiel beginnt!«

13

In dem engen fensterlosen Raum findet Becky eine kleine verschnörkelte Frisierkommode aus weiß getünchtem Holz und davor einen passenden Stuhl. Ringsherum in die Wände sind Regale mit dicken steinernen Böden eingelassen. Sie wirft einen Blick in den großen Spiegel an der Wand hinter der Kommode. Dabei fragt sie sich, ob Ankleideräume wohl damals genauso ausgesehen haben oder ob hier eine moderne Idee in antikes Ambiente verpackt worden ist. An einer Kleiderstange hängen zwei Kleider. Das Erste ist aus grobem braunen Leinenstoff geschneidert und wirkt ein bisschen wie ein Sack. Als einziges Accessoire ist eine Kordel beigefügt, die offenbar um die Taille geschlungen werden soll. Das zweite Gewand, ein Traum aus türkisfarbener Seide mit kleinen Silberperlen auf dem Dekolleté, Puffärmeln und einem langen fließenden Rock, bringt ihre Augen zum Leuchten. Dazu stehen zarte Pantöffelchen in der gleichen Farbe bereit. Es ist so atemberaubend schön, dass Becky nicht darüber nachdenken muss, ob sie Lady oder Sklavin sein möchte. Sie hat es auf dieses Kleid abgesehen, also zieht sie sich schnell komplett aus und streift es über. Unmöglich, den Traum in Türkis allein zu schließen, da es im Rücken geschnürt wird. Aber Alec hat ihr ja angeboten, ihr dabei zu helfen. Die Pantöffelchen passen wie angegossen. Ihre Dreadlocks hatte sie am Morgen zu einem Pferdeschwanz zusammengebunden, den sie jetzt zu einer Hochsteckfrisur dreht. Mit dem Ergebnis ist sie äußerst zufrieden. Ihr Spiegelbild zeigt eine atemberaubendschöne Lady aus vergangenen Zeiten. Die Dreads gehen mit etwas Fantasie als Korkenzieherlöckchen durch und sind damit gewissermaßen stilecht. Gespannt, ob sie Alec gefallen wird, verlässt sie das kleine Zimmer und schwebt geradezu zurück auf die Galerie.

Ihre Augen weiten sich, als sie ihren Begleiter erblickt. Er trägt eine einfache braune Hose und ein weites beigefarbenes Leinenhemd, beides aus grobem, sackartigem Stoff. Auch ihm stockt bei ihrem Anblick kurz der Atem, das bemerkt sie noch, bevor er den Blick senkt.

»Wenn Sie mir die Bemerkung erlauben, Mylady: Sie sehen wunderschön aus. Wenn Sie gestatten, werde ich Ihnen mit dem Kleid behilflich sein.«

Ihre Überraschung währt nur einen Moment. Klar, sie hat das Outfit der Schlossherrin gewählt, also bleibt ihm im ersten Spiel die Rolle des Sklaven. Woher er das wohl gewusst hat? Obwohl, welche Frau hätte diesem Traumkleid widerstehen können? Schweigend wendet sie ihm ihre Rückseite zu. Sie freut sich auf das Rollenspiel, wenn ihr auch ein bisschen mulmig ist. Wie wird es sein, ihn zu dominieren? Wird sie dazu überhaupt in der Lage sein?

Mit geübten Fingern schnürt er die Bänder in ihrem Rücken so fest, dass sie nach Luft schnappt.

»Sei nicht so grob, du Tölpel«, zischt sie zickig. Doch, diese Rolle liegt ihr, das kriegt sie hin.

»Verzeiht meine Ungeschicklichkeit, Herrin.«

Diesen unterwürfigen Ton kennt sie nicht an ihm, sie ist auch nicht sicher, ob er ihr gefällt.

»Bitte folgen Sie mir. Ihr Abendmahl wartet auf Sie.«

»Ja, danke«, sagt sie nur und folgt ihm zurück in die große Halle. An einem der beiden Tische auf dem Podest entdeckt sie ein einzelnes Gedeck.

»Nehmen Sie bitte Platz, Herrin, ich werde Ihr Abendessen sogleich auftragen.«

»Isst du etwa nichts?«

»Ich esse, wenn meine Aufgaben erledigt sind.«

Er läuft durch die Halle, verschwindet durch eine Tür und kehrt gleich darauf mit einem Tablett mit dampfenden Schüsseln zurück. Er legt ihr eine Scheibe köstlich duftenden Lammbraten, Kartoffeln und Lauchgemüse auf den Teller und gießt dazu einen Becher Rotwein ein.

Dann kniet er sich neben den Tisch auf den Boden, senkt den Blick und wünscht ihr einen guten Appetit.

Unschlüssig starrt Becky auf ihren Teller. »Ich mag nicht alleine essen, besorg dir ein Gedeck und leiste mir Gesellschaft.«

»Das schickt sich nicht, Herrin.«

›So nicht, mein Freund,‹ denkt sie. ›So einen Blödsinn machst du nicht mit mir.‹ »Willst du mir erklären, was sich gehört und was nicht, Sklave? Du bist aufsässig und frech! Ich befehle dir, dich zu mir zu setzen und mit mir zu essen!«

Sofort steht er auf, holt sich Teller und Becher, füllt beides, setzt sich ihr gegenüber und isst, ohne sie direkt anzusehen. Eine komische Stimmung ist das. Sie vermisst seinen herausfordernden Blick, kann ihm noch nicht einmal ins Gesicht sehen, weil er mit gesenktem Kopf auf die Tischplatte starrt.

›Er spielt den Devoten gut, beinahe zu gut,‹ denkt sie unzufrieden.

Schweigend widmen sie sich dem ausgezeichneten Mahl, doch Rebecka fühlt sich nicht wohl. Seine ganze Körpersprache wirkt ungewohnt und das macht sie nervös. Natürlich weiß sie, dass er nur eine Rolle spielt, aber sie schafft es einfach nicht, ihre Unsicherheit abzulegen. Nach dem Essen räumt er den Tisch ab, während sie den Zwang unterdrückt, aufzuspringen, um ihm dabei zu helfen. Unschlüssig steht sie auf und wandert planlos umher. Schaut sich ehrfürchtig den Thron an, traut sich jedoch nicht, sich dort hinzusetzen.

Ihr Sklave kommt zurück und kniet sich vor sie. Den Blick auf den Boden gerichtet sagt er: »Ich bitte Sie um meine Bestrafung, Herrin.«

»WAS? Du erwartest von mir, dass ich ...« Sie kann es noch nicht einmal aussprechen.

»Ich habe Sie mehrfach verärgert. Ihr Kleid zu fest geschnürt, Ihnen widersprochen und einen ausdrücklichen Befehl missachtet. Ich denke, für meine Verfehlungen sind dreißig Hiebe angemessen.«

Entsetzt schnappt sie nach Luft. »Dreißig?«

»Ich hole Ihnen Ihr Schlagwerkzeug.« Elegant erhebt er sich und kommt kurze Zeit später mit einer schlanken Gerte zurück, die er ihr kniend überreicht.

Unschlüssig hält sie das Schlaginstrument in der Hand. »Das Spiel gefällt mir nicht«, murmelt sie.

Alec achtet sorgfältig auf einen neutralen Gesichtsausdruck. Ihre Unsicherheit erregt ihn. Er kniet auf dem Boden, sie steht mit der Gerte in der Hand vor ihm. Und trotzdem erschien sie ihm nie mehr wie eine Sklavin, als gerade jetzt in diesem Moment. Gar kein Problem sie davon zu überzeugen, das Spiel hier abzubrechen, noch bevor es überhaupt richtig begonnen hat. So käme er um die Schläge herum, auf die er nicht unbedingt erpicht ist, da er nun einmal nicht masochistisch veranlagt ist. Aber nein ... er will, dass sie diese Erfahrung macht. Sie soll wissen, wie sich das Spiel aus dieser Position anfühlt.

»Wenn Sie erlauben, Herrin.« Er steht auf und stellt einen Standspiegel hinter das Kopfende des zweiten Tisches. Dann zieht er seine Hose herunter, legt sich mit dem Oberkörper auf den Tisch und präsentiert ihr seinen knackigen Hintern. Die Beine spreizt er, soweit möglich. Er beobachtet im Spiegel, wie sie die Hand ausstreckt und seine rechte Backe streichelt. Als sie mit ihren kühlen Fingern zwischen seine Schenkel greift und zärtlich seine Hoden massiert, stöhnt er. Sie fasst nach seinem Schaft, streicht mit viel Gefühl und gerade dem richtigen Druck auf und ab. Er keucht.

»Je länger Sie es herauszögern, desto mehr quälen Sie sich selbst und auch mich.« Er versucht, seiner Stimme einen möglichst qualvollen Klang zu geben, was bei der köstlichen Stimulation seiner Genitalien keine leichte Aufgabe darstellt. Bedauerlicherweise nimmt sie die Hand dann auch weg.

»Dreißig Schläge auf den Arsch sind viel zu viel. Das kann doch kein Genuss sein«, murmelt sie tief verunsichert.

»Dreißig Schläge mit der Gerte, nur auf die Backen, sind schmerzhaft, ja«, erwidert er ernst. »Eine solche Anzahl verteilt man besser auf Po, Rücken und Oberschenkel. Aber achten Sie bitte darauf, nicht die Nieren zu treffen, die sind tabu.«

»Okay.« Das klingt eher wie ein Seufzen. Probehalber lässt sie die Peitsche durch die Luft sausen und ächzt, als sie hört, wie das zischt.

Sanft streichelt die Gerte seinen Hintern. Er wartet. »Man atmet in den Schmerz hinein, das hilft. Hiebe können sehr anregend sein, wenn man sexuell erregt ist. Je größer die Erregung, desto köstlicher der Lustschmerz. Submissive, masochistisch veranlagte Menschen sind geradezu süchtig danach«, erklärt er ruhig, um ihr die Angst vor dem Schlag zu nehmen. Es kommt ihm wie eine Ewigkeit vor, bis sie das Schlaginstrument endlich hebt und einen behutsamen Klaps auf seine Backe platziert.

»Gut, aber viel zu leicht. Lass sie locker aus dem Handgelenk niedersausen.«

Der zweite Hieb zwickt immerhin ein kleines bisschen.

»Sehr gut, aber fester«, weist er sie an.

»Ich will dir nicht wehtun«, flüstert sie ängstlich und verstärkt den Hieb nur ein wenig.

»Aber ich will dir wehtun!«, entgegnet er in hartem Ton, ohne sich darum zu kümmern, dass er damit die Rolle des unterwürfigen Sklaven verlässt. »Das hier ist deine Chance, vielleicht deine einzige Chance, dich für alles zu rächen, was ich dir abverlangen werde, wenn wir die Rollen getauscht haben.«

Der nächste Hieb brennt auf seiner Haut. »Sehr gut, so ist es richtig! Schlag zu, gib's mir, mo shìtheag!«

Und sie schlägt zu! Alec beißt die Zähne zusammen und beobachtet ihr Gesicht fasziniert im Spiegel. Irgendetwas geht in ihr vor. Doch er ist zu beschäftigt damit in den Schmerz zu atmen, um das zu ergründen, während sie Schlag um Schlag auf seine Rückseite verteilt. Nach gerade mal der Hälfte der Hiebe sieht er im Spiegel, wie sie die Gerte auf den Boden wirft. Gebannt stiert sie auf seine Haut, malt mit dem Zeigefinger hauchzart eine rote Strieme nach. Unmöglich, ihren Gesichtsausdruck zu deuten. Erregung und Gier glitzern in ihren Augen und ... Staunen. Himmel, hat er sie etwa auf den Geschmack gebracht? Entdeckt sie gerade ihre sadistische Ader? Fasziniert beobachtet er, wie sie mit leicht geöffnetem Mund und weit aufgerissenen Augen auf seine Haut starrt, die mit Sicherheit die ein oder andere rote Linie aufweist. Doch er spürt auch einen Stich Enttäuschung in sich aufkeimen. Er will sie so sehr und der Part des Bottom liegt ihm definitiv nicht. Er kann sich beim besten Willen nicht vorstellen, auf die Dauer den Sklaven zu mimen, auch nicht ihr zuliebe. Aber da steht noch etwas anderes in ihren Augen, das er nicht zu deuten weiß.

Langsam erhebt er sich und dreht sich zu ihr um. Er zieht die Hose hoch und setzt sich auf den Tisch. Zieht Rebecka so nah zu sich heran, dass er sie in den Arm nehmen und ihr in die Augen schauen kann. Doch sie sieht ihn gar nicht an, sondern starrt im Spiegel fasziniert auf die Striemen, die sie auf seinem Rücken hinterlassen hat. Sein Herz setzt einen Schlag aus, und beginnt wild zu galoppieren, als er plötzlich versteht.

»Es sind die Male, nicht wahr?«, fragt er leise.

Fast schon widerwillig reißt sie ihren Blick von seinem Rücken los und fokussiert ihn auf sein Gesicht und jetzt realisiert er auch, was in ihr vorgeht. Sie nickt nur.

»Es ist nicht das Gefühl, die Gerte zu führen, das dir den Kick gibt.«

Das war keine Frage, sondern eine Feststellung und ihr Kopfschütteln überrascht ihn nicht. »Es ist die Vorstellung, wie die Striemen auf deiner Haut aussehen werden und wie sich das anfühlen wird, habe ich recht?«

Ein Nicken.

»Du willst, dass ich dich zeichne, ist es das?«

Ihr Blick saugt sich an seinem fest, ihre Schultern sacken wie von einer Last befreit nach unten, als sie wiederum stumm nickt.

Sachte legt er eine Hand an ihre Wange. »Dann sag es, mo leannain«, flüstert er weich.

Ein kurzes Zögern. »Wirst du mir wehtun?«, wispert sie ängstlich.

Er hält ihren Blick unbeeindruckt fest. »Immer nur so sehr, wie du es brauchst. Sag es!«

Eine dicke Gänsehaut bildet sich auf ihrem Körper, wie er zufrieden feststellt. Aber als sie es dann tatsächlich sagt, rinnt auch über seine Haut ein heißer Schauer.

»CHAN EADH!«

14

Rebecka betrachtet sich im Spiegel. Das wunderschöne türkisfarbene Kleid hat sie wieder ordentlich an die Kleiderstange gehängt. Sie schließt die Kordel in der Taille über dem groben Sklavengewand. Nein, sie bedauert ihre Entscheidung nicht. Plötzlich ergibt alles für sie einen Sinn. Es ist eine Offenbarung. Alles in ihr sehnt sich nach dem Mann, der ihr die Augen geöffnet hat. Sie schämt sich nicht dafür. Nicht vor sich selbst. Nicht vor ihm. Aber ein bisschen Angst vor den Schmerzen, hat sie doch. Trotzdem fiebert sie dem Unbekannten entgegen. Ihr Schoß bebt vor Sehnsucht nach Erfüllung, zumal die Kugeln noch immer ein Eigenleben in ihr führen, sie anheizen und stimulieren. Die Furcht vor dem, was sie erwartet, verstärkt ihre Erregung erstaunlicherweise. Gedankenverloren ordnet sie ihre Hochsteckfrisur, doch sie sieht nur die frischen Spankingspuren auf seiner Haut.

Merkwürdig, als Lea ihr damals solche Spuren auf ihrem Körper gezeigt hat, fand Rebecka das kein bisschen erotisch. Im Gegenteil, der Anblick hatte sie entsetzt. Was hat sich verändert? Darüber muss sie nachdenken ... aber nicht jetzt. Sie konzentriert sich auf das, was vor ihr liegt und es fühlt sich absolut richtig an. Zeit, dem eigenen Gefühl zu folgen, ohne Wenn und Aber. Nachdenken, analysieren, nach Gründen suchen. Nichts davon ist jetzt wichtig. Sie wendet sich vom Spiegel ab und geht barfuß und gemessenen Schrittes die Treppe hinunter.

Er trägt einen grau-rot-weiß karierten Kilt. Das weiße, nur zur Hälfte zugeknöpfte Hemd, lenkt ihre Aufmerksamkeit auf seine Brust und das Tattoo über seinem Herzen. Ihr Blick gleitet langsam hinab, zu dem breiten Gürtel mit der großen viereckigen Silberschnalle und einer kleinen fellbesetzten Gürteltasche. Dazu trägt er grobe weiße Wollsocken und derbe schwarze Schuhe.

Er sieht atemberaubend aus, so verdammt männlich und verwegen. Trotz ihrer Nervosität muss sie grinsen. Nicht schwer zu erraten, was der Schotte unter dem Rock trägt ...

Mit einer stummen Geste winkt er sie zu sich und küsst sie sanft, als sie sich in seine Arme schmiegt.

»In dem türkisfarbenen Kleid sahst du wunderschön aus. Jetzt siehst du noch schöner aus, absolut hinreißend, denn nun bist du die, die du wirklich bist. Ohne Schnickschnack sehe ich zum allerersten Mal einfach nur Rebecka. Du brauchst keinen hübschen Stofffetzen, der dir schmeichelt. Du leuchtest von innen heraus, mo leannain. Hast du Angst?«

»Ein bisschen, aber nicht sehr viel, glaube ich.«

Er schaut sie aufmerksam an. Irgendetwas stimmt noch nicht, das sagt ihm seine Intuition und seine langjährige Erfahrung mit devoten Gespielinnen. »Lass uns ein Glas Wein am Kamin trinken«, bittet er sie deshalb.

Er setzt sich in einen der beiden großen, robust aussehenden, typisch englischen Sessel aus braunem Leder. Doch als sie sich auf eines der Kissen am Boden kniet, die auf den Tierfellen vor dem Kamin verteilt sind, steht er auf und lässt sich ebenfalls dort nieder. Es gibt Gespräche, für die Augenhöhe unerlässlich ist.

»Was fühlst du, Becky«, fragt er, ohne lange drumherum zu reden.

»Wird das jetzt immer so sein? Wirst du mich vollkommen vereinnahmen, jedes meiner Gefühle wissen und analysieren wollen? Immer?«

Bedächtig schüttelt er den Kopf. »Es wird vorkommen, dass ich danach frage. Zum einen, weil mich interessiert, was du empfindest. Zum anderen, weil ich dich nicht führen kann, wenn dich etwas bedrückt oder ängstigt, von dem ich nichts weiß.«

Sie schaut ihn aufmerksam an, während er spricht.

»Aber du brauchst mir nicht permanent alles zu erzählen, was dich beschäftigt«, fährt er fort. »Nur das, was dich so belastet, dass es deine Konzentration beim Spielen stört. Du bist und bleibst ein eigenständiger Mensch und triffst deine eigenen Entscheidungen.«

Sie nickt, ohne ihn zu unterbrechen.

»Wenn es etwas gibt, worüber du mit mir reden möchtest, ganz egal, was es ist, bin ich für dich da.« Während er schützend ihren Arm umfasst, betont er noch mal: »Meine Befehle musst du nur während unserer Sessions befolgen und selbst da hast du jederzeit das Recht es abzubrechen. Du kennst das Wort, das dich sofort aus jeder, für dich unerträglichen Situation, erlöst. Selbstverständlich werde ich dich fragen, warum du abbrichst, wenn ich es nicht selbst erkenne. Aber ich werde niemals versuchen, dich von etwas zu überzeugen, was du nicht willst. Wenn du CHAN EADH sagst, ist das Spiel beendet.«

Sie lächelt ihn beklommen an. »Ich fürchte mich immer noch vor den Schmerzen. Das lässt sich scheinbar nicht abstellen, bis mein erstes Mal vorbei ist. Ich bin auch noch unsicher in dieser Rolle. Vorhin ist mir klar geworden, dass ich keine Dominante bin. Das liegt mir überhaupt nicht. Aber deshalb bin ich doch nicht automatisch devot und schon gar nicht masochistisch veranlagt.«

Mit einem wissenden Lächeln streichelt er ihre Wange. »Wir werden es herausfinden, mo leannain. Aber vorher gibt es noch etwas, worüber wir kurz reden müssen. Ich würde dich gerne an den Tisch fesseln. Nicht nur, weil es mich erregt, dich wehrlos vor mir zu sehen. Sondern, weil es für dich leichter sein wird, die Position zu halten, die ich von dir erwarte. Außerdem würde mir dein Vertrauen sehr viel bedeuten. Glaubst du, du kannst mir diesen Wunsch erfüllen?«

Einen Moment lang mustert sie ihn schweigend. Die Barriere in ihrem Kopf steht nach wie vor. Immer noch löst diese Vorstellung Widerwillen in ihr aus. Andererseits ... der Anblick der Striemen auf seinem Rücken war eine Offenbarung gewesen. Niemals hätte sie für möglich gehalten, was dieses Bild in ihr wecken würde. Wenn sie sich schon auf seine Sexspiele einlässt, dann auch richtig, sonst kann sie es gleich lassen. Sie weiß, dass er ihr nichts Böses will. Wenn sie das Spiel nicht mag, wird sie es sowieso abbrechen müssen. Warum also nicht das volle Programm? Sie atmet mehrmals tief durch.

»In Ordnung, ich vertraue dir. Ich erlaube dir, mich zu fesseln.«

Sanft streicht er über ihr Haar und haucht einen Kuss auf ihre Lippen. »Ich danke dir, damit machst du mich sehr glücklich.«

Er legt ihr ein breites schwarzes Lederhalsband an, mit einer großen Metallöse vorn. »Solange du dieses Halsband trägst«, erklärt er leise, aber mit einem Unterton, der das Ziehen in ihrem Schoß zu einer Sehnsucht verstärkt, die durch ihre Adern zu rinnen scheint. »Wirst du mich mit Master oder Herr ansprechen. Wenn ich dir nicht befehle, eine spezielle Position einzunehmen, wirst du vor mir knien. Du wirst nur sprechen, wenn ich dich dazu auffordere, es sei denn du musst das Abbruchwort sagen. Deine ganze Aufmerksamkeit wird sich auf mich und auf die Dinge konzentrieren, die ich mit dir anstelle und du wirst mich ansehen, immer! Wenn ich dich etwas frage, antwortest du in ganzen Sätzen. Du wirst frei zugänglich sein. Das bedeutet, du wirst die Beine immer leicht gespreizt halten und dich niemals meinem Willen entziehen oder verweigern, ganz egal, was ich von dir verlange. Du wirst dich in Geduld üben, nichts fordern, was ich dir nicht von mir aus zugestehe. Wenn ich mit einer Handlung fertig bin, wirst du dich dafür bedanken, einerlei ob sie dir Lust oder Schmerz gebracht hat. Ganz gleich, ob sie dir gefallen hat oder nicht. Solange du das Halsband trägst, gehörst du mir. Du besitzt keinen eigenen Willen. Wenn deine Konzentration nachlässt oder du irgendetwas falsch machst, werde ich dich bestrafen. Hast du das verstanden, Sklavin?«

Alecs Worte führen ihr den Zwiespalt, in dem sie sich befindet deutlich vor Augen. Ihr Körper reagiert mit einem sehnsüchtigen Ziehen in ihrem Schoß, das zu einem Sturm anschwillt. Doch ihr Kopf rebelliert. So leicht ist sie nicht zu beherrschen, das kann er vergessen!

»Ja He ...« Sie stockt, sie bekommt die respektvolle Anrede nicht recht über die Lippen. Das ist alles noch so neu und ungewohnt. Sie schluckt. »Ich habe dich verstanden.« Tief holt sie Luft, bevor sie entschlossen fortfährt: »Aber meinen Gehorsam wirst du dir verdienen müssen. Das Halsband wird dir meine Unterwerfung nicht garantieren, das wäre zu einfach.«

Vermutlich hat er ihr Stocken bemerkt, er kommentiert es jedoch nicht, sondern lächelt sie zärtlich an. »Das dachte ich mir schon, alles andere hätte mich auch enttäuscht. Du hast dir soeben fünf Hiebe für deine Widerspenstigkeit verdient. Außerdem stehen noch fünfzehn Schläge aus, die vorhin ihr Ziel nicht gefunden haben. Du hattest die einmalige Chance, sie mir zu verabreichen und hast sie verspielt. Jetzt werden sie deinen Arsch treffen. Steh auf, zieh dich aus und leg dich auf den Tisch, so wie ich es vorhin getan habe!«

Gehorsam steht sie auf und stellt sich mit leicht gespreizten Beinen vor ihn hin. Sie öffnet die Kordel um ihre Taille und zieht das Sklavenkleid über den Kopf.

Seine Augen wandern über ihren nackten Körper. Begierig betrachtet er ihre noch unversehrte helle Haut und ihre üppigen Kurven. Herrlich! Während sie die Halle durchquert, saugt sich sein Blick an ihrem wackelnden Hintern fest. Ihm läuft das Wasser im Mund zusammen. Vor dem Tisch bleibt sie stehen und spreizt die Beine. Alec beobachtet, wie sie sich selbst im Spiegel anschaut, während sie den Oberkörper beugt und auf der Platte ablegt.

Zukünftig wird er sie vielleicht hier und da ein bisschen zappeln lassen, bevor er mit einer Session beginnt. Aber nicht heute, beim ersten Mal. Denn er will ihre Ängste nicht noch weiter schüren, indem er sie warten lässt. Routiniert fixiert er ihre Beine jeweils mit einem Seil an den Tischbeinen.

»Falte die Hände im Nacken zusammen.« Er legt ihr Handmanschetten an und klickt einen Karabiner in beide Ösen. Dann stellt er sich am Kopf des Tisches vor sie hin und sieht ihr in die Augen. »Fühlst du dich wohl?«

Zu ihrem eigenen Erstaunen geht es ihr tatsächlich gut. Die Einschränkung ihrer Bewegungsfreiheit verunsichert sie noch nicht einmal. Verantwortung und Initiative, komplett an ihn abzugeben, fühlt sich angenehm und richtig an. Müsste sie sich darüber nicht wundern? Vielleicht, aber nicht jetzt.

»Ja Master, es geht mir gut.«

»Sehr schön, wenn du bereit bist, wirst du mich um deine Strafe bitten!«

Seine Worte vom Vortag hallen plötzlich in ihrem Kopf wieder: »Wenn das wirklich eine Grenze für dich ist, werden wir sie nicht übertreten, solange du das nicht willst. Ich tue nur, was dir Lust bereitet. Wenn du möchtest, dass ich dir den Hintern versohle, wirst du mich darum bitten müssen und ich garantiere dir, das wirst du!«

›Mein Gott, ist das tatsächlich erst gestern gewesen? Ist es möglich, dass binnen einiger weniger Stunden alle Moralvorstellungen und Barrieren gefallen sind?‹ Sie spürt ihn hinter sich. Hört, wie er die Gerte vom Boden aufhebt und sie probeweise durch die Luft sausen lässt. Lauscht dem leisen Zischen. So verrückt ihr das auch erscheint, sie will es wirklich. Sie sehnt sich nach ... ja, wonach denn eigentlich? Nach den Malen auf ihrer Haut? Nach den Zischlauten in der Luft? Nach dem Klatschen, wenn das Leder sein Ziel trifft? Sie hat nicht die geringste Ahnung. Doch dieses Sehnen in ihr will gestillt werden und sie vertraut darauf, dass er genau das bewirken kann.

»Ich bitte dich, schlag mich, Master, führe mich über diese Grenze. Still die Sehnsucht in mir. Ich bitte dich, gib mir, was ich brauche, auch wenn ich selbst nicht weiß, was es ist.«

Die Anrede ›Master‹ wirkt ungewohnt. Und gerade dieses Unvertraute macht ihr sehr deutlich bewusst, dass sich hier und jetzt etwas Entscheidendes ändern wird. Dennoch klingt ihre Stimme fest, ihr Herz gefüllt von dem drängenden Verlangen zu vertrauen und zu erleben, was sie bisher entsetzt von sich gewiesen hat.

Im Spiegel sieht sie die tiefe, ehrliche Freude, die ihre Worte bei ihm auslösen. Sanft, fast schon sinnlich gleitet die Gerte über ihre Haut. Das Leder berührt ihre gefesselten Hände, ihre Schulterblätter und folgt dann der Wirbelsäule hinunter bis zu ihren Hintern, malt Kreise auf ihre Backen. Dann lässt er die Gerte durch die Luft sausen, dass es nur so zischt. Als sie sich verkrampft, schmunzelt er, stoppt das Leder kurz vor ihrem Arsch und tippt nur ganz sachte auf ihre Backe.

»Ganz locker, mo leannain«, spricht er leise. »Du wirst es genießen, versprochen.«

Ihr ganzer Oberkörper hebt und senkt sich, als sie tief durchatmet.

»So ist es gut, entspann dich«, flüstert er. Zärtlich streicht er mit der Gerte über die Rückseiten ihrer Schenkel, bis hinunter zu den Waden und an der Innenseite wieder hinauf. Er dreht das Schlaginstrument um und gleitet mit dem Lederknauf fest über ihre Pussy. Natürlich bleibt ihm das verräterische Glitzern zwischen ihren Beinen nicht verborgen. Sie stöhnt, windet sich in den Fesseln. Überdeutlich wird ihr bewusst, dass sie der Gerte nicht mehr ausweichen kann. Ihr Herz trommelt, ihr Magen verkrampft sich, doch die freudige Erwartung pocht ungehemmt in ihrem Schoß.

Er drängt den Knauf zwischen ihre Lippen und massiert ihre Perle mit dem Leder. Lüstern schiebt sie ihr Becken dem Eindringling entgegen. Er drückt den Griff gegen ihren Eingang und bringt die Kugeln damit in Bewegung.

»Ah, bitte!« Sie stöhnt auf.

»Ja, ich sollte deine Bitte um Schmerz nicht länger ignorieren«, flüstert er rau, zieht das Leder aus ihrer Pussy und nimmt den von ihrem Saft getränkten Griff wieder fest in die Hand. Dann holt er aus und die Gerte klatscht mit einem feinen gemeinen Brennen auf ihre rechte Backe.

Rebecka schreit, obwohl der Schlag gar nicht so fest gewesen war. Es ist eher der Schock über den feurigen Biss, der auf eine so schaurig schöne Weise schmerzt, wie sie es niemals für möglich gehalten hätte. Doch jetzt platziert Alec die nächsten sechs Hiebe schnell hintereinander auf ihren Po und die Rückseiten ihrer Oberschenkel und der flammende Schmerz verstärkt sich. Weitere fünf Schläge landen auf ihrem Rücken. Es tut weh, ja. Sie reißt an den Fesseln, aber sie kann sich kaum bewegen. Sie spürt Alec hinter sich. Seine Macht über ihren Körper, über ihre Lust, über ihren Verstand, berauscht sie. Das Herz hämmert hart gegen die Rippen. In ihrem Schoß wütet ein Sturm. Es ist verrückt. Die Hiebe brennen wie Feuer, trotzdem bemerkt sie die Nässe, die an den Innenseiten ihrer Schenkel herabrinnt. Das Ziehen in ihrem Schoß multipliziert sich mit dem Brennen auf ihrer Haut. Sie wünscht sich, dass es vorbei geht, und hofft gleichzeitig, dass es nicht aufhört. Sie fühlt sich vollkommen ausgeliefert und genießt es. »Ich kann mir nicht vorstellen, was schön daran sein soll, Schmerzen zu haben«, hatte sie ihm gesagt. Verdammt, aber es ist schön. Es tut weh! Und der Schmerz potenziert ihre Lust ins Unermessliche.

Beckys Stirn liegt auf die Tischplatte, was ihm missfällt, denn er muss ihr Gesicht sehen, um zu kontrollieren, wie es ihr geht. Deshalb gönnt er ihr eine kleine Pause. Behutsam schiebt er zwei Finger zwischen ihre Schenkel und stellt zufrieden fest, dass sie vor Nässe trieft.

»Schau in den Spiegel, mo shìtheag«, befiehlt er sanft aber bestimmt.

»Jawohl Herr«, haucht sie artig und hebt den Kopf.

Sie bietet einen göttlichen Anblick. Die grünen Hexenaugen sind verschleiert. Ihre Lippen beben und sie bettelt mit einem anbetungswürdigen Gesichtsausdruck um mehr. Sie lechzt nach dem Schmerz, den ihr tiefstes Inneres so lange entbehren musste. Ihre masochistische Neigung scheint ausgeprägter, als er zu hoffen gewagt hatte. Mit einem dunklen Lächeln holt er aus und lässt die Gerte auf ihren Arsch niedersausen, fester dieses Mal als zuvor. Ihre Schreie hallen durch den riesigen Saal, klingen wie Musik in seinen Ohren. Ein Lied von Lust und Qual und er gibt mit dem Taktstock auf ihrem Hintern die Tonart vor, die sich von Dur mehr und mehr in Moll verwandelt. Und trotzdem sieht er die Gier in ihrem Gesicht. Die letzten acht Hiebe verteilt er mit teuflischem Genuss auf ihre Backen und Oberschenkel. Ihre Haut ist mit zahlreichen roten Linien verziert, eine dünne Strieme sorgfältig neben der nächsten platziert, als er das Schlaginstrument zur Seite legt. Ihre Hinterbacken fühlen sich heiß an. Zärtlich streicht er mit der Hand darüber. Das ist seine Vorstellung von einer perfekten Zeichnung. Er schaut sie im Spiegel an, bemerkt, dass sie mit den Tränen kämpft, und fragt sich, warum sie sie zurückhält. Er sieht ihre Verletzlichkeit nach der harten Behandlung und auch ihre Ergebenheit.

»Ich warte!« Absichtlich gibt er seiner Stimme einen herrischen Klang und verkneift sich ein Lächeln, als er ihre Gänsehaut registriert.

Sie schluckt den Kloß in ihrem Hals hinunter, ihre Augen leuchten und sie sagt leise: »Danke Master.«

Wortlos löst er die Fesseln, bedeutet ihr, sich umzudrehen und auf den Tisch zu setzen. Ihr entfährt ein leise gezischter Fluch, als ihr brennend roter Hintern mit der Tischplatte in Berührung kommt.

Er zieht sie an sich, schlingt die Arme um sie und hält sie. Sie schmiegt ihre Wange an seine Schulter, kuschelt sich an ihn und umfängt seine Hüften mit den Beinen. Er hört, wie sie durch die Nase einatmet und weiß, dass sie seinen Duft inhaliert. Ein paar Minuten hält er sie so, um sie aufzufangen, erdet sie mit seiner Präsenz und seiner Wärme. Doch plötzlich greift er fest in ihre Dreads und zerrt ihren Kopf zurück, bringt sein Gesicht nahe vor ihres. Dann presst er die Lippen auf ihre, stößt seine Zunge in ihren Mund und küsst sie leidenschaftlich, ohne die Hand aus ihrem Haar zu lösen. Als er den Kuss nach einer kleinen Ewigkeit beendet, atmet sie schwer.

»Lehn dich zurück und stütz dich auf deine Unterarme«, befiehlt er unbeeindruckt. Sie tut, was er verlangt und er beugt sich vor und umschließt einen Nippel mit seinem Mund. Zärtlich saugt er, zwickt sie leicht, zupft mit den Zähnen an ihrer Knospe, bis sie sich leicht verkrampft. Dann wechselt er zur anderen Seite, saugt, leckt, beißt in ihren Nippel. Unbewusst biegt sie den Rücken noch weiter durch und spreizt ihre Schenkel noch ein bisschen mehr. Er hinterlässt eine feuchte Spur aus Küssen auf ihren Rippen und ihrem Bauch. Dann geht er vor ihr in die Hocke und umschließt ihre Perle sanft mit den Lippen. Dabei zieht er die Kugeln langsam eine nach der anderen an der Schnur aus ihr heraus.

Rebecka wirft den Kopf zurück, rekelt sich lasziv auf dem Tisch und stöhnt lustvoll.

›Himmel, diese Frau ist purer Sex,‹ denkt er. ›Unglaublich, dass es bisher kein Kerl geschafft hat, ihre Lust zu befriedigen, wo das doch so einfach ist.‹ Er erhebt sich, entledigt sich seiner Klamotten und legt seine geliebte schottische Tracht vorsichtig über einen Stuhl. Dann kommt er zu ihr zurück, streichelt ihre Schenkel und drückt seinen harten Schwanz sachte gegen ihre Pussy, ohne jedoch in sie einzudringen.

»Ja«, stöhnt sie und lässt ihre Hüften sehnsüchtig kreisen. Aber er entzieht sich ihr, bleibt so weit entfernt, dass er mit seiner Spitze ihren Eingang nur berührt.

Sie hebt den Kopf und schaut ihn sehnsuchtsvoll an. »Bitte Herr, ich bitte dich demütig um deinen wundervollen Schwanz.«

Er lächelt sie an. »Das hört sich doch viel besser an als: *Bringen wir es hinter uns.*« Damit dringt er mit einem sanften Stoß tief in sie ein, füllt sie vollständig aus. Er nimmt sie langsam, gründlich, lauscht ihren geilen kleinen Lustschreien. Immer wieder stößt er in sie, während sie den Kopf vorbeugt, um wie hypnotisiert auf ihren Schoß schauen zu können. Mit gierigem Blick beobachtet sie, wie sein praller Schaft in ihr verschwindet, sich wieder zurückzieht und erneut tief in sie eintaucht. Sein von dunklen Adern durchzogener Schwanz bildet einen auffälligen Kontrast zu ihrer milchig weißen Haut. Ihr intensives lüsternes Starren bringt ihn schier um den Verstand. Wieder und wieder rammt er sich in sie, presst ihren glühenden Arsch fest auf den Tisch, damit das Brennen ihrer Backen ihre Begierde noch weiter anstachelt. Er erhöht das Tempo, treibt sie an. Die Härte seiner Stöße nimmt zu, die Lautstärke ihrer Lustschreie ebenfalls. Die riesige Halle erzeugt eine so unglaublich gute Akustik, dass ihm die Musik ihrer Leidenschaft durch Mark und Bein geht. Sein Schwanz beginnt zu zucken, aber er hält sich mit eiserner Selbstbeherrschung zurück. Keuchend stößt er in sie, bis sie laut seinen Namen schreit, ihr ganzer Körper erbebt und ihre Muskeln sich eng um seinen Schaft zusammenziehen. Da hält auch ihn nichts mehr. Sein tiefes Stöhnen mischt sich mit ihren Schreien, während er seinen Saft heiß in sie hineinpumpt.

Schwer atmend zieht er sie zu sich hoch, um sie fest in seine Arme zu schließen.

Becky schlingt ihre Arme um seinen Nacken und klammert sich an ihn. Der Schweiß ihrer Körper mischt sich, der Duft ihrer Lust liegt schwer in der Luft und da, wo seine Arme die Striemen auf ihrem Rücken berühren, brennt ihre Haut. Ein feiner Schmerz, der nicht unangenehm ist, sondern dem Nachglühen ihres Körpers eine besondere Nuance verleiht. Sie kuschelt ihre Wange an seinen schweißnassen Hals, spürt das schnelle Pochen seines Pulses, der mit ihrem wummernden Herzen um die Wette galloppiert. Sie ist geradezu euphorisiert und dabei vollkommen erledigt. Gleichzeitig total verwirrt und glaubt trotzdem, noch nie so klar gesehen zu haben. Sie fühlt sich leicht wie eine Feder, obwohl ihre Glieder schwer sind wie Blei.

Alec hebt sie vom Tisch und geht mit ihr zum Kamin hinüber. Dort bettet er sie auf die Kissen und nestelt an ihrem Halsband. Doch sie legt ihre Hand auf seine, hält ihn auf, eher er es öffnen kann.

»Moment, warte!«

Fragend schaut er sie an.

Sie sieht ihm in die Augen und mit einem strahlenden Lächeln sagt sie: »Danke Herr!« Dann nimmt sie die Hand von seiner.

Kopfschüttelnd löst er das Band von ihrem Hals, kann aber ein Grinsen nicht unterdrücken. »Du bist ein freches kleines Luder«, murmelt er und küsst sie.

»Das war eine Offenbarung!«, wispert sie, nachdem er eine Ewigkeit später ihre Lippen wieder frei gibt.

Lächelnd streicht er über ihre verschwitzte Wange.

»Wie definierst du Schmerz jetzt?«

Sie denkt eine Weile über seine Frage nach.

»Ich habe noch nie so gefühlt. So intensiv, so widersprüchlich. Das tat weh und Schmerz ist nicht angenehm. Die Hiebe haben gebrannt und gebissen. Und zugleich hat jeder Schlag meine Lust hochgepeitscht.« Sie lächelt. »Ich wollte, dass es aufhört, und habe gleichzeitig nach dem nächsten Biss gelechzt, der diese wahnsinnige Gier durch meinen Köper peitschte ...«

Noch immer brennen die Male auf ihrer Haut und lassen sie wohlig erschauern.

»Im Spiegel habe ich dir zugesehen. Faszinierend. Die Verbindung zwischen uns, so eng, wie ich das noch nie zuvor gespürt habe.« Sie seufzt leise und schmiegt sich an ihn. »Diese Nähe, deine Fürsorge, unsere Geilheit. Danke für deine Geduld. Danke, dass du mir gezeigt hast, was ich doch so gar nicht wissen wollte.« Ihre Augen strahlen.

»Es gibt noch viel, was ich dir zeigen möchte, mo leannain. Das eben war sehr geil, aber trotzdem nicht mehr als ein minimaler Einblick. Ich bin fest entschlossen dir noch eine Menge beizubringen.«

Sie lacht. »Du bist ganz schön von dir überzeugt!«

»Mit Recht!«

Sie legt sich auf ihn. »Nun«, schmunzelt sie, »ich glaube, ich freue mich auf den Unterricht, Herr Lehrer. Aber bereite dich darauf vor, dass du zwar eine gelehrige, aber keine artige Schülerin vor dir hast. Das Halsband wird dir meinen Gehorsam nicht sichern. Den wirst du dir verdienen müssen, und zwar immer wieder aufs Neue. Ich werde nie vor dir kuschen. Das ist mir zu langweilig!«

Seine Augen funkeln wie das Meer in der Sonne. »Ich freue mich auf die Herausforderung, mo shìtheag. Es wird mir ein Vergnügen sein, dich für deinen Ungehorsam zu bestrafen, und zwar immer wieder aufs Neue.«

15

Am nächsten Morgen wird sie durch sanfte Küsse auf ihren Hals, starke Arme, die sie liebevoll an eine breite Brust drücken und Hände die sachte ihren Rücken streicheln, geweckt. Sie ist vollkommen befriedigt eingeschlafen und offenbar so erschöpft gewesen, dass sie tief und fest durchgeschlafen hat. Da hatte keine Panikattacke eine Chance, sich heimtückisch an sie heranzuschleichen. So viel Wärme und Geborgenheit ist ungewohnt für sie, aber es fühlt sich wunderbar an. Sie hebt den Kopf von seiner Brust und schaut ihm ins Gesicht. Zärtlich lächelt er sie an und gibt ihr einen Kuss.

»Hey, guten Morgen«, flüstert er.

»Wow, so müsste man jeden Morgen aufwachen«, murmelt sie staunend.

»Kein Problem«, schmunzelt er und küsst sie auf die Nase.

»Aus welchem Märchen bist du denn entsprungen? Sei vorsichtig, Traumprinzen verwandeln sich in der bösen Realität in Frösche und müssen dann in morastigen Tümpeln leben. Da ist es nicht besonders schön.«

»Hm, nass und glitschig hört sich für mich sehr gut an«, grinst er und gräbt seine Hände in ihren Hintern. Sie stöhnt auf. Ihre Backen sind immer noch gereizt und überempfindlich nach der gestrigen Begegnung mit der Gerte.

Seine Augen werden eine Spur dunkler. »Na? Tut das noch weh?«

»Ja«, ruft sie.

Er kneift fester. »Und ist es das, was du brauchst, du Luder?«

Oh Himmel, dieser Ton! Wie kann der verdammte Mistkerl am frühen Morgen schon so streng, so rauchig und so sexy klingen?

»Ja, das ist genau das, was ich brauche!«, quiekt sie.

Er holt aus und haut mit der flachen Hand fest auf ihren Arsch. »Wie heißt das? Hast du alles vergessen, was ich dir gestern beigebracht habe, Miststück?«

»Ja Master, bitte gibs mir!«

Wieso nur, verwandelt sie sich am frühen Morgen in eine sabbernde Schlampe, nur weil dieser Teufel sie etwas härter anfasst?

»Bitte schlag mich, ich brauche deine ganz spezielle Art von Zärtlichkeit«, keucht sie und fragt sich, wo das bloß herkommt? Diese Formulierung? Diese Sehnsucht? Hat das schon immer in ihr geschlummert und bricht jetzt, nachdem er es geweckt hat, mit ganzer Gier hervor? Und ist das nicht eigentlich vollkommen egal, solange er ihr nur gibt, was sie braucht?

»Hoch mit dir in den Vierfüßlerstand, gieriges Luder! Den Arsch zum Bettrand!«

Der Befehl kommt wie ein Peitschenknall und sorgt dafür, dass ihre Nippel steinhart werden. Grob zieht er ihr die Bettdecke weg und sie beeilt sich, die geforderte Position einzunehmen. Sofort landet ein kräftiger Schlag mit der flachen Hand auf jeder Backe. Gequält stöhnt sie auf.

Er geht um das Bett herum und starrt sie finster an. »Hast du tatsächlich alles vergessen, was ich dir gestern beigebracht habe oder hat dir die Geilheit das Hirn vernebelt? Oder ...«, er beugt sich so nah zu ihr, dass ihre Nasen sich fast berühren, und flüstert gefährlich leise: »Oder versuchst du absichtlich, mich zu reizen, damit ich dich härter züchtige?«

Sein warmer Atem auf ihren Lippen und der herrische Ausdruck in seinen blauen Augen, schickt ein Ziehen direkt zwischen ihre Beine, die sie eilig spreizt.

Seine Stimme erinnert sie an einen Topf voller süßem Honig, als er weiter spricht. »Oder bist du vielleicht einfach zu dumm, um dir ein paar simple Regeln zu merken?«

Oh dieser verdammte Mistkerl! Die Demütigung brennt wie eine Ohrfeige und schickt unerklärlicherweise weitere lustvolle Blitze in ihren

Schoß. Er wendet sich ab und geht gemächlich um das Bett herum, um sich wieder ihrem Hintern zu widmen. Sanft streichelt er die Striemen. »Andererseits«, ergänzt er im Plauderton, »sagt man ja, dumm fickt gut. Also wollen wir doch mal sehen, ob du wenigstens das kannst.«

Damit stößt er seinen Schaft von hinten in ihre nasse Pussy. Teils vor Geilheit und teils vor Empörung schreit sie auf. Sie setzt zu einer hitzigen Erwiderung an, aber bevor auch nur eine Silbe über ihre Lippen kommt, schlägt er erneut mit der flachen Hand auf ihren Arsch.

»Zehn Schläge werden vielleicht deinem Gedächtnis auf die Sprünge helfen. Ich möchte, dass du mitzählst.«

Er beginnt, sich in ihr zu bewegen. Treibt seinen wundervollen Schwanz tief in ihren bebenden Körper. Rebecka stöhnt laut. Nach der gestrigen Nacht ist sie immer noch ziemlich erledigt. Sie spürt nicht nur die Striemen, sondern auch Muskeln in ihrem Becken, von denen sie noch gar nicht wusste, dass sie überhaupt existieren. Mit einem Klatsch trifft seine Hand dieses Mal die andere Backe. Der Schmerz verstärkt ihre Lust und ihre angeschlagenen Muskeln lösen ein Gefühl der Ergebenheit in ihr aus. Sie glaubt, den Verstand zu verlieren, schreit aus vollem Halse. Schon landet der nächste Schlag zielsicher auf ihrem malträtierten Fleisch. »Komm schon, mo leannain, zählen und vögeln gleichzeitig ist nicht so schwer. Und die Zahlen von eins bis zehn hast du doch drauf, oder müssen wir die gemeinsam üben?«

Oh dieser verdammte Bastard! Unablässig stößt er in sie, schickt die köstlichsten Wellen durch ihren vollkommen geräderten Körper, während er es wagt, sie derart zu beleidigen.

Um einen beißenden Unterton bemüht keucht sie: »Was bist du, ein Kerl oder ein Waschweib? Wenn du glaubst, du könntest mich zum Orgasmus quatschen, muss ich dich leider enttäuschen! Da wirst du wohl ein bisschen mehr körperlichen Einsatz zeigen müssen. Oder hast du Angst, dass du das nicht bringst?«

›Bitte was?‹ Er weiß nicht so recht, ob er empört über diese Frechheit sein, oder ob er in schallendes Gelächter ausbrechen soll. Dieses kleine devote Miststück wagt es tatsächlich, ihm den Kampf anzusagen! Na warte! Eine Minute lang sagt er nichts, weil er befürchtet, sie könnte heraushören, wie sehr ihn ihr Spruch amüsiert. Stattdessen schlägt er schnell hintereinander abwechselnd rechts und links auf ihre Backen. Nachdem er ihr die zehn Schläge verabreicht hat, stößt er einmal tief in sie und verharrt dann bewegungslos. »Darüber reden wir noch, mo shìtheag!«

Sie lässt die Hüften kreisen, versucht, sich von ihm zu holen, was er ihr verweigert.

Doch er hindert sie daran und fordert sie heraus: »Was ist los, Kampfkeks? Weißt du nicht wohin mit deiner Geilheit? Vielleicht bist du die Mühe ja gar nicht wert. Wollen wir doch mal testen, ob ich dich zum Höhepunkt quatschen kann.«

Becky beginnt vor lauter Frust zu jammern. Sie ist so kurz davor und er fühlt sich so groß und hart und einfach wunderbar in ihr an. Sie braucht nur noch ein kleines bisschen mehr.

»Alec!«, jammert sie.

»Bitte mich, Sklavin! Bitte mich darum, dir einen Orgasmus zu schenken«, raunt er in ihr Ohr.

Dieser Bastard! Sie wird ihn ... ja was denn eigentlich? Denken fällt gerade unglaublich schwer.

»Bitte mich!«, zischt er.

Frustriert schreit sie auf. Sie ist halb von Sinnen vor Lust und der Mistkerl die Selbstbeherrschung in Person.

»Bitte Herr, bitte beweg dich, bring es zu Ende, bitte!«, ruft sie verzweifelt.

»Nun, verdient hast du es nicht. Ich sehe keinen Grund, dir Erlösung zu schenken.«

»Bitte Master. Was soll ich tun? Betteln? Nimm dir von mir was du willst und wie du es willst. Aber ich flehe dich an, lass mich nicht hängen!«

»So viel Geilheit. Nie hätte ich erwartet, einen Vulkan hinter deiner kühlen, zickigen Fassade vorzufinden. Du hast mich zwar immer noch nicht überzeugt, aber ich will mal nicht so sein.«

Damit rammt er seinen Hammer drei, vier Mal tief in sie und kostet ihre Schreie aus, genießt, wie ihr Körper in wilder Ekstase erbebt.

Erst nachdem das Zucken und Zittern aufgehört hat, zieht er sich aus ihr zurück. Er packt sie im Nacken, dreht sie grob herum und schubst sie mit dem Rücken auf die Matratze. Dann kniet er sich neben sie, umfasst ihren Hals und schiebt ihr seinen Schwanz in den Mund.

Sie schleckt ihren eigenen Saft von seinem Schaft. Inbrünstig leckt sie ihn sauber, bis er die Führung übernimmt, sein Becken rigoros vor- und zurückschnellen lässt. Dabei verlangt er ihr eine Menge ab, so vollständig füllt er ihren Mund mit seinem stahlharten Schwanz. Instinktiv atmet sie durch die Nase, vermeidet zu verkrampfen, während er langsam aber unerbittlich in ihren Hals vordringt. Sie ist stolz auf sich, weil sie es schafft, ihn so tief aufzunehmen, wie er es fordert, ohne zu würgen. Behutsam stößt er einige Male in ihren Hals, bevor er sich wieder etwas zurückzieht. Dann beginnt er, energisch ihren Mund zu vögeln. Kurze, schnelle Stöße, begleitet von seinem leisen Keuchen und dem Geschmack seiner Lust. Wieder und wieder hämmert er in ihren Mund. Fasziniert beobachtet sie ihn. Sieht, wie er in seiner Gier schwelgt, seine Augen sich noch eine Nuance mehr verdunkeln, sein Gesicht einen noch lustvolleren Ausdruck annimmt. Mit einem tiefen Stöhnen füllt er ihren Mund mit seinem Saft. Sie schluckt ergeben und fühlt sich ihm wahnsinnig nahe.

Er lässt sich der Länge nach auf die Matratze fallen, greift nach ihr und zieht sie an sich. Sie kuschelt ihren Kopf an seine Brust und konzentriert sich auf seinen schnellen Herzschlag, der sich nur langsam beruhigt.

Trotz der rüden Inbesitznahme und der kräftigen Stöße ist er vorsichtig gewesen. Seine Hand um ihre Kehle hatte seinen Besitzanspruch unterstrichen, lag jedoch so locker dort, dass sie zu jeder Zeit in der Lage gewesen wäre, ihn wegzuschieben. Keine Sekunde hatte er den Blick von ihren Augen gelöst. Sie hatte gespürt, wie genau er auf sie achtete. Auf jeden noch so kleinen Anflug von Unwillen hätte er reagiert und von ihr abgelassen. Nie zuvor hatte sie einem Mann erlaubt, sie so zu nehmen. Natürlich war das nicht ihr erster Blowjob gewesen, aber sie hat dabei noch nie die Kontrolle abgegeben, sondern es ausschließlich zu ihren Bedingungen getan. Sie bestimmte den Rhythmus, die Tiefe und die Länge und bisher hatte sie noch keinem Mann gestattet, in ihrem Mund zu kommen. Aber bei ihm war das etwas anderes, wie mit ihm sowieso alles anders ist.

Bei ihm fühlt sie sich sicher und umsorgt. Sie hatte mit ihm gekämpft, auch wenn es sich nur um einen verbalen Schlagabtausch handelte. Dieser harte Blowjob, den er ihr aufgezwungen hat, war Ausdruck seiner Dominanz und der Preis ihrer Niederlage. Die stille Ergebenheit, mit der sie zu ihm aufgesehen hat, das Zeichen ihrer Akzeptanz.

Vielleicht ist sie irre, aber sie liebt den Kampf mit ihm und hofft, er wird sie noch oft besiegen. Das war gestern so gewesen, als sie das Spiel mit den vertauschten Rollen abgebrochen und sich ihm unterworfen hatte. Und das war auch heute so.

Das leichte Lächeln in seinen Mundwinkeln und der zärtliche Blick, mit dem er sie ansieht, sagen ihr, dass er dieses Spiel genauso sehr genießt wie sie.

Nachdem beide ein ausgiebiges Frühstück eingenommen haben, wartet im Innenhof eine auf alt getrimmte Kutsche mit zwei kräftigen braunen Pferden, die eine eigenartige Beinbehaarung haben. Während Becky das Gespann inspiziert, organisiert Alec einen Picknickkorb im Küchentrakt.

Begeistert streichelt Rebecka den Hals der Tiere. Alec lässt sich absichtlich Zeit. Er unterhält sich angeregt mit einem Stallburschen, schlendert dann gemächlichen Schrittes über den Hof. Immer wieder sieht er zu Becky hinüber und beobachtet lächelnd, wie hingerissen sie sich mit den Pferden beschäftigt.

»Kannst du reiten?«, fragt er, als er neben ihr stehen bleibt.

Bedauernd schüttelt sie den Kopf.

»Hast du Haustiere, um die Lea sich gerade kümmert?«

Wieder verneint sie schweigend. Alec wird das Gefühl nicht los, dass sie Tiere liebt und gern einen Gefährten auf vier Pfoten adoptiert hätte. Prüfend schaut er sie an und wartet.

Sie zuckt die Achseln. »Ich bin den ganzen Tag nicht zu Hause. Schließlich muss ich ja arbeiten. Man kann doch ein Tier nicht so lange allein lassen. Das wäre mies.«

Sie sagt das leichthin, doch sie wirkt so einsam und verloren in diesem Moment, dass ihm das Herz wehtut.

»Was machst du eigentlich beruflich?«, fragt er, um das Thema zu wechseln. Prompt kommt er sich idiotisch vor, weil er das immer noch nicht weiß, obwohl er sie schon seit über zwei Jahren kennt.

Wieder zuckt sie die Schultern.

»Sekretärin. Sterbenslangweilig, aber es zahlt die Miete. Mehr gibt es darüber nicht zu erzählen.«

»Und was würdest du gerne machen?«

Ein Strahlen huscht über ihr Gesicht. »Malen.«

Erstaunt hebt er eine Braue. »Du bist Künstlerin?«

Das Strahlen erlischt, sie schüttelt den Kopf. »Nein. Ich pinsele ab und an ein bisschen herum. Es ist nur ein Hobby, für das ich leider zu wenig Zeit finde.«

»Aber du würdest gern mehr malen?«

»Sicher, aber der Tag hat nur vierundzwanzig Stunden. Es bleibt einfach keine Zeit dafür.«

Nachdenklich nickt Alec. »Rein mir dir in die Kutsche«, fordert er nach einer Weile und hilft ihr galant beim Einsteigen.

»Insgesamt besitzt der Burgherr vier solcher Kutschen, die er bei Bedarf vermietet. Sie sehen zwar aus, wie aus dem achtzehnten Jahrhundert entsprungen, aber keine Sorge. Es sind Nachbauten, die den heutigen Sicherheitsstandards entsprechen. Es ist schön heute und ...«, er wirft einen prüfenden Blick zum Himmel. »Das Wetter wird sich halten, denke ich. Deshalb habe ich um dieses offene Gefährt gebeten.«

Alec ergreift die Zügel und dirigiert das Gespann vom Hof.

»Wow, du lenkst die Pferde selbst? Ich bin davon ausgegangen, dass wir einen Kutscher brauchen.«

Lächelnd schüttelt er den Kopf. »Ich habe es als Kind gelernt. Wenn ich hier in Schottland bin, nutze ich die Gelegenheit und fahre spazieren, um nicht aus der Übung zu kommen.«

Sie taucht unter den Zügeln hindurch und schmiegt sich an ihn. »Ich finde es wunderbar, dass wir allein sind.« Mit funkelnden Augen betrachtet sie die Pferde. »Durch die langen Fellzotteln an den Beinen, sehen sie aus, als hätten sie Schlaghosen an, wie man sie in den Siebzigern getragen hat. Was ist das für eine Rasse?«

Alec lacht. »Das sind Clydesdale. Diese Rasse wird seit dem achtzehnten Jahrhundert in Schottland gezüchtet.«

»Sind das spezielle Kutschpferde? Sie sehen robust aus.«

»Ja, sie besitzen eine Menge Kraft und Ausdauer. Deshalb werden sie gern als Arbeits- und Zugpferde eingesetzt und eignen sich hervorragend als Kutschpferde. Sie werden hier auf Paddycraigh Castle gezüchtet.«

»Die sind richtig knuffig.« Becky ist begeistert. »Ich finde diesen Ausflug wunderbar!«, ruft sie enthusiastisch.

Alec lächelt und gibt ihr einen schnellen Kuss auf die Wange.

Nach anderthalb Stunden traumhafter Fahrt auf schmalen Pfaden entlang der Küste, über saftige grünen Wiesen und durch kleine, verschlafene Dörfer, lenkt Alec das Gespann auf ein unscheinbares Gehöft mitten im nirgendwo.

»Wo sind wir?«, fragt Becky verwundert.

»Ich wollte ursprünglich ganz woanders hin, aber nach unserer Unterhaltung vorhin habe ich improvisiert. Hier lebt Finlay Clark. Ich dachte mir, du würdest ihn bestimmt gern kennenzulernen.«

Sie bekommt große Augen. »Der Maler?«

»Ja. Ich kenne ihn von früher, er ist ein netter Kerl.«

»Wow, das ist ja abgefahren!«

Sie lassen die Pferde grasen und betreten das Atelier, einen ehemaligen Stall mit nachträglich eingebauten, riesigen Fenstern.

Der Maler freut sich über ihren Besuch und führt sie herum.

Rebecka holt tief Luft durch die Nase. »Riechst du das? Den Duft nach Farbe und Kreativität? Wunderbar, nicht wahr?«

Alec lacht. »Wie bitte riecht Kreativität? Du redest Unsinn.«

Sie fällt ihm um den Hals, drückt ihn fest und gibt ihm einen dicken Schmatzer auf den Mund.

»Mir egal, hierherzukommen war eine tolle Idee von dir, danke!«

Sie lässt ihn wieder los, um sich Finlay Clark zuzuwenden, der sie in eine Fachsimpelei über Maltechniken verwickelt. Alec hört interessiert zu, obwohl er nicht viel davon versteht. Er genießt es, sie so glücklich zu sehen und ist auch ein bisschen stolz auf sich, weil es ihm gelungen ist, das zu bewirken.

Als Finlay Clark erfährt, dass Becky ohne ihre Malsachen nach Schottland gereist ist, überlässt er ihr einige Utensilien aus seinem Bestand. Angebrochene Farben, ein paar Meter Leinwand, eine alte, von ihm bereits ausrangierte Staffelei, sowie ein kleines Pinsel Set und einen Skizzenblock.

Rebecka freut sich wie ein Kind. Jetzt kann sie endlich mal wieder ihrem Hobby frönen. Alec versichert ihr, dass sie dafür genug Zeit haben wird.

Kurz vor der Mittagszeit bedankt sie sich schließlich überschwänglich bei Clark und das Paar verabschiedet sich. Alec lenkt das Gespann zügig zurück Richtung Burg, zügelt die Pferde jedoch ungefähr eine Stunde nach der Abfahrt hinter einer kleinen Anhöhe.

»Ich weiß nicht, wie es dir geht, aber ich habe einen Bärenhunger«, verkündet er.

Auch Becky knurrt der Magen, also holen sie die mitgebrachte Decke und den Picknickkorb aus der Kutsche und lassen sich Salat, Käsehäppchen, Brot, frische Früchte und selbst gemachte Limonade schmecken. Nach dem Essen lehnt sich Rebecka behaglich zurück und wendet ihr Gesicht der Sonne zu. Sie genießt die warmen Strahlen auf der Haut und Alecs Nähe. Trotz ihrer geschlossenen Augen marschiert schon bald ein Ameisenheer durch ihre Nervenbahnen und ihr wird heiß. Ihr Atem beschleunigt sich, ihre Nippel werden steinhart. Irritiert blinzelt sie und sofort nimmt sein dunkler Blick sie gefangen. Er schaut sie so herrisch an, dass sie von einer Sekunde zur anderen von einer zufriedenen Frau, die träge im Gras liegt, zu einer sabbernden Sklavin mutiert. Plötzlich wünscht sie sich nichts mehr, als jedem seiner Befehle zu folgen. Dennoch hat sie keine Lust, es ihm leicht zu machen. Wenn er ihren Gehorsam verlangt, soll er sich gefälligst ein bisschen anstrengen.

Mit strengem Blick fixiert er sie. »Zieh dich aus, du bist der Nachttisch!«, knurrt er.

Gott, warum ist der verdammte Scheißkerl nur so sexy im Dom-Modus? Stoisch unterdrückt sie den Drang, ihre Schenkel zu öffnen, presst stattdessen die Beine fest zusammen. Zwar sehnt sie sich danach, von ihm beherrscht zu werden, aber sie darf nicht so leicht für ihn verfügbar sein, wenn sie vermeiden will, von ihm untergebuttert zu werden. Sie setzt eine Mine auf, von der sie hofft, dass sie lässig und ein bisschen arrogant wirkt, und hebt eine Augenbraue. »Sagt wer?«

»Sage ich!«

›Oh bitte rede weiter du dominanter Dreckskerl! Mein Höschen ist nass, obwohl du mich noch nicht einmal berührt hast! Dieser Ton, dieser Blick! Ich liebe es!‹

»Und du glaubst, ich springe, nur weil du pfeifst? Träum weiter!«

»Ja! Genau das erwarte ich. Raus aus den Klamotten, sofort! Ich sage das nicht noch einmal!«

Himmel, wahrscheinlich ist die Frau sich nicht im Klaren darüber, wie leicht es ihm fällt, in ihrem Gesicht zu lesen. Er sieht, wie sehr seine Worte sie anturnen und auch ihre strikte Weigerung, sich ihm, ohne Gegenwehr zu unterwerfen. Er erkennt sogar schon einige Sekunden, bevor sie aufspringt, dass seine Beute gejagt werden will. Also tut er ihr den Gefallen und rennt hinter ihr her. Sie schlägt ein paar Haken, hat aber keine Chance ihm zu entkommen. Die Jagd dauert gerade lang genug, um ihn richtig geil zu machen. Er stößt sie rüde zu Boden und wirft sich auf sie. Grob drängt er sich zwischen ihre Beine und presst seine Erektion hart auf ihre Scham. Sie atmet heftig von dem kurzen Sprint. Schwer liegt er auf ihr, hebt ihre Handgelenke über ihrem Kopf und bindet sie routiniert mit einem Seil zusammen.

Sie wehrt sich halbherzig, bewegt sich nur so viel, dass ihr Körper sich verführerisch unter ihm windet. Er langt in ihr Tanktop und hebt ihre prallen Brüste heraus. Als er unter ihren Rock greift, stellt er teils ver-ärgert, teils amüsiert fest, dass sie ein Höschen trägt.

»Was habe ich dir gestern gesagt, Kampfkeks? Verstehst du das unter zu jeder Zeit zugänglich sein?« Grob reißt er an dem zarten Stoff, der mit einem deutlich hörbaren Ratschen nachgibt. Wild starrt er sie an, während er mit einer Hand seine Hose öffnet. »Wenn du zu laut schreist, ziehe ich dir dein Shirt aus und stopfe es dir als Knebel in den Mund!«, knurrt er drohend und wird dafür mit einem lüsternen Wimmern belohnt. Sie spreizt die Schenkel weit, als er seinen Schwanz an ihrem Eingang positioniert. Zufrieden registriert er, dass sie vor Nässe trieft. Mit einem tiefen Stoß nimmt er sie in Besitz und verschließt ihre Lippen zur Sicherheit mit seinen. Sie wimmert und jammert und lässt sich von seiner hemmungslosen Gier mitreißen. Grob pflügt seine Zunge durch ihren Mund, während er wieder und wieder in sie hämmert.

Er nimmt sie mit ungezügelter, ursprünglicher Leidenschaft und schon nach kurzer Zeit beginnen ihre inneren Muskeln seinen Schwanz zu würgen.

»Binde meine Hände los«, verlangt sie schwer atmend.

Wortlos befreit er sie von dem Seil und sofort schlingt sie ihre Arme um seinen Hals und hält sich an ihm fest. Alec bewegt sich nicht. Er genießt das Zucken und Krampfen um seinen Schaft, während er ihr Zeit gibt, zu Atem zu kommen. Er vergräbt sein Gesicht in ihren wei-chen Brüsten und kostet das geile Gefühl aus, in ihr zu sein. Sein steinharter Freund sehnt sich nach Erfüllung, aber er hält sich zurück und genießt die süße Qual des Wartens. Er saugt eine ihrer Knospen in seinen Mund. Neckt sie mit der Zunge, beißt sachte in ihren Nippel, bis sie seufzt und unter ihm unruhig wird. »Bitte, gib mir mehr, Alec!«, fleht sie. »Ich kriege einfach nicht genug von dir wundervollem Bastard! Bitte fick mich! So hart du kannst!«

Er hebt den Kopf, lächelt sie mit einer Mischung aus Zärtlichkeit und Verwegenheit an, die sie dahinschmelzen lässt.

»Sagt wer?«

»Oh bitte, spiel nicht mit mir, nicht jetzt! Ich erdulde jede Strafe, die du mir auferlegst, aber jetzt gib uns, was wir beide brauchen, bitte.«

Sein Grinsen wird ein bisschen dreister, was ihr eigentlich zu denken geben sollte. Doch als er mit diesem lauernden Unterton fragt: »Jede Strafe?«, nickt sie inbrünstig.

»Ohne zu Meckern und ohne zu kämpfen?«

»Ja, Master. Ich werde eine mustergültige Sklavin sein. Ich verspreche es.«

Er küsst sie, zuerst langsam und zärtlich, dann immer wilder und fordernder und als er sich dann endlich wieder in ihr bewegt, ist er leidenschaftlich, hemmungslos und einfach wunderbar. Hart und tief stößt er zu, gibt ihr das berauschende Gefühl, ihm mit Haut und Haaren zu gehören. Sie kommt heftig, wenn auch nicht ganz so gewaltig wie zuvor. Doch dieses Mal erleben sie den Höhepunkt gemeinsam und eine solch tiefe Intimität hat sie vorher noch nie erlebt. Sie vergräbt ihr Gesicht an seinem Hals und flüstert ihm ins Ohr: »Du machst mich sprachlos.«

Alecs Herz rast. Er weiß darauf nichts zu erwidern, daher schweigt er. Der Moment ist zu perfekt, um ihn zu zerreden, oder auch nur lange darüber nachzudenken. Also lässt er es und genießt den Augenblick.

Doch als sie sich schließlich voneinander lösten und aufstehen, tanzen kleine Teufelchen in seinen dunkelblauen Augen.

Als sie beginnt ihre Kleidung zu richten, hält er sie davon ab.

Auf ihren erstaunten Blick hin, sagt er freundlich aber bestimmt: »Zieh dich aus, mo leannain.« Verwirrt schaut sie in sein vollkommen ausdrucksloses Gesicht. Ein Schauer rinnt über ihre Wirbelsäule. Sie schlägt die Augen nieder, zieht ein Kleidungsstück nach dem anderen aus und legt alles, sogar ihre Schuhe, in seine ausgestreckten Hände. Er lässt sie vorangehen, weil ihn der Anblick der Striemen, die er ihr gestern beigebracht hat, in die richtige Stimmung versetzt. Jetzt verspürt er Lust, sie zu quälen.

Bei der Kutsche angekommen, bittet er sie, kurz stehen zu bleiben, und holt mit einem Griff in die Karosse Halsband und Handmanschetten hervor. »Hände auf den Rücken!«

Widerspruchslos, wie sie es versprochen hat, gehorcht sie. Er fesselt ihre Hände und bindet ihr das Halsband um. Dann hilft er ihr in den Wagen und legt eines der Bankpolster neben sich auf den Boden. »Auf die Knie! Du wirst den Rest der Rückfahrt neben mir kniend auf dem Boden verbringen!«

›Oh dieser Scheißkerl! Wie verrückt muss man denn bitte sein, um auf so eine Idee zu kommen und auch noch Spaß daran zu haben?‹ Das verspricht höllisch unbequem zu werden. Rebecka schwört sich, ihm nie wieder leichtfertig zu versprechen, eine Strafe, ohne Protest zu ertragen. Aber es nützt nichts, sie hat sich selbst in diese Situation hinein manövriert. Also kniet sie sich gehorsam, mit leicht gespreizten Beinen, auf den Boden, was sich recht schwierig gestaltet.

»Wenn du auch nur ein Wort von dir gibst, knebele ich dich«, droht er noch, bevor er die Pferde antreibt.

Die Fahrt in dieser Position erweist sich als genauso ungemütlich, wie befürchtet. Nach einer Weile schmerzen sämtliche Knochen. Von der Bankauflage unter ihren Knien merkt sie nicht mehr viel. Zudem sorgt sie sich, dass ihnen Leute begegnen, die sie nackt und gefesselt sehen könnten. Schon bei dem Gedanken daran glaubt sie, vor Scham im Boden zu versinken. Doch seltsamerweise genießt sie ihre Lage auch.

Die Gefahr der Entdeckung erzeugt aufs Neue ein Ziehen in ihrem Unterleib. Außerdem ist es einfach wunderbar, zu spüren, wie sehr er auf sie achtet. Wenn sie zu rutschen droht, greift er sofort nach ihr und hält sie in ihrer Position. Ab und zu streicht er ihr zärtlich übers Haar. Ein bisschen kommt sie sich vor, wie ein Hund, der getätschelt wird. Dennoch liebt sie seine Berührungen, denn sie zeigen ihr, dass er sie bei sich haben möchte. Sie fühlt sich ihm nahe, gehorcht seinem

Willen, suhlt sich in seiner Dominanz. So unbequem und erniedrigend ihre Lage auch ist, in ihr breitet sich eine Wärme und Ergebenheit aus, die sie selbst nicht versteht, aber in vollen Zügen genießt. Sie fühlt sich gut und will noch mehr davon.

»Was unternehmen wir eigentlich heute Abend?«, fragt sie ihn deshalb ungefähr nach der Hälfte der Strecke in einem zuckersüßen Ton.

Alec hält augenblicklich an und Rebecka ist dankbar für die kleine Pause von dem ewigen Geruckel. Er springt vom Kutschbock, holt etwas hinten aus der Kutsche. Er schaut ihr in die Augen, streichelt ihre Wange und küsst sie. Das leichte Lächeln in seinen Mundwinkeln, das er offenbar nicht unterdrücken kann, verrät ihr, er weiß genau, dass sie sein Redeverbot absichtlich missachtet hat. Er zeigt ihr wortlos den schwarzen Gummiball. Gehorsam öffnet sie den Mund. Er drückt den Knebelball sachte hinein und schließt das Lederband an ihrem Hinterkopf. Dann geht er einen Schritt zurück und betrachtet sie. In seinen Augen steht ein eigentümlicher Glanz. Eine Mischung aus Erregung und Zärtlichkeit, die ihr Herz zum Stolpern bringt. Er tritt nahe an sie heran, haucht sanfte Küsse auf ihre Mundwinkel und streicht mit der Zunge über ihre Lippen. »Wunderschön«, flüstert er andächtig.

Alec gönnt ihr ein paar Minuten zum Ausruhen, bevor er sich wieder auf den Bock setzt und die holprige Fahrt fortsetzt.

Mit jedem Meter, den sie zurücklegen, wird die unbequeme Haltung ein bisschen unerträglicher. Doch so eigenartig es auch ist, je schwerer es wird, desto stiller und friedlicher wird es in ihr. Die letzten Zweifel und Widerstände legen sich und sie spürt nur noch seine Nähe. Sie konzentriert sich auf die ruhige Dominanz, die er ausstrahlt. Zum ersten Mal in ihrem Leben hat sie das Gefühl, genau dort zu sein, wo sie hingehört und wo sie sein will. Seine Blicke sagen ihr, dass er auf sie aufpasst und sie aus der ungemütlichen Lage erlöst, wenn er merkt, dass es nicht mehr geht. Sie braucht kein Safewort, solange er sich um sie kümmert. Noch nie hat sie jemand mit so viel Geborgenheit umgeben. Sie genießt es in vollen Zügen und ist geradezu enttäuscht, als die kleine Kutsche in den Innenhof der Burg einfährt.

Unruhig schaut sie sich um. Ihre Befürchtung, von Anderen gesehen zu werden, wächst, doch sogar die hat ihren Reiz, denn die Panik treibt Feuchtigkeit zwischen ihre Schenkel. Jedoch ist im Hof weit und breit kein Mensch zu sehen.

Alec fährt bis zum Eingang vor. Dann springt er vom Kutschbock, und hilft ihr beim Aussteigen, da sich das Aufstehen in der engen Kutsche mit gefesselten Händen als unmöglich erweist. Im großen Saal angekommen, schließt er sie zärtlich in die Arme.

»Ich muss mich um die Pferde kümmern, bin aber in zehn bis fünfzehn Minuten wieder da. Möchtest du, dass ich dich losbinde?«

Kurz überlegt sie, dann schüttelt sie den Kopf.

»Willst du den Knebel loswerden?«

Wieder ein Kopfschütteln.

Alec nimmt ihr Gesicht in seine Hände und leckt über ihre Unterlippe. »Du bist wunderbar, mo leannain. Aber nur dass du es weißt: Ich lasse dir nur deshalb die Wahl, weil das alles noch neu für dich ist. Wärst du eine erfahrene Sklavin, hätte ich dich weder nach deinen Wünschen gefragt, noch dir mitgeteilt wann ich wiederkomme. Nicht das du glaubst, ich bin immer so zuvorkommend.« Er beißt einmal kurz und fest in ihre Lippe. »Ich beeile mich!«

Damit verschwindet er und Rebecka bleibt allein zurück. Sie vertritt sich die schmerzenden Beine und entspannt ihre Muskeln. Dann setzt sie sich nach einigem Zögern auf eine der Stufen vor dem Thron. Ein komisches Gefühl, in diesem Zustand in der riesigen Halle ganz allein zu sein. Beklemmend und erregend zugleich. Sie stellt sich vor, hier von einem geheimnisvollen Herrn mit dunkelblauen Augen gefangen gehalten zu werden. Einem dunkeln Master, der nie mit ihr spricht, nicht lange fackelt, sondern sie kompromisslos seinem Willen unterwirft. Ohne dass sich jemals die Chance bietet, sich zu wehren oder zu entkommen. Sie legt sich auf die Treppe vor den Thron und spreizt die Beine. Mit den gefesselten Händen stützt sie sich im Rücken ab, und reckt ihre Brüste nach vorn. Den Kopf legt sie so weit wie möglich zurück. Ihre Dreadlocks fließen wie Flammen über den Steinboden. In dieser Position verharrt sie und ergibt sich dem Gefühl, eine Sklavin zu sein.

»Was für ein Bild!«, wispert Alec hingerissen und sie zuckt zusammen. Sie hat ihn gar nicht hereinkommen hören.

»Bleib so!« Seine Stimme klingt belegt. Er geht an ihr vorbei und setzt sich auf den Thron. Wortlos schaut er auf sie nieder, saugt die Szene in sich auf. Eine kleine Ewigkeit bleibt es so still in der großen Halle, dass man eine Stecknadel fallen hören könnte. Sie spürt seine Blicke auf sich ruhen. Die Nässe zwischen ihren Schenkeln nimmt zu, genau wie ihre Nervosität. Schließlich steht Alec auf. Er hockt sich neben sie auf den Boden und streicht mit den Fingerspitzen hauchzart über ihre Haut. Malt kleine Kreise auf ihren Bauch, ihre Rippen, streichelt sanft über die Unterseite ihrer Brüste. Sachte umrundet er mit einem Finger ihre rechte Brustwarze immer enger, bis er die Knospe zwischen Daumen und Zeigefinger zwirbelt. Rebecka bleibt sitzen, so ruhig wie es ihr möglich ist, schließt die Lider und inhaliert seinen Duft. Sie nimmt das dezente Herrenparfüm wahr, das er bevorzugt und seinen ureigenen Duft, dieser würzigen Mischung aus frischem Laub und Waldboden. Sie liebt seinen Geruch, würde sich am liebsten darin suhlen.

»Nein«, flüstert er, »schau mich an, mo leannain.«

Sie gehorcht, blickt in diese unglaublichen, dunkelblauen Augen und plötzlich hat sie den Wunsch, wirklich in seine Welt einzutauchen. Mit ein paar Lauten an dem Knebel vorbei gibt sie ihm zu verstehen, dass sie sprechen möchte. Sofort beugt er sich vor, löst die Schnalle an ihrem Hinterkopf und nimmt ihr den Ball aus dem Mund.

»Diese Halle ist doch nicht der Spielbereich für SMler, oder?«

»Wovon sprichst du?«

»Na ja für diese Spielchen gibt es doch sicher einen speziellen Bereich, zum Beispiel ein schauriges Verlies oder Ähnliches.«

Er nickt. »Den gibt es.«

»Zeigst du ihn mir?«

Er schüttelt den Kopf.

»Warum nicht?«

»Es gibt tatsächlich einen Kerker zum Spielen in dieser Burg, aber das ist nichts für dich. Von Lea weiß ich, dass du an düsteren Orten Angst bekommst. Ich will nicht, dass du in Panik gerätst.«

Sie zögert. »Ist es stockdunkel da unten?«

»Es gibt kein elektrisches Licht, nur Fackeln. Und es ist ein bisschen unheimlich, zumindest für jemanden, der sich vor der Dunkelheit fürchtet.«

»Nun ... wenn du alles soweit mit Fackeln ausleuchtest, dass es nicht stockfinster ist und du mich dort unten nicht allein lässt, zwischendurch mal mit mir redest oder mich berührst, dann wird es gehen. Denke ich.«

Wieder schüttelt er den Kopf. »Ich will nicht, dass es nur irgendwie geht, Rebecka. Wenn wir spielen, musst du dich hundertprozentig wohlfühlen und da ich das im Verlies nicht gewährleisten kann, bleiben wir hier oben, wo du dich sicher fühlst.«

»Bitte Alec, ich möchte das wirklich!«

Bedächtig schüttelt er erneut den Kopf. »Ich kenne den Grund für deine Ängste nicht. Ich kann nicht einschätzen, in welchen Situationen du dich unwohl fühlst, also kann ich da nicht frühzeitig gegensteuern. Ich will dir lustvolle, schöne Eindrücke vermitteln und keine Panikattacke hervorrufen.«

»Lea hat dir tatsächlich nichts erzählt, oder?«

»Nein, nur dass ich dafür sorgen muss, dass du niemals der Dunkelheit ausgesetzt bist.«

»Okay, hilf mir bitte hoch und löse die Fesseln, dann erzähle ich es dir.«

Dieses Angebot ist noch besser, als der Anblick, den sie auf der Treppe bietet, denn es besagt, dass sie ihm ihr Vertrauen schenkt und das bedeutet ihm unendlich viel. Also tut er, worum sie ihn gebeten hat und geht mit ihr hinüber zum Kamin.

Sie wickelt sich in eine Decke, lässt sich auf ein Kissen am Boden nieder und lehnt sich mit dem Rücken an das wuchtige Sitzmöbel. Sie zieht die Beine an und umfasst sie mit den Armen.

Alec setzt sich ihr gegenüber und betrachtet sie. Was jetzt kommt, fällt ihr nicht leicht und es bestimmt ihr Leben zu einem großen Teil, das sieht er ihr an. Er rückt ein Stück näher zu ihr und legt seine Hände auf ihre, um ihr Halt zu geben. Tief holt sie Luft, schluckt hörbar, atmet noch einmal durch und beginnt leise zu erzählen.

»Ich habe meine Eltern nie kennengelernt. Ich bin in Heimen aufgewachsen und in der einen oder anderen Pflegefamilie, bei der ich aber nie lange geblieben bin. Entweder haben sie mich nach kürzester Zeit wieder ins Heim zurückgebracht, oder ich bin abgehauen, irgendwann aufgegriffen worden und erneut im Heim gelandet.«

Bemüht, sich seine Bestürzung nicht anmerken zu lassen, schweigt er, um sie nicht zu unterbrechen.

»Die Ämter achteten darauf, dass wir Kinder nicht misshandelt wurden. Es gab in regelmäßigen Abständen Gesundheitschecks und die Ärzte waren angewiesen, auch die kleinsten Spuren von körperlichen Misshandlungen zu melden. Wenn jemand einen blauen Fleck hatte, der verdächtig aussah, wurde nachgefragt, woher der stammte. Dabei waren diese Blessuren größtenteils harmlos. Man zog sie sich beim Toben zu oder bei einer Balgerei. Wenn wir Mist bauten, haben sie uns im Heim nicht geschlagen.« Ihre Stimme wird leiser. »Sie sperrten uns in einen Raum ohne Fenster, ohne Licht und ohne Möbel. Es gab dort nur eine dünne Matratze auf dem Boden und eine Toilette in der Ecke. Sonst nichts.«

Sie zittert bei der Erinnerung und Alec rückt näher und nimmt sie in den Arm, erschüttert über das, was er da hört. Dankbar für seine Wärme schmiegt sie sich an ihn, inhaliert seinen Duft. Es dauert eine Weile, bis sie ruhiger wird, dann erst redet sie weiter.

»Ich war ein sehr wütendes Kind. Die meisten kuschten, funktionierten wie es von uns erwartet wurde, und ließen ihren Frust über die ganzen sinnlosen Regeln an anderen Kids aus. Vorzugsweise an den Jüngeren. Nur ich konnte meine Klappe gewöhnlich nicht halten. Obwohl ich wusste, dass es nichts brachte und ich grundsätzlich den

Kürzeren zog.« Sie streicht sich eine ihrer Dreads aus dem Gesicht. »Ich saß so oft in dem verdammten Loch, dass ich mich eigentlich daran gewöhnt haben müsste. Aber dem war nicht so. Im Gegenteil, diese Angst wurde immer schlimmer. In den diversen Pflegefamilien gab es diese Strafe zwar nicht, trotzdem lief es da auch nicht viel besser. Besonders übel war es in der letzten Familie, da war ich vierzehn.« Sie stockt kurz, holt noch einmal tief Luft und fährt dann langsam fort. »Mein Pflegevater starrte mich ständig mit einem gierigen Glitzern in den Augen an. Ein widerlicher Kerl. Schon nach kurzer Zeit begann er, mich anzufassen. Zuerst ließ er es wie ein Versehen aussehen, wenn er meine Brust streifte. Aber dann begrapschte er mich ganz offen. Ich hatte damals noch keine nennenswerten Erfahrungen mit Jungs und wusste nicht mit der Situation umzugehen.« Sie erschaudert und klammert sich fester an ihn. »Ich bemühte mich, nie mit ihm allein zu sein, aber das gestaltete sich schwierig. Nachts schloss ich mich in meinem Zimmer ein, aber ich hatte immer Angst vor ihm. Deshalb bin ich schließlich abgehauen, mal wieder.«

Alec streichelt beruhigend ihren Rücken.

»Ich versuchte mich zu verstecken, aber das Leben auf der Straße ist hart.« Sie redet schnell, holt zwischendurch kaum Luft. Ganz so, als müsse sie sich beeilen, den Bericht aus ihrer Vergangenheit schnell hinter sich zu bringen. »Ich war dem einen Kerl entkommen und wollte nicht auf dem Straßenstrich enden. Betteln ging auch nicht, da haben sie einen sofort aufgegriffen. Also probierte ich es mit Klauen, aber dazu war ich zu blöd oder zu langsam, jedenfalls haben sie mich ruckzuck erwischt. Was sich im Nachhinein betrachtet als echter Glücksfall erwies, weil ich nicht mehr in das Kinderheim zurückmusste. Stattdessen steckten sie mich in ein Heim für schwererziehbare Jugendliche. Da gehörte ich dann auf einmal nicht mehr zu den aufsässigen, sondern eher zu den pflegeleichten Kids und sie ließen mich halbwegs in Ruhe. Ich kam in eine normale Schule, mit ganz gewöhnlichen Teenagern. Ich war die Außenseiterin, weil ich anders aufwuchs als meine Klassenkameraden und wohl auch teilweise anders reagierte. Aber Lea ging in meine Klasse und setzte sich in den Kopf, mich zu beschützen und zu verteidigen. Zuerst wollte ich das nicht und versuchte, sie mit meiner schroffen Art von mir wegzuschieben. Aber sie ist stur wie ein Esel und so wurde sie schließlich meine beste Freundin. Eigentlich die einzige echte Freundin, die ich jemals hatte.«

Sie stockt, überlegt einen Moment.

»Jetzt bin ich vom Thema abgekommen. Tatsache ist: Ich saß viel zu oft in diesem dunklen Loch und habe mich trotzdem nie daran gewöhnt. Im Gegenteil, es wurde immer schlimmer. Es war nicht nur dunkel, sondern auch still und einsam. Zum verrückt werden! Ich geriet in Panik, aber niemand kam, um mich herauszulassen. Egal ob ich wütete, heulte oder nur stumm dasaß und zitterte. Wenn ich nachts allein im Dunkeln aufwache, dann bin ich wieder zehn Jahre alt und sitze im Loch. Ich kann mich nicht aus dieser Illusion befreien und kriege sofort eine Panikattacke. Das ist der Grund, warum ich immer Licht brauche.«

Sie schweigt, konzentriert sich auf die Wärme seines Körpers und seine Hand, die beruhigend ihren Rücken streichelt. Sie fühlt sich geborgen und beschützt. Das alles ist lange her. Sie hat es überstanden und hier mit ihm zu sitzen erscheint ihr, wie eine Belohnung, die sie sich verdammt noch mal verdient hat.

 »Aber wenn Fackeln den Keller ausleuchten und du bei mir bist, bin ich ja nicht im Dunkeln allein, deshalb dürfte das eigentlich kein Problem sein.«

Eine kleine Ewigkeit sagt er kein Wort, erschüttert, über ihre trostlose Kindheit. Wütend bei dem Gedanken, was hätte passieren können in dieser letzten Pflegefamilie und unendlich erleichtert darüber, dass diese Episode damals so glimpflich ausgegangen ist. Die Vorstellung, wie sie sich mit gerade mal vierzehn Jahren ganz allein durchschlagen hat, bevor sie auf der Straße aufgegriffen wurde, stimmt ihn traurig.

Er hüllt sie mit seiner Wärme ein und krault ihre filzigen Dreads, die sich weicher anfühlen, als sie aussehen.

Das Schweigen zwischen ihnen zieht sich in die Länge, doch es ist keine unangenehme Stille.

»Ich bin beeindruckt, wie stark du bist. Mit solchen Voraussetzungen schaffen es die wenigsten Menschen, auf dem rechten Weg zu bleiben«, sagt er schließlich tief bewegt.

Sie zuckt die Schultern. »Nun ja, ein bisschen verkorkst bin ich schon, aber ich gebe mir Mühe, mich so normal wie möglich zu verhalten.«

»Du bist nicht verkorkst, rede nicht so einen Unsinn! Erklär mir lieber, wieso du nie eine feste Beziehung eingegangen bist. Warum diese ständigen One-Night-Stands?«

»Nun, nachdem ich diese letzte Pflegefamilie hinter mir gelassen hatte, wurde mir bewusst, dass ich das Interesse von Männern auf mich ziehen kann. Diese Aufmerksamkeit war ungewohnt und aufregend. Wenn ich mit einem Mann geschlafen habe, war ich nicht allein. Ich mochte dieses Gefühl von Nähe, war geradezu süchtig danach. Aber ich brauchte die Kontrolle. Ich wollte nicht allein zurückgelassen werden. Da war ich lieber diejenige, die geht.«

Die Vorstellung, wie einsam sie gewesen war, dass sie zu solchen Maßnahmen gegriffen hatte, schockiert ihn sehr.

»Mit dir ist das alles so anders«, murmelt sie, ohne seine Erschütterung zu bemerken. »Du bist nicht nur der einzige Mann, der mich zum Orgasmus bringen kann, du bist auch der Erste, neben dem ich jemals am nächsten Morgen aufgewacht bin. Du hast mir ja keine Wahl gelassen, als du mich hierher verschleppt hast.« Sie lächelt. »Neben dir aufzuwachen ist unbeschreiblich schön. Nie hätte ich erwartet, dass sich das so wunderbar anfühlt.«

Er schluckt. »Ich hoffe, du wirst noch oft neben mir aufwachen«, sagt er spontan und wundert sich selbst über diese Aussage. »Aber«, redet er schnell weiter, »dass du zum Höhepunkt kommst, liegt sicher weniger an mir, als an unseren Spielen. Du brauchst eine gewisse Härte und ein bisschen Schmerz ...«

»So habe ich das noch nie gesehen.« Sie schweigt für einen Moment nachdenklich. »Wenn du mit mir spielst«, nimmt sie den Faden wieder auf, »fühle mich umsorgt. Es ist verrückt. Du schlägst mich und ich fühle mich geborgen und beschützt. Normalerweise sollte sich das gegenseitig ausschließen. Dass ich Lust empfinde, wenn du mir wehtust, hätte ich niemals erwartet, aber darüber hinaus auch noch Geborgenheit ... Das zeigt dann wohl, wie verkorkst ich wirklich bin.«

Genervt hebt er eine Braue. »Ich will das Wort ›verkorkst‹ nie mehr aus deinem Mund hören! Deine Neigungen sind ganz sicher kein Indiz für eine Unzulänglichkeit.«

Sie presst die Lippen fest zusammen und senkt den Blick, doch sogleich fasst er nach ihrem Kinn und zwingt sie sanft, ihn anzusehen.

»Du fühlst dich umsorgt, weil es genau das ist, was ich tue. Ich achte sehr genau auf dich und gehe sehr viel mehr auf dich ein, als irgendeiner deiner One-Night-Stands, die dich einfach nur vögeln. Ich will dir Lust schenken und dich nicht verprügeln. Das ist es – unter anderem – was du spürst, wenn wir spielen. BDSM ist eine gemeinsame Reise. Dafür braucht es Respekt, Vertrauen, Kommunikation und völliges aufeinander einlassen.«

Sein Blick bohrt sich in ihren bis sie glaubt im dunkelblauen, unendlich tiefen Meer zu ertrinken. Sie hält sich an ihm fest, die Wärme seiner Haut erdet sie. Der Moment wird zu einer Ewigkeit und all ihre Zweifel, an sich, an ihm und an dem bizarren Spiel lösen sich in Nichts auf.

»Dann zeig es mir, Master, führe mich in deine Welt«, wispert sie.

Mit beiden Händen umfängt er ihr Gesicht, streichelt ihre Wange, ohne ihren Blick loszulassen. »Du bist schon mittendrin, mo shìtheag. Aber du hast noch nicht einmal einen Bruchteil von dem gesehen, was ich dir zeigen möchte. Ich will, dass du dich mir auslieferst. Ohne Vorurteile und ohne Selbstzweifel. Lass dich fallen. Ich fange dich auf, versprochen!«

»Ich habe nie gelernt zu vertrauen. Ich hätte auch nie gedacht, dass ich das einmal wirklich wollen würde, aber deinetwegen versuche es.«

»Dann beginne damit, dich nicht für deine Empfindungen zu schämen. Lass dich auf das Spiel ein und auf mich, ohne Vorbehalte, dann zeige ich dir das Verlies.«

Becky erschaudert, in ihrem Schoß beginnt es wild zu pochen und sie seufzt wohlig. »Ja Master, ich gebe mich in deine Hände. Ich kann dir nicht versprechen, dass das immer zu einhundert Prozent funktioniert, aber ich werde alles dafür geben.«

»Mehr will ich nicht von dir. Nur deine hundertprozentige, bedingungslose, freiwillige Hingabe. Leg dich wieder auf die Treppe, so wie vorhin und warte auf mich. Ich gehe runter und bereite alles vor.«

»Ja Herr.« Sie strahlt ihn an und erhebt sich, um seinem Wunsch nachzukommen.

16

Nach einer gefühlten Ewigkeit steht er wieder neben ihr und blickt verlangend auf die nackte Frau auf den Stufen vor dem Thron hinab. Sein bester Freund drückt fordernd gegen seine Hose, als er sieht, wie sie unter seinem Blick erbebt. Er geht in die Hocke, umfasst ihren Nacken und kommt ganz nah, damit sie seinen Atem auf ihren Lippen spüren kann.

»Wenn dir etwas Unbehagen bereitet, wirst du es mir sofort sagen! Wenn du Angst bekommst und ich was tun kann, um sie dir zu nehmen, dich anfassen oder mit dir reden, wirst du mir das mitteilen! Wenn du dein Safewort benutzen musst, wirst du das tun. Darüber hinaus hast du Redeverbot, sobald ich dir sage, dass die Session beginnt! Ab dem Zeitpunkt wirst du still und ergeben ertragen, was ich dir gebe! Und jetzt dreh mir deinen hübschen runden Hintern zu, mo shìtheag.«

Sie schluckt, ihr Herz klopft wild, doch sie greift nach seiner Hand und lässt sich von ihm auf die Knie ziehen.

»Hat diesen Arsch schon mal jemand in Besitz genommen?«, fragt er rau.

Erschrocken reißt sie die Augen auf. »Nein Master.«

»Das dachte ich mir. Er gehört mir und ich werde ihn ausgiebig genießen, das verspreche ich dir.«

Eine Gänsehaut kriecht ihre Arme hinauf.

Er zeigt ihr ein schwarzes, kegelförmiges Gummigebilde, auf der einen Seite dünn und leicht abgerundet, auf der Anderen breit.

»Das ist ein Analplug. Ich werde deinen Arsch wahrscheinlich heute noch nicht in Besitz nehmen. Aber es wird Zeit, dich darauf vorzubereiten, damit es eine geile Erfahrung für uns beide wird, wenn es mir in den Sinn kommt.«

Der Gedanke flößt ihr ein bisschen Angst ein, doch sie weiß, dass er ihr niemals schaden würde. Die Tatsache, dass er nicht einmal fragt, sondern über ihren Körper verfügt, als wäre er nichts weiter als sein Spielzeug, lässt sie erbeben. So langsam bekommt sie eine Vorstellung davon, was es bedeutet, ihn ihren Herrn und Master zu nennen. Das sind keine Kosenamen und sie beide spielen auch kein Spiel. Hier geht es um den kompromisslosen Verzicht auf ihre geliebte Kontrolle. Das ist bitterer Ernst und trotzdem fühlt es sich nicht falsch oder bedrohlich an, im Gegenteil. Mit wummerndem Herzen wartet sie, kann jedoch nicht verhindern, dass ihr Körper sich verkrampft.

Sie spürt seine warmen Hände, die beruhigend ihren Rücken streicheln. Mit den Fingerspitzen fährt er hauchzart die Striemen auf ihrem Po nach. »Ganz ruhig. Ich tue nichts, was dir schadet, vertrau mir.« Er vermittelt so viel Ruhe, dass ihre angespannten Muskeln sich nach und nach lockern, ohne dass sie sich dazu zwingen müsste. Erst als sie vollständig entspannt vor ihm kniet, schiebt er zwei Finger sanft in ihre Pussy. Becky stöhnt wohlig, doch er zieht seine Finger viel zu schnell wieder zurück, taucht stattdessen das kleine Toy in ihre Nässe. Mit der freien Hand zieht er eine Backe zur Seite, sodass ihr Hintereingang vor ihm liegt. Mit dem Daumen massiert er ihre Rosette. Das findet sie ein wenig peinlich, sie verkrampft sich erneut. Aber er bearbeitet sie unbeeindruckt weiter an dieser Stelle, so lange, bis sie sich der ungewohnten Situation ergibt. Von diesem Moment an ist das Gefühl erstaunlicherweise auch nicht mehr unangenehm. Behutsam tastet er sich vor, überwindet den Widerstand. Sie hält den Atem an, ihr Herz rast. Er bewegt den Finger leicht. Unwillkürlich wimmert sie. Sie fühlt sich hilflos und sehr verletzlich, doch das Pochen in ihrem Schoß verstärkt sich. Ihre Neugier ist geweckt und als er den Daumen zurückzieht, kann sie sogar ein bisschen Enttäuschung nicht unterdrücken. Doch jetzt spürt sie das mit ihrem Saft benässte schwarze Ding an ihrem Anus. Vorsichtig, aber ohne lange zu fackeln, führt er das Gummitoy in sie ein. Rebecka keucht.

Alec gibt ihr einen kleinen Klaps auf den Po. »Komm her«, fordert er, dreht sie zu sich herum und küsst sie zärtlich. Seine Zunge erobert ihren Mund, mit einer Hand knetet er ihre linke Backe.

›Wow, das ist ungewohnt, merkwürdig irgendwie, aber es fühlt sich gut an.‹ Augenblicklich nimmt ihre Erregung eine neue Dimension an.

»Himmel, das ist Wahnsinn«, murmelt sie. »Ich kann es kaum erwarten, dass du mich vögelst, während dieses Ding da hinten in mir steckt!«

Er schmunzelt. »Du bist ein lüsternes kleines Luder. Vielleicht tue ich das ja, wenn du brav darum bittest.«

Der Schein zuckender Flammen erhellt das grobe in den Stein gehauene Gewölbe, was für eine geradezu dramatische Atmosphäre sorgt. Alec hat alle paar Meter Fackeln angezündet, die in Wandhalterungen stecken. Genauso hat sie sich das Kellergewölbe in einer alten Burg vorgestellt.

Eine leichte Gänsehaut überzieht Rebeckas immer noch nackten Körper. Alec hält ihre hinter dem Rücken gekreuzten Handgelenke mit einer Hand fest. Sie vermutet, dass er sie nicht fesseln möchte, bevor er ganz sicher ist, dass sie keine Panik in dem fensterlosen Gewölbe bekommt und ist dankbar für seine Umsicht. Allerdings fürchtet Becky sich nicht. Sie fühlt sich in einen alten Mantel- und Degenfilm hineingebeamt. Sie ist aufgeregt, nein, eher schon euphorisch. Der Mann an ihrer Seite gibt ihr so viel Sicherheit, da bleibt überhaupt kein Raum für Ängste. Seine Nähe beruhigt sie, versetzt sie in Hochstimmung. Abenteuerlich, mit ihm hier unten zu sein. Und der Plug in ihrem Hintereingang ist ihrer guten Stimmung nicht abträglich, im Gegenteil.

Das Ende des Ganges mündet in einen riesigen fensterlosen Raum, der über nur drei Wände verfügt. Die Vierte wird durch ein massives Metallgitter ersetzt, welches sich vom Boden bis zur Decke erstreckt. Sie betreten die Folterkammer durch eine schmale, in das Gitter eingelassene Tür. Auch hier tauchen Fackeln die Kammer in zuckendes, diffuses Licht. In einer Ecke entdeckt sie ein Kohlenbecken, in dem glühende Kohlen für angenehme Wärme sorgen. Beckys rege Fantasie produziert Bilder von Gefangenen, die hier vor hunderten von Jahren in eisernen Ketten an die Wand fixiert vor sich hin vegetierten. Ein Frösteln kriecht an ihrer Wirbelsäule herab.

Alec dreht sie zu sich. »Keine Angst«, flüstert er. »Ich bin hier. Es geschieht nichts, was du nicht willst.«

»Ich weiß«, wispert sie zurück, lächelte ihn an und küsst ihn, bevor sie sich weiter umschaut. Erneut überläuft sie ein Schaudern, als sie auf dem Boden zwei schwere metallene Fußfesseln erblickt.

»Das sind nur Requisiten, die für eine authentische Atmosphäre sorgen sollen. Die werden nicht benutzt, genauso wenig wie die Brenneisen, neben dem Kohlebecken.«

Becky zieht die Schultern hoch. »Uh, hat man damit wirklich Male in die Haut der Gefangenen gebrannt?«

»Der Burgherr behauptet das, aber ich glaube nicht, dass es tatsächlich stimmt.«

»Und die Ketten an der Wand?«

»Die sind aus dem Baumarkt.« Alec grinst. »Der Eigentümer hat mir erzählt, dass es noch originale Eisenketten gibt, aber die sind im Laufe der Zeit verrostet und liegen höchstens als Requisiten auf dem Boden herum. Sie wären zu schwer für eine lustvolle Session. Außerdem gefällt den meisten Leuten die Vorstellung nicht, in Ketten zu hängen, an denen echtes Blut klebt, auch wenn es schon Jahrhunderte alt ist.«

»Puh, den Gedanken finde ich ebenfalls gruselig. Was ist das für eine Holzliege da?«

»Es ist der Nachbau einer Streckbank. Sie funktioniert nicht, zumindest nicht so, wie ursprünglich gedacht. Wir können sie jedoch als normale Liege benutzen und alles darauf anstellen, was uns einfällt. Der Fantasie sind hier unten keine Grenzen gesetzt.«

»Dann spiel mit mir, Master«, bittet sie inbrünstig.
Die dunkle Gier in seinen Augen bringt ihr Herz zum Rasen.

»Bitte mich um das, was du hier unten erleben möchtest.«

»Geht es denn darum, was ich will?«

»Aye, es geht immer darum, was du willst, mo leannain. Aber ich entscheide, ob es auch das ist, was du brauchst und gebe es dir auf meine

Art. Egal ob Striemen oder Orgasmen, vergiss nicht, dich dafür zu bedanken. Wenn du es vergisst, werde ich dich bestrafen und dir deinen nächsten Orgasmus verweigern.«

»Das ist eine gemeine Strafe. Oh Alec, sieh mich nicht an, wie die Schlange das Kaninchen, so sexy, so dunkel, so lüstern. Ich will dich so sehr!«

Das dunkle Lächeln vertieft sich. Er beginnt langsam um sie herumzulaufen. Dabei kommt er ihr so nahe, dass sein heißer Atem über ihre Haut streicht, über ihre Wangen, ihre Lippen, ihr Ohr oder ihren Nacken. Jedoch berührt er sie nicht und die Sehnsucht nach ihm wird mit jedem Wort, dass er auf ihre Haut haucht stärker.

»Unglaublich, dass es bisher kein Kerl geschafft hat, dich zum Höhepunkt zu bringen. Und aufregend für mich. Es ist geil, zu sehen, wie du dich in deiner Lust verlierst, dich auflöst vor Leidenschaft und dich selbst findest.«

»Fass mich an, bitte, ich muss dich spüren.«

»Nein. Meine Berührung hast du nicht verdient.« Immer noch schleicht er langsam um sie herum. Sie bräuchte nur die Hände nach ihm auszustrecken, aber sie wagt es nicht. Sein Wille ist Gesetz. Zumindest jetzt, in diesem Moment. Ihre Unterwerfung wird er sich immer wieder neu verdienen müssen. Doch wenn er sie erlangt hat, gehört sie ihm, ohne jegliche Vorbehalte und sie genießt seinen Sieg in vollen Zügen.

»Was willst du hier unten? Sag es mir. Bitte mich um das, was du brauchst und ich werde entscheiden, ob ich es dir gebe.«

Sie holt tief Luft. »Bitte Herr, kette mich an die Wand und zeichne mich. Bitte schenk mir lustvollen Schmerz.«

Sein Lächeln vertieft sich. »So soll es sein, stell dich an die Wand, damit ich dich fixieren kann.«

»Ja Master, wie du befiehlst.«

Sie dreht sich um.

»Halt!« Sofort bleibt sie stehen und er genießt den Blick auf ihre mit Striemen verzierte Rückseite und ihre runden, leuchtendroten Hinterbacken. »Geh langsam. Ich möchte deine Bewegungen genießen. Setz deine Kurven in Szene. Du bist meine Schlampe, mein Lustobjekt. Benimm dich auch so! Ich will mich an dir aufgeilen. Vergiss das nie!«

Das Pochen in ihrem Schoß verstärkt sich. Ganz kurz dringt der Gedanke durch den Nebel aus Lust, dass sie doch eigentlich aufbegehren, ihn empört in seine Schranken weisen müsste. Emanzipation? Ihm die Stirn bieten? Unwichtig! Morgen wieder! Heute will sie sich einfach nur in seiner Macht suhlen.

»Wenn du wüsstest, wie viele meiner Fantasien sich um deinen üppigen Arsch drehen. Ich kann es kaum erwarten, eine nach der anderen zu verwirklichen«, raunt er.

›Üppig? Hm, ich weiß, dass mein Hintern zu dick ist, aber muss er mir das unbedingt unter die Nase reiben? Und sollte ich nicht beleidigt sein, weil er es tut? Warum macht mich jedes Wort von diesem unverschämten Scheißkerl nur noch geiler? Und wieso ist das eigentlich wichtig?‹

Mit einem verführerischen Hüftschwung bewegt sie sich langsam auf die Wand zu und bedauert, viel zu schnell dort angekommen zu sein. Einer Eingebung folgend beugt sie sich hinunter, bis sie mit dem Oberkörper parallel zum Boden steht. Sie stützt sich mit den Handflächen an der Mauer ab, spreizt die Beine und reckt ihm aufreizend ihren Po entgegen. Sekunden später streicht er sanft mit beiden Händen über ihre Backen, zieht sie auseinander, was ihr die Röte in die Wangen treibt. Sie keucht, als er sich an ihr reibt und den Plug mit seinem Becken noch etwas tiefer drückt.

»Dein geiler runder Arsch gehört mir allein. Ich werde ihn gebrauchen wann und wie es mir gefällt.«

Ein fester Schlag, lässt sie aufkeuchen. Sofort brennt die Haut wieder wie Feuer, die von der gestrigen Behandlung noch sehr empfindlich ist.

»Dreh dich um!«, befiehlt er streng.

»Bitte Herr, bring beide Backen zum Brennen.«

»Gieriges Luder«, brummt er und lässt seine Hand auf die andere Hälfte ihres leuchtend roten Gesäßes klatschen.

Rebecka stöhnt, die Feuchtigkeit zwischen ihren Schenkeln mehrt sich. »Danke, Master.«

Sie dreht sich um. Mit einem dunklen Blick, der ihr den Atem raubt, legt er nacheinander jeweils einen dicken Metallring um ihre Handgelenke, die durch Ketten mit der Wand verbunden sind. Die Ringe wirken massiv, sind jedoch viel leichter, als sie aussehen. Er geht in die Hocke, fasst ihren rechten Knöchel und zieht ihn weiter nach rechts, bevor er auch um ihr Fußgelenk einen solchen Ring legt. Ebenso zieht er ihr linkes Bein weiter nach links und fixiert es auf die gleiche Weise. Ihre Schenkel werden weit gespreizt. Die Ketten lassen ihr kaum Bewegungsfreiheit. Alec führt ihre Arme nacheinander in Richtung Decke und klinkt die Kettenglieder jeweils in Haken ein. Versuchsweise zerrt sie an den Ketten, doch das kalte Eisen schneidet in ihre Haut. Beklemmend! Ihr Herz rast, als wollte es aus der Brust springen, um von diesem düsteren Ort zu fliehen. Doch der wilde Blick ihres Masters lässt sie vor Lust erbeben. Seine Präsenz schenkt ihr Sicherheit. Sein Gesicht glatt und ausdruckslos, doch seine Augen können seinen Hunger nicht verbergen. Eine Gänsehaut kriecht über ihren Körper, von den Zehen bis zu den Haarspitzen. Gefangen, machtlos, ausgeliefert und dennoch eingehüllt von seiner Fürsorge, fühlt sie sich sicher und beschützt und kann sich ganz auf ihre Erregung und Vorfreude konzentrieren.

»Du siehst fantastisch aus da an der Wand«, flüstert er rau.

»Ich schenke dir meinen Körper, Herr. Er gehört dir, bis wir diese Zelle wieder verlassen. Mach damit, was immer dir gefällt.« Die Worte sprudeln aus ihr heraus, ohne dass sie bewusst darüber nachdenkt, aber sein Blick verrät ihr, dass sie genau das Richtige gesagt hat. Er zieht sein Hemd aus. Rebeckas Augen werden groß. Er trägt jetzt nur noch die schwarze Lederhose, unter der sich seine Erregung deutlich abzeichnet. Das zuckende Licht der Fackeln zaubert Schatten und Licht auf seinen Oberkörper, setzt Haut, Muskeln und Proportionen in Szene. Der Mann ist ein Kunstwerk, ihr läuft das Wasser im Mund zusammen. Gerade dreht er ihr den Rücken zu, der nicht weniger appetitlich ist. Kraftvoll und geschmeidig. Sein Hintern in der engen Hose, ein Leckerbissen für die Sinne. Er wirkt wie ein Raubtier. Jeder Zentimeter kontrollierte Kraft. »Kriegt man so einen Body vom Kugelschreiberstemmen?«, fragt sie bewundernd.

Alec lächelt. »Ich stemme nicht ausschließlich Kugelschreiber. Und du hältst jetzt gefälligst deinen vorlauten Mund. Das Spiel beginnt und damit auch dein Redeverbot! Ich denke, ich werde die Session mit dem Flogger eröffnen.« Er zeigt ihr eine kleine Peitsche mit mehreren halblangen Lederzotteln, lässt sie durch die Luft sausen, um ihr die Schlagkraft zu demonstrieren. Das schaurige Zischen bringt sie zum Erbeben.

Fasziniert beobachtet sie das Spiel seiner Muskeln. ›Wow, was für ein Anblick!‹

»Durch die größere Auflagefläche wird mehr Haut getroffen, daher verteilt sich der Schmerz besser und es tut insgesamt weniger weh.« Er legt das Schlagwerkzeug auf die Streckbank und greift stattdessen nach einer schwarzen schlanken Gerte, die ebenso verstörend wie elegant auf Rebecka wirkt. »Dieses Instrument eignet sich dagegen hervorragend, um dich zu bestrafen.« Er demonstriert ihr die Schlagkraft, erzeugt ein hohes, scharfes Surren, das sie zusammenzucken lässt.

Er lächelt drakonisch. »Es wird mir ein Vergnügen sein, dich leiden zu sehen. Du bekommst fünfzehn Schläge mit dem Flogger zur Einstimmung. Danach wirst du deine Bekanntschaft mit der Gerte erneuern. Ich entscheide spontan, wie viele Hiebe du einstecken wirst, wenn ich einschätzen kann, wie leidensfähig du bist. Wenn es nicht mehr geht, benutze das Safewort. Wie lautet es?«

Mit großen Augen schaut sie ihn an.

Er grinst. »Du darfst meine Frage beantworten.«

»Es lautet CHAN EADH, Herr.«

»Sehr gut.«

»Ich bitte dich, schlag mich, Master!«

In seinen dunkelblauen Augen glitzert ein unvergleichlicher Glanz. Eine Mischung aus Freude, Erregung und Gier. Er behauptet, kein Sadist zu sein, doch in diesem Moment wirkt er wie der Marquise de Sade persönlich, zumindest wie sie ihn sich vorstellt. Eigentlich sollte diese Szene sie abstoßen. Vollkommen irre, ihm das hier zu gestatten. Trotzdem empfindet sie nichts anderes als Vertrauen und das herrliche Ziehen in ihrem Schoß, das sich über ihren ganzen Körper auszubreiten scheint, und sie in eine sehnsüchtige Anspannung versetzt. Erstaunt kostet Rebecka die unbekannte Emotion aus. So also fühlt sich echtes, tiefes Vertrauen an. Es erfüllt sie, durchströmt sie und für einen kurzen Augenblick glaubt sie, nichts und niemand könnte es je wieder erschüttern. Prompt überkommt sie die Angst, es wieder zu verlieren. Doch als er den Flogger hebt, durch die Luft schwingt und der erste Hieb auf ihrer Haut, direkt unterhalb der linken Brust landet, treten alle Überlegungen in den Hintergrund. Sie wimmert.

»Deine Bitte erfreut mich doppelt, denn ich habe dich nicht ausdrücklich aufgefordert zu sprechen. Der Verstoß gegen das Redeverbot bringt dir drei Strafhiebe ein. Du wirst leise mitzählen und jeden fünften Schlag laut ansagen!«

Sie nickt ergeben, zu antworten traut sie sich nicht mehr.

Die Lederzotteln beißen mit einem lauten Klatschen in ihren rechten Schenkel, wo sie ein scharfes Brennen zurücklassen. Der nächste Streich trifft ihren empfindlichen Bauch, sie schreit vor Schmerz und vor Wonne. Das Pochen zwischen ihren Schenkeln verstärkt sich. Sie presst den Po leicht gegen die kalte Steinmauer. Der Plug in ihrem Hintereingang fühlt sich gut an. Schon landet der nächste Hieb auf ihren Rippen. Schweiß glänzt auf ihrem Körper und tränkt die Zotteln, die dadurch schwerer werden, wodurch die nächsten Schläge noch etwas härter ausfallen. Wieder holt er aus und schon glüht ihr linker Oberschenkel.

»Fünf!«, japst sie.

Alec hält kurz inne und saugt ihren Anblick in sich auf. Ein Bild für die Götter, wie sie da schweratmend und schweißnass an der Wand hängt. Ihre Brüste heben und senken sich, sie bewegt kaum merklich das Becken, reibt ihren Arsch leicht gegen die Mauer. Dass der Plug ihr Vergnügen bereitet, lässt seinen Schwanz vor Verlangen zucken. Ihr Gesicht verzerrt vor Lust und Schmerz, die Haut weist eine köstliche Röte auf, dort wo der Flogger sie getroffen hat. Die Striemen heben sich delikat von ihrem hellen Teint ab. Sie verkörpert Begierde, Leid, Hingabe und puren Sex und sie hat noch lange nicht genug. Gebannt starrt sie ihn an, wie das Kaninchen die Schlange, als er die kleine Peitsche erneut hebt und hart auf ihre linke Brust schlägt. Er wird mit qualvollem Jammern belohnt. Tränen schießen in ihre lustverhangenen, grünen Augen, doch sie hält sie zurück. Verziert mit roten Linien wirken ihre Titten noch verführerischer – zum Anbeißen. Sofort zeichnet er auch ihren rechten Busen, was ihm einen weiteren leidvollen Schrei einbringt. Sie presst das Becken stärker gegen die Wand und stöhnt. Er betrachtet ihre Scham, sieht die glänzende Nässe auf der Innenseite ihrer Schenkel. Er lächelt sardonisch. Sie ist bemerkenswert masochistisch veranlagt. Er fragt sich, warum der Gedanke an Schläge sie bisher so sehr abgestoßen hat. Das gilt es noch herauszufinden, alles zu seiner Zeit.

Sie bemerkt seinen Blick und reißt panisch die Augen auf, schnappt nach Luft und schüttelt wild den Kopf. Sein Lächeln, dunkel, fast schon grausam, vertieft sich. Seine Nasenflügel beben leicht, als er einatmet. Er inhaliert ihre Beklommenheit, genießt ihre Nervosität. Zu sehen, wie sehr ihn das kickt, macht sie noch hilfloser. Ausgeliefert, seinem Willen unterworfen, schutzlos seinem Sadismus ausgesetzt, warum nur erregt sie das so sehr? Sie stöhnt, Schweiß rinnt zwischen ihren Brüsten, klebrig sickert ihre Lust an ihren Schenkeln hinab. Er zögert den Schlag absichtlich heraus, doch schließlich knallt die Peitsche doch auf ihren Venushügel. Es tut weh und es ist geil.

Das Gewölbe erzeugt eine unglaubliche Akustik. Der Widerhall ihrer eigenen Schreie fährt ihr in die Glieder, sorgt dafür, dass ihre Säfte schneller fließen. Sie stöhnt lustvoll. Ihre Laute bilden die Hintergrundmusik zu dieser bizarren, unglaublich geilen Szenerie. Sein flammendheißer Blick versenkt ihre Haut. Bisher hat er noch keine Stelle zweimal getroffen. Doch das ändert sich jetzt, denn den nächsten Schlag lässt er erneut auf ihre Scham klatschen. Die Striemen brennen. Den nächsten Hieb platziert er wieder auf ihre rechte Brust, trifft den harten Nippel.

»Zehn!«

»Herrlich, wie dieses Gewölbe deine Schreie zurückwirft. Das bringt mein Blut zum Kochen!«, raunt er und schon trifft der nächste Schlag ihren Bauch. Dann schnell hintereinander erst den rechten, dann den linken Oberschenkel und wieder die rechte und die linke Brust.

»Fünfzehn!«, presst hervor.

Er legt den Flogger beiseite, packt die Gerte, wiegt sie einen Moment in seiner Hand und schlägt zu.

Die Hiebe knallen mit einem hohen Sirren auf ihren Körper, begleitet von Schmerz, punktuell, scharf, feurig. Rebeckas eiserne Beherrschung fällt in sich zusammen. Unmöglich, die Tränen länger zurückzuhalten.

Die Gerte trifft ihre Haut wieder, immer wieder. Das Weinen wird lauter, haltloser. Sie vergisst, den zwanzigsten Schlag anzusagen. Ihr Schluchzen ist so heftig geworden, dass es ihm einen Schreck einjagt. Hat er ihre Lust auf Schmerz so falsch eingeschätzt? So etwas ist ihm noch nie passiert. Oder flößt die Umgebung ihr doch Angst ein? Er legt das Schlaginstrument achtlos zur Seite, eilt zu ihr und streckt die Hand nach einem der oberen Kettenringe aus, um ihn zu lösen.

»Nein!«, ruft sie schluchzend. »Nein, bitte. Bitte hör nicht auf!«

Er hält inne, schaut irritiert und beunruhigt in ihr tränennasses Gesicht. Hier geschieht gerade etwas viel Weitreichenderes als eine Spankingsession, er versteht nur nicht, was.

»Bitte«, schluchzt sie, »ich brauche eine Umarmung.«

Also tut er, worum sie ihn bittet. Gibt ihr die Wärme seines Körpers, hält sie fest und streichelt beruhigend ihren Rücken, während wahre Sturzbäche seine Brust benässen.

»Es ist ...«, beginnt sie schließlich stockend. »Ich weine niemals, nie. Ganz egal, was für eine Scheiße auch passiert. Wenn das Leben mir in den Arsch tritt, lache ich ihm ins Gesicht und gehe stärker aus der Situation raus, als ich reingegangen bin. Aber das hier ... das ist so befreiend. Du hast ein Schleusentor geöffnet und nun drängt ein Ozean nach draußen. Bitte, bitte, schlag mich, Master. Das tut weh, ja, aber es tut so gut!«

Jetzt versteht er. Er hat ihrer starren Selbstbeherrschung ein Ventil gegeben. Angekettet an die Wand hat sie endlich, vielleicht zum ersten Mal in ihrem Leben, losgelassen, im Vertrauen darauf, dass die Ketten und er sie halten. Die vielen Verletzungen ihrer Kindheit, der Anspruch an sich selbst, immer stark zu sein, niemals aufzugeben, haben ihre Seele erstarren lassen. Der körperliche Schmerz reinigt sie. Er hält sie, flüstert ihr ins Ohr, wie stolz er auf sie ist, bevor er schließlich zurücktritt und die Gerte erneut zischend über ihre Haut züngeln lässt.

Keiner von ihnen beiden zählt mehr, während er sie mit roten Feuerküssen zeichnet. Seine Gefühle fahren Achterbahn. Als er das erste Mal eine Peitsche führte, war er kaum zwanzig gewesen. Seitdem hatte er es unzählige Male getan, hatte seinen Gespielinnen Lust und Leid gebracht, aber nie mehr als das. Schreie, Tränen, sogar Orgasmen während eines Spankings. Das alles hatte er bei seinen Mädels schon erlebt.

Aber hier geschieht gerade etwas vollkommen anderes. Das Herz schlägt ihm hart gegen die Rippen. Das hier ist überwältigend und beängstigend zugleich. Überwältigend zu sehen, wie sie loslässt, wie sehr sie sich dem flammenden Schmerz ergibt und wie befreiend das für sie ist. Beängstigend, weil er sich beim besten Willen nicht sicher ist, ob das richtig ist, was er hier tut. Er hat Angst, ihr zu schaden. Aber er kann doch jetzt nicht einfach abbrechen. Das möchte er ihr nicht antun. Das Herz tut ihm weh, während er dabei zusieht, wie all der Kummer ihrer Vergangenheit aus ihren Augen quillt und an ihren Wangen herabläuft. Doch er versteckt seine Emotionen sorgfältig hinter der glatten Fassade seines Master-Gesichts. Wenn Rebecka irgendetwas überhaupt nicht gebrauchen kann, dann Mitleid. Aber Anteilnahme, Verständnis, Halt, das kann er ihr immerhin geben, ohne dass sie ihn zurückweist.

Er schlägt fest, kontrolliert und sehr viel öfter als geplant ... Solange, bis er in ihren Augen sieht, dass es genug ist. Dann tritt er zu ihr, befreit sie von den Fesseln, nimmt sie auf den Arm und trägt sie aus dem Burgverlies.

Sie kuschelt ihre Wange an seinen Hals und konzentriert sich auf seinen Herzschlag, den Duft seiner Haut und seine Körperwärme. Erst als er sie in der Halle sanft auf die Kissen vor dem Kamin bettet, nimmt sie ihre Umgebung wieder wahr.

»Hey, du hattest doch nicht nur das Spanking da unten im Verlies im Sinn. Bitte, ich will nicht, dass wir die Session abbrechen.«

»Ein anderes Mal, mo leannain«, sagt er nur.

Sie holt Luft, um zu protestieren, doch als er Hose und Slip auszieht und sich nackt neben sie legt, bleiben ihr die Worte im Hals stecken.

»Du bist wunderschön«, flüstert sie stattdessen atemlos.

»Danke, aber jetzt halt die Klappe. Es sei denn, du möchtest ernsthaft reden?«

Sie hasst es, ihn zu enttäuschen, dennoch schüttelt sie den Kopf.

Sie umfängt sein Gesicht mit beiden Händen und lässt ihre Fingerspitzen ganz sanft über seine kratzigen Bartstoppeln gleiten. Sie streicht hinab zu seinem Schlüsselbein, fährt zärtlich über seine Brust und lächelt ihn an. »Danke Master.«

Das klingt inbrünstig und berührt ihn mehr, als es sollte. Die kleine Hexe ist gefährlicher, als er jemals erwartet hätte. Er küsst sie langsam, liebevoll.

Becky fühlt sich leicht und befreit. Sogar das Kind in ihr kriecht hervor und legt den Kopf vertrauensvoll an seine Schulter. Sie schließt die Augen, atmet den Duft seiner Haut. Tief in ihr drin, an diesem düsteren, leeren Ort, hat sich etwas verändert, bemerkt sie erstaunt. Sonnenstrahlen erhellen das Dunkel, die einengenden Mauern weisen Löcher auf, durch die Wärme und Licht hereinströmt. Ihr inneres Kind hat die Festung verlassen und rennt lachend über eine bunte Blumenwiese. Eine Zentnerlast scheint von ihren Schultern gefallen zu sein, von der ihr gar nicht klar gewesen war, dass sie sie trug. ›Wie

nur hat er das bewirkt?‹ Die Mauern, wird ihr bewusst, sie bestanden
nie aus Stein, sondern aus ungeweinten Tränen. Und zum ersten Mal
fühlt sie sich nicht eingeengt. Glücklich lässt sie sich von ihm halten,
will ihn gar nicht mehr loslassen. Nie hätte sie gedacht, mit all diesen
Emotionen einschlafen zu können. Doch die letzten Stunden hatten sie
so sehr erschöpft, dass sie nach und nach in seinen Armen wegdriftet,
eingehüllt in Wärme und Sicherheit.

Alec liegt noch lange wach, versucht zu ergründen, was er hier eigentlich treibt. Aus Neugier, Abenteuerlust und um der sexuellen Spannung willen, die seit fast zwei Jahren zwischen ihnen schwelt, hatte er
sie mitgenommen. Doch was hier gerade geschieht, ist größer, unendlich viel intensiver, als geplant. ›Bin ich der richtige Mann dafür? Bin
ich der richtige Mann für sie? Hier in den Highlands vielleicht. Hier
kann ich es mir leisten, dass sich meine ganze Welt nur um sie dreht
und zulassen, dass ihre Welt sich um mich dreht. Aber zu Hause
wartet die Firma, die Verantwortung, der Alltag. Bin ich in der Lage,
ihr zu geben, was sie braucht? Reicht es aus?‹

Er weiß es einfach nicht und hat Angst davor, sie zu enttäuschen. Er
nimmt sich fest vor, ein wenig Abstand zu wahren, damit das hier
nicht in einer Katastrophe endet.

17

Rebecka steht nackt vor dem großen Spiegel im Schlafzimmer von Alecs Haus.

Die denkwürdige Session im Burgkeller gestern hatte sie so ausgelaugt, dass sie noch nicht einmal mitbekam, wie er sie ins Bett trug. Erst der unwiderstehliche Duft von frischem Kaffee, der ihr in die Nase stieg, hatte sie heute Morgen geweckt und da war es längst wieder hell gewesen.

Doch obwohl sie lange geschlafen hat, fühlt sie sich körperlich so erschöpft, als wäre sie einen Marathon gelaufen. Ihr Kopf fühlt sich an wie Watte. Trotzdem erscheinen die Farben um sie herum bunter, das leise Blöken der Schafe draußen auf der Wiese fröhlicher. Es kommt ihr vor, als würde die Sonne tief in ihr drin scheinen und ihr Bewusstsein in ein sanftes goldenes Licht tauchen.

»Die Session gestern war sehr intensiv, sowohl physisch als auch psychisch. Dass du heute ausgelaugt bist, ist ganz normal«, hatte Alec ihr vorhin bei einem ausgiebigen Frühstück erklärt.

Anschließend hatten sie sich von dem kleinen Castle verabschiedet, um zurück zu seinem Haus zu fahren.

Merkwürdig, er nennt sie seine Sklavin, aber er behandelt sie eher wie eine Prinzessin. Er ist immer für sie da, kümmert sich um sie, umgibt sie mit seiner Wärme, seiner ruhigen Dominanz, jedoch ohne sie übertrieben zu bemuttern. ›Ob das immer so ist, wenn man einen anderen Menschen an sich heranlässt, anstatt sich mitten in der Nacht davonzuschleichen?‹, überlegt sie. ›Wohl kaum, sonst würden wohl alle Leute mit verklärtem Blick und idiotischem Grinsen im Gesicht herumlaufen.‹

Bei Lea und Lukas scheint es immerhin so zu sein. Himmel, wie wenig Verständnis hatte sie für ihre Freundin aufgebracht. Wie wenig hatte sie von dem begriffen, was Lea ihr so oft und so geduldig zu erklären versucht hatte. Sie erinnert sich an den Tag, als Lea ihren mit Striemen übersäten Oberkörper präsentierte. Wie entsetzt sie damals gewesen war. Und jetzt steht sie hier vor dem Spiegel und kann sich kaum sattsehen an den Spuren der gestrigen Nacht.

Und Lukas? Becky hatte ihn immer nur als lästiges Anhängsel ihrer Freundin gesehen. Ganz zu Anfang ihrer Beziehung hatte sie sogar gehofft, dass er schnell wieder von der Bildfläche verschwinden könnte. Erst als sie erkannt hatte, dass Lea glücklich mit ihm war, hatte sie ihn als notwendiges Übel akzeptiert, jedoch nie versucht, ihn wirklich kennenzulernen. Wenn sie wieder zu Hause ist, würde sie sich bei Lea und Lukas entschuldigen müssen.

Plötzlich ist es ihr wichtig, in Lukas einen Freund zu finden, so wie Alec für Lea ein enger Vertrauter geworden ist. Ob diese Chance noch besteht, oder ob es dafür nach zwei Jahren zu spät ist? Wie überheblich von ihr, über das Liebesleben und die Beziehung der Beiden zu urteilen. Dinge, von denen sie bisher nichts wirklich verstanden hatte. Erst jetzt, nachdem Alec ihr einen kleinen Teil seiner Welt gezeigt hat, ist ihr klar geworden, wie selbstgefällig sie sich in ihre eigenen Vorurteile verrannt hatte. Doch sie ist immerhin ehrlich genug, das zuzugeben.

Sie betrachtet sich im Spiegel.

Wie sehr hätten die roten Male auf ihrer Haut sie früher abgestoßen und entsetzt. Wie hätte sie die Frau bedauert, die ein solch schreckliches Schicksal häuslicher Gewalt erleiden musste.

Lächelnd schüttelt sie den Kopf und zeichnet mit dem Zeigefinger sachte eine Gertenstrieme auf ihrem Bauch nach. Während die Spuren des Floggers großflächig und nach nur einer Nacht schon kaum noch zu sehen sind, hatte die Gerte scharf abgezeichnete rote Linien hinterlassen. Niemals hätte sie das für möglich gehalten, doch sie findet ihren gezeichneten Körper wunderschön. Jede einzelne Strieme erfüllt sie mit Stolz.

Sie dreht sich nicht um, als die Tür sich öffnet und Alec nur mit einem Handtuch um die Hüften bekleidet aus dem Bad kommt. Mit einem kurzen Blick auf sie wirft er das Frotteetuch achtlos aufs Bett, stellt sich hinter sie, ohne sie zu berühren. Ein wohliger Schauer rieselt über ihren Rücken. Groß und breit ragt er hinter ihr auf, sodass sie sich trotz ihrer üppigen Kurven klein und zierlich fühlt. Sein Blick trifft ihren Bauch im Spiegel, wo ihr Finger immer noch selbstvergessen die dunkle Linie streichelt. Ein Feuer entzündet sich in seinen dunkelblauen Augen, lodert hell, hält ihren Blick gefangen.

»Leg deine Hände auf deine Brüste und nimm die Striemen dort jeweils zwischen Daumen und Zeigefinger«, befiehlt er. Sein Ton duldet keinen Widerspruch. Dominant, dunkel, sexy und dabei trotzdem so samtweich. Wie schafft er das nur, der verdammte Mistkerl, dass sie seinem Wunsch unverzüglich nachkommt, als besäße sie keinen eigenen Willen?

»Sehr schön, jetzt kneif in die Striemen, aber kräftig!«

Sie gehorcht. Ein feines, feuriges Brennen rast wild und ungestüm durch ihre Nervenbahnen und entlädt einen Blitz in ihrem Schoß. Sie schnappt nach Luft, schließt die Augen, wirft den Kopf in den Nacken und stöhnt leise.

»Schau mich an!«, kommt der scharfe Befehl umgehend.

Sie öffnet die Augen wieder, begegnet seinem lodernden Blick aus dunkelblauen Tiefen im Spiegel.

»Fester!« Das kommt leise und autoritär und wird von ihr sofort befolgt. Er hat sie noch nicht einmal berührt, doch sie steht schon in Flammen. Der leichte Schmerz pulsiert sachte und sie hat das Gefühl, als würde sie vor seinen Augen masturbieren.

›Irgendwie ist das tatsächlich so‹, denkt sie. Der Gedanke heizt sie noch mehr an.

»Lass die Striemen los und streichel deine Titten – ganz sanft!«

Sein Blick hält ihren im Spiegel fest, dunkel, feurig, geradezu hypnotisch. Unmöglich wegzuschauen, selbst wenn sie es gewollt hätte.

»Sehr schön, streich behutsam über deine Nippel. Ja genauso. Nimm sie zwischen Daumen und Zeigefinger. Gut so, jetzt drück zu!« Seine

Stimme, nur noch ein raues Flüstern, seine Augen halten sie gefangen. Leise gehauchte Befehle unterwerfen sie seinem Willen, einfach so als wäre es das Natürlichste auf der Welt. Sie kneift leicht in ihre Knospen.

»Fester!«

Sie erhöht den Druck, stöhnt leise.

»Fester!«

Ihr stockt der Atem, als sie seiner Anweisung nachkommt. Ihre Nippel schmerzen inzwischen und es kostet ungleich mehr Überwindung, sich selbst Qualen zuzufügen, als sie von ihrem Master anzunehmen.

»Fester!«

Gehorsam verstärkt sie den Druck erneut. Ihre Brustwarzen sind äußerst empfindlich, da der Flogger sie gestern mehrfach getroffen hat und der Schmerz wird sehr schnell sehr scharf.

»Fester, mo leannain!«

Sie beißt die Zähne zusammen, fühlt das süße Pochen und die Feuchtigkeit zwischen ihren Beinen.

»Fester!«

Tränen treten ihr in die Augen.

»Fester!«

Sie wimmert. Noch immer berührt er sie nicht. Doch sie spürt seine Präsenz so stark, seine geflüsterten Kommandos kommen so autoritär, dass sie gar nicht auf die Idee kommt, sich zu widersetzen oder gar etwas vorzutäuschen. Ohnehin würde er Betrug bestimmt sofort bemerken und das Letzte, was sie will, ist ihn zu enttäuschen.

»Fester!«

»Bitte ...«, flüstert sie. Der Schmerz wird allmählich unerträglich.

Ein dunkles Lächeln umspielt seine Mundwinkel, während er ihr stumm dabei zusieht, wie sie sich selbst quält, nur weil er es ihr befiehlt. Das Gefühl der Macht pulsiert durch seine Adern. Die Ergebenheit in ihren Augen lässt seinen Schwanz zucken.

»Bück dich, Sklavin! Beine auseinander! Hände an den Spiegel!« Befehle hallen wie Peitschenhiebe durch ihren Kopf.

Sie zuckt zusammen, wimmert, gehorcht. Reckt ihm ihren üppigen Arsch entgegen und mit einem einzigen harten Stoß versenkt er seinen Schaft tief in ihre feuchte Hitze.

Er geht nicht sanft vor, nicht zärtlich, nicht rücksichtsvoll. Hart klatscht sein Becken gegen ihre Backen. Sie sucht Halt am Spiegel, um nicht umzufallen. Grob packt er ihre Hüften, hält sie fest, während er sie gnadenlos benutzt.

Und sie genießt es in vollen Zügen, schreit ihre Gier heraus, stachelt ihn weiter an.

Fast schon schmerzhaft hämmert er in ihren bebenden Körper, wieder und wieder und sie will mehr und immer mehr, wünscht sich, dass es niemals aufhört.

Grob stößt er in sie, so wild er nur kann, beherrscht sie und doch will sie ihn immer noch tiefer spüren. Er wickelt ihre Dreads um seine Hand und zieht ihren Kopf zurück. Das tut weh und sie kommt heftig. Minutenlang zuckt sie. Massiert seinen Schwanz, würgt ihn mit ihren inneren Muskeln, bis er sich nicht mehr zurückhalten kann und seinen Saft mit einem Schrei der Erlösung heiß in ihren Körper pumpt. Sie fällt auf die Knie, weil sie sich aus eigener Kraft nicht mehr aufrecht halten kann und er bricht schwer atmend über ihr zusammen. Nach Luft ringend liegen sie auf dem Teppich.

»Danke Master!«, haucht sie matt und kuschelt sich an ihn.

»Himmel, mo shìtheag, du machst mich fertig!«, keucht er und schlingt seine Arme fest um sie.

Es dauert lange, bis sie beide sich wieder soweit beruhigen, dass sie aufstehen und sich aufs Bett fallen lassen können.

Als sie sehr viel später einen Spaziergang zum Strand unternehmen, schmunzelt Becky in sich hinein, denn sie fühlt sich wund, erledigt und dennoch herrlich leicht.

Mit einem verträumten Lächeln schaut sie in den Sonnenuntergang, bevor sie sich entschlossen zu ihm umdreht. »Ich möchte dir etwas sagen, Alec.«

»Ich höre.«

Tief blickt sie in seine dunkelblauen Augen. »Die Woche ist fast um und ich möchte noch nicht nach Hause. Ich will mehr Zeit mit dir allein. Ohne den Alltag, der uns in Beschlag nimmt. Ohne unsere Freunde um uns herum. Ich will das hier im Moment noch mit niemandem teilen, keinem außer dir. Ich bin begierig auf alles, was du mit mir anstellst. Ich möchte lernen.«

Sein strahlendes Lächeln verursacht einen Schwarm kleiner, sehr agiler Schmetterlinge in ihrem Bauch.

18

»Es wird höchste Zeit, dass du unser Full Scottish Breakfast probierst«, sagt Alec, als Becky am nächsten Morgen munter und frisch geduscht in die Küche kommt. Er steht am Herd und brutzelt. Ein köstlicher Duft nach gebratenem Speck erfüllt den Raum und bringt ihren Magen zum Knurren.

»Ich bin gespannt, wie es dir schmeckt.«

Er stellt einen Teller vor sie hin. Einen Löffel Bohnen, ein pochiertes Ei, zwei kleine Bratwürstchen, eine Scheibe gebratenen durchwachsenen Speck, eine gegrillte Tomate und eine runde schwarze Masse, findet sie darauf. Dazu legt er zwei frisch getoastete Weißbrotscheiben.

»Das Schwarze nennen wir Black Pudding, es ist vielleicht am ehesten mit gebratener Blutwurst vergleichbar.«

Becky schaut interessiert auf ihren Teller. »Und das isst man hier jeden Morgen? Ein vollständiges warmes Essen?«

»Aye, und du wirst feststellen, dass es nicht ansetzt. Obwohl das bei dir nicht schlimm wäre«, setzt er mit einem verlangenden Blick auf ihren Körper hinzu.

»Danke für die lieben Worte.« Die Hitze auf ihren Wangen, breitet sich auch in ihrem Magen aus. Natürlich schmeichelt ihr das Kompliment. Das Gefühl, von einem Mann geschätzt zu werden, ist ungewohnt. Er sagt so etwas nicht, weil er sie vögeln will, sondern meint das tatsächlich ehrlich. Das tut nicht nur dem Selbstbewusstsein gut, es wärmt ihr Herz und schenkt ihr eine Art von Geborgenheit, die sie vor diesem Urlaub nicht gekannt hat.

Selig lächelt sie ihn an, während sie ihr Frühstück bis auf den letzten Krümel verputzt.

»Hast du Lust, deine neue Staffelei und die Farben heute auszuprobieren? Du könntest im Garten oder hinten bei der Klippe malen.« Er zwinkert ihr zu. »Ich denke, wir sollten den Tag mal etwas ruhiger angehen, was meinst du?«

Begeistert stimmt sie zu. Gemeinsam räumen sie die Küche auf, dann verzieht sie sich nach draußen.

Fabelhaft, nach langer Zeit, endlich wieder zu malen. Zu ihrem eigenen Erstaunen findet sie die innere Ruhe, die sie braucht, um sich auf ihr Bild konzentrieren zu können. Die Landschaft inspiriert sie. Sie lässt die Pinselstriche auf der Leinwand wachsen, sich verbinden und ist vollkommen gefangen in ihrem Tun.

Alec führt derweil einige Telefonate. Er spricht unter anderem auch mit Lukas, der sich darüber freut, dass Alec und Becky gut miteinander klar kommen. Luke mailt ihm ein paar Geschäftsunterlagen, die sie kurz durchgehen, danach checkt Alec seine übrigen Mails und folgt Rebecka dann nach draußen. Er schmunzelt, als er sie selbstvergessen an ihrer Staffelei stehen sieht. Leise setzt er sich, um sie einfach nur zu beobachten. Er bringt es nicht übers Herz, sie zu stören. Ein bisschen kommt er sich dabei vor wie ein Stalker, andererseits sitzt er ganz normal in einem Liegestuhl. Nicht sein Problem, dass sie ihn nicht bemerkt, oder? Sie wirkt konzentriert, aber gleichzeitig auch so gelöst und glücklich, wie er sie noch nie zuvor gesehen hat. Ob es daran liegt, dass sie malt? Oder an Schottland? Daran, dass er sie zu weinen gelehrt hat? Oder an den Orgasmen, die er ihr in den letzten Tagen beschert hat? Fasziniert beobachtet er sie, bis sie irgendwann doch aufschaut und ihn entdeckt.

»Hey, da bist du ja«, strahlt sie. »Sitzt du schon lange dort?«

Lächelnd erhebt er sich, weil sie den Pinsel aus der Hand gelegt hat und auf ihn zu läuft. Mit leuchtenden Augen fällt sie ihm um den Hals.

»Danke!«, flüstert sie ihm ins Ohr.

»Dich so glücklich zu sehen, ist mir schon Dank genug, mo leannain. Darf ich es anschauen?«

Sie errötet. »Es ist noch nicht fertig. Aber ja, du darfst gucken.« Arm in Arm gehen sie um die Staffelei herum. Alec bleibt der Mund offen stehen, als er gewahr wird, dass es sich nicht um ein Landschaftsbild handelt, wie er erwartet hat, sondern um ein Portrait – von ihm. Es ist verdammt gut und doch eigenartig. Er schaut eine Weile darauf, bis ihm klar wird, was daran nicht stimmt. Sicherheitshalber hält er eine Hand mit fünf Zentimeter Abstand abwechselnd vor die rechte und vor die linke Hälfte des Bildes, dann sieht er sie fragend an.

»Genau, du hast es schon richtig gedeutet«, bestätigt sie nickend. »Die rechte Hälfte zeigt dich lachend und fröhlich. So bist du, wenn du mit Lea und Lukas zusammen bist.« Sie hält einen Moment nachdenklich inne. »Links habe ich dein Gesicht so gemalt, wie du mich angeschaut hast, bevor wir hierher kamen.«

Das schockiert ihn jetzt ein wenig. Vermutlich hat sie seine Mimik sowohl rechts als auch links gut getroffen. Aber dass er sie so wütend und verkniffen angesehen hat, ist ihm nicht bewusst gewesen. Erstaunlich, dass in der Mitte der Leinwand keine Umbrüche in seinem Gesicht zu sehen sind. Obwohl er auf der linken Seite die Nase leicht rümpft, was er auf der Rechten nicht tut. Sein Mundwinkel rechts ist nach oben gezogen, während seine Lippen links eher einen geraden Strich beschreiben. Doch am faszinierendsten findet er die Augen. Das Rechte lacht regelrecht und strahlt Wärme aus, während das Linke so kalt wirkt, dass es einen fröstelt.

»Das Bild ist brillant gemalt. Aber dass ich dich so angeschaut habe, beschämt mich«, sagt er kopfschüttelnd. »Und wie gucke ich dich an, seitdem wir hier sind?«

Jetzt lächelt sie strahlend und umarmt ihn. »Anders«, erwidert sie nur.

Sanft streichelt er ihre Wange.

»Nun wenn du brav bist, male ich dich auch mal mit einem anderen Gesichtsausdruck.«

»Ich bin selten brav, aber ich freue mich, wenn du mich trotzdem malst.« Noch einmal betrachtet er eingehend das Bild. »Du bist viel besser, als ich erwartet habe. Bist du dir sicher, dass du nicht davon leben willst?« Er schaut sie direkt an. »Es ist schade, so ein Talent zu verschwenden, zumal es dir so viel Freude bereitet. Ich habe lange genug dagesessen und dir zugeschaut. Es ist nicht zu übersehen, wie glücklich die Malerei dich macht.«

Sie zuckt die Schultern. »Malen zahlt die Miete nicht. Aber es ist schön, jetzt ein bisschen Zeit dafür zu haben.«

19

Als nächstes Ausflugsziel steht Edinburgh auf Alecs Liste. Auf der Fahrt in die Stadt eröffnet er ihr, dass sie ein paar Tage auf Sex verzichten muss.

»Warum denn das?«, fragt Becky überrascht.

»Ganz einfach, weil ich es sage«, entgegnet er. »Ich glaube nicht, dass ich das begründen muss.«

Einige Minuten schweigt sie. »Bist du mich schon leid?«, murmelt sie dann zaghaft.

»Was? Wie kommst du denn auf so eine Idee?« Missbilligend schüttelt er den Kopf. »Seitdem wir in Schottland sind, ist kein Tag vergangen, an dem wir nicht mindestens einmal übereinander hergefallen sind. Ich erwarte, dass du meinem Willen folgst und wenn ich möchte, dass du mal ein paar Tage enthaltsam lebst, dann verzichtest du, so einfach ist das.«

Er beobachtet ihr Minenspiel. Unschwer zu erkennen, dass ihr seine Anordnung nicht gefällt.

»Du musst lernen, dass es nicht immer nach deinem Kopf geht. Du wirst dich fügen, ohne jede meiner Anweisungen infrage zu stellen, und rede dir gefälligst nicht so einen Blödsinn ein.«

»Du weißt, dass ich nicht ohne Weiteres gehorche, vergiss es.« Trotzig dreht sie den Kopf und entzieht sich seiner Hand.

»Ja und das bringt dir zehn Strafhiebe ein. Ich behalte das im Hinterkopf für unsere nächste Session.«

Ein kleines Lächeln erscheint in ihrem Mundwinkel. Die Aussicht verbessert ihre Laune ein wenig. Sie beschließt, die Sache für den Moment auf sich beruhen zu lassen, lange wird er die Enthaltsamkeit sowieso nicht durchhalten – glaubt sie.

Sie schlendern durch die Stadt, schauen sich Edinburgh Castle und andere Sehenswürdigkeiten an und unternehmen ausgedehnte Shoppingtouren. Mit einer Engelsgeduld lässt Alec sich durch die urigen, aber kitschigen Souvenirläden schleppen. Als sie allen Ernstes eine Schneekugel mit dem Edinburg Castle drin kauft, verdreht er die Augen und schüttelt den Kopf über sie. Doch Becky fällt ihm lachend um den Hals und sagt überschwänglich: »Ich bin so kitschig glücklich, da passt die Schneekugel einfach gut. Und wenn ich wieder zu Hause bin, möchte ich die Kugel schütteln und auf unsere Zeit hier zurückblicken.«

Alec muss lachen. »Ich fände es passender, wenn wir dir als Souvenir ein paar hübsche Nippelklemmen oder einen schönen Analplug besorgen. Dann kannst du an den Urlaub zurückdenken, wenn du die Accessoires trägst.« Er wirft einen verlangenden Blick auf ihre Brüste, bevor er ihr in die Augen schaut. »Und ich werde mich ebenfalls gerne erinnern, wenn ich sie an dir sehe.«

Als sie weitergehen, wird Rebecka immer stiller. ›Wird er mir zu Hause noch so nahe sein, dass er Accessoires wie diese, zu Gesicht bekommt? Wird mehr von diesem Urlaub bleiben, als eine Schneekugel? Will ich das überhaupt?‹ Ihr Herz beginnt wild zu klopfen. ›Ja ... ich sollte es nicht, trotzdem wünsche ich es mir sehr! Aber kann ich es auch?‹ Sie spürt leichte Panik in sich aufsteigen. ›Vielleicht bin ich doch nicht gut genug für ihn, und es ist nur eine Frage der Zeit, bis er das erkennt. Und dann wird er mich verlassen. Ich muss ihm zuvorkommen! Ist es dafür nicht längst zu spät? Er wird mich verletzen, das ist klar ...‹ Sie presst die Lippen aufeinander und zwingt sich ruhig zu atmen. ›Kann ich das verhindern? Komme ich noch heil aus der Sache raus? ... Nein ... Verdammt!‹

Sie atmet mehrmals tief ein und aus. Das Herz schlägt ihr bis zum Hals und das Blut rauscht in ihren Ohren. Die Royal Mile, über die sie gerade händchenhaltend schlendern, verliert ein Stück von ihrem Zauber.

Auch Alec ist neben ihr still geworden. Er spürt, wie die Stimmung kippt, und rätselt, aus welchem Grund. Erst fällt sie ihm mit leuchtenden Augen um den Hals und dann bewirkt die Erwähnung von Analplug und Nippelklemmen so einen Stimmungsumschwung? Er denkt eine Weile darüber nach. Sie umklammert seine Hand so fest, dass es wehtut. Dabei wirkt sie in sich gekehrt und ein wenig abweisend. Hatte er etwas Falsches gesagt? Seine Finger werden langsam taub in ihrem Griff. Er überlegt. ›... Urlaubssouvenir, Schneekugel, Sextoys ...‹ Er versteht ihren Stimmungsumschwung einfach nicht. Erneut bleibt er stehen. »Was ist los?«

Sie weicht seinem Blick aus. »Es ist alles okay, lass uns weiter gehen«, sagt sie.

Er bewegt sich keinen Meter, stattdessen zieht sie zu sich. Sie wirkt verkrampft und ihre Augen sehen so traurig aus, dass es eng in seiner Brust wird.

»Vertrau mir.« Mehr sagt er nicht, nur diese zwei Worte, doch er spürt den Schauer, der über ihre Haut kriecht. Sanft streichelt er ihre Wange.

Sie schmiegt sie an seine Handfläche, schluckt, holt mehrfach tief Luft.

»Das ... das ... ist nicht so einfach.«

»Warum nicht?«

»Weiß nicht .... ich ... ich bin das nicht gewohnt.« Sie zieht den Kopf ein.

»Was bist du nicht gewohnt?«

»Na ja ... zu reden. Man muss doch nicht immer alles zerreden. Die Dinge ergeben sich meist von allein.«

»Nein, das tun sie nicht.« Er schaut sich kurz um. »Da vorne ist ein Café. Lass uns ein Eis essen gehen. Darüber müssen wir in Ruhe sprechen.«

Er spürt ihren Widerwillen und ignoriert ihn. Dieses Mal wird er nicht zulassen, dass sie sich ihm entzieht. Sie muss lernen, sich mit ihm auseinanderzusetzen.

Sie bestellen Kaffee. Schweigen breitet sich aus. Er sieht, dass sie sich unwohl fühlt, und seufzt unhörbar, während er sie mustert. Beim Sex vertraut sie ihm vollkommen. Keine Anordnung von ihm, keine Pose, die er befiehlt, ist ihr unangenehm oder peinlich. Aber ihm gegenüberzusitzen und ihm zu sagen, was sie fühlt, fällt ihr schwer. Damit stellt sie seine Geduld auf eine harte Probe.

»Ich warte«, sagt er ruhig, aber bestimmt.

Sie holt tief Luft. »Ach es ist gar nichts Wildes. Ich ... ich habe mich vorhin nur gefragt, wie es nach diesem Urlaub zwischen uns sein wird. Wenn der Alltag uns wieder einholt. Ich ... es ist so schön, mit dir hier zu sein.« Sie bricht ab, trinkt einen Schluck Kaffee, stellt die Tasse wieder ab und rührt mit dem Löffel darin herum.

Er greift über den Tisch nach ihrer Hand.

»Hör auf zu grübeln. Die Zeit, die wir hier miteinander verbringen, nimmt uns niemand mehr. Ich kann mir nicht vorstellen, dass wir zu Hause wieder auf Abstand gehen. Aber ich möchte, dass wir die Dinge auf uns zukommen lassen. Verdirb dir und uns die schöne Zeit nicht mit negativen Gedanken an die Zukunft.« Er drückt ihre Hand. »Wir beide waren schon lange vor diesem Urlaub heiß aufeinander. Egal was für hochtrabende Zukunftspläne wir heute schmieden würden, sie wären vielleicht morgen schon nichts mehr wert. Lass uns einander einfach erleben und sehen was draus wird.«

Sie sieht ihm in die Augen. Der Moment dauert für seinen Geschmack viel zu lang, doch dann nickt sie endlich entschlossen.

»Du hast recht. Lassen wir es auf uns zukommen. Mehr können wir eh nicht tun.« Sie lächelt zaghaft.

Alec schaut kurz in die Speisekarte und winkt den Kellner herbei.

»Ich habe kein Wort verstanden. Hast du auf Gälisch bestellt?«

Alec grinst nur. »Lass dich überraschen.«

Kurze Zeit später balanciert der Angestellte einen Rieseneisbecher durch den Gastraum. Das Teil ist so groß, dass die anderen Gäste ihre Gespräche für einen Moment unterbrechen, um ihn anzustarren. Der Kellner stellt die mit Sahne und roten Zuckerherzchen verzierte Leckerei in die Mitte ihres Tisches und gibt jedem einen Eislöffel.

Rebecka stiert den Monsterbecher einen Augenblick entgeistert an.

»Bist du irre, weißt du, wie viel Kalorien da drin stecken? Den kriegen wir doch nie auf!«

Alec lacht leise und drückt ihr den Löffel in die Hand.

»Für Einen allein eine unlösbare Aufgabe, aber zusammen schaffen wir das, mo leannain. Manchmal muss man einfach eine Sünde begehen und das Leben in vollen Zügen genießen.«

Er taucht seinen Löffel in den Becher und hält ihn ihr hin.

»Mund auf!«, knurrt er streng.

Sie schluckt trocken. Diesen Befehl in genau diesem Ton hat sie schon öfter gehört - in einer ganz anderen Situation.

Sie öffnet den Mund und lutscht den Löffel viel länger als notwendig ab. Dann hält sie ihm ihren Eislöffel hin. Er leckt das Eis so genießerisch ab, dass sie anfängt zu kichern.

»Schluss jetzt, sonst werfen sie uns gleich hier raus«, sagt sie glucksend und schleckt die kühle Leckerei energisch von ihrem eigenen Eislöffel.

Er zieht sie zu sich und küsst sie. Ihre Zungen sind eiskalt und sie müssen beide lachen. Während sie eifrig damit beschäftigt sind, den Riesenbecher zu leeren, stellt Alec erleichtert fest, dass Rebecka sich zusehends entspannt. Ihm ist klar, dass er Beckys Zukunftsängste nicht durch ein Eis aus der Welt schaffen kann. Aber er hat sie aufgefangen, so gut er es vermochte. Mehr kann er im Moment nicht tun. Versprechen zu geben, nur um sie zu beruhigen, von denen er selbst nicht weiß, ob er sie wird halten können, kommt für ihn nicht infrage. Engumschlungen schlendern sie in ihre Pension zurück und gehen früh ins Bett. Rebeckas Füße brennen vom stundenlangen Laufen. Edinburgh zu entdecken ist aufregend und anstrengend zugleich gewesen. Sie schläft ein, kaum das ihr Kopf das Kissen berührt.

Am nächsten Morgen brechen sie nach dem Frühstück auf, um den Berg Arthur's Seat, unweit des Stadtzentrums von Edinburgh hinaufzuwandern. Im gemütlichen Tempo benötigen sie eine gute Stunde, um den Gipfel zu erreichen. An einigen Stellen ist der Aufstieg ziemlich anstrengend und Becky ist richtig stolz und ziemlich erledigt, als sie oben ankommen. Begeistert schießt sie jede Menge Fotos mit ihrem Handy. Gemeinsam breiten sie die mitgebrachte Decke aus und prosten sich mit Limonade zu. Euphorisch fällt sie ihm um den Hals. Die körperliche Anstrengung des Aufstiegs und die atemberaubende Aussicht lassen ihre Endorphine tanzen. Eng aneinandergeschmiegt genießen sie den atemberaubenden Ausblick.

Blauer Himmel und Sonnenschein haben zu ihrem Bedauern auch viele andere Wanderer auf den Berg gelockt. Arthur's Seat ist ein beliebtes Ausflugsziel. Zuviel los, für einen Verführungsversuch. Becky fragt sich, ob Alec das Ziel deshalb gewählt hat. Doch sie genießt den einzigartigen Blick auf die Stadt und Alecs Nähe. Seine Berührungen sind harmlos und wunderbar vertraut.

Auf dem Rückweg schweifen ihre Gedanken ab zu der Kutschfahrt, die sie kniend in dem engen Gefährt verbringen musste. In ihrem Magen bildet sich ein Knoten, und in ihrem Schoß beginnt es zu pochen. Sie ist sicher, irgendetwas wird geschehen. Jeden Moment wird ein ruhig aber nachdrücklich ausgesprochener Befehl sie in eine unmögliche Situation bringen. So bang sie seine Anweisung erwartet, so sehr sehnt sie sich danach.

›Komm schon, mach es nicht so spannend‹, denkt sie.

Doch Alec wandert entspannt neben ihr her. Nichts geschieht. Erst als sie wieder in der Pension ankommen, realisiert sie, dass er tatsächlich nichts im Schilde geführt hat. Kein Sex in den nächsten Tagen, hatte er gesagt und er hat offenbar auch nicht vor, sie zu dominieren. ›Wollen wir doch mal sehen, wie ernst ihm der Vorsatz ist.‹

Sie springt unter die Dusche und kommt zehn Minuten später, nur mit einem Handtuch bekleidet, zurück ins Zimmer.

»Das Bad ist klein und ich brauche ein bisschen Platz.«

Sie wirft das Handtuch neben Alec auf das Sofa und beginnt in aller Ruhe, sich mit Bodylotion einzucremen. Nackt stellt sie sich ihm gegenüber, einen Fuß auf den Couchtisch und massiert die Creme sorgfältig vom Knöchel bis zur Hüfte ein. Alec lehnt sich zurück, verschränkt die Hände hinter dem Kopf und genießt die Show, die sie ihm bietet.

Sie wechselt das Bein und wiederholt die Prozedur. Dann nimmt sie einen Tropfen Lotion auf die Fingerspitze, schiebt das Becken vor und reibt sanft über ihre Schamlippen. Mit flammendem Blick verfolgt Alec jede Bewegung. Beckys Wangen brennen heiß. Es ist aufregend, so schamlos die Initiative zu ergreifen, dennoch fühlt sie sich ein bisschen gehemmt. Entschlossen, sich ihre Befangenheit nicht anmerken zu lassen, nimmt sie den Fuß vom Tisch. Sie spritzt sich etwas Körpercreme in die Handfläche und streicht über ihren Bauch. Dabei wird ihr sehr bewusst, dass sie ihm ihren Körper mit all seinen kleinen Schönheitsfehlern präsentiert. Tapfer widersteht sie dem Drang, die Show abzubrechen. Unwillkürlich senkt sie den Blick, der nun auf seine Jeans fällt. Lässig sitzt er da. Die Beine bequem ausgestreckt. Ihre Handbewegung stockt. Die große Beule in seiner Hose verrät ihr, dass er die Vorstellung genießt und ihre Pölsterchen ihn nicht stören. Erleichterung durchflutet sie. Albern eigentlich, denn er kennt ihren Körper inzwischen verdammt gut. Da gibt es kein Gramm an ihr, dass er nicht schon gesehen hätte. Ihre Unsicherheit verfliegt. Er steht auf sie, trotz all ihrer Unzulänglichkeiten ... im wahrsten Sinne des Wortes ... Ein strahlendes Lächeln stielt sich auf ihre Lippen. Sie entspannt sich, greift nach der Plastikflasche und spritzt die Creme direkt auf ihre Brüste. Sie lässt ihn den Anblick der weißen Flüssigkeit, die träge über ihre Titten sickert, einen Augenblick genießen. Streicht stattdessen mit beiden Händen seitlich über ihre Taille und wieder über den Bauch.

Einer Eingebung folgend, steigt sie auf den Couchtisch, kniet sich mit leicht gespreizten Beinen vor ihn hin. Sie lehnt den Oberkörper etwas zurück, legt eine Hand auf jede Brust und beginnt, die Creme gründlich zu verteilen und einzumassieren. Sie umkreist beide Nippel, kratzt mit dem Nagel darüber, kneift in ihre Knospen, zieht sie ein wenig lang. Aufgeheizte Spannung liegt in der Luft. Sie hat das Gefühl, nicht genug Sauerstoff in ihre Lungen pumpen zu können. Sie öffnet den Mund, atmet schneller. Auch ihm ist die Erregung anzusehen. Sein dunkler, wollüstiger Blick treibt Nässe zwischen ihre Schenkel.

Ohne die Augen auch nur für eine Sekunde von ihr abzuwenden, öffnet er seine Jeans und befreit seinen Schwanz. Als sie Anstalten macht aufzustehen, hält er sie mit einem scharfen Befehl zurück.

»Nein, bleib so! Streichel dich weiter. Kneif in deine Nippel, massier deine Titten. Du darfst auch den Rest deines Körpers streicheln, nur deine Pussy ist tabu!«

Während er redet, beginnt er, seinen besten Freund genüsslich zu bearbeiten. Rebecka reißt die Augen auf. Beobachtet, wie er auf und ab streicht. Feste, energische und dennoch so sinnliche Bewegungen. Er starrt dabei auf ihre Brüste. Vor Überraschung hat sie mit ihren Bewegungen innegehalten, doch jetzt kneift sie erneut in ihre Nippel, fasst unter ihre Brüste, knetet sie, heizt ihn an. Ihre Klit pocht, sehnt sich nach Berührung, doch er hat ihr verboten, sich dort anzufassen.

»Es ist geil, dass du mir zusiehst.«

Ja, das ist es allerdings! Selbst, wenn er es ihr befehlen würde, könnte sie die Augen jetzt nicht von seinem steil aufgerichteten Schaft in seiner Hand abwenden. Ein Lusttropfen glitzert auf seiner Spitze. Rebecka leckt sich über die Lippen. Alecs Bewegungen werden schneller, genau wie sein Keuchen. Doch dann hält er abrupt inne. Gespannt wartet sie, sieht, wie er für einen Moment die Augen schließt und die Hände zu Fäusten ballt, bevor er beides wieder öffnet.

»Hände auf den Rücken!«, befiehlt er und sie gehorcht ihm augenblicklich.

Er steht auf. Doch ihre Erwartung, dass er sie packt und noch auf dem Couchtisch vögelt, wird enttäuscht. Er beugt sich lediglich herab, berührt nur mit seinen Lippen ihren Mund. Hungrig küsst er sie, raubt ihr den Atem. Sie wimmert. Das Blut pulsiert heiß durch ihre Adern. Doch er beendet den Kuss viel zu schnell.

Er atmet einmal tief durch.

»Ich habe uns für ein paar Tage Enthaltsamkeit verordnet. Es wäre nicht fair, Zurückhaltung von dir zu verlangen, während ich mich vollständig gehen lasse. Aber das war ein netter Versuch. Steh auf!«, sagt er und greift dabei nach ihren Händen, um sie hochzuziehen.

Dann gibt er ihr einen leichten Klaps auf den Po. Und jetzt ab ins Bett. Der Tag war lang. Lass uns schlafen gehen.

»Was?«

»Du weißt, ich wiederhole mich nicht gern.«

»Aber ...«

»Nichts aber«, unterbricht er sie.

Ungläubig schaut sie zu ihm auf. Er streichelt sanft ihre Wange.

»Deine Show war geil. Du bist wunderschön, sinnlich und wahnsinnig sexy. Aber du musst noch lernen, dass ich meine, was ich sage.«

»Wie lange soll dieser Zustand denn noch andauern?«, murrt sie verstimmt.

»Solange ich es für richtig halte. Du wirst es schon merken.« Er ignoriert ihr Grummeln, zieht ihren Rücken gegen seine Brust und schlingt einen Arm um ihren Bauch.

»Schade«, murmelt sie nach einer ganzen Weile in die Dunkelheit des Zimmers, »Ich hätte dir gern dabei zugeschaut, wie du es zu Ende bringst.«

Er drückt sie leicht. »Ein anderes Mal, mo leannain«, murmelt er.

Es dauert lange, bis dieses Bild, wie er seinen Schwanz verwöhnt, vor ihrem geistigen Auge verschwindet und sie endlich einschlafen kann.

Schon am nächsten Morgen verabschieden sie sich von Edinburgh und fahren zurück zu Alecs Haus.

Dort unternehmen sie lange Spaziergänge. Rebecka bittet ihn immer wieder, ihr von seiner Kindheit und seiner Heimat zu erzählen.

»Als ich zehn Jahre alt war, durfte ich ein Lamm mit der Flasche aufziehen«, berichtet er lächelnd. »Das Mutterschaf war überfahren worden. Mein Vater und ich fanden es, als wir gerade auf dem Weg zum Strand waren. Hab geheult, wie ein Schlosshund, als ich das tote Schaf sah. Es hatte ...«

Er unterbricht sich, wirft ihr einen langen Blick zu und schüttelt den Kopf. »Nein, ich erspare dir lieber die Einzelheiten. Es war kein schöner Anblick für einen Zehnjährigen. Ich glaube, Dad übergab mir die Fürsorge für das kleine, hilflose Lamm nur, damit ich dieses Bild schnell wieder vergesse. Dass ich in diesem Sommer lernte, Verantwortung zu tragen, war glaube ich eher ein willkommener Nebeneffekt.«

Er lässt seinen Blick über die leuchtendgelben Sanddornbüsche schweifen, an denen sie gerade vorbei spazieren, ohne sie wirklich wahrzunehmen.

»Ich verbrachte viel Zeit mit dem Lämmchen. Saß draußen auf der Wiese mit ihm oder ging mit ihm spazieren«, erzählt er weiter.. Als es dann alt genug war, um allein durchzukommen, konnte ich mich nicht damit abfinden, dass es draußen bei den andern Schafen lebte. Ich holte es heimlich ins Haus, damit es bei mir in meinem Zimmer wohnt.« Grinsend schüttelt er den Kopf bei der Erinnerung. »Damit es ruhig blieb und meine Eltern nichts merkten, habe ich einen halben Wäschekorb voller Gras ausgerissen und ihm hingestellt. Mitten in der Nacht bin ich von lautem Krach wach geworden. Meine Eltern leider auch. Ich bin aus dem Bett gesprungen und sofort in etwas verdächtig Weiches getreten. Das Schaf hatte meine Schreibtischunterlage vom Tisch gezogen. Darauf stand eine Flasche mit Limonade, ein halb leeres Glas, ein paar Bücher und anderer Kram. Das ist alles auf dem Boden gelandet. Der ganze Teppich war voll von Schafkacke und klebriger Limonade. Du kannst dir nicht vorstellen, wie das gestunken hat. Den Geruch, habe ich heute manchmal noch in der Nase. Meine Eltern waren echt sauer. Zur Strafe haben sie mich den Teppich allein säubern lassen und ich musste meinem Dad die ganzen Sommerferien hindurch helfen, Ställe ausmisten, Schafe scheren, Zäune ausbessern. Ich hatte nicht einen Tag frei in diesen Ferien.«

Rebecka lacht laut. »Oh je, das arme Tier!«

Seine Schilderungen sind so amüsant, dass sie ihm gebannt zuhört. Sie erfährt viel über ihn und lernt ihn noch besser kennen. Nachts halten sie sich eng umschlungen, küssen und streichelten einander, doch sobald Rebeckas Atem schneller geht, schaltet Alec einen Gang zurück. Ihre Hoffnung, ihn zu verführen, erfüllt sich nicht. Wenn er anordnet, dass es keinen Sex gibt, dann ist das auch so, das musste sie nun endlich einsehen.

Rebecka ist nicht gerade begeistert von dieser Enthaltsamkeit, zumal er ihr nicht gesagt hat, wie lange er das noch durchziehen will. Aber sie merkt selbst, dass ihr eine Pause guttut. Der Tagesrhythmus scheint sich zu verlangsamen, sie kommt zum Nachdenken, genießt seine Nähe, die stummen Zärtlichkeiten und die langen Gespräche. Ihr bleibt jede Menge Zeit zum Malen, während Alec kleinere Reparaturen im Haus erledigt oder einfach im Liegestuhl sitzt, ein Buch liest und zwischendurch immer mal zu ihr rüber schaut. Das Leben erscheint ihr nahezu perfekt.

Dennoch hat die Sehnsucht sie heute aus dem Bett getrieben, während er noch schlief. Sie war in seinen Armen aufgewacht und hatte ihn einfach nur angeschaut. Er lächelte im Schlaf und brachte sie damit zum Schmunzeln. Sein Lächeln wirkte so unschuldig. Ein warmes Gefühl überkam sie in diesem Moment. Und dann hatte sie aus heiterem Himmel an sein Minenspiel während einer Session denken müssen - an den strengen, herrischen Ausdruck, wenn er sie dominierte. An seine zügellose düstere Gier, die er ihr manchmal offen zeigte. Meistens setzte er jedoch sein ›Mastergesicht‹ auf, das er vollkommen ausdruckslos hielt. Keine Chance, abzuschätzen, was sie dann erwartete. In ihrem Schoß hatte es heftig zu pochen begonnen. Ihr war der Gedanke gekommen, ihn mit einem Blowjob zu wecken. Aber damit hätte sie seinem dämlichen Sexverbot zuwider gehandelt. ›Na und? Wen interessiert schon, was er sagt?‹, hatte sie mit einem Anflug von Aufsässigkeit gedacht. Aber sie musste sich eingestehen, dass es sie sehr wohl interessierte. So groß ihre Lust auf seinen Schwanz auch war, sie hatte Respekt vor ihm und seinen Wünschen. Seine Anordnung zu ignorieren, kam nicht infrage.

Sie brauchte frische Luft, also war sie vorsichtig aufgestanden, hatte Jogginghose und Hoodie übergezogen und war rausgegangen, um den Sonnenaufgang zu erleben.

Jetzt sitzt sie auf einem großen Stein an der Klippe und beobachtet, wie die Sonne sich gemächlich aus dem Meer erhebt.

Auf demselben Stein hatte sie an ihrem ersten Tag gesessen, wird ihr plötzlich bewusst. Himmel, wie verzweifelt sie damals gewesen war. Wie wütend, wie orientierungslos und wie zickig. Sie denkt zurück an die Szene, die sie ihm gemacht hat und schämt sich ein bisschen. Mein Gott, wie viel hat sich in der kurzen Zeit verändert!

Sie spürt immer noch ein schwaches Ziehen zwischen ihren Schenkeln. Gedankenversunken schaut sie auf die spiegelglatte Wasseroberfläche. ›Bin ich zu einer Sexbestie mutiert? Wir haben in der kurzen Zeit mehr gevögelt, als ich es zu Hause in einem halben Jahr tue. Noch nie habe ich Sex so intensiv erlebt. Trotzdem geht mir sein Sexverbot auf die Nerven.‹

Jetzt, wo sie darauf verzichten muss, wird ihr erst richtig bewusst, dass sie BDSM in ihrem Leben haben will. Sie genießt die Augenhöhe, die im Alltag zwischen ihnen herrscht. Dennoch fehlen ihr all die kleinen Kabbeleien und Machtkämpfe, die sie am Ende nur zu gerne verliert, um sich ihm zu unterwerfen. Inzwischen sind sie schon fast eine Woche wieder an der Westküste. So schön es auch ist, zu kuscheln und in seinen Armen einzuschlafen, sie sehnt sich danach, ihm vollständig ausgeliefert zu sein. Nach seinen strengen Befehlen und dem Brennen auf ihrer Haut. Bei dem Gedanken an seine Hiebe, an den lustvollen Schmerz, wird das Pochen in ihrem Schoß wieder stärker. Sie liebt es, mit ihm zu vögeln, aber das allein würde sie nicht so sehr vermissen, wird ihr klar. Sie sehnt sich genau nach den Dingen, die vor wenigen Wochen noch undenkbar für sie gewesen wären. Danach, die Kontrolle komplett an ihn abzugeben und sich fallenzulassen. Danach bewegungsunfähig seinen dunklen Fantasien ausgeliefert zu sein. Sie liebt seine Kreativität, mit der er ihr Lust und Schmerz bereitet. ›Bin ich verkorkst, weil ich Lust am Schmerz habe?‹ Sie hebt einen kleinen Stein auf, rollt ihn eine Weile nachdenklich in der Hand und wirft ihn dann ins Meer hinunter. ›Lea ist in einem liebevollen Elternhaus aufgewachsen. Die steht zu sich selbst und mit beiden

Beinen fest im Leben. Wenn ihre Neigungen kein Indiz für Unzulänglichkeit sind, dann sind es meine auch nicht.‹

Rebecka steht auf und streckt sich. ›Ich mag BDSM und ich vermisse es. Und ich bin vollkommen normal.‹

Auf dem Weg zurück zum Haus dreht sie ein paar Pirouetten. Diese Erkenntnis ist bahnbrechend für sie und sie tut ihr unendlich gut. Beschwingt geht in die Küche und singt ›My Bonnie ist over the ocean‹, während sie das Frühstück zubereitet.

Der Geruch nach Eiern und Speck scheint Alec in die Nase gestiegen zu sein, denn er kommt verschlafen in die Küche getapert, kaum das sie fertig ist.

Während sie sich ihr Frühstück schmecken lassen, redet sie mit ihm über ihre Gedanken.

Alec hört ihr aufmerksam zu. »Du kennst meine Meinung dazu«, sagt er dann. »Du weißt, was ich von deiner angeblichen ›Verkorkstheit‹ halte. Ich bin sehr froh, dass du endlich verinnerlicht hast, dass harter, facettenreicher Sex eine Bereicherung im Leben, und mit dir alles in Ordnung ist.«

Er beißt in sein Brötchen.

»Es macht mich glücklich, dass ein paar Tage Enthaltsamkeit dich zu dieser Erkenntnis geführt haben. Ein toller Effekt, mit dem ich zu diesem Zeitpunkt gar nicht gerechnet habe, das muss ich zugeben.«

Nach dem Essen verzieht sich Rebecka nach draußen, um die Umgebung und den Blick auf das in der Sonne glitzernde Meer auf Leinwand festzuhalten. Selbstvergessen pinselt sie Stunde um Stunde, bis ihr Magen laut und vernehmlich knurrt. »Ups, wie spät ist es eigentlich? Ich glaube, ich habe vollkommen die Zeit vergessen«, fragt sie Alec, der es sich im Liegestuhl gut gehen lässt und in einem Magazin blättert.

»Das Abendessen ist vorbereitet. Wenn du Hunger hast, können wir reingehen.«

Während sie ins Haus gehen, raunt er dunkel: »Du kannst noch kurz unter die Dusche springen, während ich das Essen fertig zubereite. Sobald wir satt sind, bist du fällig, richte dich schon mal darauf ein!«

Endlich! Schon seine Worte verursachen ein Kribbeln zwischen ihren Schenkeln und ihr Herz beginnt zu rasen. Doch während sie unter der Dusche steht, wird ihr bewusst, dass sie sich ihm trotz der von ihm erzwungenen Enthaltsamkeit nicht voller Begeisterung vor die Füße werfen will, nur weil der Herr entscheidet, dass sie jetzt lange genug auf Sex verzichtet hat. Sie streicht mit beiden Händen über ihre Backen, bevor sie sich anzieht. ›Werde ich morgen noch bequem sitzen können, oder werde ich fluchen, sobald mein Hintern mit festem Untergrund in Berührung kommt? Sie sehnt sich nach ihm und freut sich auf die nächsten Stunden, doch gedanklich begibt sie sich in Gefechtsstellung.

»Du glaubst wohl, du bist Gottes Geschenk an die Frauen«, sagt sie frech, als sie die Küche wieder betritt. »Du verordnest uns eine Auszeit, weil es dir gerade in den Kram passt. Und jetzt bildest du dir ein, ich müsste dankbar vor dir auf die Knie fallen, nur weil du beschlossen hast, dass du dich genug ausgeruht hast? Was ist, wenn ich keinen Bock habe, mich von dir verhauen zu lassen?«

Ein kurzer Blick in ihre Augen reicht ihm aus, um zu wissen, dass sie in Kampflaune ist. Ihr Gesichtsausdruck, eine einzige Herausforderung. Und wie sie Lust hat! Er lacht leise, auch er hat die kleinen Gefechte vermisst. Fest greift er in ihre Haare und zwingt sie vor sich auf die Knie.

»Wer hat denn danach gefragt, ob du Bock hast oder nicht, Sklavin? Ich bestimme, du fügst dich! Wenn ich entscheide, dass wir Zwei ein paar Tage ohne Sex auskommen, übst du dich in Geduld.« Er macht eine Pause, um die Wirkung seiner Ansage zu verstärken. »Wenn ich Lust habe, dir zuzusehen, wie du dich einen ganzen Tag lang nur auf Knien fortbewegst, wirst du dich fügen und es wird dir Freude bereiten!«

Ihr empörter Blick spornt ihn nur noch mehr an.

»Und wenn ich verlange, dass du für den Rest unseres Urlaubs nackt herumläufst, damit ich mein Lustobjekt begaffen kann, wann immer es mir beliebt, wirst du meinem Wunsch entsprechen!« Er wickelt einige Dreadlocks um seine Hand. »Wenn ich dir befehle, dich vor meinen Augen selbst zu befriedigen, gehorchst du! So einfach ist das. Egal wie merkwürdig dir meine Anordnungen auch erscheinen mögen, du wirst dich beugen, denn ich bin dein Herr und du tust, was ich dir sage! Und jetzt wirst du essen und danach meinen Hunger nach deinem Körper stillen!«

Er lässt sie unvermittelt los. Sie springt auf, um davonzulaufen, und sich von ihm einfangen zu lassen. Doch offenbar hat er das vorausgesehen. Blitzschnell hält er sie fest, holt ein paar Handschellen aus der Hosentasche und fesselt sie mit einem Arm an ihren Küchenstuhl. Das Ganze geht so schnell, dass sie kaum in der Lage ist, sich zu wehren, geschweige denn abzuhauen.

Seelenruhig füllt er zwei Teller. »Schluss mit dem Unsinn«, brummt er dabei, »du bleibst gefälligst sitzen und isst!«

Ratlos schaut sie auf ihr Essen. Es gibt Schnitzel mit Pommes und Salat. Wie bitteschön soll sie das mit einer Hand essen? Will er vielleicht sehen, wie sie das Fleisch mit der Gabel in die Luft hebt, um daran zu nagen? Das kann er vergessen!

Alec schmunzelt in sich hinein, während er sein Schnitzel in kleine Stücke zerschneidet. »Iss!«, murrt er.

Lächelnd als wäre ihre rechte Hand nicht an den verdammten Stuhl gefesselt erwidert sie: »Ich bin Rechtshänderin.«

Er grinst. »Das weiß ich. Sieh es einfach als Intelligenztest. Ein Schimpanse ist auch in der Lage, mit der anderen Hand zu essen.« Das vergnügte Funkeln in seinen Augen nimmt seinen Worten die Schärfe, bringt sie aber nur noch mehr auf die Palme.

»Was hast du nur für Ansprüche? Zum Vögeln braucht es nicht allzu viel Intelligenz. Das kriege ich so gerade noch hin, du Mistkerl!«

Das leichte Zucken ihrer Mundwinkel verrät ihm, dass sie genau wie er, in Spiellaune ist.

»Du solltest deinen Ton überdenken, sonst werde ich darüber nachdenken, wie ich solch unflätige Äußerungen in Zukunft verhindern kann.«

»Das wagst du nicht! Und überhaupt lasse ich mir von dir nicht den Mund verbieten!«

Er zieht ihren Teller zu sich und schiebt ihr stattdessen seinen mit dem geschnittenen Fleisch hin. »Jetzt halt endlich die Klappe und iss, sonst wirst du deine Frechheiten nachher bereuen!«, knurrt er ungehalten, verkneift sich dabei aber sichtbar ein Grinsen. Er mag diesen verbalen Schlagabtausch genauso sehr wie sie. Es ist ein Vorspiel der ganz eigenen Art.

Sie wirft ihm einen wilden Blick zu, sagt aber zu seinem Bedauern nichts mehr, sondern spießt stoisch einen Happen nach dem anderen auf die Gabel.

»Ich brauche zwei Sachen aus dem Spielzimmer«, verkündet er nach dem Essen. »Du bleibst sitzen!«

Spielzimmer? Kennt sie noch immer nicht alle Räume im Haus? Dass es ein Spielzimmer gibt, ist ihr neu. Die Vermutung liegt nahe, dass er nicht sein altes Kinderzimmer meint und er holt wahrscheinlich weder Legosteine noch Spielzeugautos. Bei dem Gedanken lächelt sie. Sein Kinderzimmer hätte sie gerne mal gesehen. Wie er wohl als kleiner Junge gewesen ist? Obwohl er ihr viel von seiner Kindheit erzählt hat, fehlt ihr die konkrete Vorstellung von ihm als Dreikäsehoch.

Allmählich wundert sie sich, wo er bleibt. Und je länger es dauert, desto schlechter wird ihre Stimmung. Der verdammte Mistkerl lässt sich absichtlich Zeit, sie wartet jetzt schon eine gefühlte Ewigkeit, hilflos, allein und gefesselt. In ihr brodelt es. ›Der hat doch einen Knall!‹ Sie hat Lust ihn zu schlagen und ist gleichzeitig wütend auf sich selbst. Als sich die einmalige Gelegenheit bot, ihm ordentlich den Hintern zu versohlen, hatte sie abgebrochen. Himmel, was ist sie damals für ein Dummkopf gewesen!

Als Alec endlich zurückkommt, stutzt er. Sie sieht richtig sauer aus. Warum bloß? Was ist ihm entgangen? So kann er unmöglich mit ihr spielen. Er dreht ihren Stuhl zu sich herum. Dann kniet er sich vor sie hin und kreuzt die Hände hinter dem Rücken.

»Möchtest du mich schlagen, Kampfkeks? Nur zu, tu es! Räch dich für alles, was ich dir antue!«
Sie starrt ihn ungläubig an, schluckt und schüttelt langsam den Kopf.

»Warum nicht? Ich sehe in deinen Augen, wie sehr du es willst.«

Ja, das hat sie sich gewünscht. Doch jetzt, wo er ihr die Gelegenheit bietet, will sie ihn lieber streicheln als schlagen. Mit der freien Hand knöpft sie sein Hemd auf, zerrt es umständlich über seine Schultern. »Zieh es aus«, bittet sie und er tut ihr den Gefallen. Sie streichelt seine warme, glatte Haut. Fühlt die straffen Muskeln unter ihrer Handfläche, kneift leicht in seine Brustwarze, kratzt mit dem Fingernagel darüber und registriert zufrieden, dass er eine Gänsehaut bekommt. Sie neigt sich nach vorn und bedeckt seine Brust mit Knabberküssen, schlägt mit der Zunge gegen die harte Brustwarze. Als Alec leise seufzt, lächelt sie ihn an. Ihre Wut ist verraucht. Übrig bleibt nur die Sehnsucht, ihn zu spüren. Sie leckt über seine Lippen, schiebt ihre Zunge in seinen Mund, küsst ihn leidenschaftlich und wimmert leise, als er den Kuss mit gleicher Intensität erwidert. Als sie sich herab beugt, um ihren Kopf in die Kuhle zwischen Hals und Schulter zu kuscheln, schließt er die Handschelle auf und zieht sie sanft in seine Arme.

»Alles klar, Kampfkeks?«

Sie nickt stumm.

»Möchtest du mit mir spielen?«

Jetzt strahlt sie ihn an. »Ja Master, ich bitte darum.«

Er streichelt ihre Wange. »Zieh dich aus!«

Gehorsam steht sie auf, um sich aufreizend langsam ihrer Kleidung zu entledigen.

Er bleibt, wo er ist, lässt sie keine Sekunde aus den Augen. Pure Dominanz. Selbst wenn er auf dem Boden kniet, ist er durch und durch ein Top und sie ist glücklich über jeden Befehl, den sie befolgen darf. Erst als sie nackt vor ihm steht, erhebt er sich mit einer fließenden Bewegung, die an ein elegantes Raubtier erinnert. Er geht einmal um sie herum und verharrt schließlich hinter ihr. Seine Präsenz prickelt auf ihrer Haut. Mit einer herrlich dominanten Geste packt er sie im Nacken und schiebt sie vorwärts zum Küchentisch. Nur mit dem Druck seiner Hand bedeutet er ihr, sich über den Tisch zu beugen. Willig lässt sie sich führen, spreizt automatisch die Beine. Er lässt sie los, fasst stattdessen zwischen ihre Schenkel, teilt ihre Lippen, massiert sanft ihre Klit und lauscht ihren lustvollen kleinen Seufzern. Dann zieht er ihre Backen auseinander und drückt vorsichtig einen mit kühlem Gleitgel präparierten Plug gegen ihren Anus, überwindet den Widerstand und schiebt das Toy in sie hinein.

Becky hält den Atem an. Sie mag dieses sonderbare Gefühl. Seltsam und doch wahnsinnig stimulierend. Er hatte angekündigt, dass er sie so nehmen will und sie weiß instinktiv, dass es, heute soweit ist. Allein schon die Vorstellung löst eine Mischung aus Angst und aufgeregter Neugier in ihr aus. Nervös kaut sie auf ihrer Unterlippe und überlegt ernsthaft, ob es nicht ratsam wäre, ihn mithilfe des Safewortes davon abzuhalten. Nein, der Gedanke, dass er ihren Körper gebraucht, wie es ihm gefällt, erregt sie viel zu sehr. Und da ihm offenbar viel daran liegt, will sie ihm das Vergnügen auch nicht verwehren.

Er tätschelt ihre Backen, presst sein Becken gegen ihren Arsch. Rebecka japst. Er sorgt dafür, dass sie das Toy in sich überdeutlich spürt. Kraftvoll bewegt er die Hüften vor und zurück. Der Plug passt sich seinen Bewegungen an, gibt ihr einen kleinen Vorgeschmack, wie es sein wird. Es prickelt, turnt sie total an. Und diese Dosis Angst, die ihren Magen in Aufruhr versetzt und ihr Herz gegen die Rippen wummern lässt, sorgt für einen besonderen Kick. Ihr Stöhnen stachelt ihn an, veranlasst ihn, noch kräftiger vor und zurück zu wippen.

»Wenn du nicht willst, dass ich komme, solltest du damit sofort aufhören!«

»Wer sagt denn, dass ich nicht will, das du kommst?«, brummt er. »Aber da du dir schon wieder ungefragt meinen Kopf zerbrichst, wirst du auf diesen Orgasmus verzichten müssen.«

Sie wimmert frustriert, doch er zieht unvermittelt an ihren Haaren. Dem stummen Befehl gehorchend, richtet sie sich auf. Er dreht sie zu sich herum, um ihre Brüste zu kneten. »Aber es freut mich, dass es dir so sehr gefällt.« Er hält mitten in der Bewegung inne, schaut ihr tief in die Augen. »Ich werde es genießen, dich auf diese Weise zu vögeln.«

Er küsst sie so fordernd, dass sie erbebt. Oh nein, sie wird sich ihm bestimmt nicht verweigern!

»Mund auf, Sklavin!« Sein höllisch heißer Blick löscht jeden vernünftigen Gedanken aus und verursacht eine Ganzkörpergänsehaut. Als sie gehorsam den Mund öffnet, schiebt er einen großen Knebelball aus Gummi hinein. Sanft leckt und knabbert er an ihren Lippen, die sie nun nicht mehr schließen kann.

»Jetzt hältst du endlich mal die Klappe, sogar ganz ohne Redeverbot.«

Hektisch atmet sie durch die Nase. Dieser Ball ist größer als der, mit dem er sie in der Kutsche geknebelt hatte.

»Du wirst dich daran gewöhnen. Der Knebel kommt raus, bevor wir richtig anfangen, versprochen.« Er streicht mit dem Daumen über ihre Wange, an dem Lederband entlang, das den Gummiball hält. »Ich werde dich nicht anal nehmen, ohne dir die Möglichkeit zu geben, mir zu sagen, wenn etwas nicht in Ordnung ist.«

Für einen Moment verspürt sie Erleichterung, doch dann wird ihr bewusst, dass er es ausgesprochen hat und ihre Vermutung damit zur Gewissheit wird.

»Du siehst übrigens sehr süß aus, mit dem Ball im Mund. Gefällt mir außerordentlich gut. Und die Ruhe mag ich fast genauso sehr.«

Da sie schon wieder versucht, ihn zu schlagen, hält er es für angebracht, ihre Handgelenke mit den Handschellen auf dem Rücken zu fixieren. Erneut greift er mit dieser gebieterischen Geste in ihren Nacken und schiebt sie vor sich her durch den Flur und schließlich durch eine Tür.

Staunend schaut Becky sich um. Unzählige Kerzen erhellen den Raum, in dem es außer einem kleinen Tisch und einem wuchtigen Ledersessel keine Möbelstücke gibt. Jetzt wird ihr klar, warum er so lange weggeblieben ist. Es dauert seine Zeit, so viele Kerzen zu entzünden. Sie fröstelt leicht, als ihre nackten Füße auf kühlen, schwarz gestrichenen Estrichboden treffen. Im Kerzenschein sieht sie einige Seile und Ketten. Aber am meisten sticht der große Gegenstand in der Mitte ins Auge, den sie hier nie erwartet hätte, obwohl er absolut in diese Region gehört. Es handelt sich um ein Fass. Ein Whiskyfass offenbar, denn der feine Duft von gutem Scotch erfüllt die Luft. Sie atmet tief ein, wow. Hochprozentiger Alkohol wie Whisky ist nichts für Rebecka, zu hart für ihren Geschmack. Aber das Aroma von Rauch, Holz und Single Malt riecht nicht unangenehm. Es passt zu der düster-erotischen Atmosphäre und vermittelt gleichzeitig eine maskuline Bodenständigkeit.

Das Fass liegt bäuchlings in einer stabil aussehenden Ständerkonstruktion. Der Fassboden schaut zur Tür. Alec schließt die Handschellen auf und weist sie an, sich am unteren Ende auf den Holzbauch zu setzen. Sie tut es und lässt ihre gespreizten Beine rechts und links herunter baumeln.

»Ich möchte, dass du dich so hinlegst, als wärst du ein Jockey auf einem Pferd. Also Knie beugen, Unterschenkel an die Oberschenkel anwinkeln und den Oberkörper flach auf das Fass ablegen. Leg die Hände erst mal locker auf den Rücken.«

Rebecka bekommt große Augen. Er wird sie doch nicht ernsthaft auf ein Fass binden wollen, oder etwa doch?

Alec grinst durchtrieben. »Schau nicht so ungläubig, du hast mich schon richtig verstanden. Es wird genau das, was du denkst.«

Was für eine verrückte Idee, aber bitte. Sie legt sich nach Alecs Anweisung hin. Es ist tatsächlich ein bisschen, wie auf einem Pferd zu sitzen.

Er holt mehrere Seile. »Ich liebe schöne Bondage-Posen. Ich werde dich nicht einfach nur fesseln, ich erschaffe ein Kunstwerk und du spielst darin die Hauptrolle. Also sieh zu und staune.«

Damit zieht er einen schwarzen Vorhang auf, der die Wand vor ihr vollständig bedeckt hat. Die gesamte Fläche ist verspiegelt. Nachdem er den Store beiseitegeschoben hat, wirkt das Zimmer eher wie ein düsteres kleines Fitnessstudio. Vielleicht wurde es sogar früher so genutzt.

Zuerst fesselt er jeweils ihre Ober- und Unterschenkel aneinander. Dann schlingt er ein weiteres Seil um ihre Taille und führt es mehrmals unter dem Fass hindurch. Das ist möglich, weil es auf der Ständerkonstruktion liegt und selbst nicht mit dem Boden in Berührung kommt.

Dann umschlingt er zunächst das rechte Handgelenk mit einem Tau und verbindet es mit ihrem rechten Knöchel. Die gleiche Prozedur wiederholt er auf der linken Seite. Das nächste Seil windet er um ihren Oberkörper, vorbei an den Achseln und wickelt es dann um das Fass. Jetzt sind Taille und Brustbereich fixiert. Unmöglich sich auch nur einen Zentimeter zu rühren. Ihr Spiegelbild bietet einen absolut scharfen Anblick. Alec hat sie so auf dem Fass drapiert, dass er sie benutzen kann, wie es ihm gefällt.

Mit der Hand streichelt er sanft über ihre Backen. »Dir ist klar, dass ich mich heute ausgiebig mit deinem Arsch beschäftige?«

Die Unsicherheit steht ihr ins Gesicht geschrieben, doch sie nickt tapfer.

»Grundsätzlich hatte ich für heute kein Spanking geplant. Aber du hast dir in Edinburgh zehn Strafhiebe eingehandelt und die bekommst du auch. Immerhin wären wir beide enttäuscht, wenn du ganz ohne Hiebe davon kämst, nicht wahr?«

Sie schluckt trocken, starrt ihn gebannt an.

»Zehn Schläge sind nicht viel, aber zur Einstimmung reichen sie aus.« Er runzelt die Stirn. »Ich überlege, ob ich sie dir verabreiche, während du den Ball im Mund hast oder ob ich dich vorher davon befreie.« Er saugt ihren Anblick in sich auf. »Du siehst wirklich, scharf damit aus«, fährt er dann fort. »Ich liebe diesen Look an dir. Aber so kannst du die Hiebe nicht mitzählen und ich höre deine wunderbaren Schreie nicht. Andererseits hört man das Klatschen der Gerte dann umso lauter und ich kann mich besser darauf konzentrieren, die hübschen Linien auf deine Haut zu zeichnen.« Er hält für einen Moment inne und entscheidet dann. »Du behältst den Ball und zählst die Schläge trotzdem mit. Natürlich wirst du die Zahlen nicht deutlich aussprechen können, aber es wird Spaß bringen, dir zuzuhören. Und wenn eine Zahl nicht klar genug zu verstehen ist, bekommst du einen Strafhieb extra.«

Alec grinst süffisant, während er um das Fass herumgeht, um sie von allen Seiten zu betrachten. »Wunderschön. Es ist ein Genuss, dich in einer solchen Pose zu sehen, du bist wie geschaffen dafür.«
Das Glitzern in ihren Augen zeigt ihm, wie sehr sie es genießt, sein Lustobjekt zu sein. Sie liebt es, für ihn zu posen, je lasziver, desto besser. Er greift nach der Gerte und lässt sie durch die Luft sausen. Fasziniert starrt sie in den Spiegel.

»Du möchtest zusehen, wie ich die deine Haut zeichne?«

Große Augen scheinen ihn mit Blicken verschlingen zu wollen. Zaghaft nickt sie.

»Du stehst drauf, nicht wahr? Du magst die Spannung und das Lampenfieber. Du liebst die Vorfreude auf den Schmerz.«

Ein zittriges Schnaufen entkommt ihr, doch sie nickt ergeben.

Er schüttelt lächelnd den Kopf. »Du bist wunderbar. Wie könnte ich dich enttäuschen?«

Gemächlich dreht er sich um und schlendert zu dem kleinen Tisch, auf dem, wie sie im Spiegel erkennt, eine Flasche mit bernsteinfarbener Flüssigkeit neben einem wuchtigen Glas steht. Er legt die Gerte zur Seite und gießt sich einen Doppelten ein. Tief atmet er das Aroma des Getränks durch die Nase ein, bevor er den ersten Schluck trinkt. Während er das Schlaginstrument wieder an sich nimmt, rollt er den Alkohol genießerisch im Mund. Mit dem Glas in der anderen Hand kommt er zurück zu ihr und stellt den Tumbler, der erstaunlich schwer ist, auf ihrem Rücken ab. Die Hand nahe am Glas bittet er:

»Versuch mal, den Tumbler abzuschütteln, damit ich sehe, ob er sicher steht.« Sie versucht es, doch sie kann sich in den Fesseln kaum rühren und das Glas gerät nicht in Gefahr zu kippen.

»Perfekt«, murmelt er grinsend.

Wieder lässt er die Gerte durch die Luft sausen und dieses Mal landet sie auf ihrer rechten Backe. Sie schreit, doch der Ball dämpft das Geräusch.

»Aiind«

»In Ordnung, ich lasse das mal als Eins durchgehen, aber du könntest dich ruhig etwas mehr anstrengen.« Schon klatscht der nächste Schlag auf ihre linke Backe.

»Aaaiii.«

»Nicht besonders sauber, aber ich bin heute gnädig gestimmt. Nur jetzt musst du mal etwas schneller zählen.« Zwei Schläge platziert er direkt hintereinander auf ihre Haut, auf jede Backe einen.

»Ah! Aaaaiii, Iiiieer.«

»Hm ... ich gebe zu, die Zahlen zwei und drei klingen ähnlich, aber so sehr ähneln sie sich auch wieder nicht! Gib dir mehr Mühe, Schlampe!«

Die nächsten zwei Hiebe landen mit einem gut vernehmbaren KLATSCH auf ihrem Arsch. »Ah! Üüün, chech!«

»Nein, mo shìtheag. Die Sechs war jetzt wirklich nicht zu verstehen. Dafür kassierst du einen Strafhieb.« Kurz hebt er das Glas von ihrem Rücken, trinkt genießerisch einen Schluck und stellt es wieder zurück.

»Ischerl!«

Zwei weitere Schläge treffen ihren Hintern scharf und gemein.

»Hast du mich gerade einen Mistkerl genannt? Ich finde, dafür hast du dir einen Extrahieb verdient. Damit bist du schon bei zwölf.« Er geht drei Schritte vor und raunt in ihr Ohr. »Du solltest jetzt lieber ordentlich zählen und deine Frechheiten für dich behalten, sonst wird dein Arsch heute leiden müssen.«

Wieder klatschen schnell nacheinander zwei Schläge auf ihre Backen.

»Chieen, aaach.«

»Du bist tapfer, Kampfkeks, ich bin stolz auf dich. Das Muster auf deinem Arsch wird wunderschön.«

Ihre Haut brennt und pocht, doch er gönnt ihr keine Pause. Feurig landen die nächsten zwei Feuerküsse auf ihrem Po.

»Eeeuuuu, ah! Eeeehh.«

»Die letzten beiden Hiebe werden kurz hintereinander kommen und dann wirst du wahrscheinlich enttäuscht sein, weil es schon vorbei ist«, flüstert er. Dann holte er aus, sie zuckt zusammen, aber er lässt die Gerte nur durch die Luft sausen und erzeugt dieses fiese scharfe Geräusch. Doch schon hebt er das Schlaginstrument erneut und dieses Mal trifft er.

»Eyf.« Tränen schießen ihr in die Augen.

Während sie die Zahl noch jault, landet der letzte Schlag scharf auf ihrem Arsch. »Chööf.«

Die Gerte streicht locker über ihren Rücken, während er zurückwandert und das Lederband, das den Knebelball hält, an ihrem Hinterkopf löst. Sanft lässt er seine Hand über ihre Dreadlocks gleiten. »Du hast es geschafft. Das war geil!«, flüstert er nahe an ihrem Ohr.

»Danke Master, mein Hintern brennt und du bist ein Mistkerl, aber ich liebe es, dir zu dienen.«

Zärtlich streichelt er ihre feuchte Wange. »Ich mag es, wie du um Bestrafung bettelst und das so schnell, nachdem ich dir den Arsch versohlt habe. Zwölf Schläge sind nicht genug für dich, nicht wahr?«

Genussvoll lässt er seine Blicke über sie hinweggleiten. Unmittelbar nach einer Züchtigung ist sie am schönsten, findet er. Sie wirkt so verletzlich, so hingebungsvoll und sie ist so nass, dass sie vor Geilheit fast anfängt zu zittern. Herrlich, wie sehr sie nach einem Spanking nach seinem Schwanz giert. Nun, sie wird ihn bekommen, wenn auch anders als sie es gewohnt ist.

»Bist du nervös, mo leannain?«

»Ja Master, aber ich will nie wieder etwas von vorn herein ablehnen, was ich nicht kenne.« Sie atmet zweimal tief ein und aus. »Ich kann mir nicht vorstellen, dass es mir nicht gefällt, dich in mir zu spüren, ganz egal wo.« Ein zaghaftes Lächeln umspielt ihre Lippen. »Und der Gedanke, dass du der erste Mann bist, der mich auf diese Weise nimmt, fühlt sich gut an. Ich möchte dir dieses Geschenk machen.«

»Du redest wie eine gut erzogene Sklavin. Für die kurze Zeit, die wir spielen, hast du schon viel gelernt.«
Ihre Wangen färben sich zart rosa. Rührend, zu sehen wie sehr sie sich über sein Lob freut. Er berührt ihre Lippen sanft mit seinen, küsst sie zärtlich.

Sie schmeckt den Whisky, was ihr absolut nicht unangenehm ist.

»Mhm.«

Er schmunzelt, nimmt das Glas von ihrem Rücken und einen kleinen Schluck in den Mund und küsst sie erneut. Der Alkohol schmeckt scharf, aber gemischt mit ihrer beider Speichel wird das Aroma weicher und vollmundiger. Eine schwere, fruchtige, rauchige Würze mit einer leichten Vanillenote. Auf ihren Zungen, die einander streicheln, wirkt dieser Geschmack hocherotisch. Er beendet den Kuss, entzieht sich ihr, doch das Aroma bleibt in ihrem Mund zurück. Alec stellt den Tumbler wieder auf ihrem Rücken ab. Sanft streicht er über die geschundenen Backen. Als er den Analplug vorsichtig bewegt, stöhnt sie. Er zieht das Toy ein Stückchen heraus und stößt es sachte wieder in ihren Anus hinein, bewegt den Plug im Takt ihres schneller werdenden Atems. Mit der anderen Hand fährt er durch ihre tropfnasse Spalte, dringt mit zwei Fingern in sie ein, ohne den Rhythmus, mit dem er sie mit dem Toy reizt, zu unterbrechen. Sie stößt ein kehliges Seufzen aus. Lustsaft rinnt an ihren Schenkeln hinab. Himmel diese Frau ist reiner Sex! Er kann es kaum erwarten, seinen harten Schaft durch diese Pforte zu stoßen. Tief in die herrlich geile Enge vorzudringen und ihren üppigen Arsch ganz und gar in Besitz zu nehmen. Aber er zwingt sich zur Geduld. Er will, dass sie danach lechzt, von ihm anal genommen zu werden. Er möchte dieses Erlebnis so lustvoll wie nur möglich für sie gestalten. Als er seinen Finger auf ihre Klit drückt, beginnt ihr Körper leicht zu beben.

»Oh nein du geiles kleines Miststück, ich erinnere mich nicht daran, dir einen Orgasmus zugestanden zu haben!« Er schlägt mit der flachen Hand kräftig auf ihren glühenden Hintern. Ihre jammervollen Laute klingen wie Musik in seinen Ohren, erhöhen die Vorfreude. Das Beben jedenfalls lässt nach. Er genießt seine Macht über sie in vollen Zügen. Noch zwei Mal schlägt er abwechselnd auf ihre Backen, einfach nur weil ihre Qual ihm so gut gefällt. Er greift nach dem Glas, kippt ein kleines bisschen Whisky auf die geschundene Haut und leckt den Alkohol schnell und gründlich ab. Sanft knabbernd liebkost er die Striemen, bevor er den Plug vollständig entfernt. Er zieht ihre Backen weit auseinander, pustet einen kühlen Lufthauch dazwischen. Scharf zieht sie Luft durch die Zähne, als er mit einem Finger sanft ihr Hintertürchen massiert. Obwohl sie nicht in der Lage ist, sich zu bewegen, kann er ihre Unruhe spüren. Er dringt mit dem Finger vor, drückt ihn vorsichtig ein Stückchen in sie hinein. Sachte weitet er sie, nimmt einen zweiten Finger hinzu, streicht mit der anderen Hand zärtlich über ihre nassen geschwollenen Lippen. Sie atmet hektisch, stöhnt leise. Großzügig verteilt er Gleitgel auf seinem Schwanz und bringt seine Eichel so nah an ihren Hintereingang, dass sie ihn dort spüren kann. Spannung liegt in der Luft, Nervosität, Furcht aber auch Neugierde, Lüsternheit und Hingabe. Eine Mischung, die ihn total anmacht. Behutsam erhöht er den Druck auf ihre Rosette. Sie atmet hastiger.

»Ich liebe es, wenn du ein bisschen Angst hast«, raunt er dunkel und dringt dabei langsam vor. »Und ich liebe es, dass deine Hingabe dann doch größer ist als deine Beklommenheit.«

Gefühlvoll nimmt er sie Stück für Stück in Besitz.

»Während einer Session verlässt du dich vollkommen auf mich. Dein Vertrauen erfüllt mich mit Dankbarkeit und ich verspreche dir, ich werde mir Mühe geben, es nie zu enttäuschen.«

Mit diesen Worten schiebt er sich auch noch das letzte Stückchen tiefer, bis er ihren Anus mit seiner ganzen Länge füllt. Nicht für eine Sekunde löst er den Blick im Spiegel von ihrem Gesicht. Göttlich, ihr Minenspiel zu beobachten. So viel Geilheit, so viel Verletzlichkeit, soviel Qual von den Schlägen, die er ihr verabreicht hat, soviel aufgeregte Neugier. Dazu dieses Quäntchen Angst, das sie bei allem Vertrauen offenbar nicht ganz ablegen kann. Alec bewegt sich nicht. Er schließt die Augen und kostet den Druck auf seinen Schwanz aus, während er ihr die Zeit gibt, sich an diese Art der Inbesitznahme zu gewöhnen.

Rebeckas Herz klopft immer noch heftig. Sie spürt ihren Puls im ganzen Körper, während er langsam und gefühlvoll immer ein Stückchen weiter vordringt. Als Vorgeschmack hatte sie sich ja schon an den Analplug gewöhnen dürfen. Als er sie zuerst mit einem und dann sogar mit zwei Fingern weitete, hatte ihr Herz sich fast überschlagen. Sie ist kurz davor gewesen, die Session mit dem Safewort zu beenden, doch ihre aufgeregte Neugier und der Herzenswunsch, ihm diesen Traum zu erfüllen, hatten sie davon abgehalten. Doch seinen Schwanz dort aufzunehmen ist noch mal etwas völlig anderes, als der vergleichsweise kleine Analplug. Dieser Eindringling füllt sie so vollkommen, dass ihr die Luft wegbleibt. Trotz des Plugs vorher und der Vorsicht ihres Herrn hat es ein bisschen wehgetan, als er den Widerstand an ihrem Eingang überwand. Der leichte Schmerz ist inzwischen verschwunden, aber sie hat sich noch nie mehr wie eine Sklavin gefühlt wie in diesen Momenten. Sie wirft einen scheuen Blick in den Spiegel, sieht sich selbst, wie sie auf das Fass gebunden daliegt. Drapiert und gefesselt nur zu dem Zweck, sich seinem Verlangen zu ergeben und Lust zu empfangen. Groß und dunkel ragt er hinter ihr auf. Sie begegnet seinem prüfenden Blick im Spiegel und kann nicht anders, als ihm ein zittriges Lächeln zu schenken. Sie gehört ihm. Seine Sklavin, sein Besitz, sein Spielzeug, sein Lustobjekt und sie ist glücklich, genau das zu sein. Auch wenn sie das nie für möglich gehalten hätte, sie zerspringt fast vor Freude, weil er ihr dieses Gefühl gibt. Der Eindringling in ihrer Hinterpforte fühlt sich darüber hinaus nicht unangenehm an, im Gegenteil. Ein Kribbeln überzieht ihren ganzen Körper und sammelt sich geballt in ihrer Klit. Es ist ungewohnt, so komplett anders als alles, was sie bisher gefühlt hat und ... sie mag es, wird ihr gerade bewusst. Oh ja, sie mag es sogar sehr. Die Angst verschwindet fast vollständig, Aufregung und Neugier dagegen nicht. Doch ihr Lächeln im Spiegel wird gelöster, strahlender, hingebungsvoller und signalisiert ihm, dass sie bereit ist. Vorsichtig und sehr langsam bewegt er sich, sie genau im Spiegel beobachtend, vor und zurück. Becky wimmert leise. Sie vermag kaum zu beschreiben, wie sich das anfühlt. Zunächst erscheint ihr dieser Pfad eindeutig enger oder sein Schwanz kommt ihr erheblich größer vor als gewöhnlich. Die Penetration ist anders, viel intensiver und die geballte Lust die durch die Reibung erzeugt wird projiziert wahre Stromstöße in ihre Klit.

»Oh Gott! Gib mir mehr! Bitte beweg dich, ich brauche mehr!«, stöhnt sie gierig. Er tut ihr den Gefallen, steigert Tempo und Intensität pumpt seinen Schaft in ihren üppigen und dennoch herrlich engen Arsch. Auch er keucht. Ihre Geilheit weckt seine niederen Instinkte und er muss sich sehr zurückhalten, nicht schon wieder auf ihre Backen zu schlagen. Er wird wieder langsamer. Hebt erneut das Glas von ihrem Rücken, trinkt einen Schluck und stellt es zurück. Er behält den Whisky im Mund und schließt genießerisch die Augen. Gemächlich bewegt er sich, konzentriert sich auf die Reibung, die seinen Schwanz verwöhnt, den vollmundigen Geschmack auf der Zunge und die Lustschreie seiner Gespielin. ›Ungefähr so muss der Himmel aussehen‹, denkt er, erfüllt von sinnlichem Genuss.

Doch als der Alkohol warm seine Kehle hinab rinnt, öffnet er die Lider wieder, denn er muss sie einfach im Spiegel betrachten. Ihr Gesichtsausdruck, so höllisch lüstern, dass er bei ihrem bloßen Anblick schon abspritzen könnte. Sie wirkt völlig entrückt in ihrem leidenschaftlichen Rausch. Und doch scheint sie vollkommen auf ihn fokussiert zu sein. Mit verhangenen Augen stiert sie ihn im Spiegel an, nimmt jede seiner Bewegungen auf. Nicht nur mit ihrem süßen Arsch, sondern auch mit Kopf und Herz, das sieht er ihr deutlich an. Ganz bewusst lässt sie sich von ihm führen. Eine Sklavin seiner Gier. Gehorsam, aber nicht demütig. Nicht in diesem Moment. Denn auch wenn er sich alles von ihr nimmt, so gibt er ihr auch alles zurück. Insofern begegnen sie sich auf Augenhöhe. Nur wenn er hier und da mal lässig das Glas von ihrem Rücken hebt, um ein Schlückchen von dem guten Scotch zu genießen. Wenn er ohne Hast in sie hinein stößt und den Tumbler dann mit dieser nonchalanten Arroganz auf ihren Rücken zurückstellt. Dann fühlt sie sich auf eine so herrlich anmaßende Art von ihm erniedrigt, dass sich ihr Schoß vor Wonne noch mehr zusammenzieht.

Ihre Haut glänzt schweißnass, obwohl sie außer ihrem Kopf nichts bewegen kann. Unvermittelt entfährt ihr ein lang gezogenes Jaulen und ihr auf dem Fass fest verschnürter Körper beginnt zu zucken und zu beben. Das allein ist schon eine Show. Ihr Spiegelbild zusätzlich zu betrachten, der Wahnsinn. Sich dabei auch noch in ihrem Arsch zu versenken, ist schlicht zu viel für seine Selbstbeherrschung. Er wirft den Kopf zurück, rammt seinen prallen Schaft ein letztes Mal in ihre Enge und entlädt sich in heißen Schüben in ihr.

Beide sind vollkommen erledigt. Alec bringt nicht einmal mehr die Energie auf, ihre Fesseln zu lösen. Vorsichtig zieht er sich aus ihr zurück, greift nach seinem Glas, überbrückt die kurze Distanz bis zu ihrem Kopf und legt sich unter die Ständerkonstruktion. Er liegt auf dem Rücken, ihr Gesicht schwebt genau über seinem. Überrascht stellt er fest, dass diese Position einen schlauen Schachzug darstellt. Sie erzeugt Nähe, die sie nach dem Sex und besonders nach dieser Session beide brauchen. Gleichzeitig entzieht er ihr die Möglichkeit, ihn anzufassen und zu kuscheln. Eine sehr subtile Art, ihr zu zeigen, wessen Wille hier zählt. Zufrieden mit sich und der ganzen Welt im Reinen faltet er die Hände hinter dem Kopf und zeigt ihr mit zärtlichem aber unbeugsamen Mastergesichtsausdruck, ihren Platz in der Hierarchie.

»Diese Pose hier auf dem Fass ... ich finde mich selbst höllisch scharf, obwohl ich eigentlich nicht unbedingt zur Selbstverliebtheit neige. Das ist blöd, oder?«

Er schüttelt den Kopf. »Ganz und gar nicht.« Einen Moment schaut er sie prüfend an.

»Kannst du dich so malen, wenn ich ein paar Fotos von dir als Vorlage knipse?«

Sie reißt die Augen auf, doch dann lächelt sie. »Äh ... ja«, murmelt sie unsicher, überlegt kurz. »Ja, dich denke schon. Ich kann nicht versprechen, dass es gut wird, aber versuchen würde ich es gerne. Wenn es mir gelingt, schenke ich dir das Bild.«

»Großartig. Ich bin sicher, du kriegst das hin.«

Er steht auf, nimmt sein Handy vom Beistelltisch und fotografiert sie von allen Seiten. Zum Schluss geht er vor ihr in die Hocke. »Zeig mir deine Hingabe mo leannain, lass die Kamera einfangen, was du empfindest. Ja genauso, wunderbar.«

Er küsst sie sanft und legt sich auf den Rücken, wie zuvor. Hin und wieder nippt er an seinem Whisky und wünscht sich träge und zufrieden, diesen Moment länger festhalten zu können.

»Was ist das für ein Zeug?«, fragt sie, nachdem sie noch eine Weile schweigend dagelegen, die stille Zweisamkeit genossen und neue Kräfte gesammelt haben.

»Neunundzwanzig Jahre alter Islay Single Malt.« Er zwinkert ihr zu. »Genauso alt wie du bist, das erschien mir dem Anlass angemessen.«

Fassungslos schüttelt sie den Kopf über so viel Dekadenz. Dennoch muss sie gegen ihren Willen lachen. Männer!

20

Alec weckt sie mit trägen Küssen und sanftem Streicheln und zaubert damit ein Strahlen auf ihr Gesicht, noch bevor sie überhaupt die Augen aufschlägt. Hier in Schottland scheint sie ein vollkommen anderer Mensch zu sein. Von der verkniffenen, mit Vorurteilen beladenen Zicke mit den leeren Augen ist nichts übrig geblieben. Gerade öffnet sie die Lider. In ihren grünen Hexenaugen funkeln so viel Glück und Zärtlichkeit, dass ihm für einen Moment der Atem stockt. Sie schlingt die Arme um seinen Hals, küsst ihn so inbrünstig, dass sich sein bester Freund augenblicklich hellwach aufrichtet. Jetzt reibt die kleine Hexe ihren Körper sinnlich an seinem und macht ihn damit verrückt. Mit eiserner Selbstdisziplin konzentriert er sich auf seine Pläne für den heutigen Tag.

»Hey guten Morgen, mo shìtheag. Ich schlage vor, wir springen schnell unter die Dusche, frühstücken und dann geht es los. Ich habe für heute einen Ausflug geplant. Du wirst begeistert sein, da bin ich sicher!«

Sie lächelt ihn verführerisch an. »Ich bin überzeugt, es gefällt mir, was auch immer du ausgeheckt hast. Aber hat es nicht noch eine Viertelstunde Zeit? Zuerst will ich dich!«

»Du kleines geiles Luder wünscht dir einen Morgenquickie?«

»Ich will dich in mir spüren. Ich brauche deinen Schwanz!«

Wer will da schon widerstehen, wenn sie am frühen Morgen mit diesem höllisch sinnlichen Unterton solche Sachen sagt? Er packt sie, zieht sie auf seinen Körper und dringt sofort in sie ein.

»So gierig und so nass und dabei hat sie noch nicht einmal ganz die Augen auf«, murmelt er dunkel.

»Was erwartest du? Du machst mich verrückt! Wegen dir verwandele ich mich in eine willenlose, schwanzgesteuerte Schlampe!« Langsam bewegt sie das Becken.

»Ich stehe rein zufällig auf willenlose, schwanzgesteuerte Schlampen, besonders wenn sie mich mit ihren grünen Hexenaugen so sehnsüchtig anschauen, wie du gerade.« Er packt ihre Hüften. »Lehn dich zurück, die Hände rücklings auf meine Oberschenkel! Ich will deine Titten wippen sehen!«

»Ja Master, wie du wünschst!« Sie nimmt die geforderte Pose ein. Er genießt den Anblick ihres Körpers. Ihre Haut, eine unversehrte Spielfläche, die geradezu danach schreit, neu gezeichnet zu werden. Ihr Gesicht wirkt entrückt vor Lust. Ihr Becken zuckt in fiebriger Gier vor und zurück. Sie reitet ihn fordernd und leidenschaftlich. Keine Spur von Unterwürfigkeit. Außer bei diesem Rollentausch während ihrer ersten Session hat er die Kontrolle schon seit vielen Jahren nicht mehr abgegeben. Er staunt, wie sehr ihm dieser Ritt gefällt.

»Zeig's mir, mo leannain! Ich will sehen, wie du explodierst! Komm für mich, du Schlampe!«

»Alec!« Ihr ganzer Körper erzittert und bebt, ihre inneren Muskeln würgten seinen Schaft, pressen den Saft aus ihm heraus, bis er ihr auch den letzten Tropfen geschenkt hat. Sie stößt sich mit den Händen von seinen Schenkeln ab und lässt sich auf seine Brust fallen, die sich heftig hebt und senkt.

»Ich liebe deinen Schwanz«, keucht sie. »Ich liebe es, was du mit mir anstellst, auch wenn ich keine Ahnung habe, wie du das schaffst, dass ich mich in eine wilde Sexbestie verwandele.« Sie kuschelt ihr Gesicht an seine Brust. »Es ist mir auch egal, nur hör bitte nicht auf damit! Ich bin süchtig nach dir!«

Er schmunzelt bei diesem Geständnis. »Gieriges kleines Miststück, steh endlich auf, sonst wird es zu spät für unseren Ausflug.« Er lässt seine rechte Hand hart auf ihre Backe sausen und entlockt ihr einen Schrei, der wie Musik in seinen Ohren klingt.

Reflexartig richtet sie sich auf und schüttelt den Kopf.

»Was ist?«

»Es gibt Momente, da ist es immer noch unfassbar für mich, wie sehr ich es mag, wenn du mich schlägst.« Wieder ein Kopfschütteln. »Wie sehr habe ich so etwas verachtet, und jetzt bekomme ich nicht genug davon. Ich frage mich, ob ich früher verrückt war, oder ob ich es heute bin.«

Sie seufzt und kriecht aus dem Bett, doch Alec hält sie fest und schaut sie ernst an.

»Du hast mir erst gestern erzählt, dass du mit dir und deinen Neigungen im Reinen bist. Wen interessiert, ob wir anders sind als die Norm? Ob das was uns gefällt, gut oder schlecht, richtig oder falsch ist? Wer hat das Recht, das zu beurteilen?«

»Ich ... ich weiß es nicht.« Sie lässt die Schultern hängen.

Sein Blick taucht in ihren. »Bist du glücklich, Becky?«

Sie öffnet den Mund, schließt ihn wieder, atmet tief ein und aus. »Ganz ehrlich?«

»Nichts anderes erwarte ich von dir, als absolute Aufrichtigkeit. Immer! Und besonders in diesem Moment.«

Sie nickt langsam.

»Ich war noch nie in meinem ganzen Leben wirklich glücklich, habe mich stets nur durchgeschlagen. Hier mit dir bin ich es zum allerersten Mal und dafür bin ich dir unendlich dankbar.«

Er schluckt und streicht ihr sanft über die Wange. »Du brauchst mir nicht zu danken, mo leannain, nicht dafür. Mir macht das hier auch sehr viel Spaß. Ich habe genauso viel davon wie du.« Seine Stimme klingt etwas rau. »Und jetzt lass uns duschen gehen, bevor wir noch vollkommen rührselig werden.«

»Eines muss ich dir noch sagen: Du weißt, warum ich mit all den Männern geschlafen habe, früher ... wegen der Nähe ... du weißt schon, ich habe es dir erzählt.«

Er nickt.

»Mit dir ist das anders. Du gibst mir so viel Nähe, einfach nur weil du bei mir bist. Um dieses Gefühl zu erreichen, muss ich gar nicht mit dir schlafen.« Sie blickt einen Moment gedankenverloren auf das zerwühlte Bett. »Aber wenn wir es tun, dann will ich es, weil ich geil bin, weil ich Spaß daran habe, weil ich dich spüren möchte. Für mich ist das eine ganz neue Erfahrung.« Sie knufft ihn leicht in den Arm. »Und jetzt lass uns aufstehen. Ich wollte, dass du das weißt, aber ich will den Tag auch nicht mit zu viel rührseligem Schmalz beginnen.«

Sie steigen aus dem Bett. Froh darüber, der mit einem Mal so ernsten Stimmung zu entkommen. Weder Alec noch Becky steht der Sinn nach übertriebenen Geständnissen nach so kurzer Zeit, die sie später vielleicht bereuen werden. Also duschen sie endlich, frühstücken und füllen den Picknickkorb.

Zu Beckys Erstaunen geht es nicht zum Auto, sondern hinunter zum Strand. Dort liegt ein kleines Motorboot für sie bereit, das Alec parallel zur rauen Küste steuert, vorbei an steilen Klippen und schroffen Felsen.

Plötzlich springen graue Leiber aus dem blauen Meer, glitzern in der Sonne und tauchten wieder unter. Alec stellt den Motor ab und lässt das Boot treiben.

»Oh mein Gott, was ist das?«, jauchzt Rebecka begeistert.

»Delfine«, sagt er leise. »Wir haben Glück. Du kannst ins Wasser gehen, wenn du möchtest. Es wird vielleicht ein wenig kühl sein, aber trotzdem schon warm genug zum Baden.« Er fasst ihren Arm. »Du kannst doch schwimmen, oder?«

»Selbstverständlich«, murmelt sie abwesend, den Blick fasziniert auf die Tiere gerichtet, die immer wieder aus dem Wasser springen und sich mit schnatternden Lauten zu unterhalten scheinen.

»Dann rein mit dir. Wenn du Glück hast, schwimmen sie mit dir. Wenn nicht ziehen sie weiter, aber dann haben wir sie zumindest gesehen.«

Er lässt sie los und Rebecka schält sich aus ihren Klamotten. Im Bikini dreht sie sich zu ihm um. »Kommst du nicht mit?«

Alec schüttelt den Kopf. »Es wäre nicht klug, den Kahn unbemannt zu lassen, ich will nicht, dass er abtreibt. Außerdem ist es schwierig, sich ohne Hilfe zurück ins Boot zu ziehen. Wir haben keine Badeleiter dabei.« Er gibt ihr einen leichten Klaps auf den Po. »Geh du allein, ich helfe dir später wieder rein. Ich bin schon öfter mit ihnen geschwommen, wenn das auch schon eine Weile her ist. Heute bist du dran. Beeile dich, sonst sind sie weg, bevor du drin bist.«

»Danke«, strahlt sie und springt, ohne zu zögern, ins Meer. Es ist kalt, aber das bemerkt sie kaum, so sehr fasziniert sie das wilde Treiben vor ihren Augen. Behutsam nähert sie sich den Delfinen. Zu ihrem Entzücken schwimmen sie nicht davon, sondern kommen näher, um den seltsamen Fisch zu begutachten, der ihnen Gesellschaft leistet. Sie springen vor ihr aus dem Wasser und lassen sich wieder hinein plumpsen und Becky ist sicher, dass sie absichtlich von ihnen bespritzt wird. Die Tiere scheinen ihre Begeisterung zu spüren und lassen sich sogar anfassen. Vorsichtig streichelt sie die glatten grauen Delfinleiber, die sich unter ihren Händen wie nasse Gummistiefel anfühlen. Den Tieren jedenfalls scheint die Berührung zu gefallen. Es hört sich an, als würden sie keckernd lachen. Die Gruppe besteht aus insgesamt fünf Tieren. Drei spielen mit ihr, schwimmen um sie herum, spritzen sie nass, lassen sich streicheln, während die anderen Beiden sich abseits halten und ihre Gefährten zu bewachen scheinen.

Alec schaut ihnen lächelnd vom Boot aus zu. Natürlich hätte auch er sich gern mitten ins Geschehen gestürzt, aber Becky mit den Delfinen zu beobachten, ihre Freude zu sehen, ist fast noch schöner. Er knipst mit dem Handy ein paar Fotos, damit sie später eine Erinnerung an dieses Erlebnis hat.

›Liegt es an Schottland, dass sie so glücklich ist? An der Landschaft und den Ausflügen? Daran, dass ich sie gezwungen habe, ihre Neigungen zu erkennen und zu akzeptieren? Oder ... liegt es an mir?‹ Der Gedanke verursacht Herzrasen, deshalb schiebt er ihn schnell wieder von sich.

»Rebecka, komm zurück ins Boot«, ruft er barscher als beabsichtigt.

»Oh bitte, lass mich noch ein bisschen mit ihnen schwimmen. So etwas erlebe ich bestimmt nie wieder!«

Er seufzt. »Okay aber nicht mehr so lang und tobe bitte nicht mehr so wild herum!«

Sie lacht. »Ich hatte zwar nie einen Vater, aber du hörst dich gerade an wie einer.«

Alec verdreht genervt die Augen. »Du tollst seit einer halben Stunde wild mit den Delfinen herum. Ihnen macht das nichts aus, aber ich sehe, dass deine Kräfte allmählich nachlassen. Ich habe keine Lust reinzuspringen und dich rauszufischen, wenn du absäufst, zumal ich dich hier mitten auf dem Meer nicht zurück ins Boot gehievt kriege!«, knurrt er ungehalten.

Einen Moment bleibt es still.

»Du hast recht, es tut mir leid«, murmelt sie zerknirscht.

Wieder seufzt er. »Leg dich auf den Rücken und lass dich ein bisschen treiben. Sie spielen trotzdem weiter mit dir.«

Immerhin tut sie, was er verlangt und tatsächlich, die Tiere stupsen sie auch weiterhin an und spritzen sie nass. Alec schaut ihnen zu, bis die Delfine sich schnatternd verabschieden, um weiterzuziehen. Erst dann lässt sie sich zurück an Board ziehen. Erschöpft, aber überglücklich fällt sie ihm in die Arme, ohne sich darum zu kümmern, dass sie ihn ganz nass macht. »Das war unglaublich! Der Wahnsinn!«, jauchzt sie überwältigt.

Er hält sie und freut sich mit ihr. Irgendwann hüllt er sie in ein Badetuch, startet den Motor und steuert in mäßigem Tempo auf zwei winzige Inseln zu. Unweit vom Strand springt er ins Wasser und zieht das Boot routiniert an Land. Becky reicht ihm den Picknickkorb, bevor sie sich beim Aussteigen helfen lässt. Alec führt sie einen schmalen Weg bergauf. Weil die Insel so klein ist, dauert es nicht lang, bis sie auf eine Wiese, ungefähr halb so groß wie ein Fußballfeld, gelangen. Vorsichtig nähert Rebecka sich den rauen Klippen auf der gegenüberliegenden Seite und schaut herunter. Die Wasseroberfläche liegt in schwindelerregender Tiefe unter ihr. Felsiges Gestein säumt das Ufer der kleinen Nachbarinsel. Ein Betreten von dieser Seite erscheint ihr unmöglich, doch kann sie von hier aus problemlos auf den hellen Sandstrand hinter den Felsbrocken hinabschauen.

»Oh, was ist das jetzt wieder?«, haucht sie entzückt.

»Seehunde«, sagt er leise und folgt ihrem Blick. »Dass uns die Delfine begegnet sind, war reines Glück, aber diese Seehundkolonie gibt es hier schon ewig.« Er hält einen Moment inne. »Mein Vater zeigte sie mir, als ich noch klein war.« Sein Ton ist melancholisch geworden. »Ich lag ihm ständig in den Ohren, weil ich hierher wollte, um die Tiere zu beobachten. Sobald ich alt genug war, um mit dem Boot allein rauszufahren, kam ich mindestens einmal pro Woche her.«

Er reicht ihr ein kleines Fernglas. »Schau hier durch, dann siehst du sie besser.«

»Wow, sind die hübsch! Diese putzigen Gesichter, süß! Und wie sie beieinanderliegen, total niedlich!« Sie lacht. »Warum haben wir nicht direkt auf der Nachbarinsel angelegt, um sie von Nahem zu betrachten?«

Alec zuckt die Schultern. »Mein Dad schärfte mir damals ein, dass ich sie nicht stören darf. Sie sind zwar an Menschen gewöhnt, weil es genug Ausflugsboote gibt, die den Touristen für wenig Geld die Seehundkolonien zeigen.« Sein Blick folgt einer Möwe, die nahe über der Wasseroberfläche fliegt. »Die Kapitäne füttern die Tiere mit Fisch, damit die Gäste möglichst viel von ihnen zu sehen bekommen. Aber Vater sagte immer, dass es nun einmal keine Haustiere sind. Außerdem haben sie um diese Jahreszeit Junge, dann sind die Muttertiere nervös, wenn man zu nah herangeht.«

»Wow, ich bin beeindruckt, dass du so viel Rücksicht nimmst.«

»Aye, es ist wichtig, die Natur zu achten.« Entschlossen wendet er sich vom Meer ab. »Ich bereite unser Picknick vor, schau du ruhig noch ein wenig durchs Fernglas.«

»Danke, du bist so lieb!«

Lieb? Nicht unbedingt die Beschreibung, die ein Kerl wie er gerne hört. Zeit, sie mal wieder daran erinnern, wie böse er sein kann! Aber eines nach dem anderen.

Nach dem Essen verstauen sie die Reste des mitgebrachten Mahls. Becky wendet das Gesicht mit geschlossenen Augen der Sonne zu. Alec streckt sich neben ihr aus, berührt sie jedoch nicht. Ohne es bewusst zu steuern, konzentriert sie sich mit all ihren Sinnen auf den Mann neben ihr, glaubt, ihn mit jeder Faser ihres Körpers zu spüren. Er ist überall, sogar in ihrem Kopf. Sie muss einfach die Augen öffnen und sich mit einem Blick auf ihn vergewissern, dass er sich nicht bewegt hat und sie immer noch nicht anfasst. Er liegt entspannt auf dem Rücken, atmet gleichmäßig. Ob er eingeschlafen ist? Nein, er schläft nicht, auch wenn ihr nicht klar ist, woher sie das weiß. Vorsichtig steht sie auf, zieht ihre Kleidung aus und legt sich nackt wieder neben ihn, wobei sie sorgfältig darauf achtet, ihn nicht zu berühren. Sie schließt die Augen und genießt die Sonnenstrahlen auf ihrer Haut. Eine Weile bleibt es still.

»Habe ich dir das befohlen?«

Oh diese Stimme! So herrlich dunkel und sexy. Rebecka zwingt sich, ruhig zu liegen und ihre Schenkel geschlossen zu halten.

»Interessiert mich nicht!« Trotz ihrer Bemühungen schafft sie es nicht ganz, einen ausdruckslosen Ton anzuschlagen. Ein bisschen von der atemlosen Spannung hört sie leider selbst aus ihrer Stimme heraus. Doch Alec lässt sich nichts anmerken und spielt mit.

»Wie bitte?«

Oh dieser wunderbare Mistkerl. Zwei Worte bloß und zwischen ihren Beinen wird es feucht.

»Ich möchte gern nahtlos braun werden. Also glotz gefälligst woanders hin und quatsch mich nicht voll!« Stolz darauf, das relativ glaubhaft rübergebracht zu haben, streckt sie die Arme über den Kopf. Mit seiner großen Hand streichelt er hauchzart ihren Bauch. So sanft, dass sie kurz überlegt, ob sie sich die Berührung nur eingebildet hat. Aber nein. Gerade lässt er die Hand seitlich an ihrer Taille hinab zu ihrem Oberschenkel wandern.

»Halte die Augen geschlossen«, ein leise gemurmelter Befehl, in dem so viel Autorität liegt, das es ihr den Atem verschlägt.

»Warum?«, fragt sie, nur um ihm auf die Nerven zu gehen.

»Weil ich es so will! Ich möchte keinen Ton von dir hören, der lauter ist als ein Wimmern.«

»Warum?«

»Damit du mit deinem Geschrei die Seehunde nicht erschreckst. Lass die Augen zu, wenn es möglich ist, wenn du Angst bekommst, darfst du sie natürlich öffnen.«

Becky öffnet die Lider und versinkt in seinem Blick.

»Sorry, ich fürchte mich nicht, aber es ist schwierig, sie für längere Zeit geschlossen zu halten. Ich spüre, dass du mich anschaust, und blinzele automatisch. Bitte verbinde mir die Augen, dann ist das Problem gelöst.«
Alec runzelt die Stirn und schüttelt bedächtig den Kopf. »Weißt du noch, was ich dir über lustvolle Erfahrungen gesagt habe? Ich will nicht, dass du in Panik gerätst.«

»Und ich möchte gerne wissen, wie es ist, wenn es dunkel ist und ich nicht allein bin«, wispert sie. »Bitte, leite mich durch die Dunkelheit, Master. Fass mich an, sprich mit mir.« Ihre Stimme zittert leicht. »Lass mich spüren, dass die Finsternis nicht beängstigend ist, wenn du bei mir bist.«

Alec atmet tief durch. »Lass dir Zeit damit. Es ist zu früh für so ein Experiment.«

Sie schluckt. Sie versteht selbst nicht, wieso ihr das gerade jetzt, gerade hier, so bedeutend erscheint, aber so ist es nun einmal. Schnell schließt sie die Lider wieder, damit er ihre Enttäuschung nicht sieht.

Sachte streichelt er ihre Wange. »Schau mich an.«

Unmöglich, sich dem sanften, aber bestimmten Befehl zu widersetzen. Gegen ihren Willen öffnet sie ihre Augen, die verräterisch feucht schimmern.

»Wieso ist dir das so wichtig? Warum lässt du dir nicht etwas mehr Zeit?«

Sie schüttelt hilflos den Kopf. »Ich ... ich weiß es nicht. Aber jetzt gerade in diesem Moment ist es sehr bedeutsam für mich.«

Er mustert sie einige lange Augenblicke mit ernstem Gesicht. »Ich habe nichts dabei, um dir die Augen zu verbinden.«

»In meiner Handtasche ist ein Schal«, flüstert sie, eingeschüchtert durch seinen intensiven Blick.

Die Sekunden fließen zäh dahin, bevor er sich einen Ruck gibt. »Gib her.«

Ihr Herz beginnt zu galoppieren, während sie in ihrer Tasche kramt und ihm schließlich einen Seidenschal in die Hand drückt.

»Okay, wenn es dir so wichtig ist, werde ich dir den Schal anlegen.« Er faltet den Stoff auf die richtige Größe, während er redet. »Ich binde ihn so locker, dass du ihn dir jeder Zeit selbst vom Kopf ziehen kannst, wenn es nötig ist. Du hast die Kontrolle, zumindest in diesem einen Punkt.« Streng guckt er sie an. »Ansonsten wirst du tun, was ich dir sage, ist das klar?«

»Ja Herr, ich habe dich verstanden.«

»Steh auf! Beine leicht spreizen! Arme auf dem Rücken!«

Sie gehorcht ihm sofort. Noch einmal schaut er ihr tief in die Augen. »Bist du wirklich sicher, dass du das willst?«

»Ja Master, bitte verbinde mir die Augen.« Ihre Stimme klingt fest, der Gesichtsausdruck entschlossen, also erfüllt er ihren Wunsch. Sie schwankt ein wenig, als es um sie herum schwarz wird.

»Es ist alles okay, ich bin da«, raunt Alec ihr ins Ohr. Sanft fasst er nach ihrer Taille.

Sie legt die Hände auf seine Brust und er sieht, wie sie sich auf seinen Herzschlag konzentriert. Langsam knöpft sie sein Hemd auf. So war das eigentlich nicht geplant, doch er entscheidet sich kurzfristig um und lässt sie gewähren.

Rebeckas Herz beginnt zu rasen, sobald die Dunkelheit sie umfängt. Doch als er mit ihr redet, breitet sich Wärme in ihr aus. Sie zieht ihm das Hemd aus und streichelt seinen Oberkörper. »Ich fühle deine Haut viel intensiver, genau wie den Klang deiner Stimme. Das ist total schön. Bitte fass mich an.«

Zärtlich berührt er ihren nackten Körper, liebkost ihren Rücken.

Genüsslich ertastet sie seinen Bauchnabel, ihre Finger gleiten zum Bund seiner Hose. Sie öffnet die Knöpfe der Jeans und schiebt ihm den Stoff über die Hüften, erspürt die kleinen Schritte, mit denen er aus dem Kleidungsstück steigt. Die ganze Zeit spricht er mit ihr. Eigentlich wäre das gar nicht nötig, denn sie steht so nahe vor ihm, dass seine Körperwärme auf sie übergeht und seine Präsenz ihren Atem beschleunigt. Unmöglich sich allein zu fühlen. Doch sie liebt es, seine Stimme zu hören. Sie lauscht dem rauen, tiefen Ton, genießt die Ruhe darin, die Dominanz, die Fürsorge, die Erregung. Sie bekommt nicht mit, was er sagt, sondern konzentriert sich ausschließlich auf den Klang.

Er lässt seine Hände sachte über ihre Haut wandern, kneift in ihre Brüste.

»Ich bin nicht allein im Dunkeln«, flüstert sie überwältigt. »Ich habe mich noch nie so sehr mit jemandem verbunden gefühlt, wie jetzt gerade in diesem Moment mit dir.«

»Das höre ich gern, mo shìtheag. Dann halte ich jetzt mal für eine Weile den Mund. Wenn ich reden soll, sag es mir.«

»Ja, in Ordnung.«

Mit einer Hand fasst er mit dieser herrlich dominanten Geste in ihren Nacken, zieht ihren Kopf zu sich und presst seinen Lippen auf ihre. Auch diesen Kuss fühlt sie viel intensiver. Der verführerische Druck seiner Lippen, seine fordernde Zunge, die mit ihrer tanzt, seinen Geschmack, seinen Geruch. Seine Hand, mit der er immer noch besitzergreifend ihren Nacken umklammert. Er beendete den Kuss und drückt sie sanft aber bestimmt vor sich auf die Knie.

»Mund auf, Sklavin!«, ordnet er an und stößt seinen Schwanz zwischen ihre Lippen. Sie korrigiert leicht ihre Pose, spreizt die Beine etwas mehr und verschränkt die Hände auf dem Rücken. Den Kopf ein wenig zurückgeneigt, genießt sie die steinharte Fülle. Herrlich rücksichtslos dringt er wieder und wieder in ihren Rachen vor, benutzt und beherrscht sie. Sein salzig-herber Geschmack explodiert auf ihrer Zunge. Sein leises kehliges Stöhnen, das mit jedem Stoß ein kleines bisschen lauter wird, rauscht in ihren Ohren. Eine Hand krallt er in ihre Dreads, zieht ihren Kopf noch weiter nach hinten, stößt langsam und genussvoll, tiefer. Sie kann ihn nicht sehen, trotzdem brennt sein heißer Blick auf ihrer Haut. Ihr Wimmern scheint ihn nur noch mehr anzuspornen. Wie sehr sehnt sie sich danach, mit einem Finger ihre pochende Klit zu reiben, aber sie traut sich nicht, die Sklavenpose zu verlassen. Die Tatsache, dass sie sich seinem Willen unterwirft und ihre Sehnsüchte hinten anstellt, vervielfacht das Ziehen in ihrem Schoß. Alec stößt härter zu. Sie fühlt seine Anspannung, atmet gleichmäßig durch die Nase und nimmt seine wilde Gier ergeben hin. All ihre Sinne richten sich auf seinen Schwanz. Deshalb spürt sie schon das erste winzige Zucken, das schnell heftiger wird und schon füllt er ihren Mund mit seinem Lustsaft, den sie hingebungsvoll schluckt. Sie leckt seinen Schaft sauber und entlässt ihn aus ihrem Mund. Dann setzt sie kleine Knabberküsschen ganz oben an die Wurzel, massiert seine Hoden liebevoll mit der Zunge. Sein komplett rasierter Schambereich ermöglicht es ihr, an jeden Zentimeter empfindlicher Haut zu knabbern und zu lecken. Alec hat sich derweil auf den Rücken gelegt und genießt ihre sanften Zärtlichkeiten mit geschlossenen Augen. Doch als ihre Lippen sich erneut um seinen wieder voll einsatzbereiten Schwanz schließen, flüstert er:

»Nein, komm her. Leg dich zu mir.« Sie gehorcht, schmiegt sich an ihn. Er nimmt sie fest in den Arm, küsst sie leidenschaftlich, kostet den Geschmack seiner Lust auf ihrer Zunge. Liebevoll knabbert er an ihrem Hals, gleitet über ihr Schlüsselbein bis zu ihrer rechten Brust. Behutsam leckt er an ihrer Knospe, erhöht allmählich die Intensität, saugt kräftiger, bis er schließlich mit den Zähnen recht unsanft an ihrem Nippel zupft. Je mehr köstlichen Schmerz er ihr schenkt, desto unruhiger wird sie. Ihre Schenkel klappen ganz von selbst auseinander, ohne dass es ihr bewusst wird. Sie atmet heftig, stößt kleine geile Schreie aus, bewegt sehnsüchtig die Hüften. Doch Alec's Mund wandert seelenruhig zu ihrer linken Brust, wo er ebenfalls mit zärtlichem Verwöhnen beginnt und die Qualen langsam Stück für Stück steigert.

»Bitte Master, bitte!«

Er hebt den Kopf und lässt endlich von ihrem Nippel ab. »Worum bittest du, mo shìtheag? Ich erwarte ganze Sätze von dir, die einen Sinn ergeben.«

»Bitte, schenk mir Erlösung! Oder erlaube mir, es selbst zu tun! Ich halte das nicht mehr aus! Bitte!«

»Keine Chance! Dass du es selbst tun darfst, meine ich«, brummt er, während er sein Gesicht zwischen ihre Brüste presst und kleine Küsse in das Tal haucht.

Viel zu langsam wandert er tiefer, streichelt mit Zunge und Lippen über ihre Haut, lässt sie erschaudern. Zum ersten Mal in ihrem Leben versetzt die Schwärze um sie herum sie nicht in Panik, sondern umfängt sie, wie eine innige Umarmung. Alle ihre verbliebenen Sinne scheinen sich verstärkt zu haben, um den Ausfall des Augenlichts auszugleichen, und alle sind sie ausgerichtet auf ihn. Nicht nur auf seine Berührung. Sie spürt seine Präsenz noch deutlicher als sonst. Hört seinen Atem. Sein ureigener Duft mischt sich mit dem Salz des Meeres. Sie nimmt die nasse Spur auf ihrer Haut wahr, die seine Zunge hinterlässt. Gerade taucht er sie in ihren Bauchnabel. An ihrem Ohr summt ein Insekt vorbei. Mit kleinen Knabberküssen liebkost er ihren Bauch ... Tief atmet sie ein, als sein Mund ihren Venushügel erreicht. Überdeutlich fühlt sie seinen heißen Atem auf ihrer Haut. Zärtlich leckt er über ihre Schamlippen. Sie spreizt die Beine weiter. Als er sanft in die Innenseite ihres Oberschenkels beißt, wimmert sie. Dann endlich gleitet er in ihre Spalte, züngelt hauchzart über feuchtes Fleisch. Rebecka stöhnt wohlig. Sie hat das Gefühl zu fallen, ohne Angst, denn sie weiß, er lässt nicht zu, dass sie aufprallt. Die Erregung kriecht träge durch sämtliche Nervenbahnen, wärmt sie von innen, schürt ihre Gier. Zu sachte. Sie reckt ihm ihr Becken entgegen. »Mehr«, stöhnt sie. »Bitte.« Als Antwort zwickt er fest in ihre Schamlippe, zieht sich ein wenig zurück und fährt mit seiner viel zu sanften, wahnsinnig intensiven Folter fort. Becky windet sich, jammert, bettelt, doch er bleibt davon vollkommen unbeeindruckt. Ihr ganzes Sein, konzentriert sich auf die Stellen, die er mit Mund und Zunge berührt. Die Hitze in ihrem Körper nimmt zu, das Blut rauscht ihr in den Ohren. Unbewusst krallt sie ihre Finger in das Gras, wirft den Kopf hin und her.

»Genau das will ich sehen! Zeig mir deine Leidenschaft, verdiene dir deinen Höhepunkt!«

»Bitte, ich halte das nicht aus! Ich brauche mehr!«

»Wer entscheidet, was du brauchst?«

Sie spürt die Bewegung seiner Lippen hauchzart an ihrer Klit, während er spricht.

»Du entscheidest, ich füge mich«, keucht sie.

»Sobald ich merke, dass du das ernst meinst, gebe ich dir, wonach du gierst. Oder aber ich mache stundenlang weiter. Ich habe alle Zeit der Welt.«

Becky stöhnt laut auf, krallt ihre Fäuste noch fester ins Gras und bemüht sich, halbwegs ruhig zu liegen und das sanfte Züngeln ergeben zu ertragen. Träge und wahnsinnig sinnlich leckt er, bis sie aufhört zu denken, aufhört zu gieren, ihre verkrampften Hände löst und sie locker auf die Wiese legt. Sie schließt die Augen hinter dem Schal, ergibt sich. Für einen Moment hält er inne. Vielleicht, um sie anzuschauen und ihre Unterwerfung zu genießen. Dann umkreist er mit der Zunge ein paar Mal ihre Klit, bevor er zu saugen beginnt und eine Feuersbrunst in ihren Nervenbahnen entfacht, die sie von innen verbrennt. Hemmungslos schreit sie ihre Lust heraus. Sein Mund verschwindet, stattdessen begräbt er sie unter seinem Körper. Mit einem tiefen Stoß dringt er in sie ein, verschließt ihren Mund mit seiner Hand. Damit dämpft er nicht nur ihre Lautstärke, sondern demonstriert ihr gleichzeitig seine Macht. Er zwingt sie, durch die Nase zu atmen, während er sich in ihr bewegt. Sie glaubt, nicht schnell genug ausreichend Sauerstoff in ihre Lungen pumpen zu können, atmet hektisch ein und aus, gewöhnt sich nur schwer an die Einschränkung. Doch schließlich holt sie langsamer und bewussster Luft, genießt das Machtgefälle.

Verwundert stellt sie fest, dass Angst offenbar nicht die einzige Emotion ist, die sie im Dunkeln stärker wahrnimmt.

Vielleicht waren ihre Panikattacken früher ja vollkommen normal, wenn Gefühle sich so sehr verstärken können?

»Lass los, Rebecka! Hör auf zu denken! Dein Körper allein reicht mir nicht, ich will dich ganz und gar, mit allem, was du bist. Gib dich mir vollständig hin!«

Er nimmt die Hand von ihrem Mund, presst stattdessen seine Lippen auf ihre. Ihre Muskeln umklammern seinen Schaft, ihr ganzer Körper erzittert, die Spannung implodiert, schickt Stromstöße durch ihre Nervenbahnen. Zurück bleibt ein bebendes, keuchendes, nassgeschwitztes Häufchen atemloser Wonne.

Sein Kuss wird sanfter, seine Zunge streichelt ihre im gleichen Takt, wie er seinen Schwanz in sie stößt, ganz sachte und gemächlich. Sie schmeckt sich selbst und einmal mehr zieht er sie vollkommen in seinem Bann. Sie fühlt seine Wärme, seine Haut an ihrer. Lippen, Zunge, Geruch, sein Gewicht auf ihr. Er ist einfach überall. Sie glaubt zu schweben, zu fallen, sich unter ihm aufzulösen. Sie schlingt die Arme um seinen Nacken, erlebt ihn intensiver als jemals zuvor.

Es dauert lange, bis sich die Spannung erneut aufbaut und er langsam das Tempo anzieht. Ihr Höhepunkt ballt sich nicht zu einer solchen Naturgewalt wie zuvor. Es ist eher eine gemeinsame Reise zu den Sternen. Ihr Stöhnen mischt sich mit seinem tiefen Knurren, als sie gleichzeitig erbeben. Er pumpt seinen Saft in ihren Schoß und bleibt mit geschlossenen Augen auf ihr liegen.

»Ich liebe dich.«

Als Alec sich für einen Moment versteift, wird ihr klar, dass sie die berühmten drei Worte laut ausgesprochen hat. Oh nein, wieso nur quatscht sie ihn mit solchen Gefühlsduseleien voll? Sie hat nicht geplant, das zu sagen. Ihr ist nicht einmal bewusst gewesen, dass sie so empfindet. Doch jetzt, einmal in Worte gefasst, bemerkt sie, dass es stimmt. Noch nie hat sie so tief für einen anderen Menschen empfunden. Ja, das muss wohl Liebe sein. Sie ärgert sich darüber, ihn mit diesem Geständnis überfallen zu haben, und ist gleichzeitig betrübt, weil von ihm keine Reaktion darauf kommt. Er rollt sich auf die Seite und zieht sie in seine Arme. Aber er hüllt sich in Schweigen, geht einfach drüber hinweg. Nun, sie hat kein Recht enttäuscht zu sein, schließlich wusste sie ja selbst schon vorher, dass sie nicht gut genug für ihn ist.

Alec hat sie verstanden, aber er weiß tatsächlich nichts darauf zu erwidern. Ein Liebesgeständnis direkt nach dem Orgasmus, während ihr Körper noch bebt. Das darf man nicht ernst nehmen, oder? Vermutlich bereut sie ihre Worte bereits.

Und er? Was genau empfindet er eigentlich für die Frau in seinen Armen? Immerhin ist er nicht davor zurückgeschreckt, sie in wehrlosem Zustand nach Schottland zu verschleppen. Warum hat er Zeit mit ihr allein verbringen wollen? Nur, um sie zu vögeln? Sie hat recht, das hätte er auch zu Hause haben können, wenn er es zielstrebig darauf angelegt hätte. Inzwischen hat er den Beweis angetreten, dass seine Gefährtin so devot und masochistisch veranlagt ist, wie er es immer vermutet hat. Es bereitet ihm pures Vergnügen, mit ihr zu spielen. Vor diesem Urlaub hat er starke Zweifel gehegt, ob BDSM überhaupt noch seine Passion ist. Doch Rebecka ist die perfekte Sub für ihn. Selten hat er sich mit seinen Neigungen wohler gefühlt, als gerade jetzt. Er liebt die Jagd, die kleinen Kämpfe und Wortgefechte. Die kleine Hexe fordert ihn absichtlich heraus, bietet ihm reichlich Gelegenheit, sie zu bestrafen. Er hat ihr seine Welt zeigen wollen, aber es ist eher so, dass sie BDSM gemeinsam neu entdecken. Während er sie mal behutsam, mal leidenschaftlich führt, findet auch er neue Reize und verborgene Pfade, die er vorher nie betreten hat. Aber ist das Liebe? Der Antwort auf diese Frage ist er immer noch kein Stück näher gekommen.

21

Die drei Wochen vergehen wie im Flug. Becky genießt den unfreiwilligen Urlaub in vollen Zügen. Der raue Charme Schottlands fasziniert sie, genau wie die Menschen, die ihnen begegnen. Doch am meisten beeindruckt sie der Mann an ihrer Seite. Alec zeigt ihr noch viele schöne Fleckchen, achtet dennoch darauf, dass Rebecka genug Gelegenheit zum Malen bleibt. Die Nächte sind erfüllt von Leidenschaft und Hingabe. Es ist zu einem Ritual zwischen ihnen geworden, dass Alec sich ihren Gehorsam erkämpfen muss, und zwar jedes Mal aufs Neue, so wie sie es angekündigt hat.

Becky, die sonst kaum jemandem vertraut, hat binnen kurzer Zeit gelernt, sich fallenzulassen und die Kontrolle an ihn abzugeben. Sie genießt seine sanfte, zärtliche Seite genauso sehr wie das Machtgefälle. Sie liebt den lustvollen Schmerz, den er ihr zumutet und sein sicheres Gespür für ihre Grenzen. Niemals geht er zu weit, wenn er sie quält. Unmöglich zu erahnen, was während einer Session als Nächstes geschehen wird. Zart oder hart, sie muss annehmen, was immer ihm in den Sinn kommt. Sie suhlt sich in seiner Dominanz, gibt ihm, was er einfordert. Sex mit ihm bedeutet sich vollständig auszuliefern. Das ist so unendlich viel mehr, als einfach nur mit irgendeinem namenlosen Kerl zu vögeln und anschließend wie ein Schatten in der Nacht zu verschwinden. Rebecka lebt für jeden einzelnen Augenblick. Es hat keine Panikattacken mehr gegeben, weil sie sich schlicht weigert nachzudenken. Die Angst, nicht gut genug zu sein, verdrängt sie entschlossen. Und das fällt ihr leichter als erwartet, denn sie besitzt seine uneingeschränkte Aufmerksamkeit. Wozu da an Morgen denken?

Doch irgendwann geht auch der schönste Urlaub einmal zu Ende. Es ist an der Zeit, nach Hause zu fliegen.

Um sich nicht anmerken zu lassen, wie traurig sie darüber ist, diese Insel der Zweisamkeit verlassen und in den Alltag zurückzukehren zu müssen, schlägt sie einen flapsigen Ton an.

»Sollen wir eine Flasche Wein aufmachen, damit du mich abfüllen kannst, oder darf ich die Reise dieses Mal im Vollbesitz meiner geistigen Kräfte miterleben?«

Alec schmunzelt. »Es würde mich freuen, wenn wir die Zeit miteinander verbringen, aber wenn du Angst vorm Fliegen hast, kann ich auch dafür sorgen, dass du schläfst. Aber mir fallen bestimmt bessere Methoden ein, um dich müde zu machen. Eigentlich mag ich betrunkene Frauen nicht besonders und für deinen Kontrollverlust sorge ich lieber auf andere Weise.«

»Sollte ich mich geschmeichelt fühlen, weil dir meine Gesellschaft angenehmer ist, wenn ich wach bin?«

Er lacht leise und gibt ihr einen Kuss. »Vielleicht solltest du das«, raunt er und zupft spielerisch an ihrem Ohrläppchen.

Ein wohliger Schauder läuft ihr über den Rücken. »Nun ja, ich bin noch nie geflogen. Um ehrlich zu sein, ich bin nervös.« Ein zittriges Kichern entfährt ihr. »Aber ich möchte das gern bewusst miterleben. Wenn ich Angst kriege, musst du mich ablenken.«

Seine Brauen schießen in die Höhe. »Noch nie?«

»Nun, einmal offensichtlich schon, aber davon weiß ich nichts mehr, weil so ein Neandertaler mich verschleppt hat, während ich im Koma lag.«

Lachend schüttelt er den Kopf. »Du hast dein Koma selbst herbeigeführt, vergiss das nicht. Es war deine Entscheidung, so viel zu trinken, nicht meine.«

»Ja, aber es war deine Schuld, du warst mir viel zu nah, da auf dieser engen Bank in der Weinstube.«

Sie erledigen die Formalitäten am Flughafen. Anschließend steuert Alec auf eine kleine Maschine zu, die etwas abseits von den Großen steht. Sie betreten den Flieger über eine Treppe.

»Guten Morgen, Boss. Ich hoffe, Sie hatten einen angenehmen Aufenthalt?« Der Pilot nickt Rebecka freundlich zu.

»Guten Morgen, Herr Baumann. Ja, der Urlaub war sehr schön, danke. Ihrer hoffentlich auch?«

»Ja, danke Boss. Ich habe meine Ferien mit Frau und Kindern im Schwarzwald verbracht.« Er hält kurz inne. »Wir haben heute wunderbares Flugwetter. Alles ist ruhig. Es sind keine Unwetter angesagt und wir erwarten keine nennenswerten Turbulenzen.«

»Das freut mich zu hören. Dann starten Sie bitte, sobald wie möglich.«

»Jawohl, Boss.«

»Boss?«, wispert Becky entgeistert, sobald sie mit Alec allein in der Kabine ist. »Soll das bedeuten, dir gehört diese Kiste?«

»Nein, die Kiste gehört dem Piloten. Er ist selbstständig. Aber Lukas und ich gehören zu seinen Stammkunden.« Er zieht seine Jacke aus und legt sie auf einen der Sitze. »Das Fliegen ist ein Luxus, den wir uns gönnen, weil wir beruflich viel reisen. Mit dem Charterflugzeug sind wir flexibler, was den Zeitaufwand minimiert. Die Kosten holen wir durch die Zeitersparnis wieder rein.«

»Aber wenn ihr so gute Kunden seid, wird euch doch sicher ein besonderer Service zuteil. Wieso hatte der Pilot dann die ganze erste Woche keine Zeit, uns abzuholen?«

Alec zuckt die Schultern, doch sein selbstgefälliges Grinsen kann er nicht unterdrücken.

»Er hat seinen Urlaub mit der Familie im Schwarzwald verbracht, das hast du doch gehört.«

Sie stemmt die Hände in die Hüften.

»Du hast zugelassen, dass er freinimmt, während ich im Alkoholkoma lag, obwohl du damit rechnen musstest, dass ich umgehend zurück-will?«

Sein Grinsen wird noch etwas breiter.

»Nun es war vorauszusehen, dass du direkt wieder nach Hause möchtest, aber ich wollte, dass du die Entscheidung erst nach einer Woche triffst. Wenn die Möglichkeit bestanden hätte, sofort zurückzu-fliegen, wäre uns beiden eine Menge entgangen, meinst du nicht auch?«

»Oh, du bist so ein Dreckskerl!«, ruft sie und schlägt mit den Fäusten auf seine Brust ein.

Ohne mit der Wimper zu zucken, fängt er ihre Hände ein und hält sie fest.

»Bereust du es?«, fragt er ernst und schaut ihr dabei so tief in die Augen, dass sie das Gefühl hat, er blicke direkt auf den Grund ihrer Seele.

Sie schluckt und schüttelt den Kopf.

»Nein, Alec. Ich habe noch nie etwas so sehr genossen, wie die letzten drei Wochen gemeinsam mit dir. Schottland ... wunderschön. Ich bin dankbar für die Gelegenheit, mal wieder zu malen.« Sie stößt einen lang gezogenen Seufzer aus. »Der Urlaub war unglaublich und die Welt, in die du mich geführt hast, der absolute Wahnsinn! Ich danke dir, für alles.«

All das mit ihm zu erleben, war das Schönste gewesen und macht jede einzelne Sekunde wertvoll. Aber sie traut sich nicht, das auszusprechen. Die Unsicherheit ob und wie es zu Hause mit ihnen weiter geht und ihre Angst vor Zurückweisung, halten sie zurück.

»Es wird noch etwas dauern, bis wir starten und mir steht der Sinn nach einem kleinen Zeitvertreib. Zieh dich aus!«

»Nein! Bist du irre? Wenn uns jemand dabei überrascht!«

»Wobei? Wie du auf den Knien liegst und an meinen Schwanz saugst?«

Ihr Atem geht schneller.

»Wehr dich, Kampfkeks! Tu mir den Gefallen. Ich bin in der richtigen Stimmung für deine Zickereien!«

»Aber der Pilot ...«

»Hat keine Zeit, uns beim Vögeln zu stören. Der ist damit beschäftigt, seine Instrumente im Cockpit zu checken, damit das verdammte Ding nachher abhebt!«

»Aber der Co-Pilot ...«

»Hat die Aufgabe, den Piloten zu unterstützen und keine Zeit durch die Gegend zu laufen. Zieh dich aus! Ich sage das nicht noch einmal!«

Seine Augen glitzern dunkel vor Gier. Ihr Höschen klebt nass an ihrer Scham, nur durch diesen Blick. Unwichtig, ob jemand sie sieht oder nicht, aber warum eine Gelegenheit auslassen, ihn zu reizen?

»Nein, vergiss es, da spiele ich nicht mit!« Sie dreht sich, um sich auf einen der weichen Sitze fallenzulassen. Doch sie kommt nur einen Schritt weit, bevor er sie im Nacken packt, sie zurückreißt und nach unten drückt, sodass sie stattdessen mit dem Gesicht auf der Sitzfläche landet.

»Aber wir müssen uns doch bestimmt anschnallen während des Starts!«

»Keine Sorge, du wirst so gründlich verzurrt und festgeschnallt, dass den Sicherheitsvorschriften garantiert Genüge getan wird!«

Zufrieden registriert er die Gänsehaut auf ihren Armen. Mit geübtem Griff zieht er ihr T-Shirt so über ihren Kopf, dass ihre Arme in den kurzen Ärmeln gefangen sind. Der Rest des Shirts bleibt unten auf ihrem Rücken hängen. Dadurch wird ihre Bewegungsfreiheit merklich eingeschränkt. Er schiebt sie in einen der bequemen Sessel und schnallt sie an. Den Gurt zieht er so straff, dass es fast schon wehtut. Dann klappt er die Rückenlehne ein Stück nach hinten und betrachtet sie mit einem durchtriebenen Grinsen. Sanft streichelt er ihren Bauch, lässt beide Hände über ihre Rippen nach oben wandern. Ihre Brüste umfasst er energischer, knetet sie, bevor er die verführerischen Kugeln aus den Körbchen befreit. Grob kneift er in ihre Nippel. Als sie den Mund öffnet, um zu schreien, beißt er so kräftig in ihre Unterlippe, dass sie einen leicht kupfrigen Geschmack wahrnimmt. Stöhnend windet sie sich in ihrem Sitz. Alec beugt sich herab und flüstert ihr ins Ohr:

»Sing für mich die Melodie der Leidenschaft, mo shìtheag!«

Wieder drückt er ihre empfindlichen Knospen zwischen Daumen und Zeigefinger zusammen. Noch fester dieses Mal. Becky jammert, trunken vor Qual und Begierde. Als er ihr die Schuhe auszieht und Hose samt Slip über ihre Hüften streift, besteht ihre Welt nur noch aus Lust und Schmerz und ihm. Pilot, Co-Pilot oder wer auch immer hereinplatzen könnte, existieren nicht mehr.

Er schiebt zwei Finger in sie. »Herrlich, wie nass du bist«, murmelt er, kniet sich vor sie, beugt seinen Kopf über ihren Schoß und stößt seine Zunge zwischen ihre Lippen. Er bedeckt ihre Pussy mit seinem Mund, saugt an ihrem geschwollenen Fleisch, leckt, knabbert und genießt dabei ihr lustvolles Stöhnen.

»Bitte!«, jammert sie schließlich sehnsüchtig.

»Oh nein, ganz bestimmt nicht!«, knurrt er und steht auf. Ihren Protest ignoriert er. »Du dienst, vergiss das niemals! Und jetzt wirst du mich bedienen! Mund auf!«

Gehorsam öffnet sie den Mund. Schnell entledigt er sich seiner Kleidung und schiebt seinen Schaft zwischen ihre Lippen. Tief stößt er in ihren Rachen. Sie gibt leise Laute von sich, pariert seine Stöße und schaut dabei hingebungsvoll zu ihm auf. Er greift in ihre Dreads, hält sie rigoros fest. Sein Herz schlägt schneller, die Lust peitscht durch seine Adern, während er auf sie herabblickt und seinen Schwanz unerbittlich in sie stößt. Schließlich entzieht er sich ihr, löst den Sicherheitsgurt und zieht ihr das verdrehte T-Shirt und den BH aus.

»Steh bitte mal kurz auf.«

Sie tut es. In ihrer herrlichen Nacktheit steht sie mit geröteten Wangen und vor Erregung glänzenden Augen vor ihm. Wunderschön! Grob umfasst er ihr Kinn, genießt ihr wildes Keuchen.

Doch in diesem, eigentlich so perfekten Moment, springen die Triebwerke an. Das kleine Flugzeug erwacht zum Leben. Gehetzt schaut Rebecka sich um, als würde sie nach einer Fluchtmöglichkeit suchen. Doch sie lässt sich nur in den nächstbesten Sitz fallen und schnallt sich hektisch an. Alec seufzt. Es scheint, als wird aus seinen Plänen für die nächsten anderthalb Stunden nichts werden. Also setzt er sich neben sie und legt ebenfalls den Sicherheitsgurt an, während der Flieger langsam in seine Startposition rollt. Die Situation enttäuscht und erheitert ihn gleichermaßen. Immerhin ist das sein erster Nacktflug. Das Gesicht des Piloten, wenn der jetzt in die Kabine käme, wäre sicherlich Gold wert!

Rebeckas Wangen färben sich leicht grünlich. Beim Start presst sie ihre verkrampften Fäuste auf ihren Magen. Als der Flieger seine Flughöhe erreicht, krallt sie die Finger in die Armlehnen und fixiert krampfhaft einen Punkt an der Kabinenwand.

Alec, der diese Art zu reisen als genauso normal empfindet wie Auto-fahren, mustert besorgt ihr blasses Gesicht und beschließt, dass Ablenkung nötig ist. Er löst seinen Sicherheitsgurt, kniet sich vor sie und umfasst ihre Hände.

»Schau mich an, mo leannain!«, befiehlt er ruhig aber bestimmt.

Mit großen, weit aufgerissenen grünen Augen starrt sie ihn an.

»Es gibt nichts, wovor du Angst haben müsstest.« Er öffnet ihren Gurt ebenfalls. »Bitte steh noch mal kurz auf.«

Dunkelblaue Augen bohren sich in Grüne und sofort atmet sie ein bisschen gleichmäßiger.

Sie zittert leicht, dennoch kommt sie seiner Aufforderung nach. Vielleicht nur weil sie ihm in letzter Konsequenz immer gehorcht. Ganz geheuer scheint ihr das zwar nicht zu sein, doch sie stellt seine Anordnung nicht infrage, denn sie weiß, er würde sie niemals leichtfertig in Gefahr bringen. Ihre Blicke folgen jeder seiner Bewegungen, als er mit wenigen Handgriffen die Rückenlehnen ihrer beiden Sitze, sowie die der zwei Sessel hinter ihnen komplett zurückklappt, wodurch eine komfortable Liegefläche entsteht. Er legt sich auf die Seite.

»Komm her, mo shìtheag!«

Rebecka lässt sich nicht lange bitten, sie kuschelt sich an ihn, krallt sich an ihm fest. Er streichelt sie, ganz sanft, zärtlich, flüstert ihr beruhigende Worte ins Ohr. Als sie sich nach und nach entspannt, breitet sich ein merkwürdig warmes Gefühl in seinem Magen aus. Wie zum Teufel soll es jetzt eigentlich weitergehen? Nein, er will zu Hause nicht einfach zur Tagesordnung übergehen. Die letzten drei Wochen sind zu schön, zu aufregend, zu geil gewesen, um das hier aufzu-geben.

Nach dem Ende seiner Ehe kam er zu dem Schluss, dass eine feste Beziehung für ihn nicht unbedingt erstrebenswert ist. Doch Rebecka geht ihm unter die Haut. Aber ist das echt oder nur diese kurze Phase der Euphorie, in der das Herz sich mit dem Schwanz verbündet, um über das Hirn zu siegen? Entscheidungen, die man in diesem Zustand trifft, bereut man später bitter. Wäre ja nicht das erste Mal.

Seine Spielbeziehungen dagegen waren immer unkompliziert und ehrlich. Er fesselt seine Mädels, er quält sie ein wenig und er fickt sie und dann verabschiedet er sich mit ein paar freundlichen Worten und geht seiner Wege. Mehr hat er nie gewollt. Obwohl ... wirklich nicht? Er denkt an seine letzte Session vor dem Urlaub mit Sandra zurück. Ein Erlebnis, dass so ernüchternd gewesen ist, dass er sogar befürchtet hat, seine Neigungen seien ihm abhandengekommen. Im Geiste vergleicht er die beiden Frauen miteinander. Was ist so anders an Rebecka? Mit ihr zu kämpfen, macht ihn geil. Die Wortgefechte mit ihr sind nicht nur erregend, sondern auch amüsant. Er liebt es, ihr den Arsch zu versohlen und sie zu vögeln. Aber ihr Vertrauen in ihn, ihre Hingabe, die Art, wie sie sich auf ihn verlässt, das geht ihm ans Herz. Und nicht nur beim Sex, wird ihm mit einem Mal bewusst. Mit all ihrer Angst vor dem Fliegen vertraut sie voll und ganz darauf, dass er schon alles richtet. Logisch wäre er machtlos, wenn das Flugzeug tatsächlich in Schwierigkeiten geriete, aber der Gedanke scheint ihr gar nicht zu kommen. Sie schmiegt sich an ihn und ihre Welt ist in Ordnung. Er atmet tief ein und aus, als ihm die Tragweite dieser Erkenntnis bewusst wird. Wie oft hat er sich gewünscht, sie würde ihm wirklich vertrauen, in allen Lebenslagen, nicht nur während einer Session. Sie tut es! Wie lange schon? Ob ihr das selbst klar ist? Es ist schön, der Fels in ihrer Brandung zu sein, erkennt er. Vor diesem Urlaub gab es eine starke sexuelle Anziehungskraft zwischen ihnen. Nicht mehr und nicht weniger. In den letzten drei Wochen hat sich eine Menge verändert. Sein Herz klopft wie verrückt, in seinem Magen kribbelt es. Kann er wirklich der Mann an ihrer Seite sein? Was erwartet sie beide nach dem Stadion der Verliebtheit? Gibt es so etwas wie Liebe überhaupt? Oder kommt danach nur die Ernüchterung? Er denkt an Lukas und Lea. Seine Freunde scheinen das große Los gezogen zu haben, bei denen funktioniert es. Aber wie oft geschieht so etwas schon? Sich in einem tollen Urlaub ausschließlich aufeinander zu konzentrieren, ohne Alltagssorgen, Zeitmangel und Stress, dazu gehört nicht viel. Aber ist ihre Beziehung alltagstauglich?

»Alec, bitte küss mich.« Ihr warmer Atem streichelt sein Ohr, weiche, weibliche Kurven, schmiegen sich an ihn, samtige, verführerische Lippen auf seiner Wange. Oh verdammt, er steckt schon tiefer drin, als ihm lieb ist! Kurz bevor er alle Gedanken beiseiteschiebt, um sich ganz auf diesen Kuss einzulassen, beschließt er, es auf sich zukommen zu lassen – was auch immer »es« ist.

22

Das Flugzeug landet, doch Beckys Erleichterung, wieder festen Boden unter den Füßen zu haben, währt nur kurz.

War es das jetzt? Sie hatte sich selbst verboten, darüber nachzudenken. Außer an diesem einen Tag in Edinburgh ist es ihr gelungen, die Tage mit ihm unbeschwert zu verbringen und die schweren Gedanken außen vor zu lassen.

Doch jetzt wird es höchste Zeit, sich ihnen zu stellen. Sie rotieren in ihren Kopf, um dann wie kleine Pfeile in ihr Herz zu stechen.

Sie schielt zu Alec hinüber, der entweder ihren verzweifelten Blick bemerkt, oder dem es vielleicht sogar ähnlich ergeht, denn er streicht zart über ihre Wange und fragt leise:

»Möchtest du mit zu mir kommen?«

Ihre Anspannung lässt merklich nach. Sie lehnt sich an ihn, schüttelte jedoch den Kopf.

»Nein, nicht heute. Ich habe meine Wohnung ja ziemlich, ähm, unerwartet verlassen und möchte mich davon überzeugen, dass alles in Ordnung ist, Koffer auspacken, waschen. Was man halt so tut, wenn man länger nicht zu Hause war.« Gedankenverloren streichelt sie seine Brust. »Ich komme gerne zu dir. Morgen, oder vielleicht besser am Wochenende? Dann könnte ich auch über Nacht bleiben. Also ich meine, wenn du mich überhaupt bei dir haben willst. Also muss ja nicht, ich meine ...«

»Hey«, flüstert er zärtlich, greift mit einer Hand nach ihrem Kinn und zwingt sie sanft aber nachdrücklich, ihn anzusehen. »Natürlich möchte ich dich bei mir haben. Allerdings muss ich erst einmal schauen, was für ein Berg an Arbeit in der Firma auf mich zurollt.« Er lässt eine ihrer Dreadlocks durch seine Finger gleiten. »Ich kann noch nicht abschätzen, wann es möglich sein wird, mich vom Schreibtisch loszureißen. Trotzdem, wir sehen uns auf jeden Fall!«

Sie ist so süß in ihrer Unsicherheit, so verletzlich. Verdammt, er kann Rebecka einfach nicht loslassen. Er will sie nicht nur zusammen mit Lukas und Lea treffen. Schon allein die Vorstellung, dass sie nach kurzer Zeit wegen irgendeines Kerls verschwindet, bringt ihn zur Weißglut. Er will sie allein und ganz für sich.

»Ich fahre dich nach Hause und helfe dir mit dem Gepäck.«

»Ach, das ist nicht nötig. Mit dem Koffer komme ich schon klar. Der Bus, der hier hält, bringt mich fast bis vor meine Haustür.«

Allein schon die Idee, er würde sie hier am Flughafen sich selbst überlassen, wurmt ihn. ›Wofür hält sie mich? Für einen ungehobelten Holzklotz?‹

Vermutlich ist ihr noch nicht einmal klar, dass sie ihn damit beleidigt hat. Sie vermittelt ihm das Gefühl, überflüssig zu sein, kaum das sie wieder heimatlichen Boden unter den Füßen hat. Rebecka, die unabhängige, starke Frau, die immer alles unter Kontrolle hat. Sie braucht keinen Mann, der sie nach Hause bringt. Sie schafft das ganz allein, weil sie alles allein bewältigt.

›Willkommen zu Hause und im wirklichen Leben‹, denkt er bitter.

Er merkt, dass er sich in etwas hineinsteigert, und staunt selbst darüber. Das entspricht eigentlich überhaupt nicht seinem Wesen. Es kommt ihm so vor, als würde der Alltag sie beide verschlucken, kaum das sie gelandet sind. In Schottland haben in einem schützenden Kokon gelebt, in dem nichts und niemand ihre Zweisamkeit gestört hatte. Doch der Kokon hat sich in eine Seifenblase verwandelt. Arbeit, Pflichten und eine Menge anderer Menschen werden sich zwischen sie drängen und die Blase zum Platzen bringen ... ›Eine Menge anderer Männer ...‹. Dieser Gedanke trägt nicht unbedingt zur Verbesserung seiner Laune bei. Erstaunlich. Er ist eigentlich nicht der eifersüchtige Typ. In der Vergangenheit war es häufiger vorgekommen, dass er während einer Session einen zweiten Dom einlud, mit einer seiner Subs zu spielen. Oder man vergnügte sich von Anfang an zu dritt oder zu viert.

Ihm wird klar, dass seine Spielbeziehungen nicht mit dem vergleichbar sind, was sich zwischen ihm und Rebecka entwickelt. Die Vorstellung, dass jemand anderer sie anfasst, egal ob Mann oder Frau, bringt sein Blut zum Kochen. Ein ungewohntes Gefühl für ihn, das ihn überrascht und seine sonst so stoische Ruhe ins Wanken bringt. Er holt einmal tief Luft, versucht, seinen inneren Aufruhr zu beruhigen.

»Ich möchte nicht, dass du mit dem Koffer in den Bus steigst. Ich bringe dich nach Hause!«

Alec merkt selbst, dass er genervt klingt und das stört ihn. Sie offenbar auch, das sieht er an ihrem Gesichtsausdruck. Er rechnet mit einer heftigen Erwiderung und ermahnt sich selbst, ruhig zu bleiben. Er ist dünnhäutig heute und leicht reizbar und er will keinen Streit. Doch Rebecka wirft ihm nur einen langen Blick zu. Was sie in seinen Augen sieht, scheint sie zum Schweigen zu veranlassen. Er weiß, er sollte ebenfalls den Mund halten, doch er kann es nicht. Er packt sie fest am Arm und zieht sie zu sich.

»Du wirst in Zukunft nicht mehr mit jedem Kerl in die Kiste springen, der nicht bei drei auf dem Baum ist, hast du mich verstanden? Keine One-Night-Stands mehr! Halte dich gefälligst zurück!«

Diese Ansage geht Rebecka unter die Haut. Eben war sie noch sauer auf ihn gewesen, weil er den selbstherrlichen Macho gespielt hat. Doch jetzt schlägt ihr Herz Purzelbäume. ›Wow, der Mann ist eifersüchtig!‹ Schon wieder eine Premiere! Noch nie hat sich irgendwer darum geschert, ob oder mit wem sie ins Bett steigt. Sie strahlt ihn an.

»Wenn du es willst, wird es keine anderen Männer geben.« Ihre Stimme bebt bei diesem Versprechen.

Alec stockt für einen Moment der Atem. Meint sie das ernst? Er schaut ihr in die Augen und was er darin sieht, sorgt dafür, dass eine Achterbahn durch seinen Magen brettert. Er lockert seinen Griff um ihren Arm. War ihr Geständnis neulich nach dem Sex doch mehr gewesen, als das Bettgeflüster einer befriedigten Frau?

»Ja, genauso will ich es«, knurrt er und ärgert sich selbst darüber, dass er ungehaltener klingt als beabsichtigt. Energisch presst er seine Lippen auf ihre, als wollte er ihr seinen Stempel aufdrücken. Dann dreht er sich um, packt ihren Koffer, greift nach ihrer Hand und zieht sie mit sich zum Parkplatz.

Er lenkt den Wagen vom Flughafen in die City, wo Rebecka wohnt. Ein Vorort mit viel Grün würde seiner Ansicht nach besser zu ihr passen.

»Ja, es ist laut, stinkt nach Abgasen und es gibt hier zu wenig Natur. Aber mir gefällt meine Bude, die Miete ist bezahlbar und der Weg zur Arbeit nicht weit«, meint sie leichthin, als er seine Gedanken ausspricht. Sie schließt die Tür auf und lässt ihn eintreten.

Neugierig schaut er sich um. Die Wohnung ist klein, jedoch gut aufgeteilt, sauber und aufgeräumt. Dennoch wirkt sie auf eine liebenswerte Weise chaotisch. Alles ist bunt, kein Möbelstück passt wirklich zum Anderen und überall stehen entweder Nippes oder Bücher herum. An den Wänden hängen Bilder, die sie sicher selbst gemalt hat. Ihr Zuhause spiegelt ihre Persönlichkeit wieder. Alec fühlt sich sofort wohl. Mit leichter Abneigung denkt er an sein steriles Luxusapartment.

»Schön hast du es hier. Dein Einrichtungsstil gefällt mir.«

»Danke.«

»Ich sollte gehen und dich in Ruhe auspacken lassen«, meint er seufzend.

»Nein, bleib, bitte!«.

Sie beißt sich auf die Lippen, errötet auf eine entzückende Weise und senkt beschämt den Blick. Viel zu schnell sind ihr die Worte aus dem Mund gesprudelt. Alec unterdrückt ein Lächeln.

Rebecka atmet tief durch. Dann hebt sie den Kopf, legt die Hände auf seine Brust und schaut ihm entschlossen ins Gesicht. »Bitte, schlaf mit mir«, flüstert sie leise.

»Was?«

Sie schlägt die Augen nieder. Sofort umfasst er ihr Kinn und sorgt dafür, dass sie ihn wieder ansieht.

Sie holt tief Luft. »Die letzten drei Wochen warst du immer bei mir«, sagt sie zögernd. »Das geht jetzt nicht mehr.« Ihre Stimme klingt ein wenig verzweifelt, als sie fortfährt. »Aber ich möchte den Duft deiner Haut in meinem Bettzeug riechen. Ich will dich zum Abschied noch ein letztes Mal in mir spüren. Bitte nimm mich, Alec.«

›Ein letztes Mal?‹, allein der Gedanke erschreckt ihn. Er hat sich die Frage, wie es weiter gehen soll, vor dem heutigen Tag bewusst nicht gestellt. Viel zu früh, für Entscheidungen und Zukunftspläne nach nur drei Wochen. Er will die Dinge auf sich zukommen lassen. Nur der Urlaub ist zu Ende, ihre gemeinsame Reise fängt doch gerade erst an!

»Wenn du glaubst, das wird das letzte Mal sein, irrst du dich!« Er greift in ihre Haare und zwingt sie vor sich auf die Knie. »Du gehörst mir und ich teile nicht! Ich werde dich zeichnen und danach gründlich vögeln, damit du das nicht vergisst und es jeder sehen kann, der seine gierigen Finger nach dir ausstreckt!«

Im ersten Moment glaubt sie, sich verhört zu haben. Doch nein, das hat er jetzt tatsächlich gesagt. Sie kann es nicht fassen. Wo ist der charmante, warmherzige Mann geblieben, mit dem sie drei traumhafte Wochen in Schottland verbracht hat? Warum nur mutiert der plötzlich zu einem richtigen Drecksack? Ein dominanter Mann ist kein Schoßhündchen, das hat sie inzwischen begriffen. Umso wichtiger, ihm Grenzen zu setzen. Trotzig schaut sie zu ihm auf.

»Nein, das tust du nicht! Ich gehöre niemandem, außer mir selbst! Vergiss das nie! Du dominierst mich, weil ich es will! Besitzen wirst du mich niemals!« Unwillig schüttelt sie den Kopf, um seine Hand abzuschütteln. »Und zum Beweis, dass du das auch kapiert hast, wirst du mich heute nicht schlagen! Ich brauche jetzt etwas anderes von dir!«

»So ein Schwachsinn!«, knurrt er und lässt sie los, als habe er sich verbrannt. Böse starrt er sie an.

Sie schlingt die Arme um sich selbst, weil plötzlich jede Wärme aus ihrem Körper zu fliehen scheint.

Diese Geste scheint ihn wieder zur Besinnung zu bringen. Das Feuer in seinen Augen erlischt. Er wirkt so resigniert, dass sie schon wieder bereut, ihn in die Schranken gewiesen zu haben.

»Es tut mir leid. Ich sollte gehen, bevor ich noch mehr Blödsinn ver-zapfe. Ich rufe dich an.« Er wendet sich ab und marschiert mit energi-schen Schritten zur Tür.

»Alec!«, geschockt rennt sie ihm nach.

Er dreht sich um, die Lippen zu einem schmalen Strich zusammen-gekniffen.

»Bitte geh nicht ... nicht so«, flüstert sie hilflos.

Er lehnt sich mit dem Rücken gegen die Wohnungstür und fährt sich mit beiden Händen durch die Haare.

Verzweifelt ringt sie nach Worten.

»Ich ... das hier wird schwer. In den letzten drei Wochen warst du immer da. Nun holt uns der Alltag wieder ein. Bitte lass uns das irgendwie hinkriegen, ich will dich nicht verlieren.«

»Natürlich schaffen wir das«, brummt er und sie bemerkte erst jetzt, dass sie den Atem angehalten hat. Sie überbrückt die kurze Distanz und wirft sich an seine Brust, krallt sich an ihm fest und will ihn am liebsten nie wieder loslassen. Er schließt sie fest in die Arme und gibt ihr ein wenig Wärme und Sicherheit zurück.

»Gib uns etwas Zeit. Wir kriegen das hin.«

»Ich habe dir vorhin mein Wort gegeben. Es wird keinen anderen Mann geben. Du musst mich nicht zeichnen, um Besitzansprüche auf meinem Körper zu hinterlassen. Nicht aus so einem Grund, da mache ich nicht mit. Ich will einen Platz an deiner Seite, von dem aus ich dir gerade in die Augen schauen kann. Beim Sex knie ich gern vor dir, aber auch nur dann.«

Ihre Stimme zittert schon wieder, aber sie schaut ihm in die Augen und meint, Respekt darin zu lesen.

Er seufzt. »Ich weiß. Wir kriegen das hin«, betont er noch einmal. »Die Reise war nervenaufreibend. Wir sind beide überreizt. Es ist besser, wenn ich jetzt gehe. Wir sehen uns, spätestens am Wochenende.« Er zögert kurz, als wollte er etwas ganz anderes sagen. Doch dann sagt er nur: »Es ist viel liegen geblieben und ich muss über einiges nachdenken. Ich melde mich.«

»Warte! Ich ... ich will dir noch etwas geben.« Sie zieht an seiner Hand und er folgt ihr ins Wohnzimmer. Trotz der miesen Stimmung kann er sich ein Lächeln nicht verkneifen. Dass sie ihn nicht gehenlassen will, fühlt sich gut an. Dennoch ist er davon überzeugt, dass jeder von ihnen ein wenig Zeit für sich allein braucht, um mit der Situation umzugehen, die sie beide zu überfordern scheint.

Zu seiner Überraschung entrollt sie ihre Bilder, die sie in Schottland gemalt hat. Sie breitet eine große Leinwand auf dem Tisch aus und schaut ihn erwartungsvoll an.

Stumm betrachtete Alec das Werk. Es zeigt Rebecka auf das Fass gefesselt, mit rotgespanktem Hintern, hingebungsvoll zu ihm aufschauend. Mit der Gerte in der Hand blickt er auf sie herab. Die Szene hat etwas Düstererotisches und spiegelt gleichzeitig eine tiefe Verbundenheit zwischen Dom und Sub wider.

Er mustert das Bild so lange, dass Becky befürchtet, es würde ihm nicht gefallen.

»Das ist der Wahnsinn! Wie gut du die Stimmung eingefangen hast. Die vielen Details, die Schattierungen der Haut, den Ausdruck in unseren Gesichtern, das bernsteinfarbene Funkeln des Whiskys in dem Glas auf deinem Rücken. Man erkennt sogar, dass das Seil, mit dem du gefesselt bist, aus mehreren Fasern besteht.«

Er tritt einen Schritt zurück, um einen besseren Überblick zu haben.

»Das ist fantastisch! Und ich habe noch nicht einmal mitbekommen, dass du es gemalt hast.«

»Nun, ich wollte dich damit überraschen, deshalb habe ich dafür gesorgt, dass du es nicht vorher siehst. Es gehört dir«, erklärt sie mit stolzem Lächeln. »Eine kleine Erinnerung an eine aufregende und wunderschöne Zeit.«

»Ich danke dir ... Ich hänge es in mein Schlafzimmer, dann kann ich es vor dem Einschlafen ansehen. Du hast verdammt viel Talent.«

Sie errötet vor Freude und Verlegenheit. »Quatsch, ich pinsele nur ein bisschen herum.«

»Nein ehrlich. Du behauptest, vom Malen nicht leben zu können. Das glaube ich nicht.« Er deutet auf das Bild. »Ich finde, du solltest genau das hier anbieten. Erotische Malerei. Entweder du malst nach einem Foto, oder du skizzierst echte Modelle. In einem Vorgespräch könntest du herausfinden, worauf deine Auftraggeber wert legen und das dann künstlerisch herausarbeiten.« Er fasst sie am Ellenbogen. »Das Potenzial dazu bringst du mit. Du würdest dich vor Aufträgen kaum retten können, da bin ich sicher.«

»Ich weiß nicht, Alec. Ich glaube nicht, dass die Leute meine Bilder kaufen würden und ich sagte es ja schon mal: Am Ersten eines Monats ist die Miete fällig.« Sie schlägt kurz die Augen nieder, schaut ihn dann wieder an. »Ich würde lieber heute als Morgen meinen Job hinschmeißen und mich ganz aufs Malen konzentrieren. Aber ich möchte nicht mit meiner Staffelei unter einer Brücke enden. Das Risiko ist mir zu hoch.«

Alec nickt bedächtig. »Ich verstehe deine Einstellung.« Er überlegt einen Moment. »Was hältst du davon, wenn du das eine oder andere Bild nach Aufträgen nebenher malst? Ich rühre ein bisschen die Werbetrommel. Ich bin sicher, es werden einige Bestellungen reinkommen. Wenn es dir gelingt, damit ein finanzielles Pölsterchen anzulegen, kannst du deine Arbeitsstelle vielleicht in ein oder zwei Jahren an den Nagel hängen.«

Becky schmunzelt. »Ich freue mich, dass dir meine Arbeiten so gut gefallen. Ich glaube zwar nicht, dass jemand sie kaufen würde, aber bitte, versuch es ruhig. Dann sehen wir weiter.«

»Komm her«, sagt er leise, setzt sich auf die Couch und zieht sie auf seinen Schoß. Unmöglich jetzt zu gehen. Und eigentlich ist es auch egal, ob er eine Stunde früher oder später nach Hause kommt. Sie schlingt die Arme um seinen Hals, streichelt sein Gesicht, schaut ihn mit so viel Hingabe in ihren grünen Hexenaugen an, dass es ihn umhaut. Er zieht ihr Tanktop und BH aus und sie streift ihm das T-Shirt über den Kopf und wirft es achtlos auf den Sessel. Sie schmiegt sich an ihn und sie kosten noch einmal das Gefühl aus, einander Haut an Haut zu spüren. Sanft liebkost er ihren Rücken, krault ihre Dreads. Doch als sie anfängt, auf seinem Schoß herumzurutschen, um mit ihrem Hintern seinen Schwanz zu massieren, hält er sie energisch ruhig.

»Es gibt heute keinen Sex mehr, mo shìtheag. Ich will einfach nur deine Nähe genießen, bevor ich heute Nacht allein einschlafen muss.«

»Hm ... okay, wenn du es sagst«, murmelt sie enttäuscht, hört aber mit der Zappelei auf.

Als er sich schließlich verabschiedet, fühlen sich ihre Lippen wund vom Küssen an und sie meint seine Hände noch auf ihrer Haut zu spüren. Deshalb ist sie nicht mehr so traurig, als sie ihren Koffer auspackt und die Waschmaschine anstellt. Den Rest des Tages verbringt sie damit, ihre Wohnung umzudekorieren, denn sie hat das Bedürfnis von ihren Erinnerungen an Schottland umgeben zu sein. Also nimmt sie ihre alten Bilder ab und ersetzt sie durch neue. Der Abend ist schon weit fortgeschritten, als sie damit fertig und bereit ist sich schlafen zu legen. Ein letzter kurzer Blick auf ihr Handy zeigt ihr eine Message von Alec. Er schickt ein Foto seines Schlafzimmers mit ihrem Bild an der Wand. Auch er hat es also gleich aufgehangen.

»Das Erste, was ich von deiner Wohnung zu sehen bekomme. Sieht gut aus«, schreibt sie grinsend zurück.

»Es wirkt fantastisch und ich kann es jeden Abend ansehen. Danke und gute Nacht mo leannain, träum was Schönes. Du fehlst mir jetzt schon.«

Es dauert lange, bis sie endlich einschläft.

23

Schon am nächsten Morgen beginnt der eintönige Arbeitsalltag wieder. Die neugierigen Kollegen in der Firma speist sie mit einigen Landschaftsfotos und Berichten über Sehenswürdigkeiten ab. Von Alec erzählt sie nichts. Diese Erinnerungen gehören ihr allein, mit den Hühnern im Büro wird sie die bestimmt nicht teilen.

Immerhin hat sie sich nach Feierabend mit Lea verabredet. Die Aussicht rettet sie über den Tag.

Um sich ungestört unterhalten zu können, treffen die beiden sich bei Becky zu Hause.

Rebecka findet gerade noch Zeit, Tee zu kochen, da klingelt es auch schon an der Tür und die Freundin fällt ihr lachend um den Hals.

»Ich hab dich so vermisst, Süße. Du glaubst nicht, wie lang drei Wochen sein können, wenn man gespannt wie ein Flitzebogen auf Neuigkeiten wartet.« Lea drückt sie überschwänglich an sich. »Es ist so schön, dich wiederzusehen. Erzähl!«, ruft sie, während sie Rebecka in die Küche folgt. »Ich will alles wissen. Ihr Zwei habt euch ziemlich gut verstanden, oder?« Sie hüpft aufgeregt in der Küche herum, während Becky sich um den Tee kümmert. »Los, los! Lass dir nicht alles aus der Nase ziehen! Ich will sämtliche Details hören!«

Becky trägt schmunzelnd den fertig aufgebrühten Tee ins Wohnzimmer, stellt Zucker, Milch und eine Flasche Rum auf den Tisch und schneidet den von Lea mitgebrachten Kuchen an. Dann gießt sie einen großzügigen Schluck Rum in beide Tassen und füllt sie anschließend mit schwarzem Tee auf. Grinsend prosten die Freundinnen sich mit den Teebechern zu und Rebecka beginnt zu berichten. Sie schmückt ihre Schilderungen nicht in allen Einzelheiten aus. Doch sie geht genug in die Tiefe, um Lea einen guten Eindruck über ihre neu erworbenen Erfahrungen vermitteln zu können. Immerhin hatte sie trotz Leas zahlreichen Bemühungen, ihr BDSM näherzubringen, nie wirklich Verständnis für die Neigungen der Freundin aufgebracht. Ihr zu gestehen, dass sich ihre Meinung in den letzten drei Wochen gründlich geändert hat, ist sie Lea schuldig. Außerdem merkt sie, dass es guttut, nicht nur mit ihrer besten Freundin, sondern einfach mit einer Frau zu reden, die ihre Vorlieben teilt und erheblich länger auslebt, als sie selbst.

»Wow, das ist so schön! Und jetzt, wie geht es weiter mit euch?«, fragt Lea strahlend, nachdem Becky ihren Bericht beendet hat.

»Nun zunächst einmal geht es weiter. Das ist das Wichtigste. Ich hoffe, wir kriegen das hin.« Sie stockt, starrt grübelnd in ihre leere Teetasse. »Es ist Wahnsinn, was wir in der kurzen Zeit schon alles gemeinsam erlebt haben, nicht nur im Bett. Die Erfahrung, nicht immer stark sein zu müssen, die Kontrolle vollständig abzugeben, mich fallenlassen zu dürfen und aufgefangen und gehalten zu werden ...« Sie atmet tief durch. »Das war eine Offenbarung. Er hat mir so viel gegeben. Ich tue alles dafür, damit unsere Beziehung funktioniert.« Sie stockt erneut. »Na ja, fast alles«, setzt sie dann nachdenklich hinzu.

Auch Alec findet nur schwer wieder in seinen gewohnten Tagesablauf zurück. Er kümmert sich um die Firma und hofft, ihre noch junge Beziehung wird im Alltag bestehen. Er vermisst Rebecka, kann sich das Leben ohne sie schon nicht mehr vorstellen. Nicht nach allem, was sie in den letzten drei Wochen geteilt haben. Nicht nachdem so großes Vertrauen zwischen ihnen entstanden ist. Nicht nachdem sie gemeinsam Rebeckas Neigungen entdeckt, ihre Grenzen ausgetestet und ihre Leidenschaft geweckt haben. Nicht nachdem ihr Lachen, ihr Stöhnen und ihre Schreie ihm unter die Haut gegangen sind und nicht nach dem, was er glaubt in ihren Augen gelesen zu haben. Er nimmt sich vor, einen Weg zu finden, zumindest nachts mit ihr im Arm einzuschlafen.

In seiner superschicken, eiskalten Luxusbude fühlt er sich unwohler denn je. Lächelnd denkt er an Beckys urige, kleine, kunterbunte Bude, in der er sich sofort wohlgefühlt hat. Er überlegt, seine Wohnung umzugestalten, verwirft den Gedanken jedoch wieder. Das, was ihm dort fehlt, befürchtet er, auch mit der aufwendigsten Renovierung nicht zu erreichen. So praktisch es ist, mit dem Aufzug ins Büro zu fahren, dieses Penthouse ist kein Zuhause und wird auch niemals eins werden. Aber er hält sich ja sowieso überwiegend im Büro auf. Was Rebecka wohl von seiner Schickimicki-Bude halten wird? Schwierig, sie sich in dieser Umgebung vorzustellen. Und trotzdem denkt er schon wieder an sie.

Dabei muss er sich dringend auf seine Arbeit konzentrieren, denn in der Firma ist die Hölle los. Ein langjähriger, zuverlässiger Mitarbeiter, den Lukas und er vor einigen Wochen mit einem größeren Auftrag für einen wichtigen Kunden betraut hatten, fällt krankheitsbedingt auf unbestimmte Zeit aus. Da auch Lukas bis zum Hals mit Arbeit eingedeckt ist, sieht Alec sich gezwungen, sich komplett neu in das Projekt einzuarbeiten. Zusätzlich quillt sein Schreibtisch über von Akten, die er bearbeiten, und Dingen, um die er sich kümmern muss. Die ganze Woche weiß er kaum, wo ihm der Kopf steht. Dennoch schafft er es, sich zweimal kurz bei Rebecka zu melden, um sie wissen zu lassen, dass er an sie denkt. Freitagvormittag vermisst er sie jedoch so sehr, dass er beschließt, sich einfach Zeit für sie zu nehmen. Allein der Gedanke heitert ihn schon auf. Also greift er zum Telefon und ruft sie an.

Becky verbringt gerade ihre Mittagspause mit einem Becher Kaffee in der Hand auf einer Bank im Park, in der Nähe ihres Arbeitsplatzes. Bei schönem Wetter genießt sie dort gern die Sonnenstrahlen, die sie an der Nase kitzeln. Ihre erste Arbeitswoche neigt sich dem Ende zu, ohne dass sie Alec gesehen hat. Lediglich zwei kurze Textnachrichten hat er ihr geschickt. Montagmorgen wünschte er ihr einen guten Start an ihrem ersten Arbeitstag und gestern hat er ihr eine gute Nacht getickert. Sie ist ein wenig enttäuscht, denn sie hat sich mehr Interesse von ihm erhofft. Trotzdem vergeht kaum eine Stunde, in der sie nicht an ihn denkt.

›Es kann etwas dauern‹, hatte er bei ihrer Rückkehr gesagt. Wie lange ist ›etwas‹? Sind fünf Tage noch normal? Wird er sich überhaupt wieder melden? Vielleicht will er gar nichts mehr von ihr wissen? Er fehlt ihr.

Das Handy klingelt und ihr Herz hüpft übermütig, als das Display ihr den Namen des Gesprächspartners verrät.

»Hey«, meldet sie sich aufgeregt.

»Kannst du reden?« Alecs Stimme klingt dunkel, sanft und sexy wie geschmolzene Schokolade und treibt ihr wieder einmal einen Schauer über den Rücken.

»Ja, es ist schön, deine Stimme zu hören.«

»Hast du nach Feierabend Zeit für mich?«

»Na klar, immer!«, ruft sie so überschwänglich, dass Alec leise lacht.

»Hast du Lust, mich in der Firma zu besuchen? Ich bestelle uns etwas zu essen.« Er räuspert sich. »Mehr als ein bis zwei Stunden Pause ist zwar nicht drin, aber zumindest können wir uns sehen.«

Rebeckas Herz macht Freudensprünge. »Gerne, dann komme ich direkt vom Büro aus, wenn es dir recht ist.«

»Ich freue mich auf dich, mo shìtheag.«

Den ganzen restlichen Tag bekommt sie das Grinsen nicht aus dem Gesicht. Eine kritische Stimme in ihr fragt hartnäckig, ob es überhaupt Grund für so viel gute Laune gibt? Nach fast einer Woche geruht der Herr, sich an sie zu erinnern. Möchte sie wirklich Freundin, Sub, was auch immer auf Abruf sein? Ihre Begeisterung hält sich ob dieser Aussicht in Grenzen. Die Sehnsucht nach ihm ist jedoch größer und erstickt ihre Bedenken im Keim.

Sie braucht eine gute halbe Stunde, um sich mit dem Auto durch den Berufsverkehr zu quälen.

Am Empfang weist ihr eine sympathische Brünette den Weg in die zweite Etage, wo Rebecka einen großzügigen Eingangsbereich durchquert, von dem drei Türen abgehen. Sie klopft an die Mittlere und betritt ein geräumiges Büro mit hellen Möbeln. Am Schreibtisch sitzt eine ältere Frau in einem dunkelgrünen Kostüm, blondem Dutt, Brille, wachen hellblauen Augen und schmalen Lippen. Genauso hat sie sich eine Chefsekretärin vorgestellt. Becky ist erleichtert, sich keinem langbeinigen, vollbusigen Rasseweib gegenüber zu sehen. Die konservativ wirkende, ältliche Dame führt hier das Regiment, das sieht man ihr an. Sie wirkt kompetent und hat mit Sicherheit Haare auf den Zähnen. Sie begrüßt Rebecka freundlich, aber kühl, mustert sie einen kurzen Moment neugierig, um dann sofort wieder eine glatte, professionelle Mine aufzusetzen. Sie greift nach dem Telefon und drückt eine Taste.

»Herr Gawen, Ihr Besuch ist da.«

»Danke, schicken Sie sie herein.«

Sie lässt Becky vorbei, in ein großes modernes Büro mit weißen Einbauschränken und Regalen, auf denen ordentlich aufgereiht schwarze Ordner stehen. Alec erhebt sich bei ihrem Eintreten hinter seinem wuchtigen Schreibtisch aus Ebenholz.

Er umarmt sie fest und küsst sie hungrig. Sie kriecht geradezu in seine Wärme hinein.

»Du fehlst mir, mo leannain und es tut mir leid, dass ich im Moment wenig Zeit für dich habe.« Er seufzt tief. »Ich will nicht, dass wir uns im Alltag verlieren.«

Rebecka schluckt. Mit so einer Begrüßung hat sie nicht gerechnet. Damit nimmt er ihr den Wind aus den Segeln und alles, was sie zu dem Thema eigentlich sagen wollte, wird plötzlich unwichtig. Wichtig ist nur, endlich wieder seine Arme zu spüren, die sie halten und seinen vertrauten Duft einzuatmen.

»Entschuldigung angenommen. Ich habe dich auch vermisst, und wie!«

»Im Moment kann ich leider nicht absehen, wann dieser Wahnsinn vorbei ist und ich wieder zu normalen Zeiten hier rauskomme. Wir haben einen personellen Engpass, der mich geradezu an den Schreibtisch kettet.« Er drückt sie fest an sich. »Aber sobald ich mit dem Auftrag fertig bin, wird es besser, versprochen.« Er greift mit beiden Händen nach ihren Backen und knetet sie sanft, während sie sich an ihn schmiegt und ihre Zunge in seinen Mund schiebt. Doch viel zu schnell beendet er den Kuss.

»Nimm doch schon mal da vorn in der Sitzecke Platz. Ich setze mich an meinen Schreibtisch und erwecke den Anschein, fleißig zu arbeiten.« Er grinst schelmisch. »Ich habe nämlich keine Lust darauf, dass meine Sekretärin meinen Ständer bemerkt, wenn sie gleich hereinkommt.« Becky lacht. »Okay, ich bin brav bis das Essen kommt.«

Er wirkt souverän in dieser Umgebung. Obwohl sie ihn eher inmitten einer Schafherde oder mit einer Axt beim Holzhacken sieht, macht er auch an diesem Arbeitsplatz eine gute Figur. Versonnen betrachtet sie ihn, während er einige Papiere sortiert. Unwillkürlich liefert ihr Kopfkino Bilder einer Fantasie, die er vor einigen Wochen selbst heraufbeschworen hat.

Sie sieht sich neben dem Schreibtisch knien. Unbekleidet, mit leicht gespreizten Beinen. Die Hände auf dem Rücken verschränkt, mit ihrem Halsband und einem schwarzen Knebelball im Mund. Geduldig wartend, bis ihr Herr Zeit für seine Liebessklavin findet. Sie lächelt bei dem Gedanken. Wie wäre es wohl, nackt auf seinem Schreibtisch zu liegen? Irgendwie glaubt sie nicht, dass er es schon mal im Büro getan hat. Dazu wirkt er in dieser Umgebung zu seriös. Somit ist sein Arbeitsplatz sozusagen jungfräulich und sie könnte ihm eine Erinnerung schenken, an die er gerne zurückdenkt, wenn er dort sitzt und arbeitet. Wie er wohl reagieren würde? Aber nein, wenn sie eine alltagstaugliche Beziehung aufbauen wollen, darf sie nicht ständig nur daran denken, mit ihm zu vögeln. Er sieht müde aus, abgespannt und hat zurzeit bestimmt andere Sorgen. Sie ist hier, um mit ihm zu essen, seine Gesellschaft zu genießen und ein bisschen zu plaudern, nicht um ihn zu stressen.

Nach kurzem Klopfen wird die Tür geöffnet und die ältliche Sekretärin bringt ein Tablett mit zwei Tellern, Besteck und einer Tüte herein.

Alec bedankt sich und verabschiedet die Frau höflich in den Feierabend. Erst nachdem die Bürotür hinter ihr ins Schloss gefallen ist, steht er auf. Während er auf sie zukommt, heftet sich ihr Blick unwillkürlich auf seinen Schritt und ihr wird klar, warum er nicht früher aufgestanden ist. Sie schmunzelt. Der Mann mag überarbeitet sein, doch sein bester Freund wirkt, zumindest bei grober Betrachtung, recht munter. Becky packt das Essen aus und verteilt es auf die Teller. Es riecht köstlich.

»Trinkst du ein Glas Wein mit mir?«

»Hm, ich muss noch fahren. Aber wenn du Mineralwasser da hast, mixe ich eine Weinschorle draus.«

»Gute Idee. Ich fahre zwar nur noch mit dem Fahrstuhl einige Stockwerke höher in meine Wohnung, aber da ich noch arbeiten muss, brauche ich einen klaren Kopf.«

Sie beobachtet, wie er aus einem Kühlschrank Wein und Soda holt und Schorle mixt.

»Du wohnst hier? In diesem Bürohaus?«, fragt sie erstaunt.

»Ja, oben im Penthouse. Es ist praktisch, aber es gibt auch Nachteile.«

»Wow, ich würde gern sehen, wie du lebst.«

Er zögert. »Natürlich, aber wenn es dir nichts ausmacht, zeige ich es dir ein anderes Mal. Ich möchte das bisschen Zeit, das ich abzwacken kann, gemütlich mit dir hier sitzen und deine Gesellschaft genießen.«

»Okay, kein Problem«, nickt sie, doch sie wundert sich. Warum will er nicht mit ihr in seiner Wohnung essen, wenn es keine zusätzliche Zeit kostet, dort hinzugelangen? ›Vielleicht hat er nicht aufgeräumt‹, denkt sie amüsiert, und beschließt nicht weiter darüber nachzudenken.

Das Essen schmeckt genauso köstlich, wie es riecht, die Weinschorle passt hervorragend dazu. Endlich wieder seine Nähe spüren, mehr braucht Rebecka nicht, um glücklich zu sein. Nach der Mahlzeit steht sie auf, um abzuräumen, doch Alec hält sie davon ab.

»Lass nur, ich erledige das und entsorge die Reste. Und was immer du dir ausgedacht hast, bevor unser Essen kam, bitte tu es.«

Überrascht schaut sie auf und ihre Blicke versinken ineinander. Dass er sie vorhin beobachtet hat, ist ihr entgangen, aber wenn er sie schon darum bittet ... Dann darf sie seine Bitte wohl auch erfüllen. Sobald er das Büro verlassen hat, geht sie zum Schreibtisch. Zum Glück hat er die Papiere wegsortiert, so muss sie nur schnell das Telefon und einige Büroutensilien zur Seite räumen. In Windeseile zieht sie sich aus, legt sich mit dem Rücken auf die Arbeitsfläche, den Hintern auf die

Seitenkante. Sie spreizt die Beine weit. Das wuchtige Arbeitsmöbel bietet dafür mehr als genug Platz. Die Arme streckt sie über den Kopf und faltet die Hände.

Kaum liegt sie in der richtigen Position, da öffnet sich die Tür und schließt sich wieder. Stille, vermutlich ist er überrascht an der Tür stehen geblieben. Doch schon nähert er sich mit langen Schritten seinem Schreibtisch. Vor ihren gespreizten Schenkeln stoppt er und betrachtet sie mit loderndem Blick. Eine Minute, die ihr wie eine Ewigkeit erscheint, sagt keiner ein Wort. Sie bleibt reglos liegen, liefert sich mit flammenden Wangen seinen Blicken aus. Ergibt sich seiner Dominanz, die sie umgibt, ihr das Atmen erschwert und Nässe zwischen ihre Schenkel treibt. Oh, wie sehr hat sie diesen beherrschten Gesichtsausdruck vermisst, der ihr zeigt, dass er vollkommen in den Mastermodus gewechselt ist.

Arrogant hebt er eine Augenbraue und fragt mit aalglatter Stimme: »Ist es zu warm in meinem Büro? Soll ich die Heizung runterdrehen? Oder bist du einfach nur eine versaute kleine Schlampe, die an nichts anderes denkt, als daran, von ihrem Herrn benutzt zu werden?«

Herrlich, wie lang hat er sie schon nicht mehr so gereizt? Sie erinnert sich kaum noch an das letzte Mal und erbebt vor Begierde.

»Ich hatte Mitleid mit deinem arbeitslosen besten Freund. Also sei so nett und überlass ihm die Führung. Als Big Boss bist du es ja gewohnt, das Personal arbeiten zu lassen. Und ich bitte um Expresszustellung!«

Kaum hat sie ausgesprochen, da landet ein fester Hieb auf ihrem Venushügel. Vor Überraschung schreit sie auf. Als er erneut zuschlägt, schließt sie reflexartig die Schenkel, doch der Schlag sitzt trotzdem.

Finster schaut er auf sie hinunter. »Du wagst es, dich deinem Herrn zu widersetzen? Beine auseinander, sofort!«

Zögernd kommt sie seinem Befehl nach.

»Weiter! So wie vorher! Ich will deine Pussy offen vor mir sehen!«

Sie gehorcht. Ihre Atmung beschleunigt sich.

»Du wirst ruhig liegen, Sklavin! Ich möchte nicht einen einzigen Muskel zucken sehen!«.

Becky gibt sich Mühe, doch als er die Hand hebt, verkrampft sie sich gegen ihren Willen ganz automatisch. Fest schlägt er erneut auf ihre Scham. Sie bemüht sich um Selbstdisziplin, kann aber nicht verhindern, dass ihre Schenkel leicht nach innen zucken. Schon landet der nächste Schlag an gleicher Stelle, wieder krampfen ihre Beinmuskeln und sie schreit gepeinigt, als seine Hand ihr Ziel trifft. Nach fünf weiteren Hieben hält er inne.

»Ich liebe Frauen mit vollen, roten Lippen«, murmelt er genüsslich und streichelt sachte mit dem Finger über die gereizte Haut, bevor er sanft durch ihre nasse Spalte fährt. Rebecka seufzt lustvoll.

»Was ich allerdings überhaupt nicht mag«, sagt er gefährlich ruhig, während er unter ihrem angespannten Blick ganz langsam seinen Gürtel aus der Anzughose zieht, »ist eine ungehorsame, aufsässige, freche Sklavin! Mir scheint, du hast zu viel Freiheit und vergisst nur allzu schnell, was es heißt zu gehorchen! Dreh dich um!«

»Aber ich habe doch ...«

»Sofort!«

»Aber ...«

»Wenn ich mich wiederholen muss, wird dein Arsch dafür büßen, das verspreche ich dir!«

Becky erschaudert, deutlich sieht er die Nässe zwischen ihren geröteten Lippen hervorquellen. Ohne weiteren Protest rutscht sie von der Tischplatte, stellt sich mit gespreizten Beinen vor den Schreibtisch und presst Brüste und Bauch auf die Arbeitsplatte.

»Arme über den Kopf! Halte dich am Tisch fest, du wirst ein bisschen Halt bitter nötig haben!«

Ihr bleibt keine Zeit mehr, bei seinen Worten zu erschrecken, schon saust der Gürtel durch die Luft und landet mit einem fiesen Klatschen auf ihrem Hintern. Verdammt das tut weh!

Wo das Leder auf Fleisch trifft, färbt sich die Haut augenblicklich rot. Zehn Mal klatscht der Gürtel auf jede Backe. Dann wirft er ihn achtlos zur Seite und fährt mit beiden Händen vorsichtig über die gereizte Haut, streichelt sie sachte und genießt die Hitze, die seine Handflächen wärmt.

»Dreh dich um!«, befiehlt er sanft, während er sich schnell seiner Kleidung entledigt. Gehorsam richtet sie sich auf und wendet ihm ihr tränennasses Gesicht zu.

Zärtlich schaut er sie an, streicht über ihre feuchte Wange. »Geht es dir gut, mo leannain?«

»Ja Master, es ist alles in Ordnung.«

»War ich zu hart zu dir?«

»Nein Herr, ich bin stolz, dir meine Tränen schenken zu dürfen.«

Sanft zieht er sie an sich. »Ich bin stolz auf dich. Und jetzt werde ich dich vögeln, bis du um Gnade winselst! Wen ich nackt auf meinen Schreibtisch vorfinde, der bekommt, wonach er bettelt. Setz dich.«

Flehend blickt sie ihn an. »Bitte, mein Hintern tut wirklich weh!«

Unnachgiebig starrt er sie mit schmalen Augen an, bis sie den Blick senkt und seinem Wunsch folgt. Als ihr geschundener Po mit dem Holz in Kontakt kommt, wimmert sie.

Behutsam greift er nach ihrem Kinn und hebt es an. Er schaut ihr in die Augen, spreizt ihre Beine und dringt langsam und tief in sie ein. Becky stöhnt laut. Vor Glück, ihn endlich wieder zu spüren. Vor Schmerz, weil er ihren Hintern auf den Tisch presst. Und vor Wonne, weil er ihr diesen herrlichen Lustschmerz beschert, der sie, schwindelig vor Gier, erbeben lässt.

»Lehn dich zurück und stütz dich auf deine Unterarme«, befiehlt er rau.

Gehorsam sinkt sie nach hinten, ihre Dreadlocks ergießen sich über die Tischplatte. Ihre Brüste recken sich ihm entgegen. Er hakt seine Arme unter ihre Kniekehlen, zieht sie noch näher zu sich, und beginnt tief in sie hineinzupumpen.

»Oh, du hast mir so sehr gefehlt!«, stöhnt sie.

»Geht mir genauso, fantastisch, endlich wieder in dir zu sein.«

Tief, langsam, Genuss pur, grenzenlose Lust, brennende Hitze, totale Verbundenheit, immer wieder, immer mehr. Alec positioniert ihre Beine auf seine Schultern, hebt ihren Po leicht an, um sich noch tiefer in sie zu schieben. Er füllt sie so vollständig aus, dass es ihr den Atem verschlägt. Mit jedem Stoß wird er etwas schneller, bis sein Becken hart gegen ihren schmerzenden Hintern klatscht, was den Lustschmerz erhöht und sie in den Wahnsinn treibt. Das Ziehen in ihrem Schoß verstärkt sich zu einem Orkan unerträglicher Begierde. Ein feiner Schweißfilm bedeckt ihren Körper. Sogar die Dreadlocks, die ihr ins Gesicht fallen, sind feucht. Geräusche der Ekstase hallen durch den Raum. Der Geruch nach Schweiß und Sex liegt in der Luft und sein Schwanz hämmert erbarmungslos in sie, bis Rebecka den Druck kaum noch aushält.

»Komm für deinen Herrn, mo shìtheag!«, keucht er und diese Ansage ist alles, was sie noch braucht. Sie fängt an zu zucken und zu beben, schreit seinen Namen, als sie explodiert. Alec rammt seinen Prügel noch härter in sie, fast schon brutal brandmarkt er sie als seinen Besitz, flutet sie schließlich mit seinem Lustsaft.

Vorsichtig lässt er ihre zitternden Beine los und zieht sie an sich. Die Arme um seinen Nacken geschlungen, fällt ihr Gesicht gegen seinen feuchten Hals. Gierig pumpt sie Luft in ihre Lungen, bis er sich aufrichtet und sie mit sich nimmt. Gegen seine Brust gelehnt, kuschelt sie sich noch ein paar Minuten an ihn, bevor sie sanft seine Lippen liebkost und leise murmelt: »Ich gehe jetzt und lasse dich weiter arbeiten.«

»Bleib noch ein halbes Stündchen.«

Zärtlich streicht sie durch sein braunes Haar. »Nein Alec, auch wenn ich mich gerne noch in deiner Nähe suhlen möchte. Aber ich würde mich freuen, wenn du mich öfter bittest, zwischendurch für eine Stunde vorbeizukommen, damit wir uns sehen können.« Sie gibt ihm einen kleinen Schmatzer auf den Mund. »Und wenn ich dich zu lange von der Arbeit abhalte, wirst du vielleicht zu dem Schluss kommen, dass dir ein Treffen mit mir zu viel Zeit raubt. Deshalb gehe ich jetzt und du arbeitest weiter.« Noch einmal küsst sie ihn, legt all ihre Emotionen in diesen Kuss. Er versteht die stumme Botschaft und erwidert den Kuss mit gleicher Intensität, bevor er sanft aus ihr herausgleitet.

Mit gemischten Gefühlen fährt sie nach Hause. Der spontane Sex ist der Wahnsinn gewesen. Ihre Scham glüht immer noch von den Schlägen, genauso wie ihr Hintern und sie glaubt, ihn immer noch spüren zu können. Sie beide sind nun einmal verrückt nacheinander und das fühlt sich wunderbar an. In Schottland wäre sie jetzt wunschlos glücklich. So aber schwankt sie zwischen himmelhoch jauchzend und ratlos.

›Was weiß ich schon von ihm? Passe ich in sein Leben? Ich kann ihn mir gut in meinem vorstellen. ... Moment ... Ich kann ihn mir gut in meinem Leben vorstellen? Ich habe mich noch nie auf jemanden verlassen. Ich wollte noch nie jemanden in meinem Leben! ... Lea, ich muss dringend mit Lea reden!‹

Obwohl ... nein ... vielleicht ist es zu früh, dass laut auszusprechen. Gar nicht so schlecht, diesen Gedanken zunächst einmal für sich zu behalten und sich gründlich damit auseinanderzusetzen.

24

Ein paar Tage später steht Alec abends überraschend mit einer Flasche Rotwein vor ihrer Tür. Sie fällt ihm stürmisch um den Hals. Er stellt die Weinflasche auf die Kommode und drängt sie mit seinem Körper gegen die Wand. Dann nimmt er ihre Hände in seine, führt sie über ihren Kopf und hält sie fest. Erobert gierig und kompromisslos ihren Mund, hüllt sie mit seinem vertrauten Duft ein. Ein Seufzer entfährt ihr. Was für eine Begrüßung.

»Dir auch einen guten Abend«, wünscht sie, sobald er seine Lippen von ihren löst. Ihr Ton, irgendwo zwischen atemlos und ironisch. Fest greift er in ihre Haare, entlockt ihr ein Wimmern. Seine dunkelblauen Augen blitzen.

»Freche Hexe!«, knurrt er und verkneift sich ein Lachen, während er sie vor sich her ins Wohnzimmer schiebt. Dort lässt er sie los, marschiert zum Schrank, um zwei Weingläser herauszuholen. Lächelnd reicht sie ihm einen Korkenzieher. Schön zu sehen, wie gut er sich schon in ihrer Wohnung auskennt. Sie liebt diese Vertrautheit zwischen ihnen.

Er setzt sich auf das Sofa und sie kniet sich vor ihn auf den Boden. Sie schauen sich in die Augen, als sie einander zuprosten und an ihren Weinkelchen nippen.

»Es gefällt mir, dich vor mir knien zu sehen. Ich genieße deine Hingabe.« Er zögert und sein Blick bekommt etwas Vorsichtiges. »Ich frage mich nur, ob du mir jeden Moment die Eier lang ziehst. Kampflos und freiwillig ergibst du dich doch nie.«

Sie lacht aus vollem Herzen. »Ich freue mich einfach, dass du hier bist. Es erfüllt mich mit Demut, dass du dich hier wohlfühlst. Es fühlt sich gerade sehr gut und richtig an, vor dir zu knien.«

Er greift sachte in ihre Haare, krault sie sanft und es herrscht einträchtiges Schweigen.

»Ich bin schon ewig nicht mehr neben dir eingeschlafen und aufgewacht«, sagt sie schließlich. »Hast du nicht Lust hierzubleiben?« Sie schaut sehnsüchtig zu ihm auf. »Du müsstest zwar morgen früh mit dem Auto zur Arbeit fahren, anstatt mit dem Fahrstuhl, aber es wäre so schön, die Nacht mit dir zu verbringen.«

»Hey«, er beugt sich vor und streichelt ihr Gesicht. »Ich bleibe gern bei dir und ich finde es schön, dass du dich genauso danach sehnst.«

Ein paar Tage später beschließen Alec und Lukas, dass ein bisschen Ablenkung von der ganzen Arbeit nötig ist und besuchen nach Feierabend Luis Fetisch-Club. Früher haben die Freunde sich oft dort vergnügt. Inzwischen besucht Lukas das Etablissement nur noch selten und wenn dann gemeinsam mit Lea. Auch Alec verspürt zurzeit keine Lust auf Abenteuer und fremde Haut. Daher stellen die beiden sich an die Bar, unterhalten sich und schauen dem bunten Treiben zu.

»Wir sollten gelegentlich mal zu viert herkommen«, sagt Alec und stellt sein Glas auf den Tresen zurück. »Ich habe zwar nicht vor, öffentlich mit Rebecka spielen. Aber es wird ihr bestimmt gefallen, sich hier umzuschauen, und vielleicht findet sie ja ein paar Anregungen, die sie auf ihre Leinwand bannen kann.«

Lukas lacht leise. »Lea war damals ziemlich beeindruckt. Sie ist vorher noch nie in einem BDSM-Club gewesen. Sie steht total darauf, Anderen zuzuschauen.« Er trinkt ein Schluck von seinem Bier. »Sie mag auch Zuschauer, allerdings besteht sie darauf, dass niemand außer mir sie anfasst.« Sein Blick heftet sich auf eine schwarzhaarige Frau auf einer Liege in der Nähe der Bar. Ihr Dom hält eine Kerze über ihre Brüste und verziert ihre Nippel mit heißem Wachs, während eine Sklavin zwischen ihren Schenkeln kniet und sie mit der Zunge verwöhnt.

Er reißt seinen Blick von der Szene los und schaut Alec wieder an. »Lea hat mir erzählt, dass Rebecka richtig gute BDSM-Szenen malt.«

Alec nickt. »Ja, sie hat ne Menge Talent.« Er fischt sein Handy aus der Hosentasche und zeigt Lukas Fotos. Von der Fass-Szene an seiner Schlafzimmerwand und von einigen Bildern, die er bei seinem letzten Besuch in Beckys Wohnung abfotografiert hat.

Von hinten klopft ihm jemand auf die Schulter. »Hey Alec, leg das Handy weg. Lass dich lieber von dem wilden Treiben hier inspirieren.«

Ralf, ein guter Bekannter, schüttelt ihm und Lukas grinsend die Hand.

»Freu mich, euch Zwei mal wieder zu sehen. Lange her.«

 Neugierig schaut er auf Alecs Handydisplay.

»Wow, tolles Bild! Woher hast du das denn? Zeig mal.«

Alec gibt ihm sein Handy und lässt ihn die Fotos durchscrollen.

»Die sind großartig! Weißt du zufällig, ob die Künstlerin Auftragsarbeiten übernimmt?«

Alec nickt. »Ja, ich denke schon.«

»Was für eine Vorlage würde sie benötigen? Würden Fotos ausreichen? Das wäre eine schöne Geburtstagsüberraschung für Ela. Wie lange braucht die Malerin, um so ein Bild fertigzustellen? Was wird es kosten?« Ralf überschüttet Alec regelrecht mit Fragen, die der nur teilweise beantworten kann. Er gibt Ralf Beckys Mailadresse und bittet ihn, selbst Kontakt mit ihr aufzunehmen. Während des Gesprächs sind noch andere Gäste dazugekommen, die Rebeckas Bilder bewundern.

Als er schließlich zusammen mit Lukas den Club verlässt, ist er sehr zufrieden mit dem Interesse, dass er bei den Leuten für Beckys Arbeiten geweckt hat.

Zwei Kunden treten mit Becky in Kontakt und geben jeweils ein erotisches Bild in Auftrag. Ralf bestellt eine Zeichnung von seiner, an ein Andreaskreuz gefesselten Ehefrau, deren Körper die frischen Spuren einer Spanking Session aufweist. Als Vorlage für das Gemälde schickt er ihr einige Fotos.

Ein Paar ordert einen Akt und bittet darum, dass die Künstlerin Skizzen vom lebenden Objekt erstellt. Alec begleitet sie auf ihre Bitte zu den Auftraggebern nach Hause.

Sie skizziert das Pärchen nach einem entspannten Vorgespräch, in einer weniger entspannten, verdammt heißen Pose und schießt zur Sicherheit noch ein paar Fotos mit dem Handy. Nachdem sie genug Material gesammelt hat, schlendern sie zurück zum Auto. Rebecka ist mächtig aufgegeilt, doch Alec erklärt ihr mit einem lässigen Grinsen, sie seien wegen eines Jobs unterwegs, nicht zum Vergnügen.

Inzwischen kommt Alec fast jeden Abend zu ihr, jedoch selten vor neun Uhr. Das hat durchaus Vorteile, denn sie braucht sich nicht großartig für ihn umzustellen. Um diese Uhrzeit ist sie unter der Woche gewöhnlich zu Hause. Andererseits bleibt ihnen wenig Zeit zum Kuscheln, da beide am nächsten Morgen wieder fit im Büro erscheinen wollen. An eine Session ist gar nicht erst zu denken.

Das verängstigte Kind in ihr suhlt sich immer öfter in seiner Wärme. Es kommt zur Ruhe in seinen Armen und genießt das Gefühl der Sicherheit, das er ihm schenkt. Doch je mehr sich das Kind auf ihn einlässt, desto schutzloser wird es, denn ihre Mauern bröckeln mehr und mehr. Irgendwann wird es zu Ende sein und der Schmerz unerträglich, denn ihre Schutzmauern werden dann wohl nicht mehr vorhanden sein. Das macht ihr manchmal Angst.

Das Telefon klingelt überlaut, Becky schreckt aus ihren Gedanken.

»Hey, schön das du anrufst. Kommst du heute Abend vorbei?«

»Hallo, mo shìtheag, es tut mir leid, aber ich muss dringend nach Oslo, da geht auf unserer Baustelle gerade alles schief. Bin schon auf dem Weg zum Flughafen.« Er stößt einen tiefen Seufzer aus. »Glaub mir, ich wäre lieber bei dir. Es geht leider nicht anders.« Es entsteht eine kurze Pause. »Ich bin in einer Woche wieder da.«

Sie schluckt. Das kommt überraschend, aber sie weiß ja, dass er ab und zu mal kurzfristig für einige Tage beruflich verreisen muss.

»Okay«, erwidert sie, »du wirst mir fehlen, aber ich nutze dann halt die Zeit, um an den Aufträgen zu malen. Gute Reise und viel Erfolg.«

Sie versucht, möglichst tapfer zu klingen, um ihm den Abschied nicht unnötig erschweren.

25

Am nächsten Tag fährt Rebecka nach Feierabend stadtauswärts, um Lea und Lukas zu besuchen. Sie hat ihre Freundin vormittags aus dem Büro angerufen, denn sie will den Abend nicht allein zu Hause verbringen und Trübsal blasen.

Das alte, liebevoll restaurierte Farmhaus mit dem großen Garten, mitten im Grünen begeistert sie jedes Mal aufs Neue.

Als sie ihrer Freundin vor knapp zwei Jahren beim Umzug half, staunte sie, dass Lukas keine Villa mit sorgfältig getrimmtem Rasen und hohem Zaun rund um ein protziges Anwesen bewohnt. Jetzt, wo sie ihn ohne ihre dummen Vorurteile sieht, erkennt sie, dass das charmante Häuschen nebst leicht verwildertem Garten ganz wunderbar zu ihm passt. Ihr schlechtes Gewissen setzt ihr ordentlich zu. Sie hatte Leas Verlobten vollkommen falsch eingeschätzt.

Das Paar begrüßt sie herzlich und nach kurzem Zögern umarmt sie auch Lukas. Falls der sich darüber wundert, lässt er sich das nicht anmerken, sondern drückt sie freundschaftlich.

Als sie gemütlich im Wohnzimmer zusammen sitzen, holt Becky einmal ganz tief Luft. »Ich möchte mich bei dir entschuldigen, Lukas.« Sie stockt, setzt sich etwas aufrechter hin und schaut ihm ins Gesicht. »Ich habe mich nie bemüht dich kennenzulernen, weil ich sicher war, dass du Lea nicht guttust. ... Ich ... ich bin so dumm und voller Vorurteile gewesen. Es tut mir leid.«

Lukas lächelt sie offen an. »Ich mag Menschen, die ihre Fehler eingestehen und um Verzeihung bitten können. Es ist okay. Fangen wir einfach noch einmal von vorne an.«

»Danke«, Sie schluckt. »Ich habe nicht erwartet, dass es so leicht ist.«

Lukas zuckt die Schultern. »Das ist es. Ich hatte nie ein Problem mit dir. Du hast keins mehr mit mir. Alles in Ordnung. Es scheint, als hätte Alec dafür gesorgt?«, fragt er mit einem Schmunzeln auf den Lippen.

Lea stößt ihm ihren Ellenbogen in die Rippen. »Du bist ganz schön direkt heute.«

Lukas hebt grinsend die Hände. »Ich muss keine Details wissen, darüber habt ihr zwei euch sicher schon ausgiebig ausgetauscht und ich kann es mir vorstellen. Mich interessiert vor allem das Wesentliche: Liebst du ihn?«

Rebecka schluckt erneut. Die Frage trifft sie unvorbereitet. Sie hatte beschlossen, nicht darüber nachzudenken, sondern jede Minute mit Alec zu nehmen, wie sie kommt und zu genießen, aber ... Sie nickt.

»Er bedeutet mir eine Menge ... Ja ... ja, ich liebe ihn.«

Sie hat es ausgesprochen ... nicht zum ersten Mal. Aber jetzt hat es mehr Gewicht. Damals in Schottland, als sie es nach dem Sex in Alecs Ohr geflüstert hat, war es nicht weniger aus ihrem Herzen gekommen. Aber da hat sie es spontan aus der Leidenschaft heraus gesagt, ohne sich der Tragweite dieser Worte bewusst zu sein. Schottland ist ein Traum gewesen, außerhalb des normalen Alltags. Doch auch nachdem sie wieder in der Realität angekommen ist, hat sich an ihren Empfindungen nichts geändert. Das Kind in ihr kommt hervor. Es hat die Hände in die Hüften gestemmt und stampft mit dem Fuß auf. ›Liebe braucht Mut! Steh zu deinen Gefühlen!‹, sagt es entschieden. Es hüpft auf eine niedrige Gartenmauer und lässt die kurzen Beinchen herabbaumeln. Hinter ihm geht golden ein neuer Tag über einer bunten Wiese auf. Rebecka schaut sich die Mauer genauer an und schüttelt verwundert den Kopf. Das ist alles, was von ihrer inneren Barriere übrig geblieben ist? Ein beschauliches Mäuerchen, auf dem man sitzen und die Seele baumeln lassen kann?

Tränen steigen ihr in die Augen, doch sie ist nicht traurig. Plötzlich weiß sie glasklar, was sie will. Die Zeiten, in denen sie sich ängstlich hat treiben lassen, sie sind endgültig vorbei. Die bedeutungslosen One-Night-Stands, ihr Zurückweichen vor allem, was Enttäuschung mit sich bringen könnte – Vergangenheit. Sie bereut diese Zeit nicht.

Es kommt ihr vor, als wäre all das nötig gewesen, um sie auf ihre Zukunft vorzubereiten, auf ein Leben mit ihm. Kein Verstecken mehr.

›Ich bin keine Einzelkämpferin. Ich bin Frau, Freundin, Partnerin und Sub. Ich bin es gern, auch wenn das Risiko verletzt zu werden wie ein Aasgeier über jeder Beziehung kreist. Es macht mir keine Angst mehr. Ich nehme in Kauf, was notwendig ist, weil ich zu meinen Gefühlen stehe und zu dem Mann, den ich liebe.‹

Sie atmet tief durch, hebt entschlossen den Kopf und schaut in zwei Augenpaare, die sie erwartungsvoll ansehen. Sie scheinen zu spüren, dass gerade etwas Entscheidendes in ihr vorgeht, denn sie warten geduldig auf ihre Antwort.

»Ja, ich liebe Alec!«, sagt sie noch einmal und ihre Stimme klingt fest und klar. »Und ich möchte jetzt am liebsten zu ihm laufen, um ihm das zu sagen. Aber er kommt erst in einer Woche zurück. Das dauert eine halbe Ewigkeit.«

Ihre Schultern sacken ein wenig herab.

»Weißt du, wann genau er wiederkommt?«, wendet sie sich hoffnungsvoll an Lukas.

»Samstagmittag, schätze ich. Ich freue mich für euch. Ich kenne ihn lange genug, und so, wie ich ihn in letzter Zeit erlebt habe, bin ich sicher, dass es ihm ähnlich geht wie dir.« Er lächelt sie aufmunternd an. »Spätestens, als er dich nach Schottland mitgenommen hat, war mir klar, dass es um mehr geht, als um ein bisschen Spielen. Sonst hätte er nicht so viel Energie aufgewandt und er hätte deinen Vollrausch in der Nacht auch nicht so schamlos ausgenutzt.«

Lea springt auf und fällt ihr um den Hals. »Und ich bin überglücklich, Süße. Du hast es verdient! Ihr habt es beide verdient!«

Lea drückt sie so fest, dass sie kaum noch Luft bekommt. Dann hüpft sie wieder auf ihren Platz, fällt Lukas um den Hals und knuddelt den. Lachend nimmt er sie in den Arm und lässt ihren Gefühlsüberschwang über sich ergehen, während Becky ihnen lächelnd zuschaut.

»Ich glaube, ich werde Alec Samstag mit einem tollen Abendessen überraschen. So ein richtig romantisches Candle-Light-Dinner.« Becky grinst. »Ich kann kaum erwarten, dass die Woche endlich vorbei ist.«

»Samstagabend tritt er doch in der Show auf. Verschieb deinen Plan lieber auf den Sonntag.«

»Was für eine Show?«, fragt Rebecka überrascht.

»Ähm, du weißt nichts davon?« Lukas bleibt einen Moment still, überlegt. »Nun, ich bin sicher, er hätte dir davon erzählt, aber der Termin hat sich erst gestern ganz kurzfristig ergeben und dann musste er ja recht überstürzt abreisen.« Er legt seinen Arm um Leas Schultern. »Es handelt sich um eine Bondage-Show in einem renommierten BDSM-Club, außerhalb der Stadt, wo Alec hin und wieder mal als Rigger auftritt.« Er trinkt einen Schluck Cola. »Luis, der Eigentümer des Clubs, rief gestern ziemlich verzweifelt bei ihm an, weil der Rigger, der eigentlich für die Show vorgesehen war, abgesprungen ist.«

»Was ist ein Rigger? Ich fürchte, ich kenne mich in den Fachbegriffen des BDSM noch nicht so gut aus.«

»Ein Fesselkünstler«, erwidert Lukas knapp.

»Ich wusste gar nicht, dass er so etwas macht«, murmelt Rebecka mit großen Augen. »Und wen fesselt er da?«

Lukas Blick bekommt etwas Vorsichtiges. Ihm ist anzusehen, dass ihm das Thema nicht behagt.

»Diese Shows sind harmlos. Da gibt es keine erotischen Schwingungen zwischen den Akteuren auf der Bühne.« Eindringlich schaut er sie an. »Für ihn ist das nichts weiter als eine Bühnenshow. Er fesselt ein Model in einer Hängebondage-Pose, um die Zuschauer zu unterhalten. Er tut das auch nur, um Luis einen Gefallen zu erweisen.«

»Er fesselt also eine Frau?«

»Ja, aber da ist wirklich nichts dabei. Ich habe das Telefongespräch zwischen Luis und Alec zufällig mitbekommen, weil wir gerade zusammensaßen, um etwas zu besprechen, als der Anruf kam.« Seine Wange streift kurz Leas Ohr. »Luis fragte ihn, ob er Sandra als Partnerin haben möchte. Das ist eine Sub, mit der Alec vor deiner Zeit öfter gespielt hat. Alec hat abgelehnt und Luis gebeten, ein Model auszusuchen, dass er nicht kennt.« Er schaut ihr fest um die Augen, wie um seinen Worten mehr Gewicht zu verleihen. »Ich nehme an, er wollte Sandra nicht, weil er Sorge hatte, dass sie daraus irgendwelche Hoffnungen ableitet. Er wollte jegliche Verwicklungen und Enttäuschungen vermeiden.«

Rebecka runzelt die Stirn und denkt einige Augenblicke lang nach.

»Ich habe vor ein paar Monaten zusammen mit Lukas eine Bondage-Show in dem Club angeschaut«, wirft Lea ein. »Glaub mir, das ist wirklich harmlos. So eine Vorführung ist nur aufregend für die Zuschauer. Ich fand es jedenfalls prickelnd.« Ein Grinsen huscht über ihr Gesicht. »Aber die Akteure auf der Bühne agierten absolut professionell. Und ich kenne Alec inzwischen ganz gut. Er ist nicht der Typ, dem Sex in der Öffentlichkeit einen Kick gibt, da brauchst du dir keine Sorgen zu machen«, erklärt nun auch sie.

Becky zögert. Ihr logischer Menschenverstand sagt ihr, dass die beiden mit ihrer Einschätzung richtig liegen. Außerdem vertraut sie Alec doch. Sie nickt entschlossen.

»Ja, ich habe es kapiert und ich weiß, dass ihr recht habt. Es ist okay.«

Eine ganze Woche ohne Alec und das gerade jetzt, wo sie ihn so dringend braucht, bedeuten schrecklich lange und einsame sieben Tage.

26

Im Saal herrscht atemlose Stille. Rebecka sitzt im Publikum und verfolgt gebannt das Geschehen auf der Bühne. Das Model scheint südländischer Herkunft zu sein. Schlank, knackig brauner Teint, endlos lange Beine, kleine, wohlgeformte Brüste, rot geschminkter Mund, große, braune Mandelaugen. Das schwarze Haar zu einem langen Zopf geflochten, der straff mit einem von der Decke hängenden Haken verbunden ist. Sie kniet im Vierfüßlerstand auf dem Boden. Alec schlingt Seile um ihren verführerischen Körper. Während er sie fesselt, hält er immer wieder inne, um mit beiden Händen ihren Bauch, ihre Hüften, oder ihren Hintern zu liebkosen. Ab und zu knetet er ihre Brüste, zieht die dunkelroten Nippel lang, bis ihr ein qualvolles Stöhnen entkommt. Dann verziehen sich seine Lippen zu diesem dunklen Grinsen, bei dem Beckys Magen flattert, zumindest dann, wenn es ihr gilt. Jetzt hingegen krampfen sich ihre Eingeweide schmerzhaft zusammen. Sie schluckt trocken.

Er klemmt eine Spreizstange zwischen die Knöchel der südländischen Schönheit und befestigt sie. Dann zieht er ihren von Tauen gehaltenen Körper in die Höhe. Kopf und Beine zeigen Richtung Boden. Alec verbindet ihre Hände ebenfalls mit der Spreizstange, dann zieht er sie höher und bearbeitet ihren Arsch mit einer Bullwhip. Das Knallen der Peitsche und die Schreie des Models hallen durch den Raum. Als Alec innehält und mit einem Finger durch ihre Pussy streicht, bildet sich ein Kloß in Rebeckas Hals. Ihr wird übel und sie will aufspringen und gehen, doch sie bleibt sitzen, kann den Blick nicht von dem Schauspiel abwenden.

Er lässt das Seil weiter herunter, zieht ihre Schamlippen weit auseinander.

Der Schmerz in ihrer Brust lähmt Rebecka. Am liebsten würde sie auf die Bühne springen, um ihn anzuschreien, dass er ihr gehört und seine Finger gefälligst von dieser Frau lassen soll. Aber sie kann keinen Muskel bewegen, bringt keinen Ton heraus.

Mit einer Hand öffnet er Knopf und Reißverschluss seiner Lederhose, befreit seinen Schwanz und ...

›NEIN!‹ Becky reißt die Augen auf. Der schwache Schein ihrer Nachttischlampe taucht das Schlafzimmer in spärliches Licht. Gehetzt blickt sie sich um. Sie sitzt in ihrem Bett, allein und zittert am ganzen Körper.

Ein Traum ... Erleichterung ... es war nur ein Albtraum. Nichts davon war geschehen. Tränen laufen ihr über die Wangen. Verdammt! Auch wenn Lea und Lukas ihr hundert Mal versichern, dass alles ganz harmlos ist. Auch wenn sie Alec hundert Mal vertraut. Es ist nicht in Ordnung! Sie fühlt sich so machtlos. Sie will einfach nicht, dass er in der verflixten Show auftritt! Doch wenn sie ihm das sagt, kommt sie wie eine eifersüchtige Zicke rüber. Dabei ist Misstrauen noch nicht einmal das Problem. Ihr Kopf weiß, dass er niemals tun würde, was er in ihrem Traum getan hat. Lukas und Lea haben vollkommen recht und sie zweifelt nicht an Alec. Trotzdem blutet ihr Herz bei dem Gedanken an diese Aufführung. Es ist dumm, das ist ihr klar. Dennoch ist sie nicht in der Lage, ihre Gefühle zu steuern. Sie kann die Vorstellung einfach nicht ertragen, dass er eine andere Frau anfasst. Es spielt keine Rolle, dass es nur eine Show ist.

Sie lehnt sich wieder ins Kissen zurück und kuschelt sich in ihre Bettdecke, doch an Schlaf ist nicht mehr zu denken. Sobald sie die Augen schließt, sieht sie die letzten Traumsequenzen erneut vor sich.

Einige Stunden später steht sie übernächtigt und schlecht gelaunt auf, absolviert das übliche Morgenritual und geht zur Arbeit. Im Büro versucht sie, sich möglichst unsichtbar zu machen. Sie hat Schwierigkeiten, sich zu konzentrieren.

›Alles ganz harmlos. Ich vertraue ihm.‹, betet sie in Gedanken herunter. Und das tut sie auch. Warum fühlt sich das Ganze dann so furchtbar falsch an? Es ist doch nur eine Show, nicht mehr.

›Nur eine Show. Nur eine verdammte Show!‹

Mühsam schleppt sie sich durch den Tag. Als Alec sie abends anruft, kann sie sich gar nicht richtig darüber freuen. Dennoch heuchelt sie gute Laune, denn sie kann ihm den Grund für ihre Stimmung ja schlecht erklären. Offenbar spielt sie gut genug, denn er bemerkt nichts.

»Du fehlst mir, mo leannain«, sagt er leise.

›Warum erzählt er mir eigentlich nichts von dieser Bondage-Aufführung? Vielleicht hat er ja doch etwas zu verbergen?‹ Nein, Blödsinn. Gerade berichtet er ihr von den Schwierigkeiten, auf der Baustelle. Die Show hat er im Moment gar nicht auf dem Schirm. Sie ist wahrscheinlich überhaupt nicht wichtig für ihn. Nur ein Gefallen, den er einem Freund tut, mehr nicht. Der Klang seiner Stimme beruhigt sie, hüllt sie ein in Geborgenheit und die Zweifel treten in den Hintergrund.

»Ich habe schlecht geschlafen, letzte Nacht«, verrät sie ihm. »Ich wünschte, du wärst hier, um mir eine Geschichte vorzulesen. Dann könnte ich besser einschlafen.«

Er lacht leise. »So so, bin ich so einschläfernd?«

»Nein. Du weißt, dass ich dir gerne zuhöre.«

Wieder lacht er. »Ich habe den Projektbericht hier vor mir liegen. Das ist genau das Richtige für dich. Es ist trockener Fachkram, du brauchst nicht auf den Inhalt zu achten, sondern kannst dich ganz auf meine Stimme konzentrieren. Möchtest du?«

Sein Grinsen ist sogar durch das Telefon zu hören, aber das stört sie nicht. »Ja, wenn es dir nichts ausmacht. Ich liege eh schon im Bett.«

Nur dem Klang seiner Stimme lauschend, schläft sie nach einer Weile ein, glücklich, sicher und geborgen.

Als sie am Morgen erwacht, findet sie das Telefon irgendwo in ihrem Bett. Ihre Bedenken kehren zurück und verderben ihr den Tag.

Die Woche kriecht quälendlangsam und eintönig dahin, dennoch ist Becky aufgewühlt und unsicher, wie sie das von sich selbst gar nicht kennt. Das Kind in ihr ist auch keine Hilfe. Es dreht sich beleidigt weg und ignoriert ihr Gefühlschaos geflissentlich.

Die Nacht von Freitag auf Samstag kriegt sie kaum ein Auge zu und ist schon auf den Beinen, bevor die Sonne aufgeht, weil das Herumliegen und Grübeln sie verrückt macht.

Entschlossen holt sie die Putzutensilien aus dem Kämmerchen und schrubbt ihre Wohnung von oben bis unten. Danach räumt sie die Küchenschränke auf. Als sie damit fertig ist, geht sie einkaufen, doch sie bekommt gar nicht richtig mit, was sie in den Wagen wirft. Zu Hause verstaut sie das ganze unnütze Zeug. Am frühen Nachmittag gibt es nichts mehr zu tun. Becky kocht sich eine Tasse Tee, lässt sich auf die Couch fallen und beschließt, auch noch die Fotogalerie ihres Handys aufzuräumen. Sie scrollt, löscht, sortiert ... Als sie bei den über den Messanger erhaltenen Bilddateien ankommt, stockt sie und schaut sich das Foto an, das Alec ihr vor einiger Zeit geschickt hat. Es zeigt das Bild mit der Fass-Szene, dass sie für ihn gemalt hat, in seinem Schlafzimmer an der Wand. Sie betrachtet das Foto eine ganze Weile. Dann steht sie auf, beäugt ihre Bilder an den Wänden, sieht sich jedes Werk, das sie in Schottland angefertigt hat, aufmerksam an. Danach läuft sie ins Schlafzimmer, wo ein fast lebensgroßes Porträt von Alec hängt. Schwarze Lederhose, freier Oberkörper, die linke Hand locker in die Hüfte gestemmt, in der Rechten hält er lässig eine schlanke Gerte. Eine Augenbraue arrogant nach oben gezogen, scheint er von oben auf den Betrachter herabzusehen. Sein Gesichtsausdruck, dunkel, sexy, streng. Aus seinen Augen funkelt wilde Gier. Der Anblick verspricht Schmerz und Lust. Ein Schauer kribbelt süß über Rebeckas Rücken und pulsiert in ihrem Schoß. Und plötzlich weiß sie, was sie zu tun hat.

Es geht nicht um Eifersucht. Es ist kein Misstrauen, was sie umtreibt, sondern die schlichte Tatsache, dass sie die Frau an seiner Seite ist. Sie will nicht, dass er mit anderen Subs spielt. Unwichtig ob in einer Show oder in einer echten Session. Bondage ist nun einmal ein Teil ihrer gemeinsamen Sexualität und Sex hat er gefälligst nur noch mit ihr. Sie ist seine Partnerin und niemand sonst, nicht nur in seinem Leben, auch in der Vorführung.

Sie stürzt zum Telefon.

»Lea, wo ist dieser Club, in dem Alec heute Abend auftritt? Ich muss da rein!«

»Äh, dir auch einen guten Tag. Was willst du denn da? Möchtest du dir die Vorstellung ansehen? Dann gehen wir zusammen hin.«

»Auf keinen Fall!«, erwidert Rebecka und denkt mit Schaudern an ihren Albtraum zurück. »Ich möchte auf die Bühne. Er wird kein x-beliebiges Model fesseln, sondern mich!«

Geschockt versucht Lea, ihr die Idee auszureden, doch erfolglos.

»Okay Süße«, sagt die Freundin schließlich resigniert, als ihr klar wird, dass Becky nicht von ihrem Plan abzubringen ist. »Wenn dir das so wichtig ist, helfe ich dir, auch wenn ich es für keine gute Idee halte.« Sie zögert, überlegt. »Keine von uns beiden schafft es auf diese Bühne«, sagt sie dann voller Überzeugung. »Die Mitarbeiter und die Security würden dich sofort da runterholen und rauswerfen. Wenn du das wirklich durchziehen willst, geht das nur mit Lukas' Hilfe. Er kennt Luis, den Besitzer des Etablissements genausogut wie Alec. Hm ... Lukas ist in einem Meeting ... aber ich rufe ihn auf dem Handy an. Bleib dran.«

Einige Minuten bleibt es still.

»Sein Handy ist aus. Ich schätze, er will nicht gestört werden. Aber ich versuche es weiter. Ich verrate dir die Adresse des Clubs nicht, bis ich ihn erreicht habe. Ich möchte nicht, dass du kopflos dahin fährst. Glaub mir«, sagt sie eindringlich, »das bringt überhaupt nichts. Ich melde mich, sobald ich ihn erreiche.«

Rebecka tigert unruhig durch die Wohnung. Die Zeit kriecht endlos langsam und rast zugleich viel zu schnell. Unbarmherzig rückt der Uhrzeiger nach vorn.

›Warum schaltet der Kerl so lange sein Handy aus? Wenn nun ein Notfall eintritt, kriegt er es nicht mit. Und das hier ist definitiv eine Notsituation!‹

Am frühen Abend fährt sie verzweifelt ihren Computer hoch, um im Internet nach dem Club zu forschen und die Adresse selbst herauszufinden. Sie weiß noch nicht einmal, wie das Etablissement heißt, aber so viele wird es ja wohl in der Umgebung nicht geben, oder? Sie muss da hin, jetzt sofort! Doch bevor sie fündig wird, schellt endlich das Telefon.

»Lea?«, ruft sie atemlos.

»Nein ich bin es«, hört sie Lukas' ruhige Stimme. »Lea sagte mir, du willst das Model ersetzen? Bist du dir wirklich sicher?«

»Ja, ganz sicher. Bitte hilf mir.«

»Dir ist klar, dass du nackt vor einem Saal voller fremder Menschen posieren musst? Und dir ist ebenfalls bewusst, dass Alec das nicht gefallen wird?«

Becky schluckt. »Äh … ja. Aber ich glaube, dass ich nackt sein werde, macht mir mehr aus, als ihm.«

Lukas schweigt einen Moment. »Das glaube ich kaum. Aber das wird sich zeigen. Ich hole dich ab, bin in zwanzig Minuten da.«

Er beendet das Gespräch und Rebecka nutzt die Zeit, um sich etwas Farbe ins Gesicht zu pinseln. Man muss ja nicht sofort sehen, dass sie viel zu blass und vollkommen übernächtigt ist. Gerade als sie ihr hastiges Make-up beendet hat, klingelt es. Sie rennt so eilig los, dass sie um ein Haar gestolpert und die Treppe heruntergefallen wäre.

Sie sprechen nicht viel auf der Fahrt zum Club. Sie vermutet, ein Blick in ihr Gesicht hat Lukas alles gesagt, was er wissen muss.

Mit quietschenden Reifen hält er direkt vor dem Haupteingang und wirft einem uniformierten Pagen seinen Autoschlüssel zu. Dann schiebt er Becky zielsicher ins Haus.

Vor lauter Aufregung und Eile bekommt sie nichts von ihrer Umgebung mit. Dabei ist sie noch nie in einem Erotikclub gewesen.

Lukas öffnet eine Tür im ersten Stock und sie findet sich in einer kleinen Garderobe wieder.

»Mach schnell, die Show fängt in zehn Minuten an. Ich suche das Model und bringe sie dazu, auf den Auftritt zu verzichten. Ich hoffe, das klappt.«

Damit verschwindet er und Becky zieht sich eilig aus.

»Bitte, verbinde mir die Augen«, bittet sie, als er zurückkommt, um sie zu holen. Auffordernd hält sie ihm eine Augenbinde hin. »Es ist okay«, sagt sie rasch, als sie sein Stirnrunzeln sieht und ihr klar wird, dass auch er von ihrem Problem weiß. »Ich fürchte mich nicht. Ich vertraue Alec. Wenn er bei mir ist, habe ich vor nichts Angst.«

Lukas schaut sie prüfend an. Er scheint zufrieden mit dem, was er in ihren Augen sieht, denn er nickt kurz und legt ihr die Augenbinde an.

»Zieh das hier an«, sagt er noch und umhüllt sie mit einer Art Mantel. »Das macht es spannender. Ich erkläre dir auf dem Weg zur Bühne, was mir vorschwebt.«

27

Alec hat sich lustlos in der Garderobe des exklusiven Fetisch-Clubs umgezogen. Luis hat ihn überrumpelt, als er ihn anflehte, bei der Bondage-Vorführung heute Abend einzuspringen. Dabei wäre er viel lieber zu Rebecka gefahren. Er vermisst sie. Da helfen auch die Telefongespräche nichts, die sie fast täglich geführt haben. Er überlegt, ob er heute Nacht einfach unangemeldet bei ihr aufkreuzen, oder sich doch besser bis morgen gedulden soll. Warum nur hat er sich zu der Show überreden lassen? Seine Lust auf die öffentliche Session hält sich in Grenzen, aber Luis jetzt so kurzfristig hängenzulassen ist ausgeschlossen. Seufzend zieht er Schuhe, Strümpfe und Hemd aus und fährt sich mit den Fingern noch kurz durch die Haare. Nur mit seiner Lederhose bekleidet betritt er die Bühne. Ein flüchtiger Blick ins Publikum offenbart ihm, dass die Stühle bis auf den letzten Platz besetzt sind. Wieder seufzt er und kontrolliert sorgfältig das Gerüst, das aussieht wie ein Gerät, das Artisten im Zirkus benutzen würden. Zwei chromfarbene, filigrane Leitern stehen sich in einem größeren Abstand gegenüber und werden hoch oben durch eine weitere Leiter verbunden, die eine Brücke zwischen den Sprossengerüsten bildet. Alec vergewissert sich, dass der Aufbau gut verschraubt und in sich stabil ist. Er weiß, Luis' Personal leistet zuverlässige Arbeit, doch er hat nun einmal gern alles unter Kontrolle. Anschließend wendet er sich dem silberfarbenen Tisch neben dem Gerüst zu. Dort überprüft er, ob sämtliche Requisiten bereitliegen, die er benötigt. Weiche, strapazierfähige Seile, eine kleine Auswahl an Peitschen, Nippelklemmen, Knebelball, eine Kerze nebst Feuerzeug für Wachsspiele. Er hat noch keinen konkreten Plan, was davon zum Einsatz kommen wird. Das will er spontan entscheiden. Gerade schlendert er zu dem Sprossengerüst zurück, als Lukas mit einem Model die Bühne betritt. Alec wundert sich, dass Lukas sie zu ihm bringt. Seitdem sein Freund in festen Händen ist, nimmt er selten an solchen Events teil. Auch ist es nicht üblich, die Frau – zumindest hofft er, dass es sich um eine Frau handelt – komplett in eine weite, schwarze Kutte zu hüllen. Den Kopf bedeckt eine große Kapuze, die das Gesicht darunter vollständig verbirgt. Genervt verdreht er die Augen. Seine Bereitschaft, sich mit einer Poserin herumzuärgern, die auf dramatische Auftritte steht, hält sich in Grenzen. Unerheblich, entscheidet er. Denn er hat vor, sie rasch und gründlich zu verschnüren und ihr somit das Posen zu versalzen.

Mit einer theatralisch herrischen Geste drückt Lukas die verhüllte Gestalt vor ihm auf die Knie hinunter. Genau so etwas will das Publikum sehen und eigentlich gefällt es auch ihm, doch heute ödet es ihn an. Die Frau rafft die Kutte, vermutlich, damit der Stoff nicht eingeklemmt wird, während sie vor ihm zu Boden sinkt. Dabei enthüllt sie wohlgeformte nackte Waden. Lukas zwinkert ihm zu, reißt den Stoff mit einer fließenden Bewegung vom Körper der Sklavin und verlässt schnellen Schrittes die Bühne.

Mit allem hat er gerechnet, aber als er sieht, wer unter der Hülle zum Vorschein kommt, stockt ihm der Atem. Die Freude darüber, sie zu sehen, währt nur ganz kurz. Sie wird von unbändiger Wut verdrängt, die in ihm hochkocht. Rebeckas rotblonde Dreadlocks sind zu einem Zopf an ihrem Hinterkopf geflochten. Außer einem schwarzen Tuch über ihren Augen trägt sie keinen einzigen Fetzen Kleidung am Leib. Mit leicht gespreizten Beinen, auf dem Rücken gefalteten Händen und gesenktem Kopf kniet sie vor ihm. Die unterwürfige Pose schürt seinen Ärger. Grob greift er unter ihr Kinn und hebt ihr Gesicht empor, obwohl sie ihn wegen der Augenbinde gar nicht anschauen kann.

»Verdammt was soll das? Was willst du hier?«, knurrt er giftig, so leise, dass nur sie ihn hören kann.

Sie zuckt bei seinem schneidenden Ton zusammen. »Ich wollte dich überraschen, ich dachte, du freust dich, mich zu sehen.« Sie stockt und er hört die Enttäuschung aus ihren Worten heraus, als sie weiterredet. »Aber wenn du mich nicht hier haben möchtest, verschwinde ich und mache Platz für ein anderes Model.«

Rebecka glaubt, in ein bodenloses schwarzes Loch zu fallen. Seit einer Woche macht die Vorstellung, dass er öffentlich mit einer anderen Frau spielt, sie verrückt. Seitdem ihr jedoch heute diese Idee gekommen ist, sieht sie in der Show auch eine Chance, ihm ihr Vertrauen und ihre Liebe zu beweisen. Es kostet sie eine Menge Überwindung, sich ihm in dieser Umgebung und unter den Augen all der Zuschauer nackt, blind und völlig schutzlos auszuliefern. Doch der Wunsch, ihm zu zeigen, wie viel er ihr bedeutet, hat ihr den Mut gegeben, das hier durchzuziehen. Aber er scheint gar nicht zu erkennen, warum sie hier ist. Die Überraschung ist ihr scheinbar missglückt. Wieso nur ist er so aufgebracht? Möchte er sie denn nicht bei sich haben? Er ist nicht blöd, er versteht, was sie ihm mit diesem Auftritt zu sagen versucht, es ist ihm einfach nur egal. Er ist wütend, dass sie hier rein platzt, weil er sie nicht will. Nicht bei dieser Show und auch sonst nicht. Ihr Magen rebelliert. Tränen steigen ihr in die Augen. Wie viele Zuschauer sitzen wohl in diesem Raum? Die Augenbinde hat den Vorteil, dass weder er noch das Publikum ihre Tränen bemerken werden und sie hocherhobenen Hauptes von der Bühne gehen kann. Sie muss nur ein falsches Lächeln aufsetzen, es sind ja nur ein paar Schritte. Sie macht Anstalten aufzustehen, doch eine Hand auf ihrer Schulter drückt sie sanft aber bestimmt nach unten. Behutsam streichelt er ihre Wange.

»So habe ich das nicht gemeint, bleib ...«

Erleichterung überwältigt sie, auch wenn ein leiser Zweifel zurückbleibt.

Sie wehrt sich nicht länger gegen den Druck, den er ausübt, versucht stattdessen seine Stimmung zu erspüren, was ihr jedoch nicht gelingt.

»Nimm meine Hand und steh auf.«

Seine Stimme klingt gepresst. Hört sie da unterdrückten Zorn heraus? Oder einfach nur Konzentration?

Sie überspielt ihre Unsicherheit, greift zu und erhebt sich graziös. Doch er lässt sie nicht los, hält ihre Hand fest in seiner. Der Druck seiner Finger schenkt ihr Sicherheit. Augenblicklich fühlt sie sich besser und sie bleibt gehorsam vor ihm stehen.

»Beweg dich nicht, ich bin sofort zurück«, flüstert er.

Im Raum ist es so still, dass sie seine zügigen Schritte auf der Bühne wahrnehmen kann, obwohl sie keine Schuhe über den Boden klackern hört. Die leisen Geräusche, die folgen, kann sie nicht zuordnen. Sie vermutet, dass er den Requisitentisch ansteuert, um zu holen, was er für die Show benötigt.

»Hübsch die Kleine und so schön kurvig. Die habe ich hier noch nie gesehen. Mit der würde ich auch gerne mal spielen«, murmelt irgendeinen Kerl im Publikum. Wieder wird ihr bewusst, dass unzählige Augenpaare ihren nackten Körper anstarren. Unangenehm.

»Arme über den Kopf«, zischt Alec ungehalten. Grob packt er sie und beginnt, unterhalb der Achseln angefangen, in kurzen Abständen, Seile um ihren Oberkörper zu schlingen, die er jeweils auf ihrem Rücken zu verknoten scheint.

Dieses Mal hört sie die aufgestaute Wut deutlich aus den wenigen Worten heraus.

›Eifersucht! Er ist sauer, weil der ganze Saal mich nackt sieht! Lukas hatte recht, mit seiner Vermutung. Er kennt Alec doch besser als ich.‹

Krampfhaft unterdrückt sie ein albernes, ziemlich unpassendes Kichern, aber sie ist gerade wahnsinnig glücklich. Wenn er eifersüchtig ist, bedeutet sie ihm offenbar etwas. Sie entspannt sich, blendet die fremden Menschen aus. Konzentriert sich nur noch auf seine Nähe, auf die Seile, die er um ihren Körper windet und auf seine Finger, die ihre Haut dabei berühren.

Ihre Brüste lässt er zunächst aus und bindet sie anschließend ab. Sie spürt den Druck und weiß, dass sie jetzt prall und aufrecht nach vorn stehen. Seine Lippen umschließen ihren Nippel. ›Mhm schön.‹ Er saugt so fest, dass sie ein Wimmern nicht unterdrücken kann, dann kneift eine Nippelklemme schmerzhaft in ihre Knospe. Vereinzeltes leises Keuchen erklingt aus dem Publikum, wie ein Echo ihrer Jammerlaute. Sogleich umschließt er die andere Brustwarze, zupft unsanft mit den Zähnen daran und klippt die zweite Klemme an. Sie vermutet, dass er ihr schmerzvolles Stöhnen genießt. Wie, um ihr dies zu bestätigen, presst er sein Becken gegen ihren Hintern, lässt sie die harte Beule in seiner Hose spüren.

Unglaublich eigentlich, denn in ihm brodelt ein Kampf. Er ist stocksauer, weil sie es wagt, vor einem Saal voller Leute zur Schau zu stellen, was ihm allein gehört. Andererseits bewundert er ihren Mut. Er hält inne, betrachtet sie. Was zum Teufel ist in sie gefahren, nackt, mit verbundenen Augen und ohne sein Wissen hier aufzukreuzen? ... Verbundene Augen ... Dunkelheit ... Vertrauen ... absolute Hingabe. Wäre er nicht so sauer, hätte er es sicher schon viel früher verstanden. Ihm stockt der Atem. Sein Herz trommelt einen Freudentanz. Er umfasst ihr Gesicht mit einer Hand und küsst sie sehr sanft. Ein Flüstern im Publikum stört ihn massiv, denn dieser Moment sollte eigentlich nur ihm und ihr gehören. Ein Kuss, eine Intimität, die er normalerweise niemals auf der Bühne zulässt. Viele der Zuschauer kennen ihn und wissen das. Er hätte gerne etwas gesagt. Irgendetwas, dass seine Dankbarkeit für das Vertrauen, das sie ihm schenkt, ausdrückt. Dennoch erscheint ihm in diesem Augenblick jedes Wort zuviel. Später. Er nimmt sich noch eine Minute Zeit, um sie anzuschauen. Da ist es wieder. Dieses Leuchten, das tief aus ihrem Inneren zu kommen scheint und sie erstrahlen lässt. Er muss noch nicht einmal in ihre Augen schauen, um das zu sehen. Damals in der Burg, bevor die Gerte zum ersten Mal ihren Körper kostete, da hatte sie genauso ausgesehen. Stolz erfüllt ihn. Am meisten auf sie, aber auch ein bisschen auf sich selbst. Er könnte ewig so verweilen und sie einfach nur anschauen, ihre Hingabe annehmen und genießen. Doch als er hört, dass sich bereits einige Leute im Publikum räuspern, reißt er sich zusammen und verschnürt sie weiter. Nachdem er mit ihrem Oberkörper fertig ist, zieht er einen Hocker in die Mitte der Bühne, hebt sie hoch und setzt sie darauf. »Beine fest schließen, Knie im rechten Winkel, sodass die Fußsohlen waagerecht über dem Boden hängen!«, befiehlt er knapp. Das hier ist definitiv nicht der richtige Zeitpunkt für viele Worte.

Sie gehorcht und er knüpft seine Seile in der gleichen Art wie zuvor. Zuerst bindet er ihre Oberschenkel zusammen, dann ihre Waden. Dabei achtet er darauf, die Knoten hinten auf ihren Beinen, wie vorher an ihrem Rücken in einer graden, gedachten Linie zu knüpfen, damit das Ergebnis später gut aussieht. Um ihre Fußknöchel windet er das Seil besonders oft und sorgt für einen soliden, widerstandsfähigen Knoten.

»Arme zusammenlegen und gerade über den Kopf halten!«

Nachdem sie die gewünschte Pose eingenommen hat, fesselt er ihre Arme auf dieselbe Weise aneinander. Die Handgelenke verschnürt er ebenso sorgfältig wie ihre Knöchel. Dann legt er ein Seil um ihren Hals. »Keine Angst«, raunt er ihr zu. »Ich wickele deinen Hals jetzt komplett mit dem Seil ein, aber du wirst keinen Druck spüren. Für die Zuschauer wird es aussehen, als würde es dich beim Atmen einschränken, aber es wird so locker sitzen, als hättest du einen Rollkragenpullover an.«

»Ich vertraue dir, Master.«

»Ja, das sehe ich«, murmelt er bewegt und ihr Herz hüpft vor Freude.

»Mund auf!«, befiehlt er sanft, nachdem er die Schnürung um ihren Hals beendet hat. Wieder gehorcht sie ohne zu Zögern. »Ich lege dir das Tau nur ganz locker in den Mund. Wenn nachher irgendetwas wehtut oder du dich unwohl fühlst, kannst du dich trotzdem verständigen. Die Seile am Hals und im Mund dienen nur der Optik.«

»Okay.«
»Geht es dir gut, mo leannain? Oder hast du Angst?«

Wärme breitet sich in ihr aus. Es kommt ihr fast so vor, als könnte sie ihn sehen, trotz der Augenbinde. Und spüren, obwohl er sie gar nicht berührt. Sie würde ihn jetzt gerne umarmen und nicht mehr loslassen, doch dazu hat er sie zu gründlich verschnürt. »Es ging mir noch nie besser, Herr.«
Alec lächelt. Er befestigt jeweils ein weiteres, sehr langes Seil um ihre Taille und über ihrer Brust. Dann hebt er sie vom Hocker und setzt sie in der Mitte der beiden Leitern auf dem Boden ab. Ihre Füße zeigen zur rechten und ihre über den Kopf gestreckten Arme zur linken Leiter.

»Falls es zu sehr an deinen Gelenken zerrt, wenn du hängst, sag mir Bescheid.«

»Ja, Master.«

Die Worte klingen etwas undeutlich, jedoch voller Inbrunst.

»Zwei Männer heben dich jetzt hoch. Der Eine hält dich ungefähr am Schulterblatt, der Andere deine Waden. Versuche bitte, ein bisschen Körperspannung zu wahren, damit es nicht aussieht, als würden sie einen Sack Kartoffeln hochhieven.«

Leichte Panik erfasst Becky. Sie will nicht, dass jemand anderer als Alec sie anfasst.

Der deutet ihr erschrecktes Keuchen richtig. »Das lässt sich leider nicht verhindern. Aber niemand wird dich betatschen. Schulterblatt und Waden, mehr nicht.«

Sie nickt stumm.

»Keine Angst, ich bin es nur«, hört sie Lukas leise Stimme an ihrem Ohr, erleichtert, seine Hände auf ihrem Rücken zu spüren. Zwei weitere, kräftige Pranken umfassen ihre Unterschenkel und die beiden Männer heben sie in die Höhe und halten sie so, dass ihr Gesicht zur Decke zeigt.

Alec überprüft die Seile an Hand- und Fußgelenken und wirft Lukas dabei, unbemerkt vom Publikum, mörderische Blicke zu. Der lässt sich nicht aus der Ruhe bringen. Er verkneift sich ein breites Grinsen und hält seine Mine vollkommen professionell.

»Die Beiden werfen dich jetzt einmal hoch, damit du dich in der Luft drehst. Du kannst den Jungs vertrauen, sie werden dich sicher wieder auffangen ... Allein schon deshalb, weil ich ihnen andernfalls gehörig in den Arsch trete.« Den letzten Satz presst er regelrecht hervor.

»Das war weder nötig noch besonders vertrauenerweckend, mein Freund«, knurrt Lukas leicht genervt. »Wir haben solche Nummern schon oft vorgeführt und bisher noch nie ein Model fallenlassen. Dir passiert nichts, versprochen«, flüstert er Becky aufmunternd zu.

»Okay.«

Sie hört Lukas leise »eins, zwei, drei« murmeln und schon fliegt sie durch die Luft und dreht sich. Sie ist froh darüber, nicht sehen zu können, wie der Boden näher kommt. Doch sie hat den Gedanken noch nicht zu Ende gedacht, da fangen vier kräftige Hände sie wieder auf und halten sie in der Waagerechten mit dem Gesicht zum Boden. Das Seil um ihr Becken übt mit einem Mal Druck auf ihren Körper aus. Ihr Hintern wird ein Stückchen höher gezogen und das Seil irgendwo verzurrt. Danach widmet Alec sich offenbar ihren Armen. Er zieht das Tau so straff, dass sie eine leichte Dehnung verspürt, lässt seine Hand dann zart über ihre Haut streifen, Arme, Schultern, Rücken, bis er sanft ihre Backen tätschelt. Wo seine Hand sie berührt, hinterlässt sie einen wohligen Schauer.

»Winkel die Beine an.«

Sie hört die Konzentration aus seiner Stimme heraus und freut sich darüber, während sie seinem Befehl nachkommt. Die vergangene Woche war gefühlt die längste ihres Lebens. Sie lechzt nach seiner Aufmerksamkeit. Und die ist ihr gewiss, das weiß sie und es fühlt sich wunderbar an.

›Dein Körper ist doch nur ein Objekt in dieser Show‹, erklingt eine energische Stimme in ihrem Kopf. ›Die gleiche Beachtung würde er jeder Anderen widmen.‹

›Nein, das ist Blödsinn. Ich habe keine Ahnung, ob er mich lieben kann, ob ich ihm jemals so viel bedeute, wie er mir. Aber das ist in diesem Augenblick nicht wichtig. Er weiß, warum ich hier bin, das alleine zählt.‹

Alec schlingt ein Seil um ihre Knie und fixiert ihre Beine damit im rechten Winkel. Danach spürt sie durch den Zug an ihren Fußknöcheln, dass er diese nun mit der Leiter verbindet.

»Eigentlich könnten wir dich loslassen«, erklärt Lukas ihr leise. »Die Fesseln an Armen, Beinen und Becken halten dich in der Luft. Alec hat dich von den Achseln bis zu den Füßen in Seile gepackt. Jedes Einzelne davon wird mit den oberen Sprossen des Gerüstes verbunden. Du wirst nachher ungefähr auf Hüfthöhe über dem Boden schweben. Die ganzen Seile, die Alec jetzt noch verknotet, wären nicht nötig, wie gesagt, aber das Gesamtbild wirkt dramatischer. Es sieht toll aus und für dich wird das Hängen in der Luft erträglicher, weil sich dein Gewicht auf viele Taue verteilt. Sobald Alec fertig ist, lassen wir dich auf sein Kommando los. Mit den vielen Schnüren wirst du es eine Weile in der Luft aushalten. Aber sehr lange wird er dich nicht hier hängenlassen.«

»Alles klar, lasst sie los!«, hört sie auch schon Alecs barschen Befehl.

»Du machst das super, Becky«, flüstert Lukas ihr noch aufmunternd zu, bevor die vier Hände von ihrem Körper verschwinden und der Zug der Seile zunimmt.

Es fühlt sich nicht unbedingt angenehm an, ist aber gut auszuhalten. Freischwebend und doch so fest verzurrt, dass sich kein Gefühl von Freiheit einstellen will. Dafür spürt sie den Druck seiner Fesseln, die sie halten und weiß, dass er sie immer wieder auffängt. Niemals würde er zulassen, dass sie abstürzt. Geradezu euphorisch kostet sie ihr Vertrauen in ihn aus. Erfüllt von Demut, Glück und Respekt, weil er sie gelehrt hat, sich auf ihn zu verlassen.

Leider währt dieser Gefühlsüberschwang nur kurz, denn sie vernimmt ein unverständliches Flüstern aus dem Publikum und verliert an Konzentration. Augenblicklich wird ihr bewusst, wie hilflos sie eigentlich ist. Nackt und gefesselt in einem Raum voller fremder Menschen, hat sie noch nicht einmal mehr Boden unter ihren Füßen.

»Alec, bitte rede mit mir«, wispert sie panisch.

»Keine Angst, mo shìtheag, ich bin hier, direkt neben dir. Ich passe auf dich auf.«

Er steht wirklich ganz dicht bei ihr. Seine tiefe, ruhige Stimme erzeugt ein wohliges Prickeln auf ihrer Haut und sorgt dafür, dass sie sich entspannt. Beruhigend streichelt er ihren Rücken.

»Wie gerne würde ich dich vögeln, während du frei in der Luft hängst«, raunt er ihr zu. »Du schwebst genau in Hüfthöhe. Gerade richtig, um meinen Schwanz in dich zu rammen! Ich würde gerne deine kleinen geilen Schreie hören.«

»Verdammt, warum tust du es nicht?«

»Nein, nicht hier. Ich mag es lieber etwas privater.«

›Hach, das verflixte Publikum!‹ »Du hast recht, ich will auch keine Zuschauer, wenn wir miteinander schlafen. Ich wäre jetzt gern mit dir allein.«

»Später, mo leannain. Zuerst bringen wir die Show zu Ende.« Er macht eine kurze Pause. »Du bekommst etwas, das du fast ebenso sehr magst, wie meinen Schwanz.«

Oh nein, was schwebt ihm vor? Hat er etwa die Absicht, sie vor dem versammelten Publikum zu lecken? Himmel, das ist mindestens genauso privat. Sie verspürt absoluten Widerwillen bei der Vorstellung, die Leute könnten ihnen dabei zusehen und sich daran aufgeilen. Doch gleichzeitig weiß sie, dass sie sich seinem Willen unterwerfen wird. Hier vor all den Menschen und sogar auch ohne den Schal vor ihren Augen. Wenn er es wünscht, wird sie sich fügen und es vermutlich mit doppelter Intensität erleben, obwohl es ihr total gegen den Strich geht. Sich ihm vollkommen anzuvertrauen, ihm zu gehorchen, ohne Rücksicht auf ihre eigenen Wünsche. Ob sie wohl jemals aufhören wird, sich darüber zu wundern, was für ein intensives, erregendes und wunderschönes Gefühl, das ist? Unwichtig, sie hört auf zu denken, gibt jegliche Kontrolle auf und ergibt sich dem Mann, den sie liebt.

Und genau in diesem Moment des Loslassens landet der erste Schlag mit Wucht auf ihrem Hinterteil. Begleitet von einem gut vernehmbaren Zischen und einem satten Klatschen küsst der Schmerz ihre Backe.

»Ah!«

Schrill zerreißt ihr Schrei die angespannte Stille im Saal. Sie hört einige Leute im Publikum lachen, ein paar Anfeuerungsrufe und schon beißt ein weiterer Hieb in ihren Hintern. Das mag sie seiner Meinung nach also genauso sehr, wie seinen Schwanz? Nun ja, es gefällt ihr, da liegt er richtig. Aber diese bittersüßen Qualen sind wohl kaum mit der Wonne vergleichbar, ihn in sich zu spüren! Erneut saust das Schlaginstrument mit einem fiesen Hall durch die Luft und landet zielsicher auf ihrem Arsch. Becky jammert. Himmel, was für ein Teufelsinstrument benutzt er da? Sie kennt noch lange nicht alle Schlagwerkzeuge. Dieses Gerät jedenfalls ist hart und unnachgiebig und tut verdammt weh. Ein Stock? Ja, ein Rohrstock vermutlich. Die Hiebe prasseln abwechselnd auf beide Backen und geben ihr die Gewissheit, dass es sich tatsächlich um einen Rohrstock handeln muss. Doch dann schlägt Alec langsamer mit größeren zeitlichen Abständen, wahrscheinlich um die Spannung beim Publikum zu erhöhen, was eine zusätzliche Folter darstellt. Mit banger Anspannung erwartet sie den nächsten Schlag. Und er kommt. Sie weiß nicht, wie viele Hiebe er ihr verabreicht, hat vergessen, sie mitzuzählen. Ihr Hintern brennt. Aus dem Zuschauerraum kommt ab und zu mal ein Keuchen, ansonsten herrscht eine aufgeheizte Stille, die nur von ihren Schreien unterbrochen wird. Nicht nur die Schläge hinterlassen Feuer auf ihrem Arsch, die Demütigung durch diese öffentliche Bestrafung, schmerzt mindestens genauso sehr.

Doch irgendwann geht auch das vorbei. Gerade als ihre Glieder ernsthaft zu schmerzen beginnen, bemerkt sie, dass ein Seil nach dem anderen zügig verschwindet. Bis sie schließlich wieder die Hände der beiden Männer spürt, die sie halten, während auch die letzten Fesseln fallen.

»Gut gemacht«, flüstert Lukas ihr zu. »Nun besitzt du seine volle Aufmerksamkeit. Ich wünsche euch beiden einen wunderschönen Abend. Viel Spaß!«

Sie wird auf die Füße gestellt und Hände stützten sie, als sie leicht schwankt. Dankbar für die Hilfe lässt sie sich stabilisieren, bis sie wieder mit beiden Beinen festen Halt auf dem Boden findet. Dann wird sie losgelassen und hört anhand der Schritte, dass die Helfer sich entfernen.

Sie spürt Alecs Präsenz neben sich und greift nach seiner Hand. Sie dreht sich zu ihm, hofft, dass sie genau vor ihm steht und geht auf die Knie. Sie hebt ihr Gesicht zu ihm empor, so als wollte sie ihn mit verbundenen Augen ansehen.

»Danke Master!«, sagt sie laut und deutlich, damit auch die Zuschauer sie verstehen. Dann lässt sie sich von Alec auf die Füße ziehen und von der Bühne führen. Eine Tür wird geöffnet, wieder geschlossen. Unsanft reißt er ihr den Schal vom Kopf. Geblendet kneift sie die Augen zusammen.

»Verdammt, was sollte das?«, blafft Alec sie an, drängt sie gegen die nächste Wand und umschließt ihren Hals mit einer Hand, die andere stützt er neben ihrem Kopf an der Mauer ab.

Rebecka starrt ihn fasziniert an. In seinen Augen lodert ein Feuer, aus Wut, Leidenschaft und ... Liebe? Unmöglich diese Gefühlswallung sicher zu deuten. Ein Pulverfass kurz vor der Explosion. Eine andere Frau hätte vielleicht Angst bekommen vor dieser geballten Ladung an Emotionen und dem leichten Druck, den er auf ihre Kehle ausübt. Becky dagegen glaubt, noch nie so glücklich gewesen zu sein. Sie spürt seine Macht, fühlt sich herrlich schwach, aber keineswegs unterlegen.

»Ich habe dich vermisst und ich wollte dir dringend etwas sagen«, sagt sie lächelnd. Ihr Blick saugt sich an seinem fest. Sie versinkt in diesem dunkelblauen Ozean mit dem wogenden Seegang aus Gefühlen. Hat sie tatsächlich befürchtet, er könnte gleichgültig reagieren? Wie dumm von ihr.

»Und da tauchst du ausgerechnet hier auf? Konntest du nicht warten, bis ich morgen bei dir vorbeikomme?«
»Ich wollte dich sehen«, murmelt sie.

»Und deshalb musstest du splitternackt vor einer Horde geifernder Menschen zu posen?«

»Ja, weil ich will, dass du solche Sachen in Zukunft mit mir machst, nicht mit anderen Frauen.«

Er nimmt die Hand von ihrem Hals, greift stattdessen in ihren Nacken und küsst sie. Wild, grob, leidenschaftlich zuerst, dann immer sanfter, zärtlich, aber dennoch nicht weniger besitzergreifend. Ihre Knie werden weich und sie umarmt ihn, allein schon, weil sie sich dringend an ihm festhalten muss.

Nach einer kleinen Ewigkeit beendet er den Kuss, lässt sie los und tritt ein paar Schritte zurück, wie um ihr Raum zu geben.

Endlich kann sie ihn richtig anschauen. Ihr stockt der Atem. Schwarze Lederhose, freier Oberkörper, zum Anbeißen! Sie überbrückt die Distanz zwischen ihnen und streichelt sachte seine Brust, konzentriert sich auf die Hitze unter ihren Handflächen. Er bleibt stocksteif stehen, bewegt sich keinen Millimeter, fixiert sie mit diesem Blick, der ihr unter die Haut geht.

»Es gibt keinen Grund zur Eifersucht. Im Allgemeinen nicht und schon gar nicht wegen einer Vorführung wie dieser. Immerhin bin *ich* nicht nackt vor einem Saal voller Menschen herumstolziert!« Er atmet einmal tief durch und sein Ton wird etwas sanfter. »Hätte mich dieses große Geschenk deiner Hingabe nicht so umgehauen, hätte ich dich von der Bühne gezerrt.« Er redet sich in Rage, jetzt klingt jedes Wort wie ein Peitschenhieb. »Und dann hätte ich die Show mit dem Model absolviert, das dafür vorgesehen war. Nicht etwa, weil mir dieses Model lieber gewesen wäre, was für eine dumme Idee! Ich wollte dich einfach nur wegbringen von all den geifernden Gaffern!«

»Ich bin nicht eifersüchtig«, erwidert sie schnell. »Ich wäre es wohl, wenn ich wüsste, dass du dich anderweitig vergnügst. Aber jetzt und hier gab es keinen Anlass dazu.« Sie lächelt ihn an. »Ich vertraue dir.«

»Ja ... das habe ich gesehen ... sogar im Dunkeln mit verbundenen Augen«, flüstert er rau. Wieder zieht er sie an sich und küsst sie. Sie stöhnt auf, als seine Zunge die Führung übernimmt, zärtlich ihren Mund erobert.

»Danke.« Er kneift leicht in eine ihrer von den Schlägen gereizten Backen. Seufzend lehnt sie sich gegen ihn. Als er den Kuss beendet, schlingt sie die Arme um seinen Hals und schmiegt ihren Kopf an seine Schulter, atmet ihn tief ein. Gott wie sehr hat sie ihn vermisst, dabei ist er nur eine Woche weg gewesen. Er hält sie, streichelt schweigend ihren Rücken. Endlich, da ist sie wieder, die Verbindung zwischen ihnen, die Nähe, die in Schottland allgegenwärtig gewesen ist. Es herrscht eine einträchtige Stille, angenehm vertraut. Rebecka hört auf zu denken, fühlt nur noch.

Eine kleine Ewigkeit stehen sie so beieinander, bis sie sich schließlich in seinen Armen umdreht. Sie beugt sich vor, stützt die Hände auf dem Frisiertisch ab und sieht ihm im Spiegel in die Augen, während sie ihren rot leuchtenden Hintern lasziv an seinem Schritt reibt.

»Bitte spiel mit mir, Master. Ohne Zuschauer, ohne Wut, nur du und ich, so wie es in Schottland war.«

Es gibt noch so viel zu sagen, doch das muss warten. Jetzt möchte sie ihn genießen. Die Lust auf ihn, auf seine Härte und seine Zärtlichkeit und die Sehnsucht, sich ihm vollkommen hinzugeben, nichts mehr zurückzuhalten, sind im Moment einfach stärker.

Sein höllisch heißer Blick bohrt sich im Spiegel in ihren, droht sie zu versengen, raubt ihr den Atem. Er zieht einen schwarzen Umhang vom Stuhl, der vermutlich in irgendeiner Show zum Einsatz kommt und legt ihn um ihre nackten Schultern. Dann schnappt er sich ihren Zopf und zerrt sie daran vorwärts.

»Komm mit!«, knurrt er, während er sie aus der Garderobe führt. Quer durch die Halle mit der kleinen Bar in der Mitte, an der einige Besucher stehen und sich mit einem Glas Bier oder Wein in der Hand unterhalten. Er öffnet eine der vielen Türen auf der gegenüberliegenden Seite. Sie betreten einen Raum, ungefähr von der Größe ihres Wohnzimmers. Eine Gänsehaut kriecht über Beckys Arme, als sie sich umschaut. Das ganze Mobiliar wirkt wie aus einem Folterkeller zusammengetragen. Seile, Ketten, Bock, Andreaskreuz und ähnlich düsteres Gerät, sowie eine beachtliche Anzahl unterschiedlichster Schlagwerkzeuge. Dies alles scheint nur dem einen Zweck zu dienen, wehrlos ausgeliefert in einem Meer aus quälender Lust zu versinken. Reine Sehnsucht ballt sich in Rebeckas Magen zu einer Faust zusammen. ›Mein Gott, es ist viel zu lange her‹, denkt sie. ›Aber es ist auch beängstigend. Wie eine Sucht, die ihre Krallen nach mir ausstreckt. Unmöglich mich diesem Verlangen zu entziehen.‹

Alec setzt sich bequem auf eine schwarze Ledercouch. Da er ihr keine Anweisungen erteilt, geht sie vor ihm auf die Knie, spreizt die Beine leicht, verschränkt die Hände auf dem Rücken und schaut abwartend zu ihm auf.

Er lächelt. »Du hast es nicht vergessen. Sehr gut, genauso will ich dich sehen.«

»Hoffentlich hast *du* dir gemerkt, dass diese Pose nicht selbstverständlich ist! Du wirst sie dir auch in Zukunft verdienen müssen, nichts wird daran etwas ändern«, kontert sie.

»Das hoffe ich sehr«, entgegnet er. Sein intensiver Blick scheint sie versengen zu wollen. »Hör niemals auf, mir Paroli zu bieten.«

Das klingt so inbrünstig, dass sie für einen Moment den Kopf senkt, um ihr Lächeln zu verbergen. Dann schaut sie wieder zu ihm auf. Einige Minuten genießen sie schweigend ihre Zweisamkeit.

»Ich meinte ernst, was ich vorhin gesagt habe: Spiel mit mir, Master! Das Pochen in meinem Schritt fordert deine Aufmerksamkeit.«

Er nickt, beugt sich vor, greift mit einer herrischen Geste in ihren Nacken und zieht ihren Kopf so weit zu sich, dass die Pose unbequem wird. Er bringt sein Gesicht so nah vor ihres, dass sich ihre Nasen fast berühren. Dunkelblaue Seen scheinen zu brodeln und sie versengen zu wollen.

»Du hast mir auch gefehlt. Wie brauchst du es, mo shìtheag?« Er mustert sie aufmerksam. »Hast du schon genug gelitten oder sehnst du dich nach noch mehr Schmerz?«

Sie spürt seinen heißen Atem auf ihren Lippen, während er spricht. »Willst du, dass dein ganzer Körper in Flammen steht, genau wie dein üppiger Arsch? Willst du für mich brennen, Hexe? Und wenn ich irgendwann entscheide, dass es reicht, willst du, dass ich dich dann so hart ficke, dass du nicht weißt, ob du deine Ekstase herausschreien, oder um Gnade flehen sollst?« Mit zwei Fingern grapscht er nach einem ihrer Nippel, zwirbelt ihn. Zunächst sanft, dann immer heftiger, bis der Schmerz ihr den Atem verschlägt. Doch er lässt nicht los.

»Willst du Tränen, die deine Wangen benetzen, während mein Schwanz die Gier aus deinem Sklavenkörper hämmert?«

Eine dicke Gänsehaut kriecht über ihre Haut, sie scheint sogar in ihren Kopf vorzudringen und jeden vernünftigen Gedanken zu lähmen. Ihr Herz schlägt wie verrückt. Unmöglich, den Blick abzuwenden, während seine hypnotische Stimme immer leiser wird, bis sie glaubt, die Worte von seinen Lippen zu trinken.

»Willst du, dass ich dich benutze, wie es einer Sklavenschlampe gebührt?«, lüsterne Blicke brennen sich in ihre Haut, erfreuen sich an ihrem Erschaudern. »Oder«, haucht er, lässt ihren Nippel los und gleitet sacht, nur mit den Fingerspitzen über ihre Brust, »möchtest du, dass ich dich zärtlich nehme? Dass ich langsam und vorsichtig bin? Dich ganz sanft stimuliere, sodass der Höhepunkt sich Stückchen für Stückchen aufbaut und dann wellenförmig von deiner Mitte zu deinen Nervenenden kriecht?«

Er steht auf, streichelt zart über ihre Wange, bevor er Gürtel und Hose öffnet und ihr seinen Schwanz in den Mund schiebt. Mit trägen, tiefen, gleichmäßigen Bewegungen stößt er in sie. Immer wieder und wieder.

Sie gehört ihm und er nimmt sich von ihr, was er will, wann er will und so lange er will. Der Gedanke lässt ihren Körper beben und ihre Scham noch sehnsuchtsvoller pochen. Sein vertrauter männlich herber Geschmack explodiert auf ihrer Zunge. Mit einer Hand an ihrem Kinn hält er ihren Kopf fest in der Position, die ihm gefällt. Hingebungsvoll pariert sie seine Stöße. Als sein Schaft zu zucken beginnt, befiehlt er streng: »Nicht schlucken!«, und entlädt seine Lust in ihren Mund.

Leicht verwirrt blickt sie zu ihm auf, behält seinen Saft aber im Mund, so wie er es wünscht. Er streichelt ihr Gesicht, schaut auf sie hinunter, lässt sich minutenlang Zeit damit, sie zu betrachten, wie sie mit dem Mund voller Sperma flach durch die Nase atmet.

»Du darfst meine Fragen jetzt beantworten«, sagt er schließlich leise. »Aber da man mit vollem Mund nicht sprechen soll, erlaube ich dir, vorher zu schlucken.«

Er sieht zu, wie ihr Kehlkopf sich bewegt, als sie seinem Willen gehorcht. »Entscheide dich schnell, ich werde nicht lange auf deine Antwort warten!«

Becky keucht. Die Lust peitscht durch ihre Nervenbahnen, hindert sie daran, einen klaren Gedanken zu fassen. Sie staunt, auf welch unterschiedliche Arten dieser Mistkerl sie zu dominieren versteht. Seine sanft gehauchten Worte lassen sie erbeben. Seine gierigen Blicke brennen ebenso heiß, wie die glühenden Striemen auf ihrem Hintern. Sie sehnt sich danach, von ihm gefesselt und beherrscht zu werden. Sie will jegliche Kontrolle abgeben, ihm jede nur erdenkliche Macht über sich zugestehen. Sie will ... »Schmerz, Master, bitte schenk mir diese herrlich qualvolle Lust!« Sie atmet einmal tief ein und aus, dann sieht sie ihm in die Augen und sagt leise aber fest: »Bitte tu mir weh. Ich brauche mehr von deiner rauen Zärtlichkeit. Und danach fick mich so hart, wie es dir gefällt. Halte dich nicht zurück!«

»Das dachte ich mir schon«, murmelt er, streichelt sachte über ihren Kopf. Doch plötzlich krallt er seine Hand schmerzhaft in ihre Haare.

Damit hat sie gerechnet, trotzdem kriegt sie einen leichten Schreck, als er so abrupt von zart auf hart umschaltet.

»Steh auf!«, bellt er. »Stell dich da vorn unter die Seile! Beine spreizen! Hände über den Kopf strecken!«

Sie beeilt sich, seinen Befehlen zu gehorchen. Schnell legt er ihr Hand- und Fußmanschetten an, fixiert ihre Beine mithilfe von Karabinern, die er in stabile, auf dem Fußboden verankerte Metallringe einhängt. Die Handmanschetten hakt er in Ösen ein, die an Seilen von der Decke hängen. Dann betätigt er einen Flaschenzug und zieht die Deckenseile so hoch, dass ihr Körper unter leichter Spannung steht. Anschließend geht er zwei Mal um sie herum, bevor er vor ihr stehenbleibt.

»Dieses Mal werde ich keine feste Anzahl an Hieben vorgeben. Du wirst nicht mitzählen. Ich will, dass du dich auf das Zischen der Peitsche konzentrierst und auf den Moment, wenn sie deine Haut trifft.« Sein flammender Blick richtet sich auf sie. Unbeugsam, streng. »Ich will, dass du dich dem Schmerz ergibst, dich in ihn hineinfallen lässt. Richte deine Aufmerksamkeit auf das Brennen, das mit jedem Schlag ein bisschen intensiver wird.« Seine Stimme wird einen Nuance lauter. »Ich allein entscheide, wann du genug hast! Und wage es nicht, dein Safewort zu benutzen, wenn es nicht unbedingt nötig ist!«

»Das habe ich noch nie leichtfertig ...«

»Schweig! Alles was ich von dir hören will, sind deine Schreie!«

Mit energischen Schritten nähert er sich der exquisiten Auswahl an Schlagwerkzeugen. Er wählt eine Gerte aus, die er probeweise durch die Luft sausen lässt, während er zu ihr zurückkehrt. Rebecka wappnet sich.

Der Abend hat ihn aufgewühlt. Becky ist nicht in der Lage einzuschätzen, wie weit er sich inzwischen wieder beruhigt hat. Doch sie weiß, er wird ihr niemals ernsthaft schaden. Sie vertraut darauf, dass er, besser als sie selbst, zu beurteilen vermag, wann es genug ist. Er wird diese Grenze nicht überschreiten. Sie bemüht sich um etwas mehr Entspannung und Gelassenheit, doch es will ihr nicht gelingen. Und dann denkt sie an nichts mehr, denn der erste Schlag trifft ihren linken Oberschenkel. Der Schmerz brennt fein und gemein, aber eigentlich erträglich. Der nächste Hieb landet auf ihrem rechten Bein, dann auf ihrem Bauch, ihren Brüsten. Als er gezielt ihre immer noch mit Klemmen geschmückten Nippel trifft, schreit sie gepeinigt und Tränen rinnen über ihre Wangen. Er tritt nahe an sie heran und fängt einen Tropfen mit der Zunge auf. Dann küsst er sie, lässt sie das salzige Wasser ihrer Qualen schmecken. Die sanfte Berührung seiner Lippen spendet Trost. Er greift zwischen ihre gespreizten Schenkel, massiert mit dem Daumen sachte ihre Klit. Erzeugt Stromstöße, die durch ihren Körper rasen, ihre Kehle hinaufjagen und als wilde Schreie ihren Mund verlassen. Ohne Vorwarnung klippt er beide Nippelklemmen gleichzeitig von ihren Brustwarzen und küsst sie erneut, trinkt ihren Schmerzensschrei und tritt dann zurück. Wieder holt er aus und schlägt zu, mit immer gleicher Härte in einem immer gleichen Rhythmus. Nicht zu schnell, um sie nicht zu überfordern, aber auch nicht zu langsam, um zu verhindern, dass sie sich zwischendurch erholt.

Zischen, Schmerz, Schrei.

Seine Präzision nötigt ihr Respekt ab. Tempo und Intensität verändern sich nicht einmal um eine Nuance. Das Schlaginstrument scheint auf den Millimeter genau dort zu treffen, wo er es wünscht. Sie hätte nicht geglaubt, dass eine Steigerung möglich ist, aber ihr Vertrauen in ihn wächst noch ein bisschen mehr. Sie lässt los, gibt jegliche Kontrolle auf, überlässt sich ihm ganz und gar, schwelgt in der Macht, die er über sie ausübt, weil sie es ihm gestattet.

Zischen, Schmerz, Schrei.

Er geht langsam um sie herum. Trifft ihre Vorderseite, Bauch, Brüste, Schenkel und sogar ihren Venushügel. Trifft ihre Rückseite, Beine, Rücken und hin und wieder auch ihren bereits von der Begegnung mit dem Rohrstock geröteten Arsch. Wieder und wieder findet die Gerte ihr Ziel. Ein gleichmäßiger Takt: Zischen, Schmerz, Schrei. Dabei beobachtet er sie genau. Ihm entgeht keine noch so kleine Regung in ihrem Gesicht. Sie hält den Augenkontakt, gibt ihm stumme Rückmeldung über ihren Zustand, vollkommen auf ihn fokussiert.

Zischen, Schmerz, Schrei.

Nichts ist mehr wichtig. Die Welt hört auf sich zu drehen. In ihr wird es ruhig, friedlich.

Zischen, Schmerz, Schrei.

Sie fühlt die Spannung ihres Körpers nicht mehr, nicht die Fesseln, die sie halten, noch nicht einmal mehr die Gerte, die ihre Haut trifft und auch nicht den Schmerz. Sie sieht sich selbst, wie sie fixiert und bewegungsunfähig mitten im Raum steht. Sieht sich zusammenzucken bei jedem Hieb, der sein Ziel erreicht. Sie sieht sich schreien, sieht die Leidenschaft in ihren Augen und die Qual in ihrem Gesicht. Sie sieht das Spiel seiner Muskeln, wenn er die Gerte hebt und zum Schlag führt. Sieht die Erregung, in die ihr Leid ihn versetzt, sieht seine Begierde, aber auch seine Konzentration. Sie sieht seine Fürsorge, seine Selbstkontrolle, die dafür sorgen, dass er ihr Wohlergehen im Blick behält, anstatt sich im Rausch seiner eigenen Geilheit zu verlieren. Sie ist mittendrin und doch nicht dabei. Sie sieht, wie er die Augen aufreißt und sie mit offenem Mund anstarrt. Sieht, wie er das Schlaginstrument achtlos auf den Boden wirft und mit schnellem Griff die Fesseln löst. Sie sieht ihre Arme schlapp nach unten fallen, sobald der Halt der Seile verschwindet. Sieht ihre Beine einknicken, sieht, wie er sie auffängt und vorsichtig zu Boden gleiten lässt. Doch von all dem merkt sie nichts. Sie empfindet nichts anderes als tiefen Frieden, überschwängliche Freude und seine Nähe. Sie spürt seinen Körper nicht, auch nicht seine Arme, die sie halten, nein sie fühlt ihn tief in ihrem Inneren. Sie sieht, wie seine Lippen sich bewegen, doch sie hört nicht, was er sagt. Sie nimmt eine Verbindung zwischen sich und ihm wahr, die so eng ist, dass sie vor Glück weinen möchte, doch es kommen keine Tränen. Sie sieht in seine Augen, die immer noch vor Staunen weit geöffnet sind. Sie weiß, dass er in dieser wunderbaren Stille bei ihr ist, miterlebt, was ihr widerfährt. Sie sieht sich selbst durch seine Augen und ist sicher, er kann durch ihre sehen. Sie hat keine Ahnung, wie lange sie so dasitzen, auf dem Boden des Spielzimmers, und sich in die Augen schauen. Sie hat jegliches Zeitgefühl verloren. Minuten? Stunden? Ausgeschlossen, darüber nachzudenken oder auch nur irgendeinen Gedanken zu fokussieren. Sie treibt in einem Strudel, der nicht von dieser Welt ist und alles, was sie spürt, ist seine Nähe.

Schließlich hebt er sie hoch, bettet sie sanft auf die breite Couch, zieht Hose und Slip aus und legt sich zu ihr. Jetzt spürt sie die Wärme seiner Haut, so intensiv wie noch nie zuvor. Sein Duft hüllt sie ein. Er hält sie, durchlebt diese unglaublich friedvolle Ruhe mit ihr gemeinsam.

Diese geballte Dosis an Nähe trifft ihn gänzlich unvorbereitet. Das ist mehr, als sie in Schottland miteinander erlebt haben, mehr als er überhaupt jemals mit irgendeinem Menschen geteilt hat. Das haut ihn um und die Frage, ob er so viel Intensität und Intimität zulassen kann oder will, stellt sich nicht mehr.

»Rebecka, hörst du meine Stimme?«

Sie lächelt ihn an. Ihm ist klar, dass sie immer noch nicht wieder gelandet ist, aber er will sehen, ob er sie fokussieren kann.

»Rebecka!«, sein Ton ist jetzt streng, durch und durch Master.

Sie schaut in sein Gesicht, ihre Pupillen scheinen sich auf ihn einzustellen.

»Bist du bei mir, Rebecka?«, fragt er, nur eine Nuance sanfter.

Durch den Nebel aus Frieden und Glück schaut sie in sein geliebtes Gesicht. Jeder negative Gedanke ausgelöscht. Die Erinnerung, wie sehr sie in der letzten Woche gelitten hat, überhaupt nicht präsent. Unruhe, Nervosität und Verzweiflung, Gefühle, die den ganzen Tag über ihre Begleiter gewesen sind, einfach nicht mehr vorhanden.

»Ja Herr, ich bin bei dir, immer.«

Sprechen erscheint ihr mühsam, aber sie redet mit ihm, ihrem Master, dem Mann, der ihre ganze Welt ist. Zärtlich streicht er über ihre Wange. Eine sanfte Geste nur, aber ihr ganzes Sein richtete sich jetzt ausschließlich auf ihn. Überdeutlich nimmt sie seine Hand wahr. Der Rausch ist nicht abgeklungen, der Fokus hat sich verändert. Vorher hat sie sich selbst und ihn aus einer gewissen Distanz betrachtet, jetzt sieht sie nur noch ihn.

»Ich möchte dich küssen, öffne den Mund«, befiehlt er.

Seine Stimme dringt bis in ihr Innerstes, vibriert in ihren Nervenbahnen. Gehorsam öffnet sie ihren Mund, schaut in seine wunderschönen dunkelblauen Augen. Fasziniert beobachtet sie, wie sich sein Gesicht dem ihren nähert, immer näher, bis er ihr Blickfeld vollständig ausfüllt. Seine Lippen berühren ihre. Seidig, warm, weich. Er schiebt seine Zunge in ihren Mund, vorsichtig tastend, träge streichelnd. Speichel vermischt sich, sein vertrauter Geruch nach Waldboden und Laub umhüllt sie. Sie stöhnt auf. Ihre Beine öffnen sich ganz von allein, ohne dass sie es bewusst steuert oder auch nur bemerkt. Doch Alec versteht die stumme Einladung ihres Körpers, positioniert sich zwischen ihre Schenkel und dringt langsam und sehr gefühlvoll in sie ein. Groß und steinhart gleitet sein Schaft in sie, dehnt sie, reibt an ihren inneren Wänden entlang, nimmt sie in Besitz. Das Gewicht seines Körpers presst sie in die Polster der Couch. Haut schmiegt sich an Haut. Sie schlingt die Arme um seinen Nacken, kuschelt sich so eng an ihn, wie es nur geht, verschmilzt mit ihm. Bedächtig, sehr sachte bewegt er sich, reibt an ihren Wänden vor und zurück. Füllt sie so wunderbar vollständig aus. Die warme Haut seines glattrasierten Schambereichs presst gegen ihre nackten Lippen, drückt auf ihre Perle, entlockt ihr Laute, die aus ihrem Bauch über ihre Zunge in die Freiheit rollen. Tiefe, Reibung, unendliche Nähe. Immer wieder nur Alec, rein und pur. Zärtliche Hitze, herrliches Brennen, köstlicher Druck, Lust die sich ins Bodenlose steigert. Immer noch schwebt sie hoch über allem, was wirklich ist, aber jetzt fliegt sie mit ihm gemeinsam. Er ist bei ihr, reitet ihr lüsternes Fleisch in einen Strudel der Ekstase. Jeder Nerv auf ihn ausgerichtet. Ihre schweren

Atemzüge werden synchron zu seinen schneller. Mit dem Takt der Atmung beschleunigen sich auch seine Stöße. Die Luft, erfüllt vom Geruch nach Waldboden, Laub, Schweiß und Lust. Tief atmet sie durch die Nase ein, der Duft ihrer Leidenschaft wirkt auf Becky wie ein Aphrodisiakum. Doch immer noch spürt sie, wie er sich zurückhält, um sie in ihrem Rausch nicht zu überfordern. »Lass dich gehen, Alec, gib mir alles«, flüstert sie atemlos.

»Nein, mo leannain, das wäre heute zu viel«, keucht er, ohne seinen Rhythmus zu unterbrechen.

»Scheiß drauf! Ich will alles, gib mir alles!«

Mitten in der Bewegung, mit der er seinen Schaft gerade noch so herrlich tief in sie getrieben hat, stoppt er abrupt. Er stützt sich auf seine Hände und starrt mit dem finstersten Ausdruck, zu dem er in dieser Situation fähig ist auf sie nieder. Dabei hofft er inständig, dass das finster genug ist.

»Soll das ein Befehl sein, Schlampe?«, fragt er in einem so ausdruckslosen Ton, dass ein glühender Schauer durch ihren Körper rast und sie ein kleines Stückchen näher auf die Erde holt.

»Nein, Master, es tut mir leid«, wispert sie atemlos.

»Ich entscheide, du dienst. Vergiss nie, wo dein Platz ist!«

»Ja Herr, es tut mir leid. Ich werde es nie wieder vergessen.«

Seine Macht über sie wirkt berauschend. Dunkelblaue Augen glitzern – heiß wie Feuer und kalt wie Eis. Die Mine düster, glatt, undurchdringlich. Er bewegt sich wieder, langsam tief, wahnsinnig intensiv.

»Ich befehle dir zu kommen, Sklavin, und zwar jetzt sofort! Gehorche deinem Herrn!«

Er spricht leise, aber deutlich, jedes einzelne Wort betonend. Seine Stimme dunkel, der Tonfall schneidend und was sie niemals für möglich gehalten hätte, geschieht. Wie kann das sein? Liegt es an ihrem Rauschzustand? Daran, dass sie so sehr auf ihn fixiert ist? Sie weiß es nicht. Ist nicht einmal ansatzweise in der Lage, darüber nachzugrübeln, doch nachdem er einige Male tief in sie hinein gestoßen hat, folgt ihr Körper seinem Befehl. Ihr Leib erzittert, Ekstase zuckt von ihrem

Schoß in jeden Winkel ihres Körpers, sogar ihre Fingerspitzen kribbeln. Sich an ihm festklammernd schreit sie ihren Rausch heraus, ohne wirklich zu bemerken, dass sie auch nur einen Laut von sich gibt. Sie bekommt kaum mit, dass er seinen Samen in sie pumpt und auf ihr zusammensackt, bevor er sich auf die Seite rollt und sie eng an sich zieht. Tief atmet sie ein und aus, konzentriert sich auf ihn, auf ihre Atmung und doch eigentlich auf Nichts. Minutenlang? Stundenlang? Ihr Zeitgefühl scheint sich komplett verabschiedet zu haben. Nur langsam, Stückchen für Stückchen taucht sie wieder auf, landet sanft zurück auf der Erde.

Behutsam legt sie die Hände auf seine Brust, schaut ihn an und flüstert ungläubig: »Ich kann fliegen.«

»Ja.« Lächelnd streichelt er ihre Wange. »Adrenalin und Endorphine ... Du bist im Subspace.« Er streicht ihr übers Haar. »Wenn die Rahmenbedingungen stimmen, fliegt eine Sub in diesen Rauschzustand.«

»Was für Rahmenbedingungen?«

Er schluckt. »Uneingeschränktes Vertrauen, absolute Hingabe, sehr viel Nähe, die Fähigkeit, sich vollkommen fallen zu lassen.«

Becky lächelt selig und kuschelt sich an ihn. »Mein Hirn ist immer noch wie Watte, mir will einfach nicht einfallen, welcher Tag heute ist, noch nicht einmal welches Jahr.«

Zärtlich drückt er sie an sich. »Genieß den Moment.«

Eng aneinandergekuschelt liegen sie noch lange beieinander. Ihr Bewusstsein ist immer noch geweitet und ihn zu spüren, zu riechen und zu schmecken, immer noch wahnsinnig intensiv. Oder liegt es daran, dass sie sich über ihre Gefühle klar geworden ist? Sie weiß es nicht. Sicher ist nur, dass sie ihn nicht loslassen will. Da gab es doch etwas, was sie ihm unbedingt hatte sagen wollen? Was ist das nur gewesen? Nicht in der Lage ihre Gedanken zu greifen gibt sie auf. Tiefe Dankbarkeit erfasst sie. Diese unglaubliche Erfahrung auskosten zu dürfen, die er ihr geschenkt hat. Diesen irrsinnigen, total wahnsinnigen, wundervollen Rausch.

28

Seit Stunden schon ist Alec wach. Er liegt auf der Seite, Rebeckas Kopf auf seinem Arm. Er spielt mit einer ihrer Filzlocken und kann nicht aufhören, sie anzusehen. Die Nachttischlampe taucht sein Schlafzimmer in gedämpftes Licht. Die kleine Hexe schläft tief und fest.

Von der Fahrt zu ihm nach Hause hat sie nicht viel mitbekommen. Sie war eingeschlafen, sobald ihr Kopf das Kissen berührte. Er führte noch ein kurzes Telefongespräch mit Lukas, um in Erfahrung zu bringen, wo sich der Schlüssel befindet, den er heute benötigt. Anschließend ging er hinunter ins Büro und holte ihn aus dem Firmensafe. Danach hatte er sich neben sie gelegt. Sie schien seine Nähe sogar im Schlaf gespürt zu haben, denn sie war sofort an ihn herangerückt. Sie lächelte im Schlaf, ihr Gesicht entspannt, die Wangen leicht gerötet. Er meint, gehört zu haben, wie sie im Traum seinen Namen murmelte.

Nie hätte er erwartet, noch einmal an diesen Punkt zu kommen, aber er ist jetzt vollkommen sicher, was er will. Die Frage, ob Herz und Schwanz sich gegen sein Hirn verschworen haben, ist nicht mehr wichtig. Wenn es sich so verhält, dann haben die beiden Verbündeten längst gewonnen. Die Revolution ist vorbei, die Schlacht entschieden.

Die gestrige Session war wie ein letzter, entscheidender Kampf gewesen, eine präzise Verdeutlichung dessen, was er im Grunde seit geraumer Zeit schon weiß.

Es liegt nicht an ihrem Aussehen, obwohl er findet, dass sie schön ist. Es liegt nicht am Sex mit ihr, obwohl der für ihn nie erfüllender war, als mit ihr. Es liegt auch nicht daran, dass sie ihn ärgert und ständig herausfordert.

All diese Dinge spielen eine Rolle, natürlich. Aber besiegt hat ihn ihre Hingabe und vor allem ihr grenzenloses Vertrauen.

Sie regt sich, er beobachtet, wie sie langsam erwacht. Sie blickt ihn verschlafen an und ihre grünen Hexenaugen beginnen zu strahlen. Nein, er hat keine Zweifel mehr, er weiß genau, was er will.

Rebecka schließt ihre Augen wieder, kuschelt sich an ihn und lauscht seinem gleichmäßigen Herzschlag, spürt bewusst seine Arme um ihre Taille und die Hitze seines Körpers. Ruhig bleibt sie liegen, genießt die Geborgenheit, die sie umgibt.

»Ich weiß, dass du wach bist.«

Seine Stimme ist nicht mehr als ein Hauch, ein Atem in ihrer Ohrmuschel. Eine wohlige Gänsehaut kriecht über ihre Haut.

»Mir klar, dass du das weißt«, murmelt sie und regt sich träge.

»Mach die Augen auf, mo leannain«, flüstert er leise.

»Keine Chance«, gibt sie zurück und kuschelt sich noch enger an ihn.

»Ich möchte dir unsere Zukunft zeigen, willst du das etwa verpassen?«

Jetzt öffnet sie die Lider doch, schaut erstaunt zu ihm auf. »Die Zukunft ... ein großes Wort ...« Sie rollte sich auf den Rücken und stöhnt gepeinigt auf. Ihr ganzer Körper beginnt zu glühen. Sie fühlt sich vollkommen zerschlagen und gleichzeitig so glücklich, dass sie glaubt zu zerspringen. Mit einem Mal überfallen sie die Erinnerungen. An die Show, ihre Unsicherheit, seine Wut, ihren Mut, seine Fesseln, ihr Vertrauen, seine Schläge, ihren Rausch, seine Fürsorge. Was für eine Nacht! Kein Wunder, dass sie sich fühlt, als habe ein Zug sie überfahren.

»Himmel, wo sind wir und wie sind wir hier her gekommen?«, ächzt sie. »Ich erinnere mich nicht daran, von der Couch in diesem Club wieder aufgestanden zu sein.«

»Bist du auch nicht. Du bist eingeschlafen und ich habe dich ins Auto getragen und bin mit dir hierher in meine Wohnung gefahren.« Er lacht leise. »Es ist ja nicht das erste Mal, dass ich dich im Schlaf verschleppt habe.«

Sie kichert. »Eine eigenartige Angewohnheit von dir. Was meinst du damit, du willst mir unsere Zukunft zeigen?«

Ein geheimnisvolles Lächeln umspielt seine Lippen.

»Ich verrate dir nichts. Steh auf. Geh duschen, danach gibt es Früh-stück und dann brechen wir auf in einen neuen Lebensabschnitt.«

Ihr Herz klopft schneller. ›Was führt er jetzt wieder im Schilde?‹ Die Neugier treibt sie aus dem Bett. Zügig tapert sie durch den riesigen Wohnraum des hochmodernen Lofts und schaut sich mit großen Augen um.

»Tja also, willkommen in meinen vier Wänden. Die wolltest du ja immer schon sehen. Hier sind sie.«

Er wirkt ein wenig hölzern, als er nach ihrer Hand greift. Staunend sieht sie sich um. Allein das Wohnzimmer ist vermutlich doppelt so groß, wie ihre ganze Wohnung und komplett in Schwarz und Weiß gehalten. Stilvolle schwarze hochglanzpolierte Möbel verteilen sich locker im Raum. Zwei Außenwände bestehen vollständig aus Glas, vom Boden bis zur Decke. Die Aussicht aus dieser Höhe, absolut spektakulär, stellt sie mit einem Blick durch eine der Fensterfronten fest. Das Appartement ist penibel sauber, Luxus pur und gleichzeitig der blanke Horror.

Alec bereitet in der offenen, superschicken Hochglanzküche das Früh-stück zu. Sie rutscht auf einen der Hocker am Tresen, der als Küchen-tisch und Raumteiler dient. ›Alec passt so wenig hierher, wie ein Wildpferd auf eine Luxusjacht.‹ In nichts was sie hier sieht, erkennt sie ihn wieder. Sie vermisst ein bisschen Nippes, Fotos, eigentlich gibt es hier überhaupt nichts Persönliches zu sehen.

»Es ... es ist schön ... oder es wäre schön, wenn es eine Hotelsuite wäre«, murmelt sie, nicht in der Lage den Schock zu verbergen.

Er betrachtet seine Süße und seufzt unhörbar. Einerseits macht es ihn traurig, zu sehen, wie unbehaglich sie sich fühlt, andererseits freut es ihn, dass ihr der Einrichtungsstil seiner Exfrau so wenig zusagt, wie ihm selbst.

»Wie kannst du hier leben?«, fragt sie bedrückt. »Ich meine, es ist toll, sehr chic und geschmackvoll. Aber wo bist du? Ich finde nichts von dir in diesem Luxusschuppen.« Sie schüttelt langsam den Kopf. »Oder habe ich mich getäuscht? Bist du DAS hier? Gehörst du hierher?«

Einen Augenblick überlegt Alec, während er sich in seiner Wohnung umschaut, als sähe er sie zum ersten Mal. Dann schüttelt er bedächtig den Kopf.

»Nein, wohl nicht«, seufzt er. »Es ist praktisch, in einem Haus zu wohnen und zu arbeiten. Und ich sitze abends gern hier, schaue über die Lichter der Stadt und hänge meinen Gedanken nach.« Während er weiterspricht, bewegt er sich in Richtung Arbeitszimmer und öffnet dort die Tür. »Aber wirklich zu Hause habe ich mich hier nie gefühlt«, ruft er zu Rebecka rüber. »Du liegst schon richtig, wenn du die Bude mit einer Hotelsuite vergleichst.«

Plötzlich ertönt ein merkwürdig hohes Kläffen und ein kleines Fellbündel schießt auf Becky zu und stolpert dabei über seine eigenen Füße. Entzückt rutscht sie vom Hocker und beugt sich zu dem Fellknäuel herab.

»Ja wer bist du denn? Was macht denn so ein kleiner Kerl wie du in dieser Luxusbude?«

Der kleine schwarz-braune Welpe wirft sich fiepend und kläffend auf dem Marmorboden. Er lässt sich kraulen, springt wieder auf, rennt auf seinen wackeligen Beinchen um sie herum, lässt sich erneut auf den Boden fallen und streicheln. Pausenlos wedelt er mit seinem Schwänzchen, als wollte er jeden Moment abheben. Hingerissen tätschelt Becky das Hündchen.

»Ich habe ihn aus Oslo mitgebracht.« Alec kommt zurück. »Er saß mutterseelenallein in einem alten, dreckigen Karton am Rand unserer Baustelle.« Lächelnd schaut er auf die beiden herab. Genauso hatte er sich ihre Begeisterung vorgestellt. »Er zitterte und seine Mama war nirgendwo zu sehen und tauchte auch während der ganzen Woche, die ich dort war, nicht auf, um ihn zu holen.« Er holt einen kleinen Napf und füllt ihn mit Wasser. »Er heißt Jack. Wie ich sehe, versteht ihr Zwei euch. Das finde ich schön.«

»Er weiß deinen piekfeinen Bodenbelag offenbar nicht zu würdigen. Er hat soeben drauf gepinkelt«, kichert Rebecka.

Alec verdreht die Augen und kommt mit dem Napf und einem Lappen aus der Küche, um das Malheur zu beseitigen.

»Das tut er ständig«, murrt Alec gespielt ärgerlich, doch seine Mundwinkel zucken. »Ich habe noch nicht herausgefunden, ob er keinen Respekt vor italienischem Marmor hat, oder ob ihm der Boden nicht gefällt.«

Nach einem schnellen Frühstück laufen sie zu Alecs Auto. Becky, die ganz vernarrt in das kleine Hündchen ist und es gar nicht mehr loslassen will, hält Jack während der Fahrt auf dem Schoß. Was sich bei dem Energiebündel recht schwierig gestaltet.

»Holen wir Lea und Lukas unterwegs noch ab?«, fragt sie erstaunt, als sie die Strecke erkennt.

Alec schüttelt den Kopf. »Lass dich überraschen.«

Kurz vor dem Haus ihrer Freunde biegt er in einen schmalen Feldweg ein. Vor ihnen taucht ein Farmhaus auf, oder eher ein kleiner Gutshof, der aus einem Haupthaus und drei weiteren Gebäuden, vermutlich Stallungen, zu bestehen scheint. Alec parkt den Wagen am Wegrand und steigt aus. Weil Becky, die noch mit Jack beschäftigt ist, sitzen bleibt, kommt er um das Auto herum. Er hält ihr die Tür auf und nimmt das Fellknäuel auf den Arm.

Fragend schaute sie ihm in die Augen, versinkt für einen Moment in seinem Blick, ehe sie verwirrt nach seiner Hand greift und sich von ihm mitziehen lässt.

»Wo sind wir hier eigentlich?«

»Nun, mir ist klar geworden, wie unklug es war, in dieses Appartement einzuziehen und noch dümmer, nach meiner Scheidung dort wohnen zu bleiben. Es ist kein Zuhause und das wird es auch niemals werden.« Er lässt ihre Hand los, legt stattdessen den Arm um sie. »Ich möchte ein richtiges Heim, wo ich meine Freizeit genießen kann und nicht nur meinen Feierabend hinter mich bringe. So schön der Panoramablick von da oben auch ist, er ersetzt so etwas wie das hier nicht. Ich brauche mehr Natur um mich herum.« Er strafft die Schultern ein wenig. »Es ist an der Zeit, etwas zu ändern.«

Sprachlos läuft Rebecka neben ihm über den kleinen idyllischen Hof. Vor dem Wohnhaus bleibt er stehen, zückt einen Schlüssel.

»Woher hast du den Schlüssel? Du warst doch bis gestern Mittag noch auf Geschäftsreise.«

»Lukas hat den Hof vor einigen Wochen beim Spazieren gehen entdeckt und mir davon erzählt, weil er zum Verkauf steht. Wir hatten überlegt, ihn zu kaufen und als Lagerraum für Material und Maschinen zu nutzen.«

Er öffnet die Haustür. »Lukas hat sich den Hof am Freitag mit dem Makler angesehen und ihn gebeten, ihm den Schlüssel bis heute auszuleihen, damit ich mir das Anwesen auch noch anschauen kann. Und da wir den Makler ganz gut kennen, hat er sich darauf eingelassen.«

Er dreht sich zu ihr. »Ich habe Lukas gestern Abend, als du schon geschlafen hast, noch angerufen und ihn gefragt, wo der Schlüssel ist. Er meinte, ich soll es mir ansehen, aber das Objekt sei sehr idyllisch und als Lager viel zu schade.«

Er gibt ihr einen schnellen Kuss.

»Nachdem ich dich ins Bett gelegt hatte, lag ich noch eine Weile wach. Dann bin ich kurz runter ins Büro gegangen, um den Schlüssel zu holen, weil ich es gern mit dir zusammen angucken wollte.«

»Ich werd verrückt!« Mit großen Augen schaut sie ihn an. »Willst du das Anwesen etwa kaufen, um hier einzuziehen?«

Er zuckt die Schultern. »Zunächst einmal möchte ich es mir mit dir anschauen.«

Er lässt den Welpen herunter und stößt die Haustür auf.

Kläffend schießt der kleine Hund an ihnen vorbei ins Haus.

»Jack scheint es zu gefallen«, lächelt er, während sie eintreten.

Das Farmhaus wirkt hell und freundlich. Sie schlendern durch ein riesiges Wohnzimmer mit offenem Gebälk an der Decke, sowie zwei dicken Balken mitten im Raum und einem herrlichen Wintergarten. Die separate Küche bietet genug Platz für einen Esstisch. Außerdem gibt es ein geräumiges Schlafzimmer und ein kleines Arbeitszimmer. Anschließend erkunden sie einen idyllischen Garten mit schönen alten Apfelbäumen und Obststräuchern.

»Ich finde es wunderschön. Wenn du es wirklich kaufst, helfe ich dir gern beim Einrichten. Ich habe schon ein genaues Bild vor Augen, wie es mal aussehen könnte«, ruft sie begeistert. »Ich meine, du müsstest dich selbstverständlich in die Planung mit einklinken, schließlich musst du dich ja hier wohlfühlen.«

Er dreht sie zu sich herum und schlingt die Arme um ihre Taille. Sie schluckt. Die Atmosphäre ist merkwürdig und sehr intim.

»Du hast freie Hand beim Einrichten, mo leannain und es wird mir Spaß bereiten, dir dabei zu helfen.« Sanft streichelt er ihre Wange. »Am besten gefällt mir das Gebälk im Wohnzimmer. Ich kann es kaum erwarten auf der Couch zu lümmeln, während du nackt, an einen der Balken gefesselt, vor mir stehst, oder in einer schönen Hängepose an den Deckenbalken schwebst.«

Sie schaut wie hypnotisiert in dunkelblaue Tiefen. »Lenk nicht ab«, flüstert sie heiser. »Wir waren beim Thema Einrichtung.« Dabei genießt sie die schlichte Tatsache, dass dieser Mann ihr, nach allem, was sie schon miteinander erlebt haben, immer noch die Luft zum Atmen rauben kann.

Er senkt den Kopf, nimmt ihre Lippen in Besitz, zärtlich und gleichzeitig so leidenschaftlich, dass sie die Arme um seinen Nacken schlingt, um sich an ihm festzuhalten.

Sanft drängt er sie gegen eine Wand im Eingangsbereich, hebt ihr linkes Bein in der Kniekehle an und drückt seine Erektion fest gegen ihre Scham. Sie stöhnt seinen Namen und reibt sich sehnsüchtig an ihm.

»Gott, du machst mich wahnsinnig!«, knurrt er. »Ich muss dich haben, und zwar jetzt und hier und auf der Stelle!«

»Nein, das können wir doch nicht bringen! Nicht hier, wenn ... Ah ... Gott, Alec!«

Ihr leichtes Sommerkleid hat er kurzerhand nach oben und ihr Höschen zur Seite geschoben, um mit einem einzigen Stoß in sie einzudringen.

Sie fühlt sich von der gestrigen Nacht immer noch ziemlich zerschlagen. Trotzdem, sie ist verrückt nach ihm.

»Dein Herr verlangt nach dir, Schlampe!«, flüstert er rau. Seine Lippen berühren ihr Ohr, so nahe ist er ihr. »Ein Nein ist keine Option!«

Er dämpft ihre ekstatischen Schreie, indem er ihr den Mund zuhält, während er wild und leidenschaftlich in sie stößt. Sie gehört ihm und er gebraucht seinen Besitz, wann, wie und wo es ihm gefällt. Mit jedem tiefen Stoß gibt er ihr das unmissverständlich zu verstehen. Er rammt seinen harten Schwanz in sie, spielt das Machtgefälle konsequent aus, reizt ihre devote Ader und treibt sie damit schnell an den Rand. Sie ist so kurz davor. Er presst sie mit seinem Becken an die Wand und hält sie mit seinem Körper ruhig.

»Was bist du, Miststück?«

Er nimmt die Hand von ihrem Mund, stützt sich neben ihrem Kopf an der Wand ab.

»Deine Sklavin, Master!«, keucht sie atemlos.

»Sehr richtig! Und wem gehörst du?«

»Dir Herr, nur dir allein!«

»So ist es! Vergiss das nie! Nicht einmal für eine Sekunde!«

Wieder beginnt er, sich zu bewegen, hart, tief und so herrlich rücksichtslos. Sie hält sich an seinen Schultern fest. Ein kleiner Tornado brandet durch ihre Venen. Ihre Muskeln schmerzen noch von der gestrigen Session an den unmöglichsten Stellen. Doch dadurch wird ihre Hingabe nur noch größer, ihre Sehnsucht, ihm alles von sich zu schenken nur noch dringlicher. Sie lässt los, ergibt sich dem Rausch, fällt ins Bodenlose, um dann sanft wieder in seinen Armen zu landen. Sie öffnet die Augen, sieht das dunkelblaue Meer vor sich, dass sie so sehr liebt.

»Du bist verrückt«, flüstert sie ungläubig, während sie ihre Kleidung richten. »Vollkommen irre! Wir befinden uns auf einem fremden Grundstück. Jeden Moment könnte irgendjemand um die Ecke biegen und ein Welpe springt um unsere Füße.« Sie schüttelt den Kopf. »Das alles hält dich nicht davon ab, mich zu vögeln. Und warum? Weil du gerade Lust drauf hast.«

Er grinst, greift nach ihrer Hand und schlendert mit ihr über den Hof, hinüber zur Scheune. Mit immer noch leicht zitternden Beinen läuft sie neben ihm her.

»Weil ich es wollte und weil ich es konnte. Weil du, meine willige kleine Sub, es nicht nur zulässt, sondern es dir sehnlichst wünscht.«

Sie errötet. »Hm ja, eigentlich schon, natürlich. Trotzdem wäre mir das niemals in den Sinn gekommen ... Ich meine hier und jetzt.«

Er öffnet das große Scheunentor und sie betreten einen riesigen Raum. Strohballen liegen ringsherum und ein alter Traktor parkt in einer Ecke. Der sieht nicht so aus, als wäre er noch fahrtüchtig, scheint aber auf irgendeine Weise hierher zu gehören, wie das Stroh und der Duft nach Heu und Stall und Diesel. Und wie die ganzen alten verrosteten Gerätschaften dort, die wahrscheinlich früher einmal für die Land- wirtschaft genutzt worden sind.

»Wow«, flüstert Becky ehrfürchtig, während Jack ausgelassen kläffend im Stroh herumtollt.

»Was für ein toller Raum!«

»Gefällt er dir?«

»Ja sehr! Er hat Atmosphäre. Er ist ... weiß nicht ... ein besonderer Ort irgendwie.« Staunend schweift ihr Blick umher.

»Es freut mich, dass er dir zusagt.« Er schaut prüfend nach oben zur Decke. »Was hältst du davon, wenn wir das Dach teilweise entfernen und durch ein Glasdach ersetzen lassen? Wenn wir ringsherum noch ein paar Fenster einsetzen, würde das Ganze ein schönes Atelier abgeben.«

»Wow, so wie das von Finlay Clark in Schottland ... Moment warte mal. Du willst das Anwesen hier also wirklich kaufen?«

Er nickt. »Ich denke zumindest darüber nach. Aber dafür müssten einige Rahmenbedingungen erfüllt sein.«

»Die da wären?«, flüstert sie atemlos.

»Nun«, er schaut hinunter auf den Boden und betrachtet den kleinen Hund, der gerade an ihnen vorbei flitzt. »Jack braucht jemanden, der sich um ihn kümmert. Das schaffe ich nicht allein. Immerhin muss ich mich ja auch ab und an mal in der Firma sehen lassen.«

»Und wie stellst du dir das genau vor?«

Er räuspert sich. »Luis rief mich die Tage an. Er ist begeistert von den Bildern, die du für die beiden Kunden gemalt hast.« Schnell und ohne Pause redet er weiter. »Das Bild mit der Fass-Szene hatte ich ihm noch gezeigt, bevor ich nach Oslo geflogen bin. Er ist so hingerissen von deinem Können, dass er dir den Auftrag erteilen möchte, den kompletten Club auszustatten. Ihm schweben alle möglichen und unmöglichen Akte vor. Ästhetisch, nicht zu pornografisch. Und für den Speisesaal sollst du dir etwas besonderes einfallen lassen, um Sex und Essen in einen künstlerischen Kontext zu bringen.«

Sie kichert. »Du meinst so etwas wie einen knusprigen, goldbraunen Rollbraten, der anstatt mit Garn mit Ketten umwickelt ist? Oder einen Plug, der in einem grün-roten Apfel steckt?«

Er lacht. »Ja, an so was in der Art haben wir gedacht. Ich gebe zu, so schräge Bilder hatte ich nicht vor Augen, aber das klingt durchaus passend.«

Doch schnell wird er wieder ernst und dreht sie zu sich herum.

»Du hast im Club mindestens ein Jahr zu tun, bis er ausgestattet ist. Und Luis ist damit einverstanden, dass du andere Auftragsarbeiten vorziehst, wenn sie reinkommen. Ich bin sicher, sobald deine ersten Gemälde im Club ausgestellt sind, wirst du dich vor Aufträgen von begeisterten Gästen kaum retten können.«

Er atmet ein paar Mal tief durch.

»Ich verspreche dir, ich arbeite nicht immer so viel und so lange, wie es in den letzten Wochen nötig war. Und wenn es doch mal später wird, was bei mir leider ab und zu mal vorkommt, wohnt Lea nur einen Steinwurf entfernt. Ihr könnt euch besuchen. Wir können im Sommer zu viert grillen oder ...«

»Moment warte, nicht so schnell«, unterbricht sie ihn. »Du willst, dass ich hier mit dir lebe? Zusammen?«

Er nickt.

»Als deine Sklavin?«

Er schaut ihr in die Augen. »Nein, als meine Partnerin, die ich hin und wieder sehr gerne quäle und züchtige. Aber außerhalb dieser besonderen Situationen, im normalen Alltag, haben wir Augenhöhe, mo leannain, hatten wir immer schon und so soll es auch bleiben.«

»Das kommt so plötzlich. Ich weiß nicht, was ich sagen soll.« Ihr ist schwindelig von all den Gedanken, die durch ihren Kopf rasen, aber sie bekommt keinen einzigen davon zu fassen. Ihre Ohren fühlen sich heiß an. Sie versucht zu begreifen ... Leise flüstert sie: »Und ich hatte immer Angst ... davor, wieder allein zu sein.«

Alec runzelt die Stirn. Erstaunen flackerte in seinem Blick auf, doch er kneift die Lippen in scheinbarer Verärgerung zusammen. »Du hast geglaubt, ich würde dich wieder allein lassen?«

Sie schlägt die Augen nieder. »Nun irgendwann ...«

Verwundert schüttelt er den Kopf. »Sag mal, hältst du mich für total verrückt? Du glaubst doch nicht ernsthaft, dass du mich jemals wieder loswirst?« Mit beiden Händen greift er nach ihren Oberarmen.

Unsicher schaut sie ihn an, beißt auf ihre Unterlippe. Ihre Befangenheit bringt seinen besten Freund schon wieder in Hab-Acht-Stellung, doch dieses Mal ignoriert er ihn. In ihren Augen erkennt er die Antwort auf seine Frage und seine Anspannung verpufft. Er schlägt einen flapsigen Ton an, um ihr die Befangenheit zu nehmen.

»Was ist? Bekomme ich ausnahmsweise mal eine normale Antwort aus dir raus oder bestehst du darauf, dass ich dich zuerst über den Hof jage? Oder wirst du etwa gleich losrennen, nachdem du mir erklärt hast, dass du nur hier einziehst, wenn ich es schaffe, dich wieder einzufangen?«

Seine Stimme trieft vor Sarkasmus, doch seine Augen lachen und strahlen sie so zärtlich an, dass ihr Herz hüpft. Sie kann ein kurzes Grinsen nicht unterdrücken, wird aber sofort wieder ernst und zischt in ihrem zickigsten Ton, zu dem sie imstande ist:

»Das hättest du wohl gern, was? Vergiss es, ich renne nirgendwo hin!«

Den letzten Satz spuckt sie ihm geradezu vor die Füße, greift dabei nach seinen Händen und verschränkt ihre Finger mit seinen.

»Ja, ich möchte hier mit dir leben«, flüstert sie. Ihre Stimme bebt.

Wortlos nimmt er sie in den Arm und drückt sie fest an sich.

»Du machst mich wahnsinnig glücklich«, raunt er nach einer ganzen Weile inniger, atemloser Stille.

Händchenhaltend verlassen sie die Scheune, um über den Hof zu schlendern und sich mit ihrem zukünftigen Zuhause vertraut zu machen. Jack jagt vergnügt hinter ihnen her.

Beckys Herz rast. Sie ist immer noch damit beschäftigt, sich der Tragweite dieser Entscheidung bewusst zu werden. Jeden Abend in seinen Armen einschlafen. Jeden Morgen neben ihm aufwachen. Gemeinsam auf der Couch herumlümmeln, zusammen kochen und so vieles mehr.

›Ja, ich kann ihn mir gut in meinem Leben vorstellen.‹

Doch hätte sie nie damit gerechnet, dass es ihm genauso geht. Sie bleibt stehen, dreht sich zu ihm und schaut ihm in seine ozeanblauen Augen.

»Tha gràdh agam dhut«, sagt sie leise und hofft, diesen so wichtigen Satz richtig ausgesprochen zu haben.

Alec schluckt trocken, dann lächelt er sie zärtlich an. »Aus dir wird noch mal eine echte Schottin.«

Er holt tief Luft. »Tha gràdh agam dhut«, flüstert er rau. »Ich liebe dich auch, kleine Hexe, mehr als ich jemals in Worte fassen kann und ich schwöre dir, du wirst mich nie wieder los.«

Eine dicke Gänsehaut überzieht ihren ganzen Körper. Sie schlingt die Arme um seinen Hals, spürt seine Hände auf ihrem Rücken am Stoff ihres Kleides hinaufwandern. Auf ihren nackten Schulterblättern hält er inne. Sein schelmisches Grinsen und das übermütige Funkeln in dunkelblauen Tiefen, verrät ihr, dass er ihr Erschaudern unter seinen Handflächen spüren kann.

»An ...«, ihre Stimme versagt. Sie räuspert sich, atmet mehrmals bewusst ein und aus, bevor sie erneut ansetzt. »Angekommen!« Ein Lächeln zupft an ihren Mundwinkeln, wird zu einem Strahlen, sie wirft den Kopf zurück und lacht vor Glück, scheint von innen heraus zu leuchten. Sie schaut ihm in die Augen. »Angekommen!«, sagt sie inbrünstig. »Die Zukunft ist ein wunderschöner Ort!«

Begriffserklärung

Liebe Leserin,
lieber Leser,

in dieser Geschichte habe ich ein paar Begriffe in gälischer Sprache
verwendet, die ich ganz kurz erläutern möchte:

mo leannain = mein Liebling/ Schatz/ Baby

mo shìtheag [ʃiːəg] = meine kleine Fee (Hexe) – im gälischen Kulturkreis ist
das Wort Hexe weniger
geläufig. Gängig ist »Fee« hat aber die
gleiche Bedeutung wie bei uns Hexe.

Chan eadh [xanja(ɣ)] = nein

Tha gràdh agam dhut. = Ich liebe dich.

Kilt = traditioneller Schottenrock

Clydesdales = kraftvolle Arbeits- und Zugpferde
die ca. ab dem
18. Jahrhundert bis heute
in Schottland gezüchtet werden.

Gestattet mir noch ein Wort zu zwei besonderen Schauplätzen,
genauer gesagt, zu den beiden Burgen/ Schlössern, die Rebecka und
Alec besuchen.

Dunrobin Castle liegt an der Ostküste Schottlands. Es ist das größte
Wohngebäude in den nördlichen Higlands und besitzt eine traumhafte Außenanlage, einen riesigen, liebevoll gepflegten Park. Das
Schloss ist für Besucher geöffnet und kann ganzjährig besichtigt
werden. Wer mal nach Schottland reist, dem empfehle ich einen
Besuch dort. Es lohnt sich. Wer es sich vom Sofa aus anschauen
möchte, findet viele Informationen und Bilder dazu im Internet.

Paddycraigh Castle gibt es in Wirklichkeit gar nicht und hat es nie gegeben. Es ist ein Produkt meiner Fantasie. Sollte es doch Ähnlichkeiten mit tatsächlich existierenden Orten oder Bauwerken geben, so liegt das nicht in meiner Absicht und hat mit meiner Geschichte nichts zu tun.

Mehr über die Autorin

Zwischen Kohle und Stahl erblickte Tanja Russ im Ruhrgebiet das Licht der Welt, wo sie auch heute noch, gemeinsam mit ihrem Mann lebt. Schon in der Schule liebte sie es, Aufsätze zu schreiben und schrieb bereits mit nur 14 Jahren ihren ersten Roman. Handschriftlich fasste sie ihn und schrieb alles in ein Schulheft. Es folgten Kurzgeschichten, hin und wieder auch Gedichte.

In Ihrer Freizeit liest sie viel: Fantasyromane, romantische Liebesgeschichten und Erotikromane mit BDSM Kontext. Mit Ihrem Debütroman Brombeerfesseln hat sie die Genres »romantische Liebesgeschichte« und »BDSM-Roman« vereint und so ein außergewöhnliches Buch geschrieben. Angesprochen sind alle Leser/innen, die Liebesromane mögen und die BDSM gegenüber nicht abgeneigt sind.

Tanja Russ – Brombeerfesseln

Lea ist 29, Fotografin und überzeugte Singlefrau. Sie steht mit beiden Beinen fest im Leben und nimmt die Männer, wie sie kommen. Doch immer fehlt ihr dabei etwas. Bis sie Lukas begegnet. Streng, dominant, leidenschaftlich, bietet er alles, was Lea sich von einem Mann wünscht.

Er macht ihr das verführerische Angebot, seine Sklavin auf Zeit zu werden. Lea lässt sich darauf ein und Lukas entführt sie in die dunkle Welt des BDSM. Eine Welt voller Dominanz und Unterwerfung, Schmerz und Lust, doch auch voller fürsorglicher Liebe und gegenseitigem Respekt. Aber Ihre besondere Beziehung hat ein Verfalldatum, die Vereinbarung lautet, 6 Monate bleiben sie zusammen ...

Weitere Bücher:

Um mehr über weitere Titel zu erfahren, besuchen Sie auch die Webseite des Verlags: www.schwarze-zeilen.de

Siri S - gelebte Unterwerfung

Ein autobiografischer BDSM-Roman

Siri S lebt BDSM. Sie engagierte sich lange und intensiv in der Berliner Szene, leitete das weit über die Hauptstadt hinaus bekannte »Subbiekränzchen« und die Bondage-Gruppe »Miss Rope«. In diesem Roman, der auf wahren Erlebnissen basiert, beschreibt sie, wie sie BDSM für sich entdeckt. Aus ihren Tagebuchaufzeichnungen ließ die Autorin einen Roman entstehen, der in ihrer ganz eigenen Sprache erzählt, wie sie ihre ersten Erfahrungen empfunden hat und schließlich BDSM als Teil ihrer selbst akzeptiert.

Dieser autobiografische Roman räumt mit allen Klischees über BDSM auf. Schonungslos und ehrlich erzählt Siri S und lässt die Leser daran teilhaben, wie sie ihre Neigungen entdeckt, wie sie zweifelt und schließlich zu sich selber findet. Sie schreibt von den Schwierigkeiten, den geeigneten Partner zu finden und von dem Glück, wenn man ihn gefunden hat. Sie räumt mit gängigen Klischees über BDSMler auf und am Ende werden sie feststellen, BDSMler sind auch nur ganz normale Menschen.

Cara Morgen - Ich steh auf BDSM … und du?

Ein Ratgeber zu den Themen: „Wie sag ich`s meinem Partner?" und „Wie finde ich den richtigen Partner?"

Dieser Ratgeber widmet sich dem richtigen Outing Ihrer BDSM-Neigung innerhalb der Beziehung. Wie bringen Sie Ihrem Partner Ihre Wünsche am besten bei – ohne dass er/sie geschockt reagiert. Wie gehen Sie mit ihrer/seiner Reaktion um? Dieser Ratgeber gibt Ihnen die passende Hilfestellung.

Sie sind auf der Suche nach dem passenden Partner im BDSM-Bereich. Was für Besonderheiten gibt es bei der Suche zu beachten und wie finde ich den Partner, der zu mir passt? Wo finden Sie überhaupt Ihren passenden Gegenpart und wie erkennen Sie ihn oder sie? Auch hier wird Ihnen der Ratgeber eine große Hilfe sein.

Folgerichtig hat Cara Morgen beide Themen in einem Buch leicht verständlich und unterhaltsam vereinigt. Denn wenn es mit dem Partner gar nicht geht und die BDSM-Sehnsüchte zu groß sind, dann erfahren Sie in diesem Ratgeber auch gleich, wie Sie beim nächsten Partner auf den oder die richtige/n stoßen.

Über die Autorin:

Cara Morgen ist studierte Psychologin und begann schon in ihrer frühen Jugend mit dem Schreiben von Kurzgeschichten. Als junge Erwachsene schrieb Sie unter dem Pseudonym Foxy Farkas erotische Literatur, die als Printbücher, E-Books und teilweise im Internet erschienen. Jetzt hat sie Ihr Wissen in diesem Ratgeber gebündelt.

Impressum

ISBN 978-3-94596- 743-0

Unsere Web-Adresse: www.schwarze-zeilen.de
Auch als E-Book erhältlich: ISBN 978-3-94596-739-3

(c) 2017 Schwarze-Zeilen Verlag
ein Imprint des Footstep Verlag,
Reichenaustr. 81c, 78467 Konstanz
info@schwarze-zeilen.de

Alle Rechte vorbehalten.

Coverfoto
Model: Miss Suzume
Fotograf: Visage_deux
erotische Fotografie by Visage_deux
Webseite: Visage-deux.de